une Meute d'Amour et de Haine

olivia wildenstein

Puissiez-vous trouver
votre véritable amour.

PROLOGUE

Quelques minutes auparavant, je me portais volontaire pour être le second de mon ex dans son duel contre l'impitoyable alpha des Rivière. Autrement dit, je m'étais engagée à arbitrer un combat à mort entre les deux loups-garous les plus puissants du Colorado.

Mon cœur, comme mon ventre, était un nœud de stress, mais pas pour les mêmes raisons. Mon cœur trépignait de peur, et mon estomac se contractait à cause du pouls élevé de mon partenaire, lié à moi par un lien d'accouplement.

Je me tordis le cou et plissai les yeux dans la lumière vive du soleil de midi jusqu'à localiser August, debout sur la terrasse en pilotis, à regarder la pelouse. Sa peau brun clair était plus pâle d'une teinte par rapport à d'habitude, et la constellation de taches de rousseur sur son nez et ses pommettes semblait plus sombre.

Je me mordis la lèvre inférieure. Quand je lui apprendrais l'étendue de mon marché avec Liam, il allait être encore plus en colère. Même si je mourais d'envie de toucher mon nombril qui réagissait à la fureur d'August, je ne voulais pas attirer l'attention sur notre lien, alors je fermai fort mes doigts en un poing et les gardai immobiles le long de mon short.

Liam marchait devant moi sur la pelouse baignée de soleil de l'auberge.

— Libérez Alex Morgan ! ordonna-t-il aux mâles de ma meute retenant le meurtrier d'Everest.

La confusion passa dans les yeux bleus de mon oncle, qui se pencha par-dessus la rambarde en bois de la terrasse.

— Le libérer ? Il a tué mon fils, Liam !

Relâcher le fils de l'alpha ennemi était un geste risqué, mais c'était le seul qui nous donnait un moyen de pression dans ce maudit duel. En laissant Alex retrouver la liberté, Liam et moi achetions du temps pour découvrir comment Cassandra Morgan avait vaincu l'alpha des Pin. Même si Liam n'était pas convaincu qu'elle ait triché, je l'étais. Julian avait vomi après l'avoir mordue. Une bouchée de fourrure et de sang n'aurait pas dû déranger l'estomac d'un loup-garou. Ma théorie était qu'elle avait enduit une lotion toxique mais sans odeur sur sa peau ; sans odeur car le second de Julian avait inspecté le corps de l'alpha des Rivière avant le duel et n'avait rien remarqué d'étrange.

Cole lâcha le bras d'Alex et s'écarta.

— Watt, laisse Alex partir, répéta Liam.

Sa voix claqua dans l'air. La couleur envahissait la mâchoire d'August, mais il fit mine de rejeter le bras d'Alex loin de lui, faisant trébucher le Rivière. Le garçon se stabilisa à l'aide de la rambarde, puis repoussa en arrière ses cheveux blonds, dévoilant son visage bleu – les Boulder qui l'avaient retenu captif n'y étaient pas allés de main morte. Il commença à descendre l'escalier de la terrasse en boitant légèrement, probablement le résultat de la brutalité de ma meute. Le boitement n'avait en rien touché son arrogance, pourtant : son assurance était aussi forte que son odeur de sueur vieille de plusieurs jours, et de celle de sang séché. Je reculai tandis qu'il passait devant moi, et reculai encore quand son regard glissa sur moi.

Il pouvait bien ressembler à un chérubin de la Renaissance, avec ses boucles dorées et ses yeux violets saisissants ; pour ma part, il restait le diable en personne.

Liam s'avança devant moi.

— Ne regarde pas mes loups.

Je grimaçai. Techniquement, Liam était mon alpha, je faisais donc partie de ses loups, mais je sentais que ce n'était pas pour ça qu'il le disait. Et vu les trépidations accélérées dans mon ventre, August devait sentir l'insinuation de ses mots, aussi.

Je regardai par-dessus mon épaule, lui implorant des yeux de se calmer. Après un moment, les pulsations s'apaisèrent, sans pour autant se taire. Oh non. Mon nombril s'agitait toujours comme une bombe à retardement, mais la sensation cessa d'envahir tous mes sens. Je reportai mon attention sur Cassandra Morgan qui avait fini par envelopper son corps d'un drap blanc, lui donnant l'air d'un spectre plus que d'un loup-garou.

— Alexander Morgan.

Baissant le visage vers son fils, elle passa ses phalanges sur sa joue.

Alex n'était pas petit, il faisait cinq à sept centimètres de plus que mon mètre soixante-treize, pourtant le haut de sa tête n'atteignait que le menton de Cassandra.

Soudain, la même main qui l'avait caressé le frappa. Fort. Alex sursauta de surprise.

— C'était pour quoi, ça ?

— Pour avoir fait peur à ta pauvre mère. Maintenant…

Elle reporta ses yeux bleus affûtés sur Liam.

— Dicte tes conditions, Kolane.

Je me faufilai jusqu'à Liam. Quel genre de message enverrais-je si je me cachais derrière mon alpha comme un chiot effrayé ? Pas le bon message, ça, c'est sûr. Je ne pensais pas pouvoir inspirer de la peur chez quelqu'un, mais j'espérais cependant apparaître comme une ennemie digne de ce nom.

J'étais si près de Liam que je sentais le battement régulier de son cœur. Serait-il toujours en train de se battre si je n'avais pas levé la main pour être son second ? Le souvenir de Cassandra dévorant le cœur de Julian Matz pour acquérir son lien avec sa meute me fit détourner le regard vers le terrain, vers la silhouette de l'alpha vaincu camouflée d'un drap. La bile remonta dans ma gorge à la vue des traces rubis qui avaient éclos sur le coton blanc. Je grinçai des dents.

— Comme nous en avons discuté, Ness et moi choisirons la date et l'endroit du duel et nous n'aurons pas besoin de t'avertir plus d'une demi-journée à l'avance, annonça Liam.

— Je ne suis pas à ta disposition.

— Alors notre accord ne tient plus.

Cassandra fit la moue.

3

— J'accepte la condition des douze heures pour me préparer, mais nous combattons avant la fin de l'été.

— Nous combattrons quand mon second et moi le déciderons.

— Sois raisonnable, Kolane. Nous avons des meutes à diriger, dont il faut s'occuper. Ce n'est pas juste de les traîner là-dedans. Finissons-en aussi vite que possible. Je suis sûre que c'est dans ton intérêt aussi.

Était-ce dans notre intérêt ou simplement dans le sien ?

Liam me jeta un coup d'œil.

— Ness ?

L'été se terminerait dans un peu plus d'un mois. Serait-ce suffisant ?

Même si je détestais lâcher du terrain à Cassandra, je hochai la tête.

Liam se concentra de nouveau sur l'alpha des Rivière.

— Avant la fin de l'été, alors. Mais, Morgan, si ton fils, ou n'importe quel Rivière, d'ailleurs…

De ses yeux marron, Liam écuma le terrain parsemé de métamorphes avant de revenir à Cassandra.

— Si n'importe lequel d'entre eux fait le moindre mal à mes loups ou à leur famille, ton fils et ton cousin seront exécutés sans procès et sans hésitation.

Le cousin de Cassandra, qui s'était comporté en chasseur haïssant les loups-garous pendant des décennies pour rassembler des informations sur nos meutes, nous jeta un coup d'œil à travers ses lunettes aux montures métalliques, tout en frottant son lobe d'oreille.

— Alex saura bien se comporter, comme je l'ai dit.

Cassandra enveloppa une main autour du poignet de son fils.

Le duel avait émoussé ses ongles qui, la nuit précédente, avaient semblé assez acérés pour arracher un œil. Mais mystérieusement, cela n'avait pas abîmé son vernis bordeaux. À moins que si ? Je plissai les yeux vers ces derniers. Elle lâcha le poignet de son fils et referma les doigts, camouflant ses ongles dans sa paume.

— Cela va dans les deux sens, en revanche, Kolane. Si du mal est fait à mon fils ou à Aidan d'ici le duel, le choix de la date nous reviendra.

Un brin de vent chaud envoya des mèches blondes dans mes yeux. Je ramenai en arrière mes cheveux, mais ils s'échappèrent de nouveau un moment après.

— La vie d'Alex et celle d'Aidan sont en sursis, vous n'êtes pas en position de faire des demandes.

— Ness a raison, confirma Liam. Tu as de la chance d'être en vie et qu'on te rende Alex.

Un sourire narquois s'installa sur ses lèvres tachées de sang.

— Attention, Kolane, avertit-elle en s'avançant d'un pas. Tu es largement en sous-nombre.

La meute de Rivière avait grossi d'une centaine, aujourd'hui, faisant de ma meute, avec ses quarante loups, un point encore plus petit sur la carte des loups-garous.

— C'est une menace ? grogna Liam.

— C'est un avertissement.

— Je croyais que vous veniez en paix, protestai-je.

— Nous avons proposé la paix. Ton alpha l'a refusée.

Je contractai la mâchoire. Elle avait raison. Elle avait proposé la paix, mais Liam avait insisté pour l'affronter.

— Ma requête est loin d'être outrageuse. Je veux juste que mon fils et mon cousin soient en sécurité.

— Ils ne seront pas tués, ajouta Liam après un moment. Satisfaite ?

— Ni torturés, demanda-t-elle.

Liam croisa les bras.

En attendant sa réponse, les yeux de Morgan se firent incandescents, comme si son loup luttait pour surgir.

— Mes loups resteront loin d'eux, finit par céder Liam.

Les yeux de l'alpha ennemi perdirent aussitôt leur lueur inhumaine.

— Bien. As-tu d'autres demandes, Kolane ?

Devrais-je exiger qu'elle quitte Boulder avec sa meute jusqu'au duel ? demanda Liam dans ma tête.

Puisque je ne pouvais pas communiquer de la même façon que mon alpha, je secouai la tête.

Même si je ne voulais pas des Rivière errant dans nos bois, je ne voulais pas non plus bannir ma meilleure amie et sa famille de leur ville d'origine. Je ne pouvais pas faire ça à Sarah. Elle était peut-être une Rivière, maintenant que son oncle avait été vaincu, mais dans son cœur, elle serait toujours une Pin.

Et puis, ce n'était pas pour rien qu'on disait depuis des siècles : « garde tes amis proches, et tes ennemis encore plus ». Nous trouverions ainsi plus facilement comment Cassandra avait triché en l'observant, elle et sa meute.

— Nous n'avons pas d'autres demandes, finit par annoncer Liam.

— Alors c'est réglé.

Morgan commença à lever la main, sûrement pour sceller l'accord en serrant celle de l'ennemie.

— Qui choisiras-tu comme second, Madame Morgan ?

La main de Cassandra s'immobilisa dans l'air. J'avais toujours du mal à associer cette femme avec celle qui m'avait planifié des rendez-vous via une fausse agence d'escort. Tout comme je peinais à accepter que mon cousin se soit allié à elle et m'ait mis sur le dos le meurtre du père de Liam.

— J'allais choisir ma fille, Lori…

La femme élancée, qui avait les mêmes traits de visage que Cassandra, sembla se tenir un peu plus droite.

— Mais je suis tentée de prendre un de mes nouveaux loups.

L'alpha des Rivière leva les yeux vers la terrasse où se tenait Sarah, ses cheveux blonds et raides volant autour de ses épaules crispées.

Même si je voulais épargner à Sarah le péril d'être impliquée dans un duel, si elle devenait le second de Cassandra…

— Mieux vaut ne pas me choisir, cria mon amie. Je les laisserais vous tuer.

Cassandra abaissa sa main et sourit.

— Chère Mademoiselle Matz, je ne crois pas que tu les laisserais me tuer. Je crois que tu le ferais toi-même.

— Vous avez raison. Je le ferais.

Le meilleur ami de Liam se trouvait proche de Sarah, menaçant. Je n'étais pas sûre quand cela s'était produit, mais Lucas, qui avait toujours haï la meute qui partageait son territoire, avait décidé que Sarah n'était pas détestable, ou du moins, pas autant que les autres non-Boulder.

— Y a-t-il des volontaires pour combattre à mes côtés ?

Était-ce sa façon de tester l'allégeance de ses nouveaux loups ?

Pendant un long moment, personne ne parla. Puis, une voix que je méprisais plus que celle de l'alpha des Rivière, retentit :

— Je le ferai, Alpha Morgan.

Justin Summix s'écarta de ses deux amis, son débardeur blanc, et la peau autour de ses narines, tachés de sang depuis qu'August l'avait frappé pour m'avoir insultée.

Tandis qu'il s'approchait, Cassandra le jaugea du regard.

— Et tu es ?

Et dire que je pensais qu'elle avait fait des recherches sur toutes les meutes… Justin Summix ne devait pas avoir beaucoup d'intérêt pour elle. Il était insignifiant et mesquin, et avait insinué plusieurs fois qu'être la seule "chienne" de la meute – même si biologiquement, c'était exact, je détestais ce terme – impliquait que j'étais une salope. Il l'avait répété pas plus tard qu'une heure plus tôt, quand j'étais arrivée à l'auberge en compagnie d'August.

— Justin Summix, madame.

Il posa sa main sur la peau brune de son cou qui se confondait avec celle de son crâne tondu.

L'alpha s'arrêta sur les éclaboussures de sang, puis leva les yeux vers ses narines dilatées.

— Pourquoi veux-tu passer ce duel à mes côtés, Justin ?

— Parce que je sais comment les Boulder fonctionnent, dit-il avec un sourire sournois. Et j'aimerais beaucoup mettre ces deux-là à genoux.

Les trois Morgan l'étudièrent.

Je levai les yeux vers mon alpha dont les lèvres esquissaient un sourire. Je sentais que la tournure que prenaient les événements lui plaisait. Était-ce parce qu'il pensait savoir comment Justin opérait ?

— Qu'est-il arrivé à ton nez ? demanda Cassandra.

Justin me regarda droit dans les yeux.

— Comme je disais, je sais comment les Boulder opèrent.

C'est toi qui as fait ça ?

Je ne répondis pas à la question de Liam, trop occupée à réfléchir aux insinuations de Justin. Est-ce qu'il sous-entendait qu'il savait pour le lien d'accouplement ? S'en prendrait-il à August pour m'atteindre ? Mon ventre se raidit à cette idée, à moins que ce soit parce qu'August envisageait de lui tordre le cou.

Cassandra se lécha les lèvres, retirant un peu du sang de Julian Matz.

— Monsieur Summix, un duel n'est pas un règlement de comptes.

Je clignai des paupières. Le refusait-elle ? Les yeux marron-jaune de Justin s'écarquillèrent.

— Toutefois, je suis prête à accepter ta candidature, reprit-elle.

Bien sûr.

— Est-ce tout, Kolane ?

Liam hocha la tête. Elle tendit de nouveau la main. Liam regarda celle-ci, puis leva les yeux vers elle.

— Garde ton téléphone allumé, Morgan.

Puis il fit volte-face et cria dans nos esprits avec une telle autorité que mon front fut pris d'un spasme.

Nous en avons fini ici !

En chemin vers l'escalier menant à la terrasse, il ajouta :

Ness, je te ramène chez moi.

Je trébuchai, parvenant au dernier moment à me rattraper à la rambarde. Il m'avait adressé les mêmes mots un mois plus tôt.

Notre travail commence aujourd'hui.

Je déglutis.

August descendit l'escalier, mais Liam se mit en travers de son chemin et déclara :

— J'ai dit que nous en avions fini ici.

— Laisse-moi passer, Liam.

Liam dut parler directement dans l'esprit d'August, car la mâchoire de mon prédestiné devint aussi dure que l'écorce, puis son regard tomba sur moi et il plissa les yeux. Il recula avant de heurter l'auberge, tirant sur le fil qui nous liait si violemment que, pendant une seconde, j'eus peur qu'il se casse.

Mais non.

Il s'affina simplement et s'affaiblit jusqu'à ne laisser qu'un vide terne.

Pour épargner le cœur de Liam, j'avais estropié celui d'August.

CHAPITRE I

Je n'adressai pas la parole à Liam de tout le trajet jusque chez lui, en colère à cause de son comportement envers August. J'étais aussi en colère contre moi-même de ne pas avoir fait de vagues. Mais après tout, j'avais essayé de calmer Liam et de quitter l'auberge en le maintenant en vie.

Je posai mon coude sur l'accoudoir et appuyai mon front sur mes doigts. Une migraine faisait son apparition au niveau de mes tempes. Trop de stress, et trop peu de sommeil. Je ne regrettais pas la partie sommeil, en revanche.

Passer la nuit avec August avait été... eh bien, c'était quelque chose que je ne regretterais jamais. Mes lèvres piquaient toujours de la chaleur de sa bouche, et mon cœur tambourinait au souvenir de son torse contre le mien.

Aurais-je une autre nuit avec lui ? Et s'il quittait Boulder jusqu'au solstice d'hiver ? Ou s'il restait mais me rayait de son existence ?

Cela me déchirait le cœur.

Avant d'être mon partenaire, il était mon ami, le garçon qui m'avait appris à grimper aux arbres et à lire dans les étoiles, celui qui venait me chercher à l'école quand mes parents ne pouvaient pas, celui qui restait assis dans ma chambre, dans le noir, pour que les monstres sous mon lit ne puissent pas m'atteindre et me faire du mal.

Quand le lien d'accouplement s'était installé entre nous, la nuit de l'avènement de Liam en tant qu'alpha, j'avais désespérément voulu le briser. Après tout, Liam était toujours mon copain à ce moment-là. Mais cette relation-là n'avait duré que quatre jours déchirants. L'après-midi pluvieuse où Liam m'avait traitée de traîtresse en avait signé la fin. Peu importe combien il avait rampé quand il avait compris que je n'avais pas poignardé dans le dos ma propre meute, je ne parvenais pas à le pardonner pour son jugement hâtif et erroné. Et puis la semaine précédente, il avait couché avec sa splendide ex rousse, Tamara, ce qui faisait mal, même si la douleur de le perdre n'était rien comparée à la peur de perdre August.

La Mercedes noire s'aventura sur le petit chemin cabossé, m'arrachant à ma réflexion morose. Une fois garés, je tendis la main vers la poignée.

— Je sais que tu me hais du plus profond de toi, là maintenant, mais je ne t'ai pas forcée à t'éloigner d'August pour t'embêter, Ness. Ma vie est en jeu et j'ai besoin de ton attention à cent pour cent.

Je coulai un regard vers lui. Comme si j'allais croire ça. Il était prêt à donner sa vie quelques minutes auparavant.

— Tu as quelque chose à manger ?

Je voulais parler d'autre chose que d'August. L'expression fermée de Liam vacilla.

— Oui. La mère de Matt m'a envoyé plein de trucs, il y a quelques jours.

— Bien. Parce que je meurs de faim.

Je sortis de la voiture et marchai vers la porte d'entrée de son élégante maison de plain-pied en bois dont on voyait le salon derrière la vitre. Je ne tapai pas du pied impatiemment en l'attendant, même s'il prenait bien son temps. Il vérifia son téléphone, écrivit un message, puis enfin vint vers moi. Il déverrouilla la porte et m'invita à entrer d'un geste. Mes narines se dilatèrent en sentant la menthe dans l'air qui, fut un temps, avait été comme de la soie pour mes sens, mais était désormais semblable à du papier abrasif.

— Pourquoi tu ne t'assiérais pas ? Je vais chercher le plat.

Je traversai la peau de vache au sol et m'installai dans le canapé en cuir marron. Pendant qu'il s'affairait en cuisine, je regardai mes messages. J'en avais plein, mais aucun d'August.

J'ouvris un de ceux de Sarah. Le premier disait : *Il se passe quoi ?*

Le deuxième : *Tu t'es portée volontaire pour être son second ! Tu es folle ?!*

Le troisième : *Pourquoi es-tu partie avec Liam ?*

Le quatrième : *Appelle-moi.*

Le cinquième : *Je m'inquiète. S'il te plaît, appelle-moi.*

J'étais touchée qu'elle s'inquiète alors qu'elle avait perdu son oncle ce même jour. J'aurais dû être la dernière personne à occuper son esprit. J'appuyai sur son numéro, puis portai le téléphone à mon oreille.

Grossière erreur.

Sa voix fit écho à travers les haut-parleurs de manière si aiguë que je grimaçai.

— Qu'est-ce qui t'a pris, Ness ? Tu vas affronter Cassandra Morgan ? Et Justin ? Tu as vu comment il te regardait ? Comme s'il voulait te tuer, voilà comment il te regardait ! Et le connaissant, il essayera ! Je sais que j'ai dit que je voulais que Liam reprenne le contrôle de toutes les meutes, mais...

— Sarah !

J'avais prononcé son nom fermement pour qu'elle arrête de crier.

— Ta mère était le second de Julian et elle va bien, lui rappelai-je.

— Mais pas Julian ! Il ne va pas bien ! Il....

Elle laissa échapper un sanglot.

— Il est mort. Julian est mort.

Nouveau sanglot.

— Oh, mon Dieu... Je crois que je vais encore vomir.

Ses mots étaient étouffés, comme si elle avait plaqué sa main sur sa bouche.

— Quelqu'un est avec toi ?

— Oui. Robbie et Margaux. On va au... (Elle renifla.) À notre vieux Q.G.

Elle se moucha.

— On organise une veillée pour Julian.

— Oh, ma chérie.

— Je n'arrive pas à croire qu'il est mort. Je ne...

Une pensée me traversa.

— Sarah, ta meute avait du Sillin en stock ?

Mes mots me laissaient un goût amer, car la drogue empêchant la trans-formation avait déjà causé beaucoup de mal. D'abord lors des épreuves pour être alpha, quand Everest m'avait fait chanter pour que j'aille à la dernière épreuve pendant qu'il volait le stock des Boulder, conservé au Q.G. Puis, quand mon cousin était revenu sur l'accord de vente passé avec les Rivière et qu'Alex Morgan avait poussé sa Jeep hors de la route.

La nuit où j'avais décrypté son dernier message vocal et trouvé le stock des Boulder – avec un paquet manquant – sous la latte branlante du parquet de ma maison d'enfance, je n'avais ressenti ni fierté ni soulagement. Juste de l'abattement, parce que c'était trop tard… mon cousin était parti pour toujours.

Les loups-garous possédaient de la magie, mais ramener les morts à la vie ne faisait pas partie de notre panel de compétences.

À moins que la fable que Liam m'avait racontée sur le loup ressuscitant son partenaire d'accouplement avec une morsure d'amour fût vraie, mais je doutais que des crocs plongeant dans la chair puissent faire quoi que ce soit d'autre qu'arrêter un cœur. Malgré tout, c'était une jolie légende.

— Robbie dit qu'on en a, répondit Sarah.

Au même moment, Liam sortit de sa cuisine, apportant deux assiettes et des couverts. Il posa le tout sur sa table basse en fer forgé, puis prit les deux bouteilles d'eau qu'il avait coincées sous son bras et les plaça sur un support brillant.

— Avant d'aller à la veillée, tu pourrais aller les chercher et les cacher ? demandai-je à Sarah.

Liam s'assit dans le fauteuil face à moi et haussa un sourcil.

— On va aller les chercher dès maintenant, assura-t-elle.

— Merci.

— Si tu as besoin de quoi que ce soit d'autre, Ness, n'importe quoi, appelle-moi.

Je souris malgré la journée infernale que j'avais passée. Malgré les jours infernaux à venir.

— La veillée est ouverte à d'autres meutes ?

— Si Cassandra se pointe…, commença Sarah.

— Je demandais parce que je voudrais venir, moi.

— Oh.

Elle marqua une pause.

— Tu n'es pas obligée, Ness.

— Je ne fais jamais rien que je ne veuille pas.

— Tu viens de te proposer pour être le second de Liam, fit-elle remarquer.

Les tendons au cou de ce dernier se tendirent sur sa gorge bronzée. Même si Sarah n'était pas en haut-parleur, son ouïe était assez fine pour qu'il puisse l'entendre.

— Aussi fou que cela paraisse, je n'avais pas envie de le voir mourir, la contredis-je doucement.

Liam posa ses avant-bras sur ses genoux, noua ses doigts et fixa si durement ses phalanges qu'une ride verticale apparut entre ses sourcils.

Après avoir raccroché, je posai mon téléphone face contre la table basse.

— Je pense qu'il serait approprié que tu assistes à la veillée de Julian, toi aussi.

Il plongea son regard dans le mien.

— Tu réalises qu'ils sont tous des Rivière, maintenant ?

— Ils sont aussi humains. Enfin, en partie. Bref, c'était juste une suggestion. Pas un ordre.

Lentement, il hocha la tête.

— Tu as raison. Je t'accompagnerai.

— Bien.

— Donc le Sillin, hein ? Tu es vraiment convaincue que c'est comme ça qu'elle a battu Julian ?

J'observai la pièce lumineuse et propre, tous ses angles nets et ses couleurs douces. Des particules de poussière brillaient dans un rayon de lumière.

— C'est possible que ta maison soit sous écoute ?

— Cole a fait le tour, l'autre jour. Pas d'appareils d'écoute, ni de caméras, cachés.

— Je ne sais pas *comment* elle a triché, juste qu'elle a triché.

— Alors pourquoi Nora Matz n'a rien signalé de non réglementaire ?

— Le Sillin est sans odeur. Si Sandra en a mis dans une lotion pour le corps…

— Cassandra, coupa-t-il.

Je fronçai les sourcils et il expliqua :

— Tu viens de l'appeler Sandra.

C'est vrai.

— Elle se faisait appeler Sandra quand elle prétendait être maquereau de l'agence d'escort de la Rivière Rouge.

Je me mordis la lèvre inférieure. Trois petites lettres en plus qui avaient réussi à cacher son identité à mes yeux. Je ne savais pas si elle avait choisi son pseudo par manque de créativité ou dans l'espoir que je comprenne qui elle était.

— Quelle est ta théorie ?

Je tirai sur les bords effilochés de mon short.

— Je me dis qu'elle a pu passer la lotion sur sa peau et que, quand Julian l'a mordue, ça l'a rendu plus faible.

— Mais le Sillin ne nous fait pas vomir.

Il avait raison, mais peut-être que mélangé à un cosmétique…

— Et puis, ça n'aurait pas pénétré son organisme ?

— Au bout d'un moment, peut-être, soupirai-je. J'aimerais tester ma théorie. Le Sillin est ici ?

— Non.

— Où l'as-tu mis ?

— Dans un endroit sûr.

— C'est-à-dire ?

— Un endroit sûr, répéta-t-il comme si je n'avais pas entendu la première fois.

— Et tu vas me laisser dans le noir à ce sujet ?

— C'est mieux.

— Tu ne me fais toujours pas confiance ?

— Je te fais confiance.

— Alors pourquoi tu ne me le dis pas ?

— Parce que les Rivière ont tué Everest pour avoir ce médicament.

— Ils l'ont tué parce qu'il était revenu sur sa promesse de le leur vendre.

— Les Rivière ont plus d'argent qu'ils n'en ont besoin. Surtout si tu prends en compte la contribution des propriétés d'Aidan. Je déteste cet homme, mais il est intelligent en affaire et il s'est construit un empire.

Liam dénoua ses doigts et posa ses mains sur ses genoux habillés d'un jean.

— Ils n'ont pas tué ton cousin parce qu'ils avaient perdu de l'argent.

Un frisson me parcourut. *Donc ils ont vraiment besoin du Sillin…*

— Et pourtant, tu es prêt à te battre contre elle.

— J'y suis prêt parce que je sais comment le médicament fonctionne.

— Et pas moi ?

Il lâcha un grognement qui me fit redresser les épaules.

— Je l'ai pris pendant des semaines, Liam. Quand j'ai déménagé à Los Angeles, maman m'a forcée à l'ingérer chaque jour pour rendre mon gène de louve inactif.

— Alors tu sais que quand les pilules sont retirées de leur emballage et exposées à l'air, leur effet s'évanouit. C'est pour ça qu'on les garde au frais.

Je haussai un sourcil.

— Alors si – et c'est un grand si – le Sillin était dans l'organisme de Morgan ou sur sa peau, son effet aurait disparu au moment où j'ai demandé à l'affronter.

Je comprenais bien et stockai cette information dans un coin. Il pencha la tête sur le côté.

— Tu sais ce qui me déconcerte le plus ? Tu es toujours la première à proclamer que les femmes sont égales aux hommes ; pourtant une femme alpha bat un homme et tu es convaincue qu'elle a triché ? Pourquoi ?

Je relâchai mes bras croisés sur ma poitrine.

— Julian a vomi.

— Pourtant son second – qui n'a aucun intérêt à aider l'alpha des Rivière – n'a pas signalé de triche ? Soit Nora Matz est très bête, soit tu es très intelligente.

J'observai son expression attentivement pour voir quelle conclusion il en tirait.

— Ne me regarde pas comme ça.

— Comme quoi ? demandai-je.

— Comme si tu ne savais pas à quoi je pensais.

— Je ne sais pas à quoi tu penses.

Son visage hagard s'adoucit.

— Tu sais toujours à quoi je pense.

Il baissa les yeux vers ses longs doigts qui frottaient ses genoux. D'avant en arrière, sans arrêt. Quand il plongea son regard dans le mien, il annonça :

— Si tu étais bête comme un âne, je ne t'aurais pas acceptée comme second… peu importe combien tu es fascinante.

Il expira profondément.

— Je sais que j'ai suggéré l'idée de tuer ton père, Ness, mais je suis le premier à admettre combien c'était mal. J'espère sincèrement qu'un jour, je parviendrai à lui arriver au moins à la cheville.

Liam n'avait pas bougé de son fauteuil, pourtant c'était comme s'il s'agenouillait devant moi et frappai mon cœur encore et encore.

— Si tu trouves que je vaux la peine qu'on se batte, alors putain je me battrai. À tes côtés, je me battrai. Je deviendrai un alpha digne de ce nom. Un que tu ne voudras plus jamais fuir.

Il soutenait mon regard tout en parlant.

— Un qui ne te laissera jamais fuir.

Le silence s'installa entre nous.

— Je veux ton admiration, Ness. Je n'aurai peut-être jamais rien d'autre de toi, mais j'espère que je pourrai regagner au moins ça.

Des larmes humidifièrent mes yeux.

Parce qu'il avait parlé de mon père, me disais-je. C'était la raison de mes larmes. La *seule.*

Un bon gros mensonge. Si cela avait été la seule raison, j'aurais pu garder mon regard rivé au sien, ce qui ne m'était pas possible.

J'étudiai le tapis en peau de vache, passai discrètement une phalange sur mes joues, puis pris une inspiration pour me donner de la force et levai les yeux.

— Combien vas-tu me payer ?

Son regard perçant étudia mon visage. Pendant un instant, il ne répondit pas et ne bougea pas. Puis il s'adossa à sa chaise, croisa un pied par-dessus l'autre, et agita ses jambes comme s'il était ennuyé que j'aie évoqué mon salaire.

— Combien tu veux ?

— Cinq mille.

— Par semaine ?

Je clignai des yeux et le regardai.

— Non. Au total.

Il immobilisa ses jambes.

— Je te donnerai cinq mille aujourd'hui et la somme de ton choix quand on gagnera le duel.

— Liam, je n'ai pas besoin…

— Sans vouloir être présomptueux, j'ai plus d'argent que je ne peux en dépenser. Et si je gagne, des zéros vont encore s'ajouter.

— Bien pour toi et la meute, mais ce n'est pas pour ça que je fais ça.

Son regard fixe était stressant.

— Pourquoi tu fais ça ?

— Je te l'ai déjà dit.

— Redis-le-moi.

Je me passai la main dans les cheveux.

— Parce que je ne veux pas que tu meures.

— Pourquoi tu ne veux pas que je meure ? Je le mérite, non ?

— Ne t'inquiète pas. Je t'ai assez torturé en pensée pour m'avoir traitée de traître.

Il ricana et, aussi fou que cela paraisse, je souris. Comme nous avions avancé, lui et moi. Mais nous avions encore beaucoup de chemin à faire.

Je pris mon assiette et la posai en équilibre sur mes genoux.

— On peut être clairs sur quelque chose ? Ce n'est pas un jeu pour moi. Je veux te sauver la vie et je veux le faire parce que tu ne sembles pas être intéressé par ce qui se passera.

Cela le calma. Je mordis dans un bout de fromage.

— J'ai des restes de Sillin de Los Angeles. Je ne l'ai pas conservé au frigo, mais il est toujours empaqueté. Tu crois qu'il serait toujours efficace ?

Il s'empara de son assiette et coupa son steak.

— Si c'est le même lot que celui que tu as donné à mon père, alors oui, c'est toujours efficace.

La culpabilité jaillit en moi. Heath ne méritait pas de vivre, pourtant, je regrettais d'avoir participé à sa mort.

— Tu crois que Morgan rendra le corps de Julian à sa famille ?

— Pas si elle l'a empoisonné.

Il dévissa sa bouteille d'eau et but une gorgée.

— À moins qu'elle soit sûre que le Sillin n'est plus dans son sang.

— Combien de temps ça prendrait ?

— Tout dépend de la dose.

— J'imagine que ce n'est pas vraiment important, finis-je par dire. Une fois que nous aurons testé le Sillin nous-mêmes, on saura si elle en a utilisé ou pas.

CHAPITRE 2

Après avoir évoqué les autres façons dont Cassandra Morgan aurait pu gagner le duel – sans Sillin -, Liam me déposa devant l'appartement que je partageais avec Jeb, au dernier étage d'un bâtiment à deux étages.

Avant que je ne puisse fermer la portière de la voiture, Liam dit :

— Matt sera là dans la matinée. Probablement vers six heures trente.

Je fronçai les sourcils.

— Je veux que tu commences à développer tes muscles et ton endurance.

— Et en quoi j'ai besoin de Matt pour ça ?

Liam posa sa main derrière le siège que je venais de laisser vacant.

— Il t'emmènera courir.

— Je peux aller courir toute seule.

Il me lança un sourire narquois.

— Je suis sûr que oui. Mais au cas où tu as oublié, nous avons beaucoup plus de loups en ville.

— Tu crois qu'ils pourraient m'attaquer ?

Ses yeux s'obscurcirent.

— Non. Je ne pense pas qu'ils se risqueraient à un geste aussi dénué de tact, mais tu ne cours pas dans les bois seule. Maintenant que j'y pense,

Lucas devrait emménager avec toi, ou alors tu pourrais… (il se passa la main dans les cheveux) rester chez moi.

Même si Lucas ne me déplaisait plus autant, il était hors de question qu'il emménage dans mon appartement composé de deux chambres.

— J'ai Jeb. Et puis, quel genre de message on enverrait si j'avais besoin d'un baby-sitter ? Ils ne me prennent déjà pas au sérieux. N'en rajoute pas.

Je ne pris même pas la peine d'évoquer l'autre suggestion de Liam.

— C'est qui, *ils* ?

— À peu près tout le monde.

Il ouvrit la bouche, mais je le coupai :

— J'irai aux Q.G. des Pin vers dix-neuf heures.

Il scruta mon visage un long moment avant de répondre.

— D'accord. Je viendrai te chercher à dix-huit heures.

— J'ai mon permis, maintenant, lui appris-je avec un sourire qu'il ne me renvoya pas. J'irai par mes propres moyens.

Ses yeux se voilèrent, comme s'il n'était pas ravi de mon indépendance naissante. À moins que ce ne soit le fait que j'aille là-bas seule qui lui déplaisait ?

La dernière et unique fois où j'étais allée au Q.G. des Pin, c'était pour les fiançailles de Margaux et Robbie Matz, et ce n'était pas pour faire la fête. J'y étais allée pour m'assurer d'une alliance avec Julian, parce que mon cousin m'avait convaincue que j'avais tué Heath et que la meute vengerait la mort de leur alpha en me tuant.

J'avais obtenu tellement plus que l'aide de Julian, ce jour-là. J'avais eu droit à une confession qui avait retourné mon monde : le nom de l'homme qui avait tué mon père… un homme qui était toujours bien vivant, même si ma meute avait prétendu le contraire.

Mes talons cliquetèrent sur l'escalier en pierre, vierge de pétales de rose et de cierges, ce soir. Me redressant pour me préparer, je passai les portes ouvertes. La pièce avait un haut plafond et un atrium cerclé par des portes vitrées d'un côté ; des murs lambrissés sombres de l'autre. Elle était remplie de gens en deuil. Même les orchidées près de la photo exposée de Julian étaient d'une teinte violette si foncée qu'elles avaient l'air noires.

J'essayai de remplacer la dernière image que j'avais eue de Julian par le visage expressif et bronzé qui me fixait dans son cadre doré. Il aurait adoré ce cadre, sa couleur et toutes ces gravures. L'homme avait un faible conséquent pour les choses onéreuses.

Mon regard parcourut la pièce jusqu'à ce que je repère Sarah. Elle ouvrait l'une des portes-fenêtres qui donnaient sur les haies du labyrinthe séparant le Q.G. du manoir en pierre pâle du défunt.

Je traversai l'amas de loups-garous méfiants et présentai mes condoléances aux endeuillés. Vu leurs sourcils froncés et leurs regards sceptiques, je présumai que peu croyaient en ma franchise.

Eh bien. Je n'étais pas là pour les convaincre. J'étais là pour Sarah.

Quand je l'atteignis enfin, je lui tapai l'épaule et elle se retourna. Ses yeux bruns gonflés s'écarquillèrent de surprise. Apparemment, elle ne s'attendait pas vraiment à ce que je vienne. Elle noua ses bras autour de mon cou et me serra fort.

— Deux fois dans la journée. Que devient le monde ? lançai-je à sa crinière blonde.

Elle s'écarta de moi.

— Qu… quoi ?

— Les câlins. C'est le deuxième.

Elle esquissa un sourire.

— Ne t'y habitue pas.

— Je n'oserais rêver de m'habituer à quoi que ce soit par ici. Trop de transformations incessantes : les alliances, les choix du cœur, les alphas… les gens.

Elle haussa un sourcil.

— Tu viens de faire une blague.

— Peut-être. Mais ne t'y habitue pas, fis-je remarquer en utilisant ses propres mots. Je ne suis pas du genre drôle.

Son sourire s'agrandit un peu plus, puis s'immobilisa tandis que son regard s'arrêtait sur quelque chose par-dessus mon épaule. Elle baissa la tête vers l'entrée.

Je me tournai et vis Lucas et Liam avançant vers nous. Les deux portaient du noir – là où Liam avait enfilé une chemise noire et un pantalon noir, Lucas portait un tee-shirt et un jean.

— Vous êtes encore beaucoup à venir ? demanda Sarah après qu'ils nous eurent rejointes.

Lucas agita son sourcil barré par une cicatrice blanche.

— Pourquoi ? Tu as peur de manquer d'amuse-gueule, la blondasse ?

Liam toussa, probablement pour essayer de signaler que la blague de Lucas était de mauvais goût, mais Sarah rit, ce qui lui valut de nombreux regards noirs.

— Je ne sais pas si d'autres viendront.

Liam parcourut des yeux la pièce, ce qui de son point de vue était beaucoup plus simple que du mien. Il n'était pas aussi grand que le mètre quatre-vingt-dix-huit d'August, mais il n'en était pas loin.

— Vous ont-ils rendu le corps de Julian ?

Sarah secoua la tête.

— Je doute qu'ils le fassent.

Elle avança d'un petit pas vers moi, comme si elle allait déposer un bisou sur ma joue.

— J'ai sorti tous les paquets.

Je serrai son poignet en guise de gratitude.

— Quels paquets ? demanda Lucas, jamais subtil.

Liam dut répondre à Lucas par l'esprit, car ce dernier cligna des paupières. Sarah hocha la tête.

— Je les ai mis dans un endroit frais et sûr.

— Pas chez toi, j'espère, répondit Lucas.

Ses joues rosirent.

— Non.

— Rappelle-moi de ne jamais jouer au poker avec toi. Tu es une très mauvaise menteuse.

Elle rougit encore plus.

— Lucas…, commença Liam d'un ton d'avertissement.

— Elle devrait pas garder cette merde près d'elle, grogna Lucas.

La panique me comprima la gorge.

— Il a raison, Sarah. Regarde ce qu'ils ont fait à mon cousin.

— Oh, lâcha Sarah.

Même si ses paupières étaient enflées à cause des larmes, elle écarquilla les yeux un peu plus.

— Je devrais les mettre où ?

— Tu devrais nous les donner, proposa Lucas.

Je vis au recul de sa tête qu'elle n'aimait pas cette idée.

— Je ne pense pas que Robbie sera partant.

Lucas souffla.

— Ton frère sait ?

— Il m'a aidée à les sortir, murmura-t-elle.

Un muscle tressaillit à la mâchoire de Lucas.

— Et il t'a laissée garder le tout ?

Sarah posa ses mains sur ses hanches.

— Il me fait confiance, Lucas.

Je ne pensais pas que la confiance soit le problème.

Avant que je ne puisse dire quoi que ce soit, le silence retomba dans la pièce, uniquement troublé par le froissement du tissu et le cliquetis des bijoux.

— N'arrêtez pas de parler pour nous, fit une voix qui devenait familière beaucoup trop rapidement.

Je fis volte-face vers le grand escalier. En haut se trouvait Cassandra Morgan, pieds nus et vêtue d'une robe chasuble ressemblant à un sac poubelle.

Sarah siffla avant de plaquer ses mains sur ses oreilles.

— Qu'est-ce qu'elle a dit ? chuchotai-je.

— Elle nous a appelés ses petits Rivière, marmonna Sarah.

Cassandra esquissa un geste derrière elle.

— Je suis venue avec un présent.

Deux hommes aux muscles saillants entrèrent dans la pièce, portant un brancard. Au-dessus reposait le corps nu de Julian. Aucun drap ne le couvrait. Aucune trace de sang ou de terre non plus. Les Rivière l'avaient nettoyé et avaient recousu sa gorge avec un épais fil noir. Vu le teint cireux de sa peau, ils devaient avoir siphonné le sang. À moins qu'ils l'aient laissé sur le terrain jusqu'à ce qu'il se vide complètement.

Des hoquets traversèrent l'assemblée et un sanglot dissonant se fit entendre de l'autre côté de la pièce, plus bruyant que le reste.

— Justin m'a encouragée sans relâche pour que je vous retourne votre alpha vaincu. Alors me voilà. Considérez cela comme une proposition de paix.

Les hommes derrière elle s'accroupirent, déposèrent le brancard à côté de la photo encadrée, puis reculèrent et restèrent épaule contre épaule près de la porte d'entrée.

Une voix rauque s'éleva de la foule perplexe.

— Couvrez-le. Couvrez-le.

Puis, des talons cliquetèrent sur l'escalier en pierre tandis qu'une femme aux cheveux gris trottait jusqu'au palier. Elle disparut derrière une petite porte avant de revenir avec plusieurs serviettes pour les mains couleur lavande, décorées de P dorés. Le teint aussi pâle que celui de son alpha décédé, elle s'agenouilla et le recouvrit gentiment, bande de coton par bande de coton.

Une fois que Julian fut momifié de serviettes, Cassandra commença à descendre l'escalier.

— Aidan a dit que les Boulder n'étaient pas empathiques, mais je vois qu'il s'est trompé. Je vous remercie de montrer aux miens autant de gentillesse, dit-elle en inclinant la tête vers nous.

— Nous ne sommes *pas* les tiens !

La voix de Sarah claqua contre les sols en pierre polie. Cassandra plissa les yeux et Sarah agrippa sa tête, se ratatinant sur elle-même.

— Tu peux entendre ma voix dans ta tête, non, Mademoiselle Matz ? demanda avec plaisir l'alpha des Rivière.

Sarah ne répondit rien, mais sa colonne vertébrale se raidit.

— Si tu peux m'entendre, alors tu es des miens.

Cassandra traversa la pièce et des ombres envahirent son visage et ses yeux.

— Tout comme je suis des vôtres.

Elle s'arrêta en atteignant le frère de Sarah dont les cheveux blonds étaient attachés en une queue de cheval qui tombait jusque sur ses épaules

— Vous étiez le prochain en lice pour être alpha, si je ne me trompe pas.

Robbie hocha la tête précautionneusement, ses cheveux brillant comme de l'or dans la lumière tamisée.

— J'aimerais que vous me parliez de votre meute pour que je puisse bien la guider. Pourrions-nous faire un tour dans les jardins ?

Avant d'acquiescer, Robbie jeta un coup d'œil vers sa sœur. Je m'avançai devant Sarah, comme si je pouvais dévier son regard, mais Cassandra eut le réflexe de le suivre et, même si elle s'arrêta sur moi, elle pencha la tête, m'indiquant qu'elle n'avait pas manqué le véritable objet de l'attention de Robbie.

La crainte s'amassa dans mon estomac. Robbie n'avait sûrement pas pensé aux répercussions de ce geste envers sa sœur, mais moi, si ; et je n'aimais pas ça, tout comme je n'aimais pas qu'il ait laissé le Sillin à sa garde. S'il n'avait pas toutes les réponses que Cassandra voulait, elle viendrait pour Sarah, et je ne voulais pas que l'alpha tourne autour de mon amie.

L'alpha avait prétendu venir en paix, mais si tel avait été le cas, elle n'aurait pas emporté son armée de métamorphes avec elle… elle n'aurait pas créé une agence d'escort pour espionner les autres meutes.

Nous devrions partir.

L'ordre silencieux de Liam me coupa la respiration. J'inspirai avant de hocher la tête et de me tourner vers mon amie.

— Tu es prête à partir ?

Elle haussa les sourcils.

— À partir ?

Des yeux, je tentai de lui faire comprendre mon intention de rentrer et de ne pas m'en aller sans elle.

— Ma voiture est juste dehors.

Cassandra n'était peut-être pas intéressée par le stock de Sillin des Pin, mais et si c'était le cas ?

En comprenant ce que je voulais dire, la couleur disparut du visage de Sarah.

— Laisse-moi dire au revoir à maman.

— Bien sûr.

Elle slaloma parmi sa meute vers sa mère, avachie sur un canapé, les joues pâles et brillantes de larmes.

— Ness ?

Liam indiqua la sortie.

Je partis avec lui et Lucas. Tandis que nous prenions l'escalier, mon regard divagua jusqu'au linge lavande sur la silhouette immobile de Julian.

— Si quelqu'un m'enterre dans des putains de torchons, je reviendrai les hanter, marmonna Lucas.

Un rire m'échappa. Même la commissure des lèvres de Liam se releva. Je plaquai la paume de ma main sur ma bouche pour étouffer le son si inapproprié que même les gardes du corps de Cassandra me fixèrent durement, et je doutai pourtant qu'ils ressentent le moindre amour pour Julian et sa meute.

Je donnai un coup de coude à Lucas tandis que nous sortions.

— Ils vont tous penser que je suis sans cœur, maintenant.

Lucas passa sa main dans ses cheveux noirs touffus et sourit.

— Tu devrais toujours laisser tes ennemis présumer des choses.

— Les Pin ne sont pas mes ennemis.

— Ils ne sont plus des Pin, protesta Lucas au moment où Sarah sortait du bâtiment.

Elle n'avait pas dû l'entendre, car elle ne réagit pas à sa remarque. Elle noua son bras au mien et me traîna presque jusqu'en bas des marches.

— J'ai changé d'avis. Je voudrais que vous récupériez le truc.

Il me fallut une seconde pour comprendre de quel truc elle parlait. Je me tournai et échangeai un rapide regard avec Liam.

— Lucas, ramène Sarah chez elle.

Il lui lança ses clés de voiture. Lucas fronça les sourcils, puis Liam dut lui expliquer par l'esprit car il hocha la tête.

— Et toi, comment tu rentres ? En courant ?

— Ness a une voiture.

J'agrippai mes clés assez fort pour laisser une marque.

— Je crois que ce serait mieux que tu ailles avec eux, Liam.

Une mèche de cheveux noirs tomba dans ses yeux.

— Je me sentirais mieux si Sarah vous avait tous les deux avec elle, ajoutai-je.

Une semi-vérité.

L'autre moitié de cette vérité était que le chemin prenait un peu plus d'une demi-heure, et que Liam et moi avions passé assez de temps ensemble en une journée, à mon goût. Et puis, je n'étais pas encore en confiance concernant ses intentions envers moi.

Il fallut quelques minutes – peut-être secondes – pour que Liam décolle la semelle de ses bottines noires du chemin de dalles. Les épaules redressées en arrière, il avança jusqu'à sa voiture.

Lucas nous regarda toutes les deux avant de suivre notre alpha.

Sarah se mordit la lèvre.

— Je t'appellerai demain, ma chérie.

Puis elle partit aussi.

J'étais enfin seule.

Le retour m'amena à passer devant l'entrepôt des Watt. Même s'il n'était pas tard, le studio d'August, flanqué à l'entrepôt, était plongé dans le noir.

J'essayai de le sentir via le lien, mais mon estomac n'était qu'un immense méli-mélo d'émotions. Je me garai sur le côté, attrapai mon téléphone et tapai un message : *Ne quitte pas Boulder, ok ?*

Dans l'obscurité éclairée d'étoiles, sous la lune presque pleine, j'attendis qu'August me réponde.

Aucune réponse ne vint.

CHAPITRE 3

À six heures quinze le lendemain, je m'arrachai aux draps chauds et me préparai pour ma course matinale avec Matt. Je laçais mes baskets quand il m'envoya un message pour m'annoncer qu'il était en bas. Je fourrai ma clé et mon téléphone dans la poche zippée de ma veste de sport et passai à pas de loup devant la chambre de mon oncle endormi, ouvris et fermai la porte d'entrée discrètement, puis descendis les marches du porche en bondissant.

— Désolée qu'on t'ait collé avec moi.

Il s'écarta de sa Dodge argentée et palpa ses cheveux blonds coupés courts.

— T'en fais pas, petite louve. Je t'en dois une.

— Tu m'en dois une pour quoi ?

— Pour avoir empêché Liam d'affronter Morgan sans soutien.

Je resserrai ma queue de cheval et soupirai.

— Si seulement il avait accepté son marché.

— M'en parle pas.

Matt Rogers était un grand garçon aussi gentil qu'un chiot.

— On y va ? Je dois aller travailler dans une heure.

J'échauffai mes mollets.

— Je suis prête.

Au bout de trente minutes de course ridiculement éprouvante – Matt avait choisi un chemin qui remontait le flanc de la montagne -, je respirais avec difficulté.

— Je ne comprends pas… pourquoi je dois m'entraîner. Ton frère a dit que… les seconds se retrouvaient rarement… embarqués dans le combat.

J'inspirai un peu plus d'oxygène bien mérité, puis expirai.

— Regarde Nora…

Le rythme de mon cœur devint si frénétique que je dus m'arrêter une minute dans mon discours.

— Si la sœur de Julian s'était impliquée dans le combat, il serait peut-être toujours vivant aujourd'hui.

La transpiration perlait au front de Matt, mais contrairement à moi, il ne haletait pas comme un taureau dans un enclos.

Je m'arrêtai abruptement, ce qui le força à s'arrêter aussi, puis me penchai et posai mes paumes sur mes cuisses.

— Le poison était déjà… dans son organisme.

Son regard passa sur la barrière de pins à notre gauche, comme s'il s'attendait à y voir des créatures à fourrure aux oreilles dressées et aux yeux brillants.

— On m'a parlé de ta théorie, mais Morgan pouvait se transformer. Si elle avait été droguée au Sillin, elle n'aurait jamais pu le faire.

— Je ne crois pas que c'était… dans son sang.

J'inspirai de l'air chaud et sec. Le soleil rayonnait et éclairait d'une lueur rosée les montagnes des loups, le long du chemin pentu.

— Je crois que c'était… sur sa peau.

— Ce qui est sur ta peau pénètre tes vaisseaux sanguins.

Je me raidis, croisai les bras sur ma poitrine qui se soulevait et s'abaissait toujours très vite.

— Ne me dis pas que tu crois… qu'elle a gagné en la jouant fair-play, sans fourberie.

— Nora Matz semble le penser.

J'avais beau ne pas être sous ma forme de loup, je grognai malgré tout à l'intention de mon ami.

— C'est impossible.

Un sourire s'installa lentement sur son visage rougi.

— Je suis d'accord. Je veux dire, c'est une femme…

— Abruti.

Je frappai son énorme biceps, ce qui me valut un sourire en coin.

— Tu sais que je ne pense pas pour de vrai que ton genre est faible, hein ?

— Oui. Je sais.

Il m'avait fallu des mois pour prouver qu'une femme pouvait se faire une place dans une meute entièrement masculine. Regrettai-je d'avoir participé aux épreuves au début de l'été ?

Non.

Bon... Peut-être un peu.

Après tout, j'avais presque perdu la vie dans un glissement de terrain, puis de nouveau pendant le duel final qui avait heureusement été écourté quand mon cousin avait demandé à sa mère de kidnapper Evelyn.

Quand on commença à descendre la montagne, je l'interrogeai sur son travail, ce qui était un moyen détourné d'en venir à August, puisqu'il était le patron de Matt.

Il me raconta qu'ils bâtissaient les murs d'un pavillon de luxe sur la route de Valmont.

— Cet endroit est génial.

— Et August... il aide sur la construction ?

— Oui. Il se salit les mains.

— Il est sur le site tous les jours ?

Matt me coula un regard.

— Qu'est-ce que tu veux savoir exactement ?

Je me mordis la lèvre, puis la lâchai pour rassembler de l'oxygène.

— Est-ce qu'il est resté ?

— Tu crois vraiment qu'il s'est levé et est parti ? Il a mis la main sur *la* fille. Il ne partira jamais. Du moins, pas sans toi.

Le rouge remonta le long de mon cou. Heureusement, Matt l'attribuerait à notre exercice éprouvant.

— Liam me force à rester loin de lui.

— Comment ça, *il te force* ?

— Il m'a dit que, puisqu'il me confiait sa vie, il voulait mon attention complète sur lui. Que jusqu'au duel, je ne pouvais pas passer du temps avec August. Que si je le faisais, il affronterait Cassandra selon ses propres conditions.

29

Matt ne dit rien et se contenta d'examiner la poussière soulevée par ses baskets.

— Tu crois qu'il est vraiment inquiet qu'August soit une distraction ou que c'est sa façon de me récupérer ?

Sans ralentir, il demanda :

— D'après toi ?

— Je ne sais pas quoi penser, Matt. Je ne connais pas Liam comme toi.

— Il n'a pas tourné la page après toi, Ness.

Même si mes membres semblaient en feu d'avoir couru, un frisson traversa mes os.

— Tu crois vraiment qu'il affronterait Cassandra sans mon aide si quelque chose se produisait entre August et moi ?

— J'espère qu'il ne ferait pas quelque chose d'aussi bête, mais il allait vraiment se battre sans second, alors oui, je crois vraiment qu'il prévoirait le duel sans toi. Les hommes font des trucs débiles pour impressionner les femmes.

— Ça ne m'impressionnerait pas, pourtant. Ça ne ferait que m'énerver.

— Cela attirerait ton attention.

Je soupirai.

— Écoute, je ne suis pas sûr que je suivrais mon propre conseil, mais si tu peux refréner tes désirs, fais-le.

— Refréner mes désirs ? ricanai-je. Je ne suis pas un animal.

Il sourit.

— C'est pas tout à fait juste, petite louve.

Il marqua une pause puis ajouta :

— Au moins, essaye de contrôler ta libido.

Le rose qui avait déjà envahi mon cou engloutit mon visage entier.

— Je viens de faire rougir Ness Clark ?

— La ferme, grognai-je, la respiration sifflante. Et je ne rougis pas… C'est juste que j'ai chaud à cause de cette stupide… course.

— Hmm hmm, me taquina-t-il tout en avançant vers sa voiture. Écoute si quelqu'un peut apprivoiser ses désirs, c'est bien toi.

La main posée sur le capot de sa voiture, je pliai ma cheville vers le muscle ischio-jambier pour apaiser ma cuisse.

— Et puis on parle de jours, n'est-ce pas ? Pas de semaines ?

Ses muscles tressaillaient au niveau de ses bras et de ses cuisses tandis qu'il s'étirait.

— Je ne sais pas combien de temps ça prendra. Il nous faudra peut-être les cinq semaines qu'elle nous a laissées.

Je poussai du pied un mégot de cigarette du trottoir dans le caniveau.

Il entra dans sa voiture et commenta :

— Eh bien, je suis sûre qu'August comprendra.

Oui, je n'en étais pas sûre du tout. Il n'avait toujours pas répondu au message que j'avais envoyé la nuit précédente.

— Même heure demain ?

J'arrachai mon regard de l'instrument de mort écrasé dans le caniveau.

— On court demain ?

— Tous les jours jusqu'au duel. Je prévoirai un chemin différent, par contre.

— Mais je me suis engagée dans quoi, exactement ? grommelai-je.

— Tu t'es engagée à sauver les fesses de ton alpha.

— Je n'ai pas besoin de muscles pour ça, Matt. J'ai besoin d'un cerveau et de temps pour réfléchir.

— Petite louve, si le duel tourne mal, tu voudras avoir les muscles.

Le commentaire de Matt éclipsa tout l'agacement qui me restait.

Avant de partir, il ajouta :

— On ne peut pas te rendre incassable, mais on peut te rendre assez forte pour battre Justin Summix.

Dit comme ça...

Il m'adressa un rapide sourire et un signe de main avant de s'en aller.

J'observai ses feux arrière devenir de simples points rouges puis disparaître d'un coup. Avant d'entrer dans l'appartement, je vérifiai mon téléphone, espérant un nouveau message.

Je soupirai en voyant que j'en avais un, mais pas du bon loup.

Liam m'avait envoyé l'adresse d'une salle de sport où je devais le retrouver après manger. Au moins, j'avais la matinée de libre. Ça me laisserait le temps d'encaisser son chèque et d'aller voir Evelyn. Deux choses qui me rendraient heureuse.

J'allais devoir trouver bien plus pour rester saine d'esprit les semaines à venir.

CHAPITRE 4

A près un délicieux petit-déjeuner chez Evelyn et de nombreux câlins à vous briser les os pour survivre à la journée, Frank McNamara insista pour m'accompagner jusqu'au minivan de l'auberge de Boulder.

— Je ne lui ai pas parlé du duel, m'annonça-t-il tandis que je posais la boîte remplie de roulés à la cannelle sur le siège passager. Je suggère que tu ne le fasses pas non plus.

— Je n'en avais pas l'intention, Frank. Elle est déjà tellement inquiète… sur tout.

Evelyn avait appris récemment l'existence des loups-garous. J'avais eu si peur qu'elle cesse de m'aimer et ait peur de moi, mais non.

— Tu lui as dit pour Aidan ? Ce qu'il est ?

— Oui. Elle a dit qu'elle n'était pas surprise.

Il frotta sa barbe blanche.

— Vraiment ?

— Apparemment, il avait une pièce dans la cave qui se fermait de l'intérieur. Une sorte de bunker. Il y avait plusieurs traces de griffures aux murs. Quand elle l'a interrogé dessus, il a dit qu'il y gardait les chiens qui n'étaient pas encore propres. Bien sûr, elle ne l'a pas cru – enfin, la serrure était à l'intérieur de la pièce –, mais à l'époque, elle avait cru qu'il l'utilisait comme pièce de torture.

Mon cœur se serra d'horreur.

— Tu crois que... qu'il torture les gens ? demandai-je en baissant la voix.

Frank secoua la tête et sa masse de cheveux blancs voleta autour de son visage.

— Je pense qu'il utilisait cette pièce quand il avait besoin de se transformer. Même avec du Sillin dans son organisme, dans la fleur de l'âge, la pleine lune l'aurait forcé à se transformer. Peut-être pas complètement, mais des parties de son corps auraient pris différentes formes ou textures.

— Quand j'étais à Los Angeles, les pleines lunes ne m'affectaient pas.

— Tu étais à des milliers de kilomètres. Sa meute n'était qu'à cent cinquante kilomètres. Il sentait forcément leur influence. Bref, je suis sûr que tu as autre chose à faire, conclut-il en tapotant sur le capot.

J'ouvris ma porte et demandai avant de monter :

— Vous croyez que j'ai raison, Frank ? Que Cassandra a bien triché ?

— J'espère que oui. Mais si non, j'espère que Liam aura la force de la vaincre, car l'alternative... (Il frémit.) Je préfère ne pas y penser.

Quand Liam avait défié Cassandra, je lui avais dit qu'il était impulsif et fou, mais n'étais-je pas pareil ? Penser que je pouvais le sauver était fou. À dire vrai, je ne souhaitais même pas la mort de Cassandra Morgan, mais puisqu'un seul alpha pouvait terminer ce duel avec son cœur intact, je ferais tout ce qui était en mon pouvoir pour que ce soit Liam.

Je montai le volume de la radio pour noyer le bavardage incessant de mon cerveau. Sans parler de mon estomac qui se nouait à cause du stress causé par toute cette réflexion.

Je posai une main sur mon nombril en m'arrêtant au feu, puis examinai la rue à la recherche d'une place de parking, mais finis par l'oublier complètement, l'estomac noué. Arrêté face à moi à l'intersection se trouvait un pick-up noir et, au volant, l'homme qui n'avait toujours pas répondu à mon message.

Son regard me frappa de plein fouet. L'impact fut si fort qu'il me coupa la respiration et que mon cœur s'emballa.

Il ne s'était écoulé qu'une journée depuis la dernière fois que je l'avais vu ; pourtant, les heures passées l'un sans l'autre semblaient plus longues que les années loin de lui.

Je le regardai m'observer, me demandant ce qu'il pensait, s'il se garerait pour qu'on puisse parler. Je m'imaginai sortir du van pour aller vers sa voiture. Frapper à sa fenêtre...

Un klaxon tonitruant me fit appuyer sur la pédale d'accélération. Je me lançai dans l'intersection avant même de vérifier que le feu était vert, puis passai devant lui. Il ne me regardait plus et fixait droit devant lui, comme si je n'étais pas là. Je fis une légère embardée et la voiture derrière August klaxonna. Je tournai mon volant et remis le van sur sa voie avant d'activer mon clignotant et de m'aligner le long du trottoir pour reprendre ma respiration.

Une respiration teintée de l'odeur d'Old Spice et de sciure qui lui collait toujours à la peau.

L'odeur provenait sûrement de mon imagination : mes fenêtres étaient fermées. Pourtant, j'inhalai profondément et longuement, comme pour réussir à faire entrer l'odeur dans mes poumons et m'imprégner de lui.

Malheureusement, ça ne marchait pas comme ça.

La seule chose que je pouvais potentiellement toucher était le lien, mais la dernière et seule fois que j'avais essayé de tirer dessus, je n'avais fait que chatouiller le ventre d'August. Quand lui l'avait fait, il avait fait bouger mon corps entier.

Certaines choses n'étaient pas justes.

Matt avait dit qu'August comprendrait, mais il avait tort.

J'attrapai mon téléphone et tapai : *Fais demi-tour. Laisse-moi m'expliquer.*

J'hésitai au-dessus de l'icône *envoyer*. Avant de pouvoir me dégonfler, j'appuyai. Mon téléphone émit un petit bruit entre mes mains et j'attendis qu'August réponde, mais il ne le fit pas. Comment étais-je censée lui faire comprendre, s'il m'ignorait ? Je frappai mon volant si fort que j'activai le klaxon.

— Bon Dieu, August, je ne l'ai pas fait pour t'énerver !

Au moins, Liam n'a pas à s'inquiéter, pensai-je, déprimée.

J'agrippai ma tête entre mes deux mains jusqu'à ce que mon crâne cesse de tambouriner et que ma vision s'éclaire. Mes histoires en matière de garçons faisaient tellement pitié – quatre jours avec Liam, une nuit avec

August. Y avait-il un problème chez moi ? Avant de me lancer de nouveau dans la circulation légère du matin, je pris mon téléphone et posai mes questions à Sarah, au cas où elle serait sortie du lit avant midi.

Quand je trouvai une place, mes mains tremblaient toujours. Je pensai à la théorie de maman qui disait de toujours voir les choses du bon côté : si on s'attardait assez longtemps sur une bonne chose, alors celle-ci illumine-rait tout le reste. Le bon côté de ma journée : les huissiers de justice cesse-raient de me harceler pour m'informer que les frais d'intérêt avaient augmenté.

En entrant à la banque, je sortis le chèque de mon portefeuille et aplatis le pli pour être sûre que l'encre n'avait pas disparu pendant la nuit, mais les trois zéros étaient toujours là. Je fis la queue derrière une vieille femme voûtée sur une canne, dont les vertèbres se voyaient à travers la chemise à fleurs. Elle jeta un coup d'œil par-dessus son épaule tassée et sourit. Je lui souris également, mais me demandai si elle n'avait pas voulu sourire à quelqu'un d'autre.

— Vous êtes la fille de l'auberge, non ?

Le tremblement de mes mains faiblit alors, remplacé par la surprise qui m'avait rendue tendue. Et muette…

— Vous m'avez servi un très bon repas, il y a quelques semaines. J'ai appelé pour réserver, mais ils m'ont dit que l'auberge fermait jusqu'à nouvel ordre. C'est vrai ?

Je me raclai la gorge.

— Changement de propriétaire.

— Quel dommage. Quel dommage. Et pile quand la nourriture deve-nait bonne. Vous ne sauriez pas ce qui est arrivé au chef cuisinier ?

Je haussai un sourcil.

— Elle est toujours à Boulder.

— Oh. Comme c'est merveilleux. Mon fils et sa femme tiennent un restaurant en ville. Vous en avez peut-être entendu parler ? *Le Bol argenté* ?

— Je ne sors pas beaucoup.

— Suivant ! appela un banquier.

LA FEMME VOÛTÉE NE lui prêta aucune attention.

— Bref, ma belle-fille faisait la cuisine, mais elle a attrapé quelque chose appelé algerisme ou agorisme et cela la rend très fatiguée. Alors ils cherchent un nouveau cuisinier. Vous ne sauriez pas si celle de l'auberge pourrait être intéressée ?

— Je peux lui demander.

— Suivant ! cria plus fort la banquière.

— Super. Laissez-moi vous donner mon numéro de téléphone.

Elle fouilla dans son sac et le contenu se déversa au sol. Je ramassai tout pour elle et le glissai dans le sac.

— Mesdames, je n'ai pas toute la journée, se plaignit la banquière, exaspérée.

— Vous savez quoi, pourquoi je ne lui dirais pas d'appeler le restaurant ? proposai-je.

La vieille femme hocha la tête et ses cheveux gris et secs caressèrent son visage.

— Dites-lui de dire que Charlotte l'envoie.

La banquière se racla la gorge.

— Les jeunes sont toujours si pressés, souffla Charlotte en avançant, son sac frottant contre le sol.

Pendant une seconde, je crus qu'elle parlait de moi car la banquière avait dépassé la fleur de l'âge, mais Charlotte ne me connaissait pas, alors elle ne pouvait pas savoir à quelle vitesse je vivais ma vie.

Mais c'était vrai. J'étais pressée.

Pressée d'en finir avec les exploits de Cassandra Morgan.

Pressée que le duel se termine.

Pressée de retrouver les bonnes grâces d'August.

Un instant plus tard, une autre banquière indiqua :

— Suivant.

J'aplatis le chèque de nouveau avant de le lui tendre, avec ma carte de crédit et une carte d'identité. L'employée examina ma carte d'identité, puis la carte de crédit, avant de retourner le chèque.

— Signez au dos, s'il vous plaît.

Elle tapota son long ongle verni contre le chèque.

Je le signai avec nervosité, sans réussir à suivre la ligne claire. Cela semblait trop beau pour être vrai. Je m'attendais à ce que le chèque soit refusé, que des vigiles m'escortent à l'écart pour m'interroger. J'humidifiai mes lèvres du bout de la langue et attendis pendant que la banquière tapait sur son clavier, avec ses longs ongles.

Enfin, elle imprima une feuille de papier et me la tendit.

— Voilà votre relevé de compte.

Je m'en emparai et mon cœur s'arrêta soudain en voyant le nouveau chiffre.

— Hum. Je pense qu'il y a erreur.

— Erreur ?

— Vous êtes sûre que c'est mon compte ?

— Vous êtes bien Ness Marianne Clark ?

— Oui.

Elle leva les yeux de son écran, tapa sur son clavier de nouveau.

— Alors il n'y a pas d'erreur.

Mon cœur tambourinait contre ma cage thoracique.

— Vous vous attendiez à un chiffre plus important ? demanda-t-elle puisque je ne bougeais pas.

Pendant que je relisais le papier encore et encore, elle ajouta :

— Nous avons de très bonnes possibilités d'investissement. Je serais plus qu'heureuse de vous proposer un rendez-vous.

Je me léchai de nouveau les lèvres. Y avait-il un autre moyen de déposer de l'argent sur le compte de quelqu'un ?

— Pouvez-vous me donner un relevé des dernières activités ? Les virements, dépôts de chèques ou…

— Bien sûr.

Son imprimante s'alluma et cracha une nouvelle feuille de papier que je lui arrachai presque des mains, cette fois. En voyant le nom sur le chèque qui avait été déposé sur mon compte presque une heure plus tôt, mes mains se remirent à trembler. À moins qu'elles n'aient jamais cessé.

— Merci, murmurai-je, la voix rauque.

— Tout va bien, ma belle ? demanda Charlotte depuis le poste de sa banquière.

Je hochai la tête, même si rien n'allait bien. Tout allait mal.

— Je… je… Hum. Je dirai à Evelyn de vous appeler.

J'agitai la main, sortis mon téléphone et, les doigts hésitants sur l'écran glissant, j'appelai August.

Je tombai sur sa boîte vocale.

Argh !

MOI : *Je viens d'aller à la banque. Qu'as-tu fait ?*

J'essayai de nouveau de l'appeler. Mais il ne répondit toujours pas.

MOI : *Si tu ne me réponds pas, je te traquerai jusqu'à pouvoir te parler.*

Une épingle punaisée à une carte apparut dans mes messages.

CHAPITRE 5

L'adresse qu'August m'avait envoyée me mena au site de construction dont Matt m'avait parlé pendant notre course.

Je fermai la portière si fort qu'elle souleva le bas de ma robe blanche légère, et m'avançai vers le chantier. Tant d'émotions tourbillonnaient en moi que je ne sentais même pas le sol sous mes pieds, ni le soleil dans mes cheveux. J'avais l'impression d'être un câble sous tension, nerveuse et prête à électrocuter quiconque se dresserait entre moi et ma cible : August Watt.

Je parcourus le chantier jusqu'à le localiser.

L'homme qui avait regardé le feu plutôt que moi et avait pourtant déposé un montant incroyable sur mon compte bancaire.

L'homme qui n'avait accepté aucun de mes appels et m'avait pourtant envoyé sa localisation.

L'homme qui portait un casque même s'il s'était crashé en hélicoptère et avait survécu.

L'homme qui faisait courir mon cœur et qui me brûlait le ventre, même s'il n'était plus à moi.

— August Watt ! criai-je.

J'avais dû crier son nom vraiment très fort, car tous les ouvriers se retournèrent.

August leva les yeux d'un plan étendu sur une table de travail. Sans se presser, il échangea quelques mots avec l'un de ses hommes avant d'avancer vers moi, les mains dans les poches de son jean délavé.

Son corps mangeait le soleil, la terre et le ciel, ainsi que tous les bruits ambiants.

Quand il fut devant moi, je me tordis le cou pour le regarder.

— Oui ?

Sa voix rauque passa sur le bout de mon nez.

Je déglutis parce que mon esprit venait de se vider et que je ne me souvenais plus pourquoi j'étais venue. Ni pourquoi j'étais en colère. Étais-je vraiment en colère ?

Oh, oui. J'étais *furax*.

Je plissai les yeux.

— Qu'est-ce qui t'a pris ?

— C'est marrant. Je pourrais te demander la même chose.

Il croisa les bras, ce qui fit ressortir tous ses muscles.

— Ce n'est pas moi qui ai déposé... (je baissai la voix jusqu'à n'émettre qu'un sifflement) *cinq cent mille dollars* sur ton compte.

— Non, tu as mis ta vie en jeu pour ton ex. Ton putain d'ex, qui s'est empressé de me dire d'aller me faire foutre. Alors laisse-moi te poser la question : qu'est-ce qui t'a pris ?

Il serra la mâchoire si fort que toutes les courbes de son visage disparurent. Même ses lèvres pleines semblaient faites d'acier et non de peau.

— J'espère que tu ne m'as pas donné tout ton argent, parce que tu vas en devoir beaucoup à ta mère pour tous ces gros mots.

Ses lèvres ne tressaillirent même pas, preuve qu'il était vraiment fâché. Je soupirai.

— Pourquoi ?

— Pourquoi je t'ai donné cet argent ? Parce que je te le devais.

— Tu me le devais ? De quoi tu parles ?

— Quand on a acheté l'entreprise à ta famille, on l'a eue à un prix dérisoire. Papa s'est toujours senti mal d'avoir payé une telle somme à ta mère.

J'ouvris la bouche et la refermai sèchement.

— Maman n'a jamais pensé que vous l'aviez sous-payée, August.

— Mais c'est le cas.

— Non. Vous avez payé ce que l'entreprise valait à l'époque.

— Pourquoi est-ce important ?

— Parce que c'est la moitié d'un million de dollars, murmurai-je. Tu ne peux pas balancer autant d'argent aux gens.

— Tu n'es pas « les gens », fit-il un peu plus doucement.

— Qu'est-ce que je suis ?

— J'espérais que tu pourrais m'aider à définir ça.

Même si je me tenais dans son ombre, la chaleur picota quand même ma peau. Je suspectai que cela avait peu de choses à voir avec le soleil, et tout à voir avec le mâle menaçant devant moi.

— Pourquoi est-ce que Liam me dit d'aller me faire foutre, Ness ? Que s'est-il passé à l'auberge ? Que lui as-tu promis ?

Je repoussai mes cheveux de mon visage.

— Je lui ai promis que j'arrêterais … ce que nous avons commencé, quoi que ce soit… pour le préparer au duel.

Il fronça ses sourcils noirs.

— Pourquoi tu devrais arrêter de me voir pour le préparer à son duel ?

Je détournai le regard, étudiant un bout d'herbe poussiéreux près des bottes de travail d'August.

— Il veut cent pour cent de mon attention.

August grogna. Après un moment de silence, il marmonna :

— Tu as oublié de me faire une pichenette.

Je levai le regard vers lui. Avant, chaque fois qu'il grognait, je lui faisais une pichenette pour lui montrer à quel point il faisait souvent ce bruit d'homme des cavernes.

— Si je te touche, ton odeur sera sur moi et il saura que je t'ai vu.

L'épice, le bois, la terre, la chaleur, la maison.

Un muscle se fléchit sur son avant-bras.

— Et il se passera quoi ?

— Il se battra contre Cassandra sans mon aide.

Je roulai le bout de ma robe entre mes doigts.

— Je ne sais pas si je devrais être blessé ou putain de jaloux qu'il te désire tellement qu'il t'attire loin de moi avec du chantage.

Son souffle chaud passa sur mon front.

— Regarde-moi, Jolies-fossettes.

Je levai les yeux vers les siens, pas parce qu'il me l'avait demandé, mais parce que ce surnom me donnait l'impression d'être à la même place qu'une coccinelle.

— August, tu sais que je ne supporte pas ce surnom.

— Et moi, je ne supporte pas que ma copine rompe avec moi à cause de l'ego blessé de son ex. Alors je t'appellerai comme je le voudrai, exactement comme toi tu as fait ce que tu voulais hier.

J'inspirai profondément et expirai aussitôt, sans le vouloir.

— August, ce n'est pas ce que je *voulais*. Son assurance allait le mener droit à la mort !

Son regard vert brillait si fort qu'il en devint presque fluorescent. Puis mon estomac s'agita, comme s'il roulait doucement, et je posai ma paume sur mon ventre. Le vent chaud souffla l'odeur enivrante d'August vers moi. Au lieu d'apaiser la tension, elle l'augmenta, poussant ma peau à désirer les longs doigts qui tenaient ses coudes pour qu'ils caressent *mes* coudes, *mes* bras, *mes* poignets.

Ce n'était pas le bon moment pour concocter des scénarios osés.

Je dansai d'un pied sur l'autre, espérant qu'il ne devine pas ce qui me traversait l'esprit.

— J'ai besoin de savoir quelque chose.

Sa voix était si rauque qu'elle encourageait mes idées cochonnes.

— Vais-je te perdre ?

— Me perdre ?

Cela me sortit aussitôt de ma transe.

— À cause de lui ? Je vais te perdre parce que tu iras avec lui ? Tu vaux la peine que je me batte, mais j'ai besoin de savoir si j'ai une chance de gagner.

Mon cœur fit un bond dans ma gorge.

— Je reculerai, Jolies-fossettes. Même si ça va à l'encontre de tout ce que je veux, je reculerai, mais il faudra me le demander. Est-ce ce que tu veux ?

Tout à coup, ce surnom que je détestais ne semblait plus aussi enfantin.

— Non, lâchai-je.

Il s'adoucit, sans non plus être voûté ou décroiser les bras. Il passa juste de l'acier au bois.

— Mais je ne peux plus avancer, si ?

Je déglutis et secouai la tête.

Il hocha la tête, comme s'il assimilait les règles. Après un instant, il ajouta :

— Je ne partage pas ce qui est à moi.

Ces mots eurent l'effet d'un fluide versé en moi, allumant quelque chose de féroce et puissant.

— Tant mieux, parce que je ne partage pas non plus.

L'ombre d'un sourire s'installa sur ses lèvres, frappant mon cœur d'un coup, qui, lui, s'accéléra.

— J'ai mes propres conditions.

— Oh ?

Je déglutis, essayant d'humidifier ma gorge qui semblait aussi sèche que du plâtre.

— Je t'écoute.

— Je ne te toucherai pas, mais il est hors de question que je ne te voie pas tous les jours, et quand je dis ça, je ne te parle pas de te voir du haut des gradins.

— D'accord.

— Je veux savoir ce que tu fais et où, et pas via le lien d'accouplement. Ce n'est pas que je te flique, mais les Rivière sont à Boulder et je fais confiance à ces connards encore moins qu'à Liam, ce qui en dit long.

Je n'avais jamais entendu August jurer autant. Mais après tout, il n'était plus le garçon délicat sur lequel j'avais un faible. Aujourd'hui, August était un homme, changé par les guerres humaines et les escarmouches des meutes.

— Et avant que tu ne fasses un commentaire sur les gros mots, je déposerai un billet de cent dollars dans le pot de maman et tu pourras en être témoin, parce que je le mettrai demain soir, pendant le dîner chez eux, et tu es invitée. Tu peux emmener Jeb aussi.

Je basculai mon poids sur un pied, faisant ressortir une hanche, et plaquai ma main dessus.

— Et si je ne veux pas venir manger chez tes parents demain ?

Je voulais, mais je n'appréciais pas la forme de l'invitation.

Il me défia du regard.

— Tu n'es pas obligée de venir, mais ça brisera le cœur de maman.

Ma main glissa de ma hanche.

— C'est un coup bas, ça. Comment est-ce que je suis censée ne *pas* venir, maintenant ?

Son sourire s'agrandit et se fit espiègle. Ça l'amusait de m'énerver.

— Tu sais, si tu m'avais tout simplement demandé, j'aurais dit oui.

— Je voulais juste voir ton visage s'illuminer de joie, Jolies-fossettes. Voir tes yeux prendre cette teinte de bleu incroyable qu'ils ont quand tu ressens des émotions fortes. Même si je préférerais les rendre plus bleus en utilisant… d'autres méthodes.

J'étais presque sûre que mes yeux venaient tout juste de prendre une teinte beaucoup plus bleue.

Il leva la main vers mon visage, mais referma ses doigts dans sa paume avant de pouvoir me toucher

— Putain, la période de convalescence après le crash d'hélicoptère, c'était rien. Ça, ça va être bien pire.

Sa main chuta le long de son corps. J'humidifiai mes lèvres.

— Peut-être… peut-être qu'on ne devrait pas passer trop de temps ensemble. Ça ne sera que plus dur.

Il grommela.

— Cette partie-là n'est pas négociable.

Je lui envoyai une pichenette, puis écartai ma main, choquée d'avoir brisé la règle en premier. Il la fixa.

— Je n'aurais jamais cru que je mourrais d'envie de me faire frapper, mais si c'est là toute l'étendue de nos contacts physiques, alors fais-moi autant de pichenettes que tu veux.

— Je n'aurais même pas dû faire ça, lâchai-je en me mordant la lèvre.

— Ce truc que tu fais avec tes lèvres. Essaie de ne pas le faire quand on est ensemble.

Il recula, comme si cela pouvait apaiser la tension du fil entre nous. Je libérai ma lèvre.

— Désolée.

— Ne t'excuse pas, mon cœur. Ce n'est pas de ta faute si je suis autant attiré par toi.

Un frisson remonta le long de mon corps.

— Je devrais probablement y aller, hein ?

Il passa sa paume sur ses cheveux courts et noirs, puis observa le chantier par-dessus son épaule. Nous étions assez loin pour que notre conversation n'ait pas été entendue, mais assez proches pour que les hommes nous regardent. Quand il se tourna de nouveau vers moi, il plissait les yeux.

— Oui. Tu devrais, parce que je suis sur le point de virer un bon paquet de gens.

Je fronçai les sourcils.

— Et si tu repasses un jour, porte une robe mission, ou un truc long et *ample*.

Il voulait virer des gens parce qu'ils m'avaient regardée un peu trop longtemps ?

— Une robe mission ? Je sais même pas ce que c'est.

— C'est une robe sans formes. Mamie en portait.

J'esquissai un sourire narquois.

— Je n'ai pas de robes *mission*.

— Bah, achètes-en.

— Avec ton argent ?

— C'est ton argent. Tout. J'ai déjà payé les frais et les taxes dessus.

— August, je ne peux pas accepter…

— Si tu n'en veux pas, tu n'as qu'à le donner à des associations.

— August…, grognai-je presque.

— Jolies-fossettes…

Argh.

Il sourit.

— Tu es ingérable, marmonnai-je.

— C'est l'hôpital qui se fout de la charité, mon cœur.

Je secouai la tête, mais un sourire s'était logé sur mes lèvres.

— Tu ne devrais pas travailler ?

— Tu ne devrais pas partir ?

Mon sourire s'agrandit, le sien aussi.

Je commençai à avancer vers le van, en regardant par-dessus mon épaule. Il se tenait droit et ses yeux brillaient d'une assurance renouvelée.

Le futur était incertain, et pas juste parce que nous étions des loups-garous en train de nous battre pour notre territoire et notre meute, non. Aussi parce que nous n'étions pas devins. Pourtant, je sentais qu'August se tiendrait à mes côtés, même s'il ne pouvait pas me tenir la main.

C'était la seule certitude que j'avais dans ce monde incertain.

CHAPITRE 6

S i je me rappelais avoir été K.O après ma première épreuve d'alpha, deux heures d'entraînement avec Liam me donnèrent l'impression d'être passée sous un rouleau compresseur puis jetée dans une décharge.

Quand mon dos toucha les tapis trempés de sueur pour la centième fois, je ne me relevai pas. Je restai allongée là, bouche ouverte devant la tuyauterie en métal au plafond, fascinée, jusqu'à ce que le visage à peine transpirant de Liam apparaisse dans mon champ de vision.

Je fermai les yeux dans l'espoir qu'il me laisse seule, mais je n'eus pas cette chance.

— Debout, Ness. On n'a pas fini.

— Peut-être toi, mais moi si, marmonnai-je.

— C'est ça que tu diras à Justin si tu finis par devoir te battre ? Debout !

J'ouvris mes paupières d'un coup et le fusillai du regard, même si je n'étais pas vraiment en colère contre lui. Je savais qu'il me poussait dans mon intérêt.

— Les filles sont tellement fragiles.

En entendant la voix de Lucas, je me redressai d'un coup. Je lui lançai un regard glacial qui lui arracha un sourire. Il m'adressa un clin d'œil au moment même où Sarah frappait son torse si fort que le son fit écho contre les murs en brique.

— Bon Dieu, la blondasse, je ne faisais que la motiver.

J'avais invité Sarah comme soutien moral. Du moins, c'est comme ça que j'avais présenté l'invitation. En vérité, j'avais peur de la laisser seule après le coup de téléphone que je lui avais passé en partant du chantier d'August.

La nuit précédente, son frère l'avait appelée pour lui dire que oui, Cassandra l'avait questionné sur le stock de Sillin des Pin. Il lui avait dit qu'ils avaient utilisé la dernière pilule quelques mois auparavant, et l'alpha l'avait apparemment cru. Je doutais que ce soit vrai.

En tout cas, cela me confirmait que le Sillin était important pour elle.

Si je pouvais juste trouver…

Liam frappa ma cheville de son pied, me faisant tomber en arrière. L'air sortit de mes poumons avec un « *Outch* » et de petites étoiles dansèrent dans mon champ de vision.

Je clignai des yeux. Les étoiles brillaient moins férocement, mais elles étaient toujours là, éclairant le labyrinthe de tubes en métal zébrant le plafond.

Je ne me relèverais plus *jamais*.

Plus jamais.

Liam frotta son sourcil avec son avant-bras, repoussant les mèches brunes plaquées sur son front, avant de tendre le bras. Même si ma main semblait attachée à un immense haltère, je soulevai mes doigts du tapis et m'accrochai à Liam. Il me releva si vite que je trébuchai contre lui. Ce contact me fit bondir en arrière. Heureusement, je restai droite, mais cela avait peu à voir avec mes pieds, et tout à voir avec sa poigne solide.

Évitant son regard perçant, je retirai ma main et frottai ma nuque chaude.

— Je suis morte, Liam. Je ne suis même pas sûre que je pourrai courir avec Matt demain matin.

Il m'observa en silence. L'odeur musquée et mentholée de sa peau luisante remplissait l'air et éveillait en moi de nombreuses émotions contradictoires.

Après une minute entière, il hocha la tête.

— D'accord.

— D'accord, on s'arrête là ?

Quand il acquiesça, j'eus envie de lever mon poing en l'air, mais l'effort que cela me demanderait semblait gigantesque.

— Et d'accord pour annuler la course. Tu courras bien assez dimanche soir.

Il fallut à mon cerveau éreinté une seconde pour me rappeler que dimanche soir, c'était la pleine lune : la meute entière serait sous forme de loup. Après un certain âge, les loups-garous pouvaient uniquement se transformer pendant la pleine lune. Le mois dernier, j'avais couru avec la meute pour la première fois de ma vie. J'avais expérimenté une autre première fois, ce soir-là. Je me demandais si Liam se souvenait aussi de notre baiser. Même si tant de choses s'étaient déroulées depuis, je chérirais pour toujours cette nuit-là.

J'avançai vers le banc où Sarah essayait de convaincre Lucas de couper ses cheveux ou d'adopter le chignon.

— On ne devrait pas s'entraîner en fourrure ? demandai-je alors.

— On y viendra, confirma Liam.

— Et on ne devrait pas s'entraîner avec du Sillin ?

— On y viendra aussi.

— Quand ?

— Tu prends le temps d'aller sur le chantier des Watt, et soudain tu es pressée ?

Alors il savait… Avait-il senti August sur le bout de mes doigts où avait-il été informé par Matt ?

— Et toi, pourquoi es-tu soudain si peu pressé ? répliquai-je.

Son visage, déjà loin d'être affable, se ferma. Il attrapa brutalement une bouteille d'eau du banc et la porta à ses lèvres, pressant le plastique entre ses doigts.

L'inquiétude se lisait sur les traits de Sarah.

— Tu m'as dit que je ne pouvais pas sortir ou traîner seule avec lui. Je n'étais pas seule, et nous ne nous cachions pas, alors je ne comprends pas pourquoi tu me fais une telle réflexion.

Soudain, je n'étais plus épuisée.

— Hé, Lucas, tu peux me remontrer où est la fontaine d'eau ? demanda Sarah en bondissant du banc.

Il pointa l'arrière de la pièce gigantesque. Elle leva les yeux au ciel, attrapa son doigt tendu, le releva et le lâcha dès qu'il fut sur pied. Si je n'avais pas été en train de bouillir, j'aurais ri en voyant son expression stupéfaite.

Elle lui fit un geste de la tête et il la suivit, même s'il semblait réticent à nous laisser seuls, Liam et moi. Qu'est-ce qu'il pensait que je ferais ? Griffer le joli visage de Liam ?

—La subtilité, c'est pas ton fort, hein ? j'entendis Sarah demander.

Lucas répondit quelque chose et elle s'écria :

— Mon Dieu, pense un peu à autre chose qu'à toi-même

Je débouchai une autre bouteille d'eau et la vidai d'un coup.

— J'irai dîner chez ses parents demain soir. Il sera là aussi, comme Jeb. Je te le dis pour que tu ne l'apprennes pas d'une autre source et ne confondes pas un dîner de famille avec un rancard.

Je revissai lentement le bouchon de la bouteille. Liam plissa les yeux en observant le banc en métal.

— De famille ? Vous êtes fiancés ?

— Non. Je ne me suis pas fiancée, j'ai dix-sept ans.

Je redressai les épaules et croisai les bras.

— Les Watt ont toujours été une seconde famille pour moi. Quand j'étais petite, je passais presque autant de temps avec eux qu'avec mes propres parents.

Liam ne dit toujours rien.

— Et juste pour que tu arrêtes de te faire des idées là-dessus, je ne vais pas laisser un lien d'accouplement m'attirer dans un mariage. Aucune magie ne me dictera le chemin de ma vie. August et moi avons un passé, mais peut-être que nous ne serons pas ce qu'il nous faut à l'un et à l'autre.

L'autre nuit, chez lui, il ne m'avait pas semblé mauvais pour moi, mais après tout, j'avais pensé la même chose avec Liam.

Mon alpha me jeta un coup d'œil, et même si son regard était toujours dur, il y avait à l'intérieur une étincelle qui semblait dangereuse. Je n'avais pas prévu de lui donner de l'espoir... juste de clarifier les choses.

— Mais je ne pourrai pas savoir avant de pouvoir le fréquenter pour de bon, ce que je prévois de faire quand ce duel sera terminé.

Mes mots avaient affaibli l'étincelle, sans l'anéantir.

— Tu sais, cela aurait été dans ton intérêt de me laisser affronter Morgan hier.

— Pourquoi ?

— Si j'avais perdu, j'aurais disparu. Pour de bon.

Mes bras retombèrent le long de mon corps, la bouteille heurta ma cuisse.

— Ne dis pas des trucs bêtes comme ça.

Il recula face à ces mots durs.

— Je te verrai demain. Apporte du Sillin. Ou j'apporterai ce qu'il me reste.

Je me retournai pour partir, mais Liam m'arrêta :

— Je dois m'occuper de certaines choses, demain, alors je n'aurai pas le temps de te retrouver. Mais je viens te chercher dimanche matin à sept heures. Prends un sac pour la nuit.

— Pour la nuit ? Et la course avec la meute ?

— On va courir, mais pas avec les Boulder.

Mon pouls s'accéléra.

— Avec qui on courra ?

— Les Torrent.

— Les Torrent ? Une des meutes de l'est ?

Liam hocha la tête, puis la pencha sur le côté, cherchant mon regard.

J'eus soudain froid, sans savoir si c'était à cause de la sueur séchant sur ma peau, de l'idée de courir avec de nombreux loups étrangers, ou de celle du voyage pour quitter l'État avec Liam.

— Et on ira juste tous les deux ?

Une émotion traversa son visage. La douleur, peut-être ? Il haussa les épaules. Depuis qu'il était devenu alpha, celles-ci semblaient s'être épaissies.

— Je peux demander à Matt de venir avec nous, si ça peut t'apaiser.

Je n'avais pas besoin d'un chaperon, si ?

— Je te fais confiance pour garder cela strictement professionnel, Liam.

Cela serait la première fois que je serais physiquement assez loin d'August pour que cela affecte le lien. Et si… et si mon attraction pour lui faiblissait ? Pourquoi avais-je peur de cela ? J'avais dit à Liam que ce n'était pas la raison première pour laquelle je voulais être avec August. J'étirai mon cou d'un côté, puis de l'autre, et trouvai un peu d'apaisement en l'entendant craquer.

— Tu sembles nerveuse ?

Au lieu d'admettre la raison de ma nervosité, j'expliquai :

— Je n'ai jamais pris l'avion. Qu'est-ce que je dois emporter ?

— Rien de sophistiqué. Les Torrent sont du genre jean et tee-shirt.

— D'accord.

Je frottai l'une de mes paumes humides contre mon legging de sport.

— Les Torrent, hein ? commenta Sarah, que je n'avais pas remarquée. J'ai entendu dire qu'ils détestaient les Rivière parce que Morgan avait tué la fille de l'alpha. Elle rendait visite aux Tremula le soir où Morgan a défié l'alpha.

Elle avait dû ajouter cette derrière partie à mon intention, puisque Liam et Lucas devaient, eux, être bien informés sur les différentes meutes. Liam la fixa, comme s'il avait oublié sa présence.

— Si Morgan apprend que nous voyageons là-bas, je saurai d'où elle tient son information.

Le regard de Sarah se fit incendiaire.

— Tu devrais arrêter de prendre tes alliés pour des traîtres. Ça n'a pas bien fini pour toi, la dernière fois.

Liam se raidit.

— Bref, je dois rentrer, de toute façon. Ness, tu as fini ?

— J'ai fini, confirmai-je en soulevant mon sac du banc.

Je ne jetai pas un regard en arrière aux garçons en quittant le gymnase avec elle. Dès que nous sortîmes du bâtiment en brique, elle murmura :

— Je n'arrive pas à croire qu'il pense que je dirais quoi que ce soit à Morgan.

Ses cheveux blonds commençaient à onduler, comme si ses boucles lissées étaient désespérées à l'idée de retrouver leur forme originelle.

— Je pense que même *moi*, il ne me fait pas pleinement confiance, Sarah.

Elle me jeta un coup d'œil tout en déverrouillant sa Mini rouge.

— Et toi, tu lui fais confiance ?

— Qu'est-ce que tu veux dire ?

— Tu vas partir en voyage avec lui pour une nuit. Tu lui fais confiance pour ne rien tenter avec toi ?

Je me mordis la lèvre et Sarah haussa un sourcil.

— Je ne pense pas qu'il essayera quoi que ce soit, m'avançai-je, la voix un peu rauque.

Elle me lança un maigre sourire.

— Si seulement je pouvais venir.

— Je préférerais aussi.

Mais Sarah était des Rivière. Elle ne pouvait pas venir. D'abord, parce que Liam ne le permettrait pas, ensuite, parce que Cassandra, qui pouvait traquer ses loups grâce à son lien d'alpha à eux, saurait que Sarah trahissait sa meute.

CHAPITRE 7

J eb ne pouvait pas venir manger chez les Watt, alors je finis par y aller seule. Puisqu'il avait besoin de la voiture, je commandai un taxi. Pendant tout le trajet, je ne cessai de froisser le papier brun enveloppé autour du bouquet de tulipes perroquet noires, sur le siège à côté de moi, ou de lisser le tissu de ma robe en soie rouge – celle qui appartenait à maman et que je n'avais portée qu'une seule fois, pour mon « rancard » avec Aidan Michaels. S'il s'était agi d'une autre robe, je l'aurais brûlée, mais celle-ci appartenait à maman.

— C'est une superbe maison, commenta le chauffeur en se garant.

La maison des Watt était en bois, avec un haut plafond. À la lumière du soleil couchant, la façade brillait d'un joli ambre et les fenêtres biseautées scintillaient comme des diamants.

Le pick-up d'August était garé devant, ce qui voulait dire qu'il était déjà là.

— Neuf dollars s'il vous plaît, dit le conducteur.

Je fouillai dans mon portefeuille pour trouver un billet de dix dollars que je tendis à l'homme avant de toucher la poignée de la portière, sans me résoudre à appuyer. Cette soirée ressemblait à une « présentation aux parents », même si j'avais rencontré lesdits parents au même moment où j'avais rencontré August : dans l'hôpital où maman avait accouché. Dans

OLIVIA WILDENSTEIN

l'un de leurs albums photo, il y avait un cliché de moi, bercée dans les bras d'August. Mon ventre bouillonnait.

Mon Dieu, c'était tordu.

Comment pouvais-je désirer quelqu'un qui avait dix ans de plus ?

Quelqu'un qui avait été un frère pour moi durant toute mon enfance ?

Peut-être que les interdictions de Liam étaient une bonne chose.

Peut-être que je devrais attendre le solstice d'hiver pour que le lien d'accouplement disparaisse et que je mette ainsi fin à mon attraction scandaleuse.

Est-ce que cela y mettrait seulement fin ?

— Ce n'est pas la bonne adresse ? demanda le chauffeur en se retournant sur son siège.

— Non, c'est... hum... je crois que j'ai oublié...

La porte d'entrée des Watt s'ouvrit et le corps imposant d'August apparut.

Mon cœur battait à m'en faire des bleus.

Comme je ne sortais toujours pas du taxi, August s'avança vers moi. Il ouvrit la portière, ce qui me tira hors du taxi, puisque je n'avais pas lâché la poignée. Je trébuchai et mon bouquet tomba sur les cailloux noirs, le long de l'allée.

August attrapa l'un de mes poignets et me stabilisa. Il me sembla qu'il demanda au chauffeur si j'avais payé et que celui-ci répondit, mais peut-être imaginai-je cette conversation. Tout ce que j'entendais, c'était mon pouls affolé. Tout ce que je sentais, c'était le pouce d'August sur ma peau qui appuyait légèrement sur mes veines.

Étais-je trop jeune pour faire une crise cardiaque ?

Le sourire d'August s'élargit.

— Les métamorphes n'en font pas, mon cœur.

Merde... J'avais prononcé à voix haute mes interrogations pathétiques.

Il caressa du pouce l'intérieur de mon poignet et ma peau se hérissa de chair de poule.

Me rappelant que je n'étais pas censée avoir de contact physique avec August, j'arrachai mon bras de sa poigne. L'endroit qu'il avait touché me picotait et me brûlait. Un peu comme mon ventre. Est-ce que son ventre à lui aussi lui donnait l'impression d'être tombé dans un sèche-cheveux paramétré au plus chaud et au plus puissant ? J'aurais bien posé la question, mais je me dis qu'il ne valait mieux pas. Si ce n'était pas le cas, alors j'admettrais être extrêmement sensible à mes hormones.

August s'accroupit pour récupérer mon bouquet tombé au sol. Je le récupérai sans toucher ses doigts et le portai contre mon cœur battant. En se relevant, il glissa ses mains dans les poches de son jean gris. Il baissa la tête vers mon poignet.

— Désolé. Je ne voulais pas briser les règles.

Je resserrai mon emprise sur le bouquet, abîmant sûrement les pétales.

— C'est rien.

— Tu es très belle, ce soir, dit-il d'une voix rauque. Mais si tu pouvais éviter de porter des robes et la couleur rouge quand j'ai interdiction de te toucher, j'apprécierais grandement.

Mes lèvres esquissèrent ce que j'espérais être un sourire narquois, et pas un sourire *je-suis-sur-le-point-de-fondre-à-tes-pieds*.

— Nous revoilà à parler de robe mission, c'est ça ? Je n'ai pas oublié ton conseil.

Une luciole bourdonna autour de sa mâchoire et de sa barbe de trois jours.

— Ce n'était pas un conseil.

Je commençais à ne plus avoir de chair de poule, mais sa voix rauque annula tous mes progrès. J'avais sérieusement besoin de me calmer avant d'entrer chez ses parents. Ce qui me rappela…

— Qu'est-ce que tes parents savent de… *tout ça* ?

— Tout.

Je m'étouffai presque avec ma propre salive.

— Ils savent que j'ai passé la nuit chez toi ? murmurai-je en priant pour que ma voix n'atteigne pas les oreilles lupines de Nelson.

— Non. Mais ils savent pour le lien d'accouplement et ils savent ce que j'en pense.

La chaleur monta à mes clavicules et à mon cou, comme une vigne rampante.

— Ils sont horrifiés ?

Il fixa mon cou, là où mon pouls se déchaînait.

— Pourquoi le seraient-ils ?

— Parce que je suis beaucoup plus jeune et que je suis comme une petite sœur pour toi, tu m'as même bercée à la maternité, débitai-je d'un coup.

Il s'avança et sa chaleur enivrante m'enveloppa.

— Hé… D'abord, l'âge ne compte pas. Tu n'es plus une enfant, Ness. Tu es une femme et je suis un homme, et c'est tout ce qui compte. Tout ce qui *devrait* compter. Et si quelqu'un lance un commentaire désobligeant sur notre différence d'âge, envoie-le-moi, je mettrai les compteurs à zéro. Ensuite, nous n'avons *pas* de lien de sang, alors tu n'es *pas* ma petite sœur. D'accord, je t'ai bercée à la maternité, et oui, à ce moment-là, je ne pensais pas que je tenais entre mes bras ma partenaire, mais visiblement si. Combien de personnes peuvent dire qu'ils ont vu naître la personne qui leur a été destinée ? Pas beaucoup. Alors je chérirai toujours ça, et non, cela ne change rien à la façon dont je pense à toi maintenant.

Il parlait si bas que ses mots s'emmêlaient à sa respiration que je goûtais sur mes lèvres entrouvertes. Ses pupilles se mélangèrent à ses iris vert doré.

— *Putain.* Combien de temps on est censés rester loin l'un de l'autre ?

Je souris, même si mon cœur semblait être attelé à un avion de chasse.

— Tu as déjà donné les cent dollars à ta mère ?

Ses pupilles se rétractèrent.

— Pas encore. J'attendais que tu sois là pour en être témoin. On ferait mieux de rentrer avant que je ne brise les règles et te ramène chez moi, fit-il en indiquant du menton la maison.

Un hoquet m'échappa et ce petit bruit attira l'attention d'August sur ma bouche.

Il secoua la tête, comme pour clarifier ses esprits et chasser ses pensées non catholiques. J'imaginai que c'était la raison de son mouvement brusque, puisque j'avais mon propre lot de scénarios sexy qui défilaient dans mon esprit.

Nous remontâmes l'allée sans parler une seule fois. Il m'indiqua d'un geste d'entrer en premier. L'odeur de la sauce tomate qui mijote et des oignons caramélisés me frappa au ventre et réveilla ma faim d'autre chose que d'August.

Isobel me sourit de là où elle se trouvait, devant la cuisinière.

— On a enfin réussi à te faire venir.

Elle posa la cuillère en bois et s'approcha de moi, les bras grands ouverts. Je ne savais pas si elle voulait me faire un câlin ou me prendre les fleurs des mains, alors je restai figée comme une statue.

Ses bras s'enveloppèrent autour de moi et m'attirèrent à elle.

— Ça sent tellement bon ici, glissai-je dans ses cheveux brun-châtain.

Même si les cheveux étaient des vrais, ce n'étaient pas les siens. Ils avaient cette odeur chimique de kératine qu'ont toutes les perruques. Je me souvenais être allée dans une boutique à perruques avec maman, avant qu'elle ne décide qu'elle n'en aurait pas besoin. Le rappel de son cancer me fit m'écarter d'Isobel pour étudier son visage, en quête des signes de la maladie.

— Comment tu te sens ?

— Vivante. Bien vivante.

Elle m'adressa ce sourire éclatant qu'elle avait, celui qui brûlerait le plus dense des brouillards.

Je lui donnai le bouquet, tout en cherchant chez elle le moindre avachissement ou signe de fatigue. Elle passa une phalange sur ma joue.

— Ne commence pas à t'inquiéter aussi, ma jolie. Je te promets que je vais bien.

Je hochai la tête.

— August, mon chéri, tu peux me descendre un des vases de l'étagère ?

August passa devant moi et ouvrit un des placards de la cuisine. Il eut à peine à tendre la main pour atteindre l'étagère du haut et descendre un récipient en cristal cannelé. Au même moment, son père entra par les portes-fenêtres qui menaient à la terrasse pavée.

— Bonjour, Ness.

— Bonjour, Nelson.

Il se pencha vers moi pour un câlin à un bras, tout en tenant à distance une pince de l'autre, pour que la graisse n'aille pas sur ma robe. Je regrettai soudain qu'August leur ait dit des choses. S'il ne l'avait pas fait, ils seraient juste Nelson et Isobel, les meilleurs amis de mes parents, et non pas des parents que j'avais l'impression de devoir impressionner. Ma nervosité était si forte que j'avais la sensation qu'elle vibrait dans l'air autour de moi.

— On ne devrait probablement pas te proposer d'alcool, mais tu voudrais un verre de vin ? demanda Nelson. J'ai ouvert une des bouteilles de notre mariage. Il a aussi magnifiquement mûri que ma femme.

Isobel secoua la tête en souriant.

— J'ai mûri, hein ?

— Tu es devenue plus ravissante, ce qui est un exploit vu combien tu étais belle il y a trente ans.

Il déposa un baiser sur les joues lumineuses de sa femme et les larmes me montèrent aux yeux. Ils me rappelaient tant mes parents. Mes parents qui s'étaient aimés avec tant de force et d'ardeur qu'ils avaient résisté à un lien d'accouplement pour rester ensemble.

Mes yeux croisèrent ceux inquiets d'August, avant de se poser sur les têtes crantées en forme d'œuf des tulipes violettes.

— Alors, du vin ? redemanda Nelson tout en regardant August. À moins que mon fils ne t'embête encore au sujet de la boisson avant d'avoir atteint la majorité.

August leva les mains.

— Elle ne conduit pas, alors je me passerai de tout jugement.

Je me doutais que, même si j'avais conduit, il n'aurait pas formulé d'objection au sujet de l'alcool, puisque la seule fois qu'il en avait fait toute une histoire, c'était chez Frank, quand il s'était mis en colère après moi au sujet de Liam.

Nelson indiqua la terrasse.

Avant de sortir, je posai mon sac sur le granit tacheté.

— Je peux vous aider à amener quelque chose ?

— Tu peux prendre le pichet d'eau dans le frigo, suggéra Isobel.

Elle touilla sa sauce tomate avant de retirer la casserole du feu.

Je sortis l'eau du frigo et me dirigeai vers la terrasse où je posai le pichet entre deux bougies géantes qui brûlaient dans un dôme de verre.

Je contemplai la véranda pavée où rien n'avait changé : le brasero de jardin était toujours entouré de cinq chaises longues bordeaux et le petit mur en pierre sur lequel poussaient des fleurs violettes cernait toujours la terrasse.

Plus jeune, j'avais l'habitude d'avancer sur le mur les bras en croix, comme un funambule, imaginant une fosse de crocodiles affamés en dessous. J'avais une imagination abondante, à l'époque. Ça n'avait pas changé, en fait. Mon imagination était plutôt féconde, mais elle fonctionnait à une fréquence bien différente, maintenant.

— Ça va ? s'inquiéta August en arrivant derrière moi.

— Tes parents… ils me rappellent juste beaucoup maman et papa.

Il enroula son bras autour de mes épaules et m'attira à lui, et même si nous n'étions pas censés nous toucher, je ne repoussai pas son étreinte. Même si ses doigts ne touchaient que mon biceps, j'avais l'impression qu'ils atteignaient mon cœur, rassemblant les pans de tissu déchiré.

Après un moment, il chuchota un rapide « Désolé », tout contre mes cheveux, et me relâcha.

Je n'étais pas désolée.

Cette main avait peut-être laissé une trace sur mon corps, mais elle en avait aussi laissé une dans mon cœur.

Je repensai à maman, à ce qu'elle m'avait dit : l'homme parfait pour moi pourrait réparer mon cœur brisé. August pouvait toucher le mien, et c'était aussi excitant que terrifiant, car cela voulait dire qu'il pouvait le raccommoder comme le briser.

CHAPITRE 8

L e dîner fut délicieux et décontracté. Ni Isobel ni Nelson n'évoquèrent le lien d'accouplement, et aucun d'eux ne me demanda mes intentions concernant leur fils, ni ses intentions à lui me concernant.

Mais l'après-dîner… eh bien, ce fut une autre histoire.

Pendant que les hommes nettoyaient les restes de notre repas, Isobel prépara une théière de thé à la camomille avant de me guider vers le brasero du jardin. Des flammes s'élevaient depuis le cercle de pierre et réchauffaient l'air frais de la nuit, reproduisant des ombres sur son visage hagard.

Elle m'avait promis qu'elle allait bien, mais les rides autour de ses yeux et de ses lèvres m'inquiétaient quand même. Elle s'allongea dans une chaise longue bordeaux et je priai que sa fatigue ne soit pas un signe que sa double mammectomie avait échoué.

— August nous a parlé avant ton arrivée, commença-t-elle, m'arrachant à mes réflexions pessimistes.

Les mains serrées contre ma tasse, je me concentrai sur le feu qui dansait.

— Nelson et moi, on ne veut pas s'en mêler, mais tes parents ne sont plus là, et puis, on a l'impression qu'il en va de notre devoir envers eux d'en parler avec toi. Ce… lien, il est très important et non sans consé-quences, ni pour toi, ni pour notre fils.

Comme j'aurais aimé que le feu puisse sortir de sa cage et brûler quelque chose, n'importe quoi, juste pour détourner l'attention de moi.

— Je ne sais pas si tu le sais, mais ta mère était destinée à…

— Heath. Je sais.

— Oh.

Il y eut une pause solennelle.

— Si je te parle de ta mère, c'est parce que je veux te rappeler que tu as le choix sur la question. Toi et mon fils, vous avez peut-être une connexion – vous l'avez toujours eue – mais, ce que je veux dire, c'est que cette connexion est devenue… autre chose.

Si les flammes avaient décidé à ce moment-là de m'incinérer, ça ne m'aurait vraiment pas dérangée.

— August a des sentiments forts pour toi, mais tu es si jeune, si tu ne ressens pas la même chose, il comprendra. Peut-être pas tout de suite, mais avec du temps, il comprendra.

Elle toucha mon avant-bras et je sursautai, renversant du thé sur mes genoux.

— Oh, pardon.

— Ce n'est rien.

Le thé s'infiltra sur la soie rouge et l'assombrit.

— Une mère ne veut qu'une chose dans la vie : le bonheur de son enfant. Tu as toujours contribué à celui d'August, mais maintenant, tu es devenue une force motrice de ce bonheur. Et même s'il prétend que ce n'est pas à cause du lien, il renforce sans aucun doute ses sentiments. Les tiens aussi.

J'avais beau avoir envie de me fondre dans mon fauteuil, je regardai enfin Isobel. Ses yeux verts étaient doux et non pas réprobateurs comme je l'avais craint.

— Je veux ce qu'il y a de mieux pour *vous deux*, et peut-être que c'est l'un et l'autre. Mais tu n'as que dix-sept ans.

J'aurais dix-huit ans dans deux semaines, mais August, lui, en aurait vingt-huit en mars, alors il y aurait toujours une différence de neuf ans et quelques.

Par-dessus les notes de jazz qui se déversaient des haut-parleurs du jardin, elle reprit :

— Nelson et moi, on s'est rencontrés quand j'avais seize ans et lui vingt-deux. Et Maggie, elle avait...

— Treize ans. Et papa avait trois ans de plus, ce qui avait fait beaucoup parler.

Elle sourit.

— Je m'en souviens comme si c'était hier. Mais Maggie était tellement fougueuse et déterminée. Dès que quelqu'un parlait de la différence d'âge, elle l'envoyait balader.

Isobel regarda les flammes et soupira. Elle retira sa main de mon bras.

— J'imagine que l'âge n'a pas vraiment d'importance, au bout du compte. Ce qui est important, en revanche, c'est de prendre une décision en connaissance de cause. Tu as plusieurs options. August est l'une d'entre elles, tout comme le solstice d'hiver en est une autre.

Je lançai un regard par-dessus mon épaule pour m'assurer que les hommes étaient hors de portée. August séchait une assiette près de l'évier et Nelson empilait les verres dans un placard. Ils semblaient plongés dans leur propre conversation.

— Isobel, est-ce que cela vous dégoûterait, Nelson et toi, si je choisissais August ?

Elle me regarda.

— Nous dégoûterait ? Non ! Pas du tout. Ness, on t'adore. On t'a toujours aimée et on t'aimera *toujours*. Quoi que tu décides. Si j'en parle, c'est parce que nous tenons énormément à toi et qu'on ne veut pas que tu ressentes une pression à t'engager dans quelque chose pour quoi tu n'es pas prête.

Je fis tourner ma tasse dans mes mains, regrettant qu'elle ne réchauffe que mes doigts.

— Je comprends les options que j'ai et je ne vais pas me précipiter dans quelque chose d'indélébile.

— Bien.

— Qu'est-ce qui est bien ?

Je levai les yeux vers August.

— Le thé, mentis-je en portant ma tasse à mes lèvres.

Il me regarda avec suspicion. *Oui...* il n'y avait pas cru.

— Je vous ai amené des couvertures.

Il en tendit une à sa mère, qui la posa sur ses genoux, puis me donna le deuxième rectangle plié qui donnait l'impression d'avoir un nuage avec soi. Je posai la tasse sur le bord du brasero pour installer la couverture douce autour de mes épaules.

August s'assit sur la chaise à côté de moi, puis Nelson arriva avec un verre de vin et s'installa à ses côtés.

— Regardez-moi ce ciel.

Nous levâmes tous la tête pour observer l'obscurité scintillante au-dessus de nos têtes. Magique. Simplement magique.

August se pencha un peu vers moi.

— Tu as trouvé Cassiopée ?

Je fixai les taches de rousseur sombres sous son œil gauche où une mince cicatrice demeurait – un souvenir de quand mon loup l'avait griffé.

Comme je mourais d'envie de passer mon doigt sur les taches qui formait la constellation. À la place, j'enfonçai mes doigts dans la couverture en cachemire.

— Je la trouve toujours.

Les yeux d'August brillèrent aussi fort que le feu.

Mais la chaleur dans ses yeux se fit de glace quand une voix résonna dans nos têtes.

Nous ne courrons pas pour la pleine lune ce mois-ci. Je m'excuse envers les anciens, mais je vous enjoins de rester sous forme humaine.

La voix de Liam me tira de cette soirée illuminée d'étoiles, parenthèse bienvenue dans ma vie tumultueuse.

Je partirai rencontrer les Torrent demain matin, et je rentrerai le lendemain. S'il vous plaît, gardez votre lundi soir pour un débriefing.

J'attendis qu'il mentionne que je l'accompagnais. Une minute complète passa et il n'ajouta rien, alors je relâchai mon souffle.

— Les Torrent, hein ? demanda Nelson.

— Qu'y a-t-il ? demanda Isobel.

August étudia mon visage et lui expliqua :

— Liam va aller les rencontrer.

— La meute qui vous avait demandé de construire leur Q.G. ? Je croyais que Heath vous avait fait des histoires pour avoir travaillé pour eux.

Nelson fit tournoyer son vin.

— En effet. Liam doit désespérément vouloir un nouvel allié maintenant qu'on a perdu les Pin.

— Tu savais qu'il allait se rendre dans l'est ? m'interrogea August.

Je hochai la tête. Je voulus l'informer que j'allais l'accompagner, les mots se trouvaient sur le bout de ma langue, mais je ne pus les articuler. J'avais peur que cela réveille sa jalousie.

Et puis, Liam ne m'avait pas mentionnée, peut-être qu'il ne m'emmenait pas, finalement. Je m'accrochai à cette possibilité tandis que la nuit avançait. Bien sûr, pile quand j'appelais un taxi, la voix de Liam résonna dans ma tête : *Je serai chez toi à sept heures.*

August indiqua du menton mon téléphone.

— Tu n'allais pas vraiment appeler un taxi, si ?

Je me forçai à me dérider.

— Je ne veux pas te mettre en difficulté.

Être assis l'un à côté de l'autre dans un espace confiné était contraire aux règles de Liam.

— Tu ne veux pas *me* mettre en difficulté ou *le* mettre en difficulté ? demanda-t-il lentement.

Je déglutis.

— Les deux. Je ne veux aucun de vous deux en difficulté.

Nelson et Isobel étaient assis dehors, dans le patio, à parler à voix basse. Parlaient-ils de nous ? Même si elle m'avait donné sa bénédiction, son anxiété était palpable.

— Le trajet est court.

Je soupirai et rangeai mon téléphone.

— D'accord.

Je priai que Liam ne le découvre pas et n'affronte pas Cassandra pour me punir d'avoir désobéi.

En avançant jusqu'au pick-up, August ne cessa de me lancer des regards inquiets. Il attendit qu'on s'assoie dans la voiture pour demander :

— Qu'est-ce qu'a dit ma mère ? Elle a essayé de te dissuader d'être avec moi ?

Je triturai le bout de ma robe, sans oser le regarder.

— Elle m'a rappelé que j'avais plusieurs options.

— Plusieurs options ?

Il parlait d'une voix basse et rauque.

— Elle m'a dit que je pouvais laisser passer le solstice d'hiver avant de décider. Que tu comprendrais.

Je levai les yeux vers lui. Est-ce qu'il comprendrait ?

Il entrouvrit légèrement les lèvres, puis les serra l'une contre l'autre. Je sentais qu'il ne voulait pas que je choisisse cette option. Je sentais qu'il craignait que la disparition du lien mène à l'annihilation de mes sentiments pour lui.

Aucun de nous ne pouvait être sûr que ça ne serait pas le cas, imaginai-je.

Peut-être que le voyage du lendemain ne serait pas si malvenu, après tout. Au moins, il mettrait en lumière ce que je ressentais pour lui, puisque le lien disparaîtrait.

Quand nous arrivâmes devant mon appartement, je ne m'attardai pas dans sa voiture, effrayée que quelqu'un nous repère et ne le répète à Liam.

— Que fais-tu demain ? demanda August après être descendue de voiture.

Mon cœur, qui battait à toute allure depuis que nous avions quitté la maison de ses parents, s'arrêta.

Devrais-je lui dire ?

— Je voulais te montrer quelque chose.

J'ouvris la bouche.

Pour mentir.

Ou du moins, c'était mon intention. Mais il sentirait que j'étais hors de Boulder. Et puis, je ne voulais pas lui mentir.

— Je pars avec Liam.

Sa pomme d'Adam s'agita soudainement.

— Si je ne te l'avais pas demandé, tu me l'aurais dit ?

— Non.

Il baissa les yeux vers son tableau de bord illuminé, les traits tirés.

— J'avais peur que tu ne te tortures sur ce que je pourrais faire avec lui dans un endroit où notre lien n'affecte pas mon corps.

Son loup devait être sur le point de faire surface, car ses yeux brillaient comme des émeraudes. Sa mâchoire bougea à peine et il murmura quelque chose qui ressemblait à « *Si Cassandra ne le tue pas, je le ferai peut-être* ».

— Je connais les Torrent. Je viendrai, alors.

Mon cœur se remit en marche.

— August…

— À moins que tu ne veuilles pas de moi.

Je pressai mes lèvres l'une contre l'autre. Je voulais de lui, mais je voulais aussi qu'il me fasse confiance. Et puis, j'avais besoin de savoir ce que la distance pouvait nous faire. Si ça ne devait pas se produire maintenant alors cela arriverait plus tard, mais pourrait faire plus mal. Ses pupilles devinrent sombres.

— Tu ne veux pas de moi là-bas.

— Ce que je veux, c'est que tu me fasses confiance.

— Mais je te fais confiance.

J'agrippai le bord de la portière.

— Alors crois en moi, je peux gérer Liam.

Ses narines se dilatèrent.

— Mon cœur, tu demandes à un homme bien humain d'être un surhomme. Je ne suis pas sûr d'en être capable.

J'esquissai un sourire.

— Dit un loup-garou.

Ma plaisanterie diffusa un peu de sa colère. Pas entièrement, cela dit. Le lien était si tendu qu'il semblait fait de métal et non de magie.

— Espérons que les Torrent sauront quelque chose qu'on ignore, conclut-il.

Avec mon cerveau embrumé, j'eus besoin d'une seconde pour comprendre qu'il parlait des manières de se battre de Morgan.

— Oui. Espérons-le.

Nous nous fixâmes pendant un court instant, interminable. Je sentis qu'il tirait sur le lien, essayant de m'amener vers lui. Je dus m'agripper plus fort à la portière pour éviter de trébucher.

— August, le réprimandai-je gentiment.

— Quoi ?

— Tu vas me faire tomber.

La pression à mon ventre diminua si soudainement que je faillis tomber en arrière.

— Pardon.

Il était tard, Liam serait là tôt, et plus je restais longtemps près d'August, plus les chances d'être surpris augmentaient.

— Je devrais vraiment y aller...

Je contournai le pare-chocs et August baissa sa vitre.

— Reviens-moi, d'accord ?

Le plaisir mêlé à l'appréhension, en quantités égales, coula dans mes veines. Son affection pour moi était si pure que j'étais soudain effrayée de ce que demain apporterait.

Je me retournai et lançai :

— Je reviendrai.

Je montai les marches en vitesse, puis entrai à l'intérieur encore plus vite.

Le lien vibrait de sa douleur.

Une douleur que j'avais causée en n'ajoutant pas que je reviendrais vers *lui*.

Car, et si l'absence de magie affectait la force de mon attraction pour lui ?

CHAPITRE 9

J'étais déjà assise sur la marche du bas quand Liam arriva le lendemain matin. Je jetai à mon épaule le sac à dos que j'avais emprunté à Jeb et rempli du strict nécessaire, puis marchai jusqu'à la portière passager.

Tandis que je m'installais, Liam demanda :

— Tu as passé une bonne soirée ?

Il portait des lunettes de soleil qui m'empêchaient de lire son expression.

— Oui.

Il commença à conduire.

— J'ai bien envie d'annuler le voyage et d'appeler Morgan. Tu pues son odeur.

Je restai aussi calme que lycanthropement possible :

— Il m'a ramenée en partant de chez ses parents. Il ne s'est rien passé.

Il ne prit pas son téléphone et ne fit pas demi-tour pour me redéposer. Je n'étais pas sûre que ce soit parce qu'il s'était rendu compte qu'il était le seul à pouvoir être blessé ainsi ou parce que mon ton était très calme. Mes émotions influaient toujours sur mes cordes vocales. La culpabilité aurait dû augmenter la fréquence de ma voix. Je ne me sentais pas coupable pour hier soir. Du moins, pas pour la raison qu'évoquait Liam.

Mais je me sentais coupable. J'étais si déchirée que j'avais à peine dormi. Je posai mon coude sur l'accoudoir, me frottai le front et fermai les yeux.

Un bruissement fort me fit sursauter. Je voulais me reposer, pas dormir. Combien de temps étais-je restée assoupie ?

Je me frottai les paupières et fixai la piste d'atterrissage clôturée.

— On prend un vol privé ?

Liam hocha la tête et baissa sa fenêtre pour appuyer sur l'interphone. La porte s'ouvrit et nous avançâmes vers un jet argenté brillant.

Je restai bouche bée.

— Il était à papa, mais il est à la disposition de la meute entière. Si tu as un jour besoin de l'utiliser, tu n'as qu'à demander.

Mon ravissement disparut. Je méprisais le père de Liam tellement que ma haine s'étendait à tout ce qu'il avait touché ou possédé.

Un homme habillé d'un costume bleu m'ouvrit la porte.

— Bonjour, mademoiselle.

— Bonjour, le saluai-je en attrapant mon sac à dos et sortant du SUV.

— Bonjour, commandant, fit Liam.

Il contourna la voiture par l'avant. Il portait un jean, comme moi, et un tee-shirt noir avec un col V, ce qui me rassurait : mon débardeur blanc et mon sweat à capuche n'étaient pas de trop mauvais choix.

L'homme au costume hocha la tête vers Liam.

— Bonjour, monsieur Kolane. Nous sommes prêts à partir dès que vous le voulez.

Liam m'indiqua d'un geste l'escalier qui menait aux entrailles de la bête ailée et scintillante. J'avançai, ma louve se hérissant sous ma peau, comme si elle essayait de planter ses griffes dans le bitume pour éviter de s'élever dans les cieux. Nous étions des animaux terrestres, après tout.

Je repoussai sa réticence et grimpai les marches. L'air sentait le cuir et le produit désodorisant aux fleurs, ce qui n'apaisa guère mon loup. Mes ongles commencèrent à s'allonger. Je m'arrêtai dans l'allée étroite, me concentrant sur ma lutte interne. Je doutais que le commandant et l'agent qui me souriait depuis l'arrière de l'avion sachent ce que nous étions.

— Il n'y a aucun danger, murmura Liam derrière moi.

Ses mots soufflèrent sur les poils qui s'épaississaient sur ma nuque. Il posa sa main au creux de mes reins et me guida vers l'un des fauteuils beiges. Il s'assit face à moi et me lança :

— Je n'ai jamais beaucoup aimé les vols non plus.

Nous n'étions même pas encore en l'air. Comment réagirais-je alors le moment venu ? Le pilote tira l'escalier rétractable et la porte se ferma avec un bruit de succion.

— Dis-moi si tu perds le contrôle.

Liam étudiait mon visage. Je hochai la tête et déglutis.

L'hôtesse de l'air s'avança vers nous, ses lèvres peintes d'un fuchsia si vif qu'elles en étaient presque éblouissantes.

— Je vous apporterai le petit-déjeuner après le décollage. Préféreriez-vous du café ou du thé ?

— Du café, répondis-je.

Elle n'attendit pas la réponse de Liam. Elle devait déjà connaître sa commande.

Elle fila à l'arrière de l'avion, laissant derrière elle un nuage odorant de parfum à la rose qui me rappelait ma tante et ses précieux rosiers.

— Tu as des nouvelles de Lucy ?

— Lucy ?

Liam fronça les sourcils.

— Tu sais, ma traîtresse de tante.

Ses lèvres affichèrent un sourire tordu.

— Oh… cette Lucy.

Je levai les yeux au ciel.

Le moteur s'alluma et l'avion entier se mit à trembler bruyamment. À moins que ce ne soit moi. Je m'agrippai aux accoudoirs.

Respire. L'ordre de Liam mit fin à mes frissons. À voix haute, il déclara :

— Aux dernières nouvelles, elle travaillait à l'auberge.

— Pourquoi travaillerait-elle pour Aidan ? Après ce qu'elle a dit à l'enterrement d'Everest – qu'elle haïssait ce que nous étions – pourquoi est-ce qu'elle travaillerait volontairement pour les Rivière ?

— Quand ils sont en deuil, les gens disent et font des choses anormales. C'est peut-être une façon de se venger de nous.

— Mais nous n'avons pas tué Everest.

Liam était censé le faire, mais Alex l'avait devancé.

— Elle croit quand même que c'est notre faute. Comme je disais, le deuil fout en l'air l'esprit des gens.

L'avion commença à rouler devant les différents avions de tailles variées. Je me demandai si l'un d'entre eux appartenait aux Rivière. Peut-être plus d'un. Les Watt avaient-ils aussi un jet privé ?

— J'ai entendu dire qu'August et son père avaient fait affaire avec les Torrent il y a deux ans, commençai-je surtout pour me distraire de la longue ligne de pointillés devant nous.

L'avion s'arrêta soudain, exécuta un virage en U et roula si vite que cela envoya mon cœur contre ma colonne vertébrale.

Calme-toi.

Quand mes griffes entaillèrent le cuir mou, je retirai mes mains des accoudoirs et agrippai mes cuisses. J'inspirai profondément et expirai. Je recommençai encore et encore, jusqu'à ce que le nez de l'avion se lève et que les roues quittent le sol.

— Tu es en sécurité, Ness. Tout ira bien.

— *Ne dis pas ça*, criai-je. Rien ne va jamais bien quand les gens disent ça.

Il eut un léger mouvement de recul.

— D'où tu sors ça ?

Je fermai les yeux, l'air sortit brusquement par mes narines.

— Papa m'a dit la même chose, puis il s'est fait tirer dessus. Tu me l'as dit aussi, puis tu t'es retourné contre moi. Je déteste cette phrase.

Après un moment, il s'excusa :

— Je suis désolé.

J'appuyai ma tête contre le siège, les yeux toujours fermés.

— J'ai quelque chose qui te remontera le moral.

En entendant le bruissement du papier, j'ouvris les yeux. Une grande enveloppe blanche était posée sur mes genoux. Sur le coin supérieur gauche étaient inscrites les lettres C et U, entrelacées.

— Ton kit de bienvenue de l'université, expliqua Liam, prenant ma surprise pour de la confusion. Les cours commencent dans une semaine. Tu sais ce que tu vas étudier ?

— L'économie.

— Un choix pragmatique.

Je fixai l'enveloppe, me sentant à la fois malhonnête et chanceuse. L'argent et les connaissances de la meute m'avaient permis de rentrer, pas mon relevé de notes exceptionnel.

— Il y a un catalogue des cours à l'intérieur. J'avais suivi un cursus en économie aussi, alors je peux t'aider à décider quels sont les meilleurs cours à prendre.

L'hôtesse revint à ce moment-là, une nappe blanche à son bras. Du mur, elle tira une table cachée entre nos sièges et installa le linge avant de retourner côté personnel. Pendant qu'elle apportait le petit-déjeuner avec de la vraie porcelaine et des couverts, j'ouvris l'enveloppe et lus ma lettre de bienvenue, puis feuilletai le catalogue. Liam me raconta des anecdotes de son temps à l'université, depuis son initiation dans la fraternité tenue par des générations de loups de Boulder. Même si elle était ouverte à tous les hommes – humains comme êtres surnaturels – un métamorphe était toujours en charge et s'assurait que le bizutage soit rempli « d'événements ».

— Qu'est-ce qu'ils t'ont fait faire ?

Il afficha un sourire lointain.

— J'ai dû me battre sur un ring formé par des crottes de chien. Le perdant se faisait jeter dans la merde.

— J'imagine que tu as gagné.

— J'ai gagné.

Cette fois, son sourire m'était adressé. La gratitude et l'excitation m'envahirent. Tout en mangeant des pâtisseries en pâte feuilletée et en buvant le café amer, j'examinai chaque feuille devant moi.

— Merci beaucoup pour ça.

Liam leva la main.

— Je t'en prie, ce n'est rien.

— Ce n'est pas *rien*. C'est mon futur.

— Non, ton futur, c'est de me sauver la peau, tu te rappelles ?

Je souris et refermai le catalogue.

— Alors parle-moi des Torrent.

J'appris qu'ils formaient la plus grande des meutes de l'est, et la plus influente. Ils avaient participé à leur lot de duels dans l'Est mais n'étaient pas intéressés par l'Ouest ou le Nord – les territoires de la meute du Glacier, qui vivait dans des igloos et descendait des Inuits.

— Je suis surprise qu'August ne t'ait pas parlé d'eux. Il connaissait très intimement la fille de l'alpha.

J'inspirai subitement et Liam baissa le menton.

— Tu croyais quand même pas qu'il avait fait vœu de chasteté ?

— Bien sûr que non, répondis-je un peu trop brusquement.

Et c'était vrai, mais ça ne voulait pas dire que je voulais connaître tous les lits qu'August avait réchauffés, tous les corps qu'il avait caressés.

La jalousie montra le bout de son museau et je reportai mon attention sur l'océan de ciel nous entourant. Aussi brusquement que la jalousie m'était apparue, quelque chose d'autre me frappa : mon ventre ne me chatouillait plus, plus du tout.

Le lien avait disparu.

CHAPITRE 10

E ntre nos discussions sur les Torrent et mes contemplations jalouses et mesquines, je me rendis à peine compte que l'avion avait commencé à descendre vers une piste d'atterrissage au pied des Smoky Mountains. Quand les roues rebondirent sur le bitume, ma concentration se focalisa de nouveau sur l'avion. Puis le pilote freina et la ceinture serra mon ventre, renvoyant ce que j'avais mangé dans ma gorge. Je fermai mes lèvres et déglutis si fort que je faillis m'étouffer avec ma salive, mais c'était mieux que de vomir sur Liam.

Liam, dont les yeux brillaient devant mon malheur.

La voix du pilote retentit dans un haut-parleur, annonçant que nous avions touché le sol, comme si nous pouvions avoir loupé ce détail.

— Tu peux laisser le kit de bienvenue à bord, m'indiqua Liam en se levant. On prend le même avion pour rentrer.

Je me détachai et la porte de l'escalier rétractable s'ouvrit, laissant entrer une bouffée d'air chaud et humide. Je suivis Liam hors du jet, et quand mes baskets blanches rencontrèrent la terre ferme, je ronronnai presque. Liam me jeta un autre regard amusé, mais ses traits se durcirent pour reprendre son masque d'alpha.

Deux SUV à toit ouvert, prêts pour un safari, serpentaient entre les quelques avions privés garés. Des rires et des bavardages flottaient parmi les corps qui se pressaient dans les véhicules.

— Toute la meute est venue nous accueillir ? murmurai-je par-dessus le bourdonnement des voitures qui approchaient.

— Ils sont près de trois cents, alors non.

Je plaisantais, mais Liam était trop concentré pour comprendre mon humour. Les véhicules ne s'arrêtèrent qu'à quelques centimètres de nous et les passagers sautèrent au sol. Un homme avec une épaisse barbe brune traversa la toile serrée de métamorphes qui nous encerclait.

— Liam ! s'écria-t-il en tapant dans le dos de mon Alpha comme s'ils étaient de vieux copains.

Même si Liam était aussi raide qu'une planche à repasser, il offrit au grand mâle un sourire crispé. Puis l'homme s'avança vers moi et me tendit la main.

— Zachary. Mais tout le monde m'appelle Zack.

Je serrai sa paume gargantuesque.

— Alors tu es la femme Boulder dont tout le monde parle, hein ?

Il ne m'avait pas encore lâchée.

— La seule et l'unique, confirmai-je en le regardant, lui et sa meute.

— Eh bien, bienvenue dans l'Est, tonna-t-il.

Je libérai mes doigts.

— Merci.

Il hocha la tête avant de se tourner vers Liam.

— Devrions-nous courir jusqu'aux collines ?

Ses dents blanches apparurent entre les poils bruns de sa barbe.

Certains de ses loups gloussèrent, l'air relâché, ne montrant aucun signe d'agressivité.

— Je plaisante. Nous ferons assez de course ce soir. Liam, tu montes avec moi, fiston, aboya Zack.

Liam acquiesça, mais avant de partir, il me fit signe de le suivre.

— Mon fils Samuel peut l'emmener, proposa l'alpha des Torrent.

Un homme de la même carrure que Zack et aux mêmes cheveux brun-roux leva la main pour me faire un signe.

— Mon second voyage avec nous, refusa Liam.

Je sentis au regard pesant que le père et le fils échangèrent qu'ils n'étaient pas très heureux que Liam interfère dans leurs plans.

— Très bien.

Sa voix était un peu moins forte qu'avant, ce qui ne voulait pas dire qu'elle était à un niveau normal pour autant. En réalité, elle demeurait probablement plus forte que n'importe quelle voix que je n'avais jamais entendue.

Ils montèrent tous de la même manière qu'ils étaient sortis des véhicules, par le toit, mais Liam ouvrit la porte. Il m'indiqua de passer devant lui avant de monter et nous partîmes, le vent chaud agitant mes cheveux et martelant mes tympans.

À un moment donné pendant le trajet, la fille assise à côté de moi se présenta :

— Moi, c'est Jane.

Elle avait l'air d'avoir à peu près mon âge, peut-être un an ou deux de moins, avec un visage rond parsemé de taches de rousseur et des cils qui semblaient rouges à la lumière du soleil.

— Ness.

Elle repoussa une mèche de cheveux auburn de ses yeux bleu foncé.

— Je sais. Toi et ton Alpha êtes ensemble ?

Je secouai la tête et elle examina Liam avec un peu plus d'effronterie.

— Pourquoi pas ? demanda-t-elle après un long moment.

— C'est une longue histoire.

Une histoire que je ne me voyais pas partager avec elle.

— C'est un long voyage.

Elle s'attendait vraiment à ce que je me confie à elle ? Je ne la connaissais pas, et en plus Liam était assis juste là. Non pas que je me serais sentie à l'aise s'il avait été dans l'autre voiture.

— Les mâles de ta meute sont tellement beaux, lança-t-elle dans un soupir. Ça me donne envie de visiter le Colorado.

Je fronçai les sourcils.

— Comment le sais-tu si tu n'es jamais allée dans le Colorado ?

— J'ai assisté au sommet des meutes, il y a quelques années.

Oh. C'est vrai.

— Mais après ce qui est arrivé à ma sœur aînée, papa ne veut pas que nous nous éloignions trop de notre terre.

J'étais contente que Sarah m'ait parlé de la fille de l'Alpha, celle qui avait été tuée par Morgan.

— Tu es la fille de Zack, alors ?

— Une de ses enfants, oui. Nous sommes sept. Deux garçons, cinq filles. Enfin, seulement quatre, maintenant.

Son regard se fit un peu brumeux, mais elle cligna des yeux et ils redevinrent normaux.

Je me demandais laquelle de ses sœurs avait couché avec August, car Jane était bien trop jeune pour être la fille en question. Penser à August me fit prendre conscience de son absence.

Et du vide dans mon estomac.

Je pressai ma main sur mon nombril, comme si ce contact pouvait réactiver le lien. Le regard de Liam dériva vers ma main. Heureusement, il ne me demanda pas comment je me sentais… ou plutôt ce que je ressentais.

Nous roulâmes sur des kilomètres de routes en béton qui se transformèrent bientôt en terrains accidentés. Pendant ce temps, je me demandai ce que faisait August.

Ce qu'il ressentait.

Mon sang se figea quand une pensée me traversa l'esprit. Et s'il avait eu tort et qu'il ne m'aimait pas avant la formation du lien ? Et s'il se sentait soulagé par son absence ?

Je sortis mon téléphone de la poche avant de mon sac à dos et l'allumai pour lui envoyer un message lui disant que j'étais bien arrivée. Que je pensais à lui.

Alors que mon téléphone cherchait du réseau, Jane m'informa :

— Tu n'auras aucune réception par ici. Papa a installé un tas de brouilleurs. Il n'est pas un fan de la technologie.

Et soudain, ma préoccupation quant aux sentiments d'August fut remplacée par une nouvelle, celle d'être déconnectée du monde entier. Les Torrent semblaient soudainement plus oppressants qu'accueillants.

Liam se pencha par-dessus moi.

— Vous avez le Wi-Fi, au camp ?

— Nous avons un ordinateur avec une connexion bas débit.

J'observai Liam, bouche bée.

Ils détestent les Rivière, pas nous, m'assura-t-il par l'esprit.

J'essayai de laisser ses mots m'apaiser, mais je n'étais pas rassurée.

Dans quoi nous étions-nous fourrés ?

CHAPITRE 11

A ugust et Nelson étaient venus dans le Tennessee et étaient revenus pour en faire le récit.

Les Torrent n'allaient pas nous faire disparaître.

Je me le répétai à moi-même pendant que nous roulions sur la route poussiéreuse, le long de maisons à un étage identiques et de chalets. Le seul bâtiment différent était celui au bout de la route. Il était construit dans le même style, avec une pierre grise irrégulière, des dalles fauves et des fenêtres grillagées. En revanche, il était aussi long qu'une étable, avec un toit en chaume.

La voiture s'arrêta brusquement juste devant.

Zack se redressa de toute sa hauteur avant de se pencher par-dessus la voiture pour passer de l'autre côté.

— C'est l'heure de manger, s'écria-t-il.

Cette fois-ci, Liam sauta par-dessus aussi, puis me tendit la main. Au Tennessee, faites comme les Tennesséens, je supposai. Je m'assis au bord, fis passer mes jambes par-dessus, puis glissai ma main dans la sienne et sautai. Dès que mon pied toucha le sol, je le lâchai.

Ce voyage ne changerait pas le fait que j'étais le second de Liam, pas sa copine. Pas même son amie, d'ailleurs.

Des partenaires en affaires.

Une petite femme à la silhouette élégante et aux yeux bleus ridés attendait devant l'entrée du bâtiment. Quand nous approchâmes, elle tendit ses deux mains. D'abord vers moi, puis vers Liam, et enfin, elle se planta à côté de Zack.

— Ma partenaire, Eileen.

Le mot *partenaire* me pinça le cœur. Même si les loups appelaient leurs épouses ainsi, je ne pouvais m'empêcher de penser à August.

— Ravie de vous rencontrer tous.

Zack désigna deux femmes, debout près d'un jeune garçon.

— Trois autres de mon sang : Poppy, Penny et Jack.

Je gravai leurs prénoms dans ma mémoire. Jack agita sa main vers nous, mais ses sœurs – qui étaient identiques – nous observèrent avec une attention prudente. Elles avaient les mêmes cheveux auburn que Jane, mais leurs yeux étaient différents, sombres, presque noirs, comme le café amer que j'avais bu dans l'avion.

Zack se frotta les mains.

— Le repas est prêt ?

Eileen hocha la tête.

Il l'embrassa sur le haut du crâne avant d'entrer par la porte ouverte.

Eileen baissa la tête pour nous inciter à entrer dans la structure gigantesque. Je serrai la lanière de mon sac à dos et avançai aux côtés de Liam, étudiant du regard chaque centimètre du bâtiment. Je m'attendais à être dans le noir, mais le mur arrière était entièrement vitré. Une rivière coulait derrière les fenêtres, et au-delà, une forêt de sapins si dense que les arbres semblaient soudés les uns aux autres.

— Construit par les Watt, s'exclama Zack. Il est superbe, non ?

Je tirai la bague de maman de sous mon débardeur et passai mon doigt dans le métal chaud, le faisant tournoyer en même temps que j'analysais l'endroit. Le bâtiment était spectaculaire. Quand j'arrêtai de tourner sur moi-même, je me retrouvai face à face avec l'une des jumelles. Je n'étais pas sûre de savoir laquelle.

La fille m'observait en silence, comme la plupart de sa meute.

Je tins bon, même si j'avais envie de reculer un peu.

— Poppy ou Penny ?

— Poppy. Penny c'est celle qui est moche.

Sa sœur jumelle lui frappa le bras.

— Connasse.

Poppy sourit.

— Vous êtes jumelles, c'est ça ? demandai-je, même si ça semblait évident.

— *Yep.*

Je me demandai quel âge elles avaient. Dix-neuf, peut-être ?

— Appelle-les Pee, tout simplement. Elles y répondent toutes les deux, m'aida leur grand frère en ébouriffant les cheveux de Penny.

— Vraiment pas drôle, Sam.

Leur familiarité apaisa un peu ma tension.

— On ne répond pas à Pee. Ni Pee-pee, ou n'importe quel dérivé de ce surnom, ajouta Poppy.

— Si, si, elles répondent.

Une fille aux cheveux bruns jusqu'à la taille s'avança.

— Je suis la dernière des Burley. Enfin, plutôt la première. Ingrid.

Elle tendit la main et je la serrai.

— Maintenant que vous avez rencontré tout le clan, il est temps qu'on s'asseye et attaque le repas.

Zack indiqua d'un geste la table qui s'étendait tout le long du bâtiment, dotée de bols de maïs à la crème, de salades croquantes, de viandes cuites au barbecue et de pichets de jus de fruits.

Dans un élan de courtoisie excessive, Jane noua son bras au mien et m'entraîna vers l'un des bancs glissés sous la table tout en évoquant combien elle avait toujours faim. Je regardai Liam par-dessus mon épaule, me demandant où il s'assiérait.

Ça va ? s'inquiéta-t-il.

Je n'avais pas besoin qu'il me prenne par la main et, comme je ne le voulais pas non plus, je hochai la tête.

— Alors, comment ça se fait que tu sois la seule femelle de ta meute ? demanda Ingrid en s'installant face à moi.

Je posai mon sac à dos au sol et me mordis la lèvre. Avais-je le droit de parler de ça ? J'imagine que ça n'était plus un secret.

— À cause d'une concoction à base de racine fossilisée que ma meute faisait boire à tous les hommes. Cela détruisait le sperme féminin.

Ses yeux devinrent aussi ronds que le steak qu'elle avait mis dans son assiette. Ses sœurs aussi écarquillèrent les yeux.

80

— Ouah, commenta Samuel.

Il se servit du maïs à la crème, puis me servit sans me demander si j'en voulais.

— Nous n'aurons pas de femmes pendant encore une décennie, puisque la génération de Liam en a bu.

— À moins que vous n'absorbiez les Rivière, fit remarquer Ingrid.

— Oui, c'est vrai.

— Je déteste ces bâtards, grogna Samuel en ajoutant trois brochettes de viande à son assiette et une à la mienne. Enfin, pas toute la meute. Juste les O. Tu manges de la viande, n'est-ce pas ?

Je haussai un sourcil.

— Oui. Qui sont les O ?

— Les originaux, répondit Jane.

— Et les Tremula ? demandai-je en glissant ma fourchette dans le maïs.

— Ils sont cool... enfin, ils l'étaient, fit l'une des jumelles.

Je ne pouvais pas croire que les Burley étaient sept enfants. Aucune famille dans ma meute n'avait plus de deux fils. Était-ce parce que les femmes Boulder étaient toutes humaines ? J'y réfléchis tout en étudiant les autres Torrent attablés. La plupart de ceux que je regardai me rendirent mon regard avec autant de curiosité, nullement déconcertés.

— Mais qui sait ce qu'ils sont devenus. Personne ne résiste à une mauvaise influence, commenta Ingrid.

— Vous vivez tous dans le camp ?

— Oui, mais on n'est pas tous là, dit Jane.

— On sera tous réunis ce soir, par contre. La lune des loups réunit toute la meute.

Ingrid mâcha un bout de salade, puis l'avala avec une gorgée de ce qui ressemblait à du thé glacé. Samuel, qui semblait ne pas pouvoir s'empêcher de s'occuper de moi, m'en avait versé un grand verre.

— Dommage que vous n'ayez pas pu venir plus nombreux, se lamenta Ingrid.

Une des jumelles sourit effrontément.

— Elle est juste déçue qu'*August* n'ait pas pu venir.

Je sentis mes vertèbres se heurter les unes aux autres.

Ingrid donna un coup d'épaule à sa sœur.

— La ferme, Poppy. Et puis, il est probablement parti en Irak. J'ai entendu dire qu'il s'était de nouveau engagé.

August ne m'avait jamais dit où il était, mais il lui avait dit à elle ?

J'agrippai ma fourchette si fort que je la tordis probablement. Je la posai avant que quiconque ne le remarque.

— En effet, mais il est rentré plus tôt.

Jane appuya ses coudes sur la table.

— Papa voudrait leur commander un autre bâtiment, alors tu le verras bien assez tôt.

— Elle est tout excitée, commenta Jack, son plus jeune frère.

La jalousie s'immisça en moi, précisant mes sens, à moins que ce ne fût l'approche de la pleine lune.

— Il a sûrement une copine, dit l'autre jumelle. Les mecs comme lui ne restent pas célibataires longtemps. Les mecs, en général. Sérieux, ils sont incapables d'être seuls. Comment ça se fait, Sam ?

Samuel posa sa brochette, désormais dépourvue de viande.

— Pourquoi tu me demandes ? Je fais une pause.

— Ça fait une semaine, et tu remplis déjà son assiette à *elle*.

Sam rougit.

— Je suis un bon hôte, c'est tout, marmonna-t-il la bouche pleine.

— Alors ? August a une copine ? demanda Jane.

— Oui, répondis-je lentement.

J'espérai que ma voix ne trahissait pas mes sentiments.

Ingrid cligna des yeux, surprise.

— C'est cette fille, Sienna, c'est ça ?

Avait-il trompé Sienna avec Ingrid ou était-ce avant qu'il ne se mette avec elle ? La chronologie des petites amies d'August m'était étrangère, non pas que j'avais le moindre désir de me familiariser avec ses conquêtes passées.

— Vous connaissez Sienna ?

Ma voix me faisait l'effet du bois.

— On a entendu parler d'elle. Il l'a évoquée. Ils se voyaient de temps en temps l'été où il est venu construire ce bâtiment, expliqua Ingrid en montrant le toit. Ce n'était pas sérieux, ni rien.

Après un moment, elle ajouta :

— C'est sérieux entre eux, maintenant ?

— Non.

— Il est avec quelqu'un d'autre ?

Je n'étais pas sûre de savoir pourquoi, mais au lieu de mettre les points sur les I avec elle, je mentis :

— Non.

Puis je me concentrai sur ma nourriture, même si mon appétit avait disparu.

CHAPITRE 12

Après le repas, Jane nous conduisit à un chalet. Elle nous fit visiter l'espace simplement décoré : un canapé en cuir, deux fauteuils, une table basse en bois et une cheminée en pierre noircie par l'usage.

Dans la chambre se trouvaient un très grand lit et une salle de bains en ardoises grises. Tout était propre et en état de fonctionnement. Il n'y avait pas de tableaux aux murs, pas de livres sur le manteau de la cheminée, pas de photos sur les tables d'appoint, pas d'odeur chimique. Juste celle de la peau d'un animal chauffée par le soleil et des épines de pins écrasées.

— Vous pouvez vous reposer, indiqua-t-elle en ouvrant la porte d'entrée. On viendra vous chercher avant la course.

Je fis volte-face.

— Attends, où est la deuxième chambre ?

— On nous a dit que vous partageriez…

Elle pensait vraiment que je partagerais ma chambre avec un mec avec qui je n'étais pas en couple ?

— Qui a dit ça ?

Liam posa une main sur mon avant-bras.

— On partagera. Merci, Jane.

Elle lui adressa un sourire éclatant, voire éblouissant.

Après qu'elle eut fermé la porte, je marmonnai :

— J'imagine que tu pourrais loger avec *elle*. Je suis sûre que ça ne la dérangerait pas.

— J'imagine, mais contrairement à d'autres, je ne viens pas ici pour coucher. Et puis, elle est un peu jeune à mon goût.

J'inhalai soudainement.

— Tu ne devrais pas attaquer des gens qui ne sont pas là pour se défendre, Liam.

— Ce n'est pas une attaque, juste une remarque.

— C'est une remarque emplie de jugement pour quelqu'un qui a couché avec une fille pendant que ses potes jouaient au poker dans le salon.

Le silence se fit entre nous.

Après presque une minute entière, Liam demanda :

— Pourquoi n'as-tu pas dit à Ingrid qu'elle avait tort au sujet de Sienna ?

J'étais assise à l'autre bout de la pièce, et pourtant il avait entendu la conversation ? Je ne savais pas si je devais être impressionnée ou agacée.

— Parce que ce ne sont pas ses affaires. Ce ne sont les affaires de personne. Et puis, grâce à toi, je ne suis pas sa copine, non ?

— Si je suis censé me sentir coupable de…

— C'était juste une remarque.

— Hmm, hmm.

— Dans tous les cas, on ne partagera pas le même lit.

Il fronça les sourcils, ce qui assombrit ses yeux chocolat.

— Ne t'inquiète pas. Je prendrai le canapé. Mais je devrai passer dans la chambre pour aller dans la salle de bains. Au cas où tu aurais prévu de dormir à poil.

Il plongea son regard dans le mien. Je rajustai mon sac à dos plus haut sur mon épaule et me dirigeai vers la chambre.

— Si tu as besoin des toilettes, c'est maintenant ou jamais.

Il me lança un sourire narquois.

— On t'a déjà dit que tu avais un côté autoritaire ?

— On me l'a déjà dit, en général dans mon dos.

Liam ricana.

— Probablement par peur de perdre nos testicules.

Ma colère se dissipa légèrement quand j'entrai dans la chambre. Je posai mon sac sur une chaise en osier dans le coin, sous une fenêtre qui donnait pile sur le salon du chalet d'à côté. Je fermai les stores et sortis mon téléphone, mais comme Jane me l'avait dit, je ne captais rien. Alors je le rangeai et sortis mes vêtements pour tout disposer en haut de l'armoire.

Liam tira la chasse d'eau des toilettes. L'eau coula, puis s'arrêta, et il sortit de la salle de bains en passant sa main mouillée dans ses mèches sombres.

— Repose-toi bien.

Il me sourit avant de fermer la porte de la chambre.

Je considérai l'idée de la fermer à clé, mais il n'y avait pas de serrure. En espérant qu'il ne débarquerait pas à l'intérieur, je retirai mon pantalon et me glissai sous la couette.

⟶

DES COUPS BRUYANTS ME RÉVEILLÈRENT.

— Ness !

Je clignai des yeux, désorientée. Quand la pièce se précisa autour de moi, je me jetai presque hors du lit.

— Je suis réveillée ! dis-je avant que Liam n'entre.

J'enfilai mon jean, puis passai ma main dans mes cheveux et me frottai les yeux.

J'ouvris la porte. Liam était là, pieds nus, habillé d'une chemise écossaise ouverte et d'un jean taille basse dont la ceinture n'était pas fermée.

— La lune s'est levée.

À la mention du satellite de la Terre, ma peau se mit à me gratter.

Quand nous atteignîmes la porte, je me penchai pour mettre mes baskets. Il ouvrit.

— Tu n'auras pas besoin de chaussures.

C'est vrai...

— Reste près de moi pendant la course, d'accord ?

Je hochai la tête. Dehors, un flot continu de Torrent sortait des maisons et cheminait vers un terrain de longues herbes qui picotaient mes cuisses.

— Mes Torrent. Puisse la lune du loup illuminer votre chemin ce soir et pour le reste de votre vie. Soyez sauvages. Soyez libres. Soyez heureux, beugla Zack.

Il arracha son tee-shirt avant de retirer son jean. Je détournai le regard tandis que le bruit des fermetures éclair et le bruissement du tissu envahissaient mes sens.

— Considère ça comme un entraînement, me conseilla Liam.

Il jeta son tee-shirt au sol.

— Un entraînement ?

— Pour le duel. Tu devras te déshabiller devant tout le monde.

Je me mordis l'intérieur de la joue.

Il retira son jean d'un geste rapide. En me rendant compte qu'il ne portait rien en dessous, je regardai mes orteils que je distinguais à travers les longs brins d'herbe.

— Je proposerais bien mon aide, mais tu m'arracheras probablement la tête.

Argh. Je ne voulais pas me retrouver nue devant Liam. Ni devant quiconque, d'ailleurs.

Je soupirai, retirai mon débardeur, puis fis rouler mon jean au sol. Liam suivit du regard ma clavicule nue et la forme de mes seins. Je me tournai pour être dos à lui, m'accroupis, dégrafai mon soutien-gorge et retirai ma culotte. Enfin, je retirai le fil en cuivre qui retenait l'alliance de ma mère, bijou que j'avais toujours autour du cou, et glissai le collier dans la poche de mon jean.

Protégée par l'herbe haute, je laissai la transformation prendre possession de moi.

CHAPITRE 13

Nous courûmes longuement, avec énergie, foulant des kilomètres et des kilomètres d'herbe baignée par la lumière de la lune, de sols riches en argile, de courants d'eau dans les montagnes. Mes muscles tendus s'étiraient et se rétractaient tandis que je courais aux côtés de Liam et de Zack à travers le territoire des Torrent.

Malgré tous mes discours sur un possible départ de Boulder, je me rendis compte que je n'étais pas prête à abandonner ma capacité à fouler la terre en tant que louve.

Des brindilles craquèrent et les feuilles volèrent au-dessus de moi dans un ensemble flou. Je m'arrêtai et levai la tête. Perché à quelques mètres de moi se trouvait une bête noire aux yeux étincelants. Au début, je crus qu'il s'agissait d'un autre loup, mais les loups ne grimpaient pas aux arbres. Je regardai la créature, tout comme elle le faisait. Un ours noir.

Le museau de Liam toucha ma hanche.

Il ne va pas descendre. Il y a trop de loups, dit-il dans ma tête.

Quelques Torrent s'étaient arrêtés près de moi et creusaient dans la terre, grognant et aboyant sur la créature s'accrochant à corps perdu à sa branche qui semblait trop fragile pour son poids.

L'un des Torrent se dressa sur ses pattes arrière et frappa la branche avec sa patte avant. La branche fit osciller l'ours qui lâcha un cri à glacer le sang. Enhardis, d'autres loups sautèrent et frappèrent la branche, hurlant sur l'ours qui reculait vers le tronc.

Un craquement sec résonna après l'une des attaques de la meute, puis l'odeur du sang frais emplit l'air, tentateur, enivrant. Les queues des loups, frénétiques, se dressèrent à l'horizontale. Même ma queue remonta dans l'excitation.

Ness, bouge ! cria Liam.

Même si je voulais bondir sur la branche qui ployait et aider à faire descendre notre proie, l'ordre de Liam me fit reculer. Je gémis, sans comprendre pourquoi il me faisait reculer si proche de la mise à mort. J'essayai de revenir vers l'arbre, mais Liam grogna et mon corps s'affaissa plus près du sol.

J'ai faim, me lamentai-je.

Et tu mangeras, mais laisse-les le tuer. Nous sommes sur leur terre. Cet ours est à eux.

Son explication n'étouffa pas ma faim, mais au moins, je comprenais. J'observai la créature qui avait atteint le tronc. L'un des loups sauta et se déchaîna sur la patte arrière de l'ours. Celui-ci lâcha un jappement guttural et frappa la tête du loup, envoyant la boule de poils valser dans les airs. Un autre loup brun s'approcha du loup effondré et lécha une entaille béante sur sa tête.

Le loup gémit, et même si les grognements et hurlements avaient pris de la force, j'entendis le loup qui soignait l'autre geindre : *Poppy*.

Poppy ne bougea pas.

L'autre loup – j'imaginais que c'était une de ses sœurs… sa jumelle, peut-être ? – cria, et Zack écarta son attention de sa meute vorace.

L'alpha des Torrent bondit vers sa fille, poussa d'un coup de tête le mince loup brun pour avoir accès à celui qui était immobile. Je me concentrai pour entendre le battement de son pouls par-dessus les battements de cœur qui m'entouraient.

Elle était forcément vivante. Les loups-garous ne mouraient pas si facilement. Pourtant, elle ne bougeait toujours pas. Je lançai un regard à Liam qui arborait un air inquiet.

Ça aurait pu être toi, m'assena-t-il via le lien d'alpha.

Mon estomac se contracta avec un mélange de peur et de faim apportée par la chair imposante de l'ours.

Après avoir lâché un aboiement rauque, Zack tourna la tête vers sa meute. Il dut leur parler dans l'esprit, car ses loups arrêtèrent leur attaque et se détournèrent à contrecœur de l'ours acculé.

L'animal souffla prudemment en grimpant plus haut.

Ce n'était pas à moi d'aller vers Poppy, alors je restai épaule contre épaule – enfin plutôt épaule contre ventre – avec Liam. Zack donna un petit coup de museau à la boule de fourrure brune à ses pattes.

On peut mourir de l'attaque d'un animal ? m'enquis-je.

Si l'ours a sectionné son artère, oui.

Après une minute d'immobilité affreuse, la forme marron émit un gémissement aussi faiblard qu'une goutte de pluie, tellement bas que je me demandai si je ne l'avais pas inventé. À travers le treillis de pattes poilues, je vis Poppy lever la tête. Elle luisait de sang. Zack et un autre loup se mirent à la lécher avec force.

L'alpha des Torrent lâcha un long hurlement que chaque loup de la meute répéta. Une branche se cassa au-dessus de nos têtes. Je me tordis le cou et croisai le regard de la créature qui avait presque volé une autre fille aux Torrent. Mon loup mourait d'envie de lui sauter dessus et de dévorer sa chair pour la douleur causée à mon espèce, mais l'humain en moi espérait qu'il grimpe plus haut, parce que nous avions attaqué les premiers.

Je ne m'étais jamais considérée comme une prédatrice avant ce soir, mais humains et loups formaient une combinaison léthale.

Poppy se mit sur pied comme un poulain nouvellement né, peinant à rester debout.

Je la ramène, indiqua le loup qui l'avait nettoyée.

Je reconnus la voix de sa mère. Mon cœur se serra à la vue des deux femmes. Non seulement Poppy avait toujours sa mère, mais elle était en plus une louve. J'enviai ce qu'elles partageaient. Comme j'aurais aimé que ma mère soit une métamorphe, elle aussi. Le cancer ne me l'aurait alors pas prise.

Tandis que je les fixais, je m'imaginais debout à protéger mon propre louveteau un jour, et un instant maternel que je ne pensais pas avoir s'éveilla en moi.

Plus imposant que les autres loups de sa meute, Zack s'avançait vers Liam et moi.

Alpha, tu veux une alliance ? Tue l'ours qui a attaqué ma fille, et aussi long-temps que tu dirigeras ta meute, les Torrent seront toujours tes alliés.

Vous voulez que Liam abatte l'ours ? criai-je.

Je voulais ajouter que l'ours n'avait même pas attaqué sa fille, mais qu'*elle* l'avait attaqué *lui*, mais je ravalai mon commentaire.

Tu peux l'aider. Tu es son second, après tout.

Non. Je le ferai seul.

Liam…

Il me fixa de ses yeux jaune luisant, et via le lien d'esprit ajouta : **Ne risque pas ta vie pour un ours.**

À Zack, il répondit :

Ordonne à tes loups de reculer.

Zack cria à ses loups de se retirer. Je me tournai vers Liam et sifflai :

Tu n'es pas un écureuil, Liam. Tu ne peux pas grimper aux arbres.

Il ricana, amusé ou agacé, puis agita ses oreilles.

Recule, toi aussi.

Comme si j'allais le laisser affronter un ours seul. Comme je ne bougeais pas, il me grogna dessus et poussa mon ventre de sa tête.

Ne t'avise pas de me grogner dessus, espèce de grosse boule de poils. Je suis ton second, alors je reste. Maintenant, expose-moi ton plan.

Il cligna des yeux.

C'est quoi, ton plan ? À part me mordre parce que j'essaye de t'aider ?

Comme il ne disait toujours rien, je m'enquis :

Tu as bien un plan, non ?

Il me regarda, regarda l'ours, puis de nouveau moi.

Mon plan, c'était de ne pas t'impliquer.

Alors tu as besoin d'un nouveau plan.

Il poussa un long soupir agacé qui frôla la fourrure de mes oreilles.

Un écureuil…

Je souris, même si la situation était loin d'être drôle. Le test de Zack n'était peut-être pas impossible, mais il était loin d'être sans risque.

Les yeux de Liam s'illuminèrent.

Quand l'ours touche le sol, retiens-le, d'accord ?

J'avais l'impression que mon front de loup se plissait – et c'était peut-être le cas.

Tu comptes ronger le tronc jusqu'à ce que l'ours tombe ?

Il sourit et ses lèvres caoutchouteuses se rétractèrent, ses dents rétrécirent, et la fourrure de son corps devint des poils humains.

Tu es fou ? jappai-je.

Il ne me comprendrait pas maintenant qu'il était humain. Je poussai ma tête contre ses tibias pour le faire reculer. Il allait affronter un ours en humain ? Je lui donnai un nouveau coup d'épaule.

Ness ! Arrête.

Je me figeai, momentanément perplexe qu'il puisse me parler dans ma tête, même si nous étions sous deux formes différentes. Il profita de ma surprise et me contourna pour avancer vers le tronc sous le regard observateur de la meute de Torrent qui avait tant reculé que je ne voyais que des yeux brillants et des silhouettes éclairées par la lune.

Le son d'un grognement me ramena à l'arbre. Les muscles de Liam étaient tendus au niveau de ses cuisses tachées de boue. Il fit preuve d'agilité, et bientôt, il atteignit la première branche. Il trouva son équilibre et tendit le bras pour en casser une plus petite. L'ours grogna.

Visiblement, Liam n'avait pas consulté les mêmes guides nature que moi car il décida que ce serait une bonne idée de frapper l'animal massif. Le grognement de l'ours devint terrifiant. Liam le frappa de nouveau. Cette fois, l'ours se retourna et attrapa la branche entre ses crocs avant de secouer la tête jusqu'à arracher la branche à Liam.

Liam attrapa une autre branche au moment où l'ours lâchait le tronc et plongeait vers lui, crocs découverts.

Liam sauta au sol et l'ours heurta la branche. Elle cassa et il tomba, heurtant le sol avec un bruit sourd. Au lieu d'être assommée, la créature fit volte-face. Liam commença à se retransformer, mais l'ours chargea. Je clignai des paupières et me sortis de ma stupeur ; je courus vers l'ours avant qu'il ne puisse sauter sur mon alpha.

Le cœur plaqué contre ma colonne vertébrale, je m'accroupis et bondis ; mes griffes se logèrent dans le dos de l'ours. L'animal hurla, se dressa sur ses pattes arrière, et me frappa comme si j'étais une puce embêtante. Je baissai la tête et glissai le long de sa fourrure noire, entaillant sa chair.

Il poussa un cri sauvage et atterrit sur ses pattes avant si fort que cela me fit perdre prise et m'envoya voler au sol. Je clignai des paupières face au ciel qui semblait plus brillant et blanc, comme si la lune avait enflé et s'était étendue.

Le son de la bataille me fit cligner des paupières de nouveau.

Liam !

Je roulai sur le ventre et me hissai sur mes quatre pattes. Le monde tournait et se fragmentait. Je secouai la tête pour y voir plus clair. Deux formes noires se percutèrent juste devant moi. Je reculai, et ils s'écrasèrent devant mes pattes. Pendant un moment terrible, je crus que l'ours avait bloqué Liam sous lui, puis ma vision s'éclaircit enfin et je reconnus les yeux jaunes caractéristiques de mon alpha qui fixaient la bête imposante.

Le souffle rauque, Liam plongea ses crocs dans le cou de l'ours. Un pop humide résonna, suivi du bruit sourd de la tête sans vie de l'ours heurtant le sol. Le museau taché de sang, Liam releva la tête et posa son regard victorieux sur moi, puis pointa son museau vers le ciel et hurla son triomphe.

CHAPITRE 14

J e n'arrive pas à croire que tu as tué un ours, lançai-je à Liam après
avoir enfilé mes vêtements.

Du sang séché tachait le coin de sa bouche. La chasse, ou peut-
être le combat, avait remonté le moral de mon alpha. Sa colonne vertébrale
était droite, ses épaules redressées, et son regard brillant. Il irradiait d'adrénaline et de fierté.

Cela avait été excitant et terrifiant. J'étais en fait légèrement terrifiée d'à
quel point cela avait été excitant d'abattre cette bête.

— Dit celle qui s'est jetée sur son dos.

— Il allait t'attaquer !

Les yeux de Liam brillèrent et il leva son pouce vers ma mâchoire. Je
tressaillis et son sourire s'atténua.

— Tu avais du sang.

Je frottai l'endroit qu'il avait touché pour retirer l'hémoglobine, dans
l'idée de faire disparaître le picotement laissé par ses doigts. Le visage
d'August apparut dans ma tête. Je reculai d'un pas ; je ne me faisais pas
confiance aussi près d'un homme qui avait eu sur moi le même effet
attractif que la lune sur la magie qui coulait dans mes veines.

Deux Torrent sous forme humaine passèrent à côté de nous.

— Joli butin, alpha.

Ils inclinèrent la tête vers Liam, puis vers moi.

Mes doigts s'immobilisèrent sur ma mâchoire. Ils venaient d'avoir un mouvement de respect pour moi ?

D'autres Torrent arrivèrent en discutant avec énergie. Ils m'adressèrent un signe de tête en croisant mon regard.

Zack et l'une de ses jumelles vinrent nous voir. Vu qu'elle n'avait pas de marques de griffures sur son corps, je supposai que c'était Penny. L'alpha tendit sa main pleine de terre et de sang.

— Kolane, en fourrure ou en humain, tu as notre soutien.

Liam attrapa la main tendue.

— Merci.

Zack sembla attendre que Liam lui adresse la même promesse, mais qu'avaient fait les Torrent pour nous ? S'ils nous aidaient à vaincre Cassandra, ils mériteraient le soutien des Boulder.

Après une pause lourde de sens, Zack indiqua de la tête un bâtiment.

— Des boissons et du dessert seront servis à la salle de réunion. Vous venez ? Je crois que nous avons encore beaucoup à discuter.

Liam confirma de la tête.

Zack lâcha sa main, attrapa mon épaule et la serra si fort que je crus que l'os allait se démettre.

— Pour un petit gabarit, tu t'es très bien débrouillée, dehors.

— Merci.

Il rabaissa sa main.

— Je comprends pourquoi tu l'as choisie comme second. Elle est courageuse et on la sous-estime facilement.

Le compliment de l'alpha me réchauffa le sang, même si je ne savais pas trop ce que j'avais fait pour le mériter. Je ne pensais pas que sauter sur un ours soit courageux ; à mon avis, mon geste avait été un peu impulsif et très imprudent.

— Ness m'a choisi, en fait, corrigea Liam.

Je fixai les longs brins d'herbe à mes cuisses et en caressai le bout séché.

Je l'avais choisi, et d'une certaine façon, non.

Pas de la façon dont il l'aurait voulu.

— Ta sœur va bien ? demandai-je pour changer le sujet.

— Oui, affirma Penny.

— Merci au Dieu de tous les loups, ajouta Zack.

Puis il indiqua le bâtiment de la main, et nous nous dirigeâmes vers celui-ci.

Les pas de Liam s'accordèrent à ceux de l'alpha des Torrent, et je m'accordai à ceux de sa fille, ne voulant pas marcher aussi vite que nos leaders. Comment pouvaient-ils ne pas être épuisés ? Mes muscles hurlaient de fatigue. Sans la proposition de Zack, je serais rentrée directement dans mon chalet et me serais débarrassée de la crasse dans une douche chaude avant de glisser mon corps tuméfié sous les draps frais.

Penny renifla l'air ambiant et commenta :

— Il n'est ni ton partenaire ni ton copain.

Quand bien même ce n'était pas véritablement une question, je répondis quand même :

— Juste mon alpha.

— Mais il veut plus.

Encore une fois, pas de question.

— Nous avons eu une brève… *passade*. Ça ne s'est pas si bien fini.

— Et pourtant, tu es son second.

— Et pourtant, je suis son second, répétai-je. Et toi ? Tu es avec quelqu'un ?

— J'ai un partenaire qui m'est destiné. Papa s'attend à ce qu'on soit ensemble d'ici le solstice d'hiver, mais je ne sais pas…

Elle tira sur une mèche de cheveux derrière son oreille.

— Il a deux ans de moins et il est vraiment immature. J'ai dû mal à me faire à l'idée que je vais passer le restant de ma vie avec lui. Mais ça pourrait être pire, affirma-t-elle avec un sourire. Ma sœur, celle qui est décédée, était destinée à un homme qui avait presque l'âge de papa. Au début, c'était vraiment bizarre pour tout le monde.

Je l'examinai avec attention. Elle haussa les épaules.

— Après, on s'est habitués.

— Alors elle a consolidé le lien ?

— Non. Elle a choisi de ne pas le faire. Elle avait un faible pour un Tremula. Elle essayait de convaincre papa de la laisser l'épouser. C'est pour ça qu'elle était sur leur territoire quand… (elle se mordit les lèvres) Quand les Rivière sont venus.

— Mais… on ne peut pas changer de meute.

— Techniquement, non, parce qu'on ne peut pas avoir le lien d'esprit d'une autre meute sans avoir leur sang. À moins qu'il y ait un duel, mais j'imagine que tu le sais, vu ce qui est arrivé aux Pin.

Je hochai la tête.

— Mais on peut se marier avec quelqu'un d'une autre meute. En général, ça crée une fissure à un moment donné, souvent quand on a des enfants. Les loups de sang mêlé doivent prêter serment à un alpha. Ils ne peuvent pas le faire auprès de deux meutes différentes. Et quand ils en ont choisi une, ils ne peuvent plus jamais revenir en arrière.

Nous arrivâmes devant la salle de réunion qui vibrait de conversations animées et du bruit créé par les ustensiles de cuisine qui s'affairaient. Elle ouvrit la porte, révélant une salle à manger éclairée par des bougies et par la lumière de la lune. Le sourire de Penny s'agrandit.

— Tu veux rencontrer mon partenaire ?

Elle indiqua de la tête un garçon avec une tignasse de cheveux noirs et des cils si longs que je les voyais de l'autre côté de la pièce.

— Hé, Isaac !

Le garçon leva les yeux de la longue table garnie d'assiettes de fruits – coupés comme servis entiers – et de bouteilles de toutes les boissons imaginables. Un sourire gigantesque apparut au milieu du duvet sur sa mâchoire.

Penny se pencha vers moi et chuchota :

— Je lui ai dit que s'il arrivait à m'attraper un écureuil, on passerait aux choses sérieuses au lit ce soir. Il en a attrapé cinq.

Elle sourit et je lui rendis son sourire, puis fronçai les sourcils.

— Tu consolides le lien ce soir ?

— Tu es folle ? Je ne suis pas prête.

— Mais je croyais… si tu fais l'amour, ça ne va pas…

— Hum… allô, la Terre. Tu as déjà entendu parler des préservatifs ? Il faut bien tester la marchandise avant de l'acheter.

— Oh.

Avant qu'elle ne me mène à Isaac, Liam me parla par la pensée : *Je ne t'ai pas amenée pour un cours d'éducation sexuelle.*

Les poils hérissés, je scannai la pièce et le repérai avec Zack près de la baie vitrée. Je pariais que si mon partenaire avait été Liam et non August, la conversation ne l'aurait pas autant dérangé.

Viens, s'il te plaît. On s'apprête à parler de Morgan.

Pendant un moment, je ne bougeai pas. Je ne voulais pas. Du moins, pas vers lui. Quand je reculai, il répéta mon nom dans ma tête et je faiblis. Il utilisait son pouvoir d'alpha pour manipuler mon corps.

Comme je regrettais de ne pas pouvoir parler dans *sa* tête. Je lui dirais le fond de ma pensée si tel était le cas.

À moins que tu ne veuilles pas savoir ce que les Torrent savent des Rivière.

— Ness, ça va ? demanda Penny.

— Je dois… parler avec les alphas.

… ou frapper Liam.

Liam me tournant le dos, je fusillai ses omoplates tandis que je me frayais un chemin parmi les métamorphes turbulents.

— C'est gentil de te joindre à nous, commenta Liam à voix haute.

Je fermai les poings qui heurtèrent mes cuisses.

— Alors, laisse-moi faire un récap de ce que j'ai appris. Morgan n'a jamais perdu de combat ou de duel auparavant, et les loups des Tremula qui ont essayé de l'affronter après la mort de leur alpha ont été descendus un par un.

Je mis mon agacement de côté. Pour l'instant.

— Descendus ?

— Tués, éluda Zack. Ma fille… celle qui était…

Sa voix se brisa tandis qu'il posait son regard brillant sur la rivière, par la fenêtre. Mon cœur se pinça : je ne connaissais le deuil que trop bien. Il reporta son attention sur nous.

— Elle et Will essayaient de revenir ici. Ils ont été attrapés avant qu'ils ne franchissent la frontière du Colorado. Ce stupide lien de sang a beaucoup trop facilité la traque. Si mon bébé n'avait pas voyagé avec Will…

Il s'arrêta. Elle n'était pas liée à Morgan, mais lui si. La douleur approfondissait le réseau de rides sur le visage bronzé de l'alpha. Il se racla la gorge.

— Mais elle refusait de le laisser derrière.

Sa haine viscérale m'indiqua qu'il nous aurait accordé cette alliance, qu'on tue l'ours ou non.

— Être noble a un prix.

La voix de Liam était douce, mais elle portait au-dessus du brouhaha autour de nous malgré tout.

Je suis désolé de t'avoir crié dessus.

Je gardai le regard rivé sur Zack. Liam et moi discuterions de ses sautes d'humeur plus tard, dans notre chalet privé. S'il voulait me garder à ses côtés, il allait devoir changer d'attitude. Il me repoussait aussi fort qu'il me tirait à lui. À un moment donné, il finirait par me pousser trop loin pour que je revienne.

Il serait seul contre Cassandra.

Je pensai à August, et à son calme, à la façon dont il contenait ses émotions même dans les moments de grand stress. Penser à lui agrandit le vide dans mon ventre. Un vide qui s'était propagé dans ma poitrine.

— … avaient tous pris du Sillin, disait Zack.

Je secouai la tête pour dissiper le brouillard de mes pensées. Je devais me concentrer.

— Et je n'ai jamais entendu parler de quiconque capable de se transformer avec du Sillin dans le sang. Cela annule nos pouvoirs de loup.

— Ness pensait qu'elle aurait pu le frotter sur sa peau.

— Comme une crème ?

Zack haussa un sourcil.

— Hé, Sam, viens là une seconde.

Pendant que Samuel venait vers nous, l'alpha expliqua que son fils étudiait afin de devenir le médecin de la meute.

— On a une question pour toi. Qu'arriverait-il si on appliquait du Sillin sur notre peau ? Ça pénétrerait notre organisme ?

— Si on appliquait du Sillin ?

— S'il était mélangé à une crème, clarifiai-je.

— Dès que c'est exposé à l'air et à la chaleur, cela perd quasiment tout son effet.

— Quasiment, ça n'est pas complètement.

Il but une gorgée du verre qu'il tenait dans ses mains – une concoction transparente à bulles et à l'odeur incroyablement amère.

— S'il y a un effet résiduel, cela pénétrerait dans l'organisme. Ce n'est pas pour vous déprimer, mais je n'accorderais pas trop d'espoir à cette théorie.

— Elle avait du vernis, lâchai-je.

Les trois hommes plissèrent le front.

— Elle ne semble pas du genre à porter du vernis. Je veux dire, elle n'a pas d'autre type de maquillage.

Ils me lançaient toujours des regards confus.

— Peut-être qu'elle a mis le Sillin dans son vernis. Si elle se vernit les ongles juste avant un combat puis arrive à griffer un loup, peut-être qu'un peu du Sillin pénètre l'organisme de son opposant.

Comme personne ne parlait, je m'inquiétai :

— Ma théorie est folle à ce point ?

Sam soupira, faisant tournoyer les glaçons dans son verre.

— Pas folle, Ness.

— C'est une théorie intéressante, confirma Zack. Mais l'effet s'atténuerait toujours vite.

— Peut-être que le vernis permet de conserver les propriétés du médicament, suggéra Liam.

— Peut-être.

Le ton incertain de Sam annihila la plupart de mes espoirs.

— Est-il possible…

Je déglutis.

— … qu'elle ait gagné sans tricher ?

Je n'osai pas regarder Liam en le disant, effrayée de voir son air à la je-te-l'avais-dit sûrement écrit sur son visage. Si elle avait gagné sans aide extérieure, alors j'avais ruiné ses chances de gagner en le forçant à attendre.

— Tout est possible, avec cette femme. Mon meilleur conseil est de faire attention à vos arrières quand vous êtes près d'elle. Surveillez droit devant vous et sur vos flancs, aussi. Elle serait capable d'attaquer de n'importe où.

Je sentis mes yeux s'écarquiller.

— Vous croyez qu'elle nous attaquerait avant le duel ?

— Si elle sent que ses chances de gagner ne sont pas si grandes, alors oui. Elle ne le ferait pas elle-même, bien sûr. Elle demanderait à quelqu'un de faire le sale boulot.

— Comme quand elle a envoyé son fils tuer mon cousin.

— C'est ce qu'on nous a dit.

Zack échangea un regard avec Sam.

— Tu as quelqu'un dans la meute de Rivière à qui tu fais confiance, Ness ? Il n'y a rien de mieux que quelqu'un de l'intérieur pour y voir plus clair.

— Je connais quelqu'un, mais c'était une Pin, alors je doute que les Rivière lui fassent confiance pour quoi que ce soit.

— En effet.

Zack se frotta la barbe et en retira une brindille.

— Je ne pense pas que ses nouveaux loups reçoivent la moindre information secrète.

Sam écarquilla les yeux.

— Le frère de Will. Il pourrait les aider. Je peux lui envoyer un mail, ce soir.

La main tachée de terre et de sang de Zack s'était immobilisée sur sa barbe.

— Avary déteste Morgan. Je doute qu'il soit très informé.

— Cela fait quatre ans. Il a bien dû apprendre quelque chose.

— Vous êtes restés en contact ? demanda Zack.

— Je crois qu'Ingrid est restée en contact.

— Demande-lui de lui envoyer un message pour voir ce qu'il pense de son alpha.

Samuel se retourna et examina la pièce.

— Je crois qu'elle est avec Poppy et ta mère.

Une fois son fils parti, Zack reprit :

— Avec un peu de chance, il sera prêt à nous aider.

C'était étrange de l'entendre dire *nous* et pas *vous*. Étrange, mais étonnement réconfortant. J'aimais l'idée que notre petite meute n'était pas complètement seule, que nous avions des alliés. D'accord, ils étaient à l'autre bout du pays, mais cela ne voulait pas dire que leur influence et leur soutien ne s'étendaient pas à des milliers de kilomètres de là.

— Ness, ça t'ennuie si je prends Liam à part, un moment ? Lui et moi avons à parler d'affaires personnelles.

Mon regard alla d'un alpha à l'autre.

— Bien sûr que non. On se retrouve au chalet, Liam.

— Je ne te chasse pas du bâtiment, Ness.

— Je sais, mais la nuit a été longue et chargée. Et puis, je suis sûre que je suis couverte du sang de l'ours.

— D'accord, alors. On se revoit dans quelques heures pour le petit-déjeuner.

En traversant le long bâtiment, je me demandai ce que lui et Liam avaient à se dire – peut-être était-ce au sujet du bâton de sélection des genres ? Je ne pouvais imaginer Zack, père de tant de filles, vouloir quelque chose comme ça dans sa meute.

Après une brève promenade sous la lune, j'étais de retour dans notre logement. Je profitai d'une longue douche, puis enfilai un short de pyjama et un débardeur propre. Avant d'aller au lit, je regardai si mon téléphone avait du réseau, mais non. J'allai dans le salon et tins l'appareil en hauteur, sans trop savoir pourquoi penser que l'élever m'aiderait.

La porte d'entrée s'ouvrit alors et Liam entra.

Je ramenai mon bras à moi, espérant qu'il ne m'avait pas vue faire l'antenne humaine.

— Que voulait Zack ?

Il jeta un coup d'œil à mon téléphone.

— Savoir ce que je pensais des mariages inter-meutes.

Je fronçai les sourcils.

— Il veut te marier à une de ses filles ?

— Pas vraiment.

— À qui, alors ?

Le regard de Liam revint à mon visage.

— Moi ? m'écriai-je.

— Non. Pas toi non plus, Ness.

Le soulagement m'envahit, puis disparut, car Liam gardait son air grave.

— Mais il ne serait intéressé que si l'on gagne le duel.

— Crache le morceau, Liam.

— Il dit qu'Ingrid voudrait revoir August.

Le fil manquant entre August et moi me faisait l'effet d'un membre fantôme – absent, mais pour toujours là.

— Tu lui as dit qu'August n'était pas disponible ?

— Je n'ai rien dit.

— Pourquoi pas ?

— Parce que je ne pense pas que ce soit une bonne idée que les gens sachent que mon second a un partenaire d'accouplement. Je ne voudrais pas qu'on l'utilise contre toi.

— Oh.

Je passai mes doigts dans mes cheveux mouillés.

— Et parce que beaucoup de choses peuvent changer entre maintenant et le solstice d'hiver. Regarde la vitesse à laquelle ça a été le cas entre nous.

— À qui la faute ?

— C'est ma faute. Entièrement. J'ai laissé Aidan Michaels semer le doute chez moi. Je regrette chaque seconde de ce qui s'est produit, mais les loups-garous ne peuvent pas remonter le temps. Alors à part m'excuser, il n'y a pas grand-chose que je puisse faire pour réparer ça.

Quelques respirations plus tard, il ajouta :

— Il te manque ?

Je me mordis la lèvre inférieure. Oui, mais je ne voulais pas parler d'August avec Liam, alors je gardai le silence.

— Oublie ça. Je ne veux pas savoir.

Il marcha vers la chambre.

— Je vais prendre une douche, puis j'arrêterai de t'embêter pour ce soir.

— Tu parleras à August de la proposition ?

Il s'arrêta sur le pas de la porte et se retourna, mais son regard resta rivé au manteau de la cheminée.

— J'ai promis à Zack que je transmettrais le message, mais je ne forcerai pas August à épouser quelqu'un. Vous avez un passé ensemble, je comprends, mais il a dix ans de plus que toi. Ça ne te gêne pas ?

Mes doigts se serrèrent autour de mon téléphone.

— Et toi, ça te gêne ?

Il fit la moue.

— Tu n'arrêtais pas de me dire qu'il était comme un frère pour toi, alors oui, je trouve ton attraction… *incongrue*. Mais vous avez un lien d'accouplement, et apparemment, ils aveuglent le jugement des gens qui ne distinguent plus ce qui est bien ou mal.

— Alors tu crois que c'est mal ?

— C'est important, ce que je crois ?

Je supposai que ce que Liam pensait était partagé par le reste de la meute. Peut-être pas la meute au grand complet. Frank approuvait notre relation.

— Je n'ai pas demandé ce lien d'accouplement.

Avant d'entrer dans la chambre, Liam soupira :

— Je ne sais pas si tu te souviens, mais August pensait que j'avais tué mon propre père, alors il n'est pas vraiment haut placé sur la liste des gens à qui je fais confiance ou que j'aime. Et puis, il t'a toi. Et je mentirais si je disais que ça ne jouait pas sur mon opinion de lui. Mais d'un point de vue extérieur, un homme de vingt-sept ans jetant son dévolu sur une fille de dix-huit ans, ça peut surprendre. Personne ne te jugera toi, mais August s'attirera son lot de regards mauvais. Bref, grâce à moi, tu as du temps pour y penser.

Il tapota le montant de la porte. Le sens de ses mots me frappa.

Me frappa *vraiment*.

Je ne voulais pas qu'on juge August à cause de moi. Et certes, dans une semaine, je ne serais plus mineure, mais j'aurais quand même neuf ans de moins.

J'aurais toujours neuf ans de moins.

À vingt ans, peut-être que cette différence ne serait pas si terrible, mais d'ici là, ce que nous étions serait tabou.

Peut-être que la condition de Liam pour ce duel était une bénédiction cachée.

CHAPITRE 15

U n martèlement.
    Il faisait écho autour de moi et l'adrénaline fourmillait dans mes jambes en réaction.

Je me retournai pour découvrir un ours noir sur mes talons. Je poussai mon corps essoufflé plus fort, jusqu'à ce que chaque foulée me donne l'impression de me briser les os.

La bête bondit et enfonça ses crocs dans ma colonne vertébrale humaine, et je criai.

— Ness ! m'appela une voix.

Deux pattes heurtèrent mes épaules et je me redressai en position assise, repoussant les pattes de la créature.

Pas la créature, et pas des pattes.

Juste Liam.

Le sang pulsait dans mes veines tandis que je frottais mes mains sur mon visage pour chasser cette course cauchemardesque.

— Un mauvais rêve ?

— Oui.

— Tu veux m'en parler ?

Je frissonnai.

— L'ours qu'on a tué, il me poursuivait. À la fin, il m'a rattrapée.

L'inquiétude plissa son front.

— Ma première grosse mise à mort m'a hantée pendant des semaines.

— Ce n'est pas ma première grosse mise à mort, Liam.

Il fronça les sourcils. Je me redressai un peu plus dans le lit.

— *Tu* l'as tué, pas moi. Mais c'était le plus gros animal que j'aie affronté.

Il sourit avec nostalgie.

— Notre première grosse mise à mort, alors. On formait une bonne équipe, sur le terrain.

Son expression fit disparaître un peu plus de notre passé houleux.

— J'espère qu'on formera une aussi bonne équipe pendant le duel, glissai-je.

— Je n'ai aucun doute.

Son regard s'attarda sur mon visage un moment, puis il secoua la tête, descendit du lit et frotta ses paumes sur son jean.

— Fais tes affaires. On va manger avec eux, puis on part directement à l'aéroport.

Après son départ, je troquai mon short de pyjama et débardeur pour un short en jean blanc et un tee-shirt noir. Je passai rapidement dans la salle de bains et tentai d'aplatir mes longs cheveux bouclés. Dormir les cheveux mouillés avait créé du mouvement et du volume. Trop. Je me brossai les dents, puis rangeai tout dans mon sac à dos. En le glissant à mon épaule, l'excitation à l'idée de rentrer dissipa les souvenirs de ce cauchemar entêtant.

J'allais voir August, et Evelyn, et…

Ma respiration se coupa en me rappelant notre conversation de la veille. À la lumière du jour, être avec un ancien de la marine ne semblait pas si mal. Penser à lui faisait pulser mon nombril, même s'il était à des kilomètres de là.

Par la fenêtre, j'observai l'herbe haute qui oscillait sous un brin de vent. *Qu'aurais-tu fait, maman ?*

Je demanderais à Evelyn. Si quelqu'un allait être cent pour cent neutre à ce sujet, c'était elle.

Quand je quittai ma chambre, Liam était déjà parti avec ses affaires. Je marchai jusqu'à la salle à manger, dépassant plusieurs Torrent en chemin. Ils m'adressèrent un signe de main que je leur retournai.

Nos alliés…

Au moins, ce voyage était un succès pour la meute de Boulder.

En entrant dans le grand et joli bâtiment, je me dirigeai droit vers la table principale où se trouvaient Zack, Liam, Ingrid et Samuel.

— Bonjour. Bien dormi ? demanda Zack tandis que je m'asseyais à côté de Liam.

— Très bien, merci. Comment va Poppy ?

— Elle récupère avec sa mère. Je crois qu'il leur faudra toutes les deux plusieurs jours pour se remettre de l'attaque.

Les miettes de pain prises dans sa barbe tombèrent sur la table pendant qu'il parlait.

— J'allais raconter à Liam l'expérience que Sam a réalisé hier soir : il a mélangé du Sillin écrasé aux crèmes d'Ingrid et les lui a passées sur la peau, puis il s'est changé et a léché son bras.

J'attrapai un pichet de jus d'orange et me servis un verre.

— Il s'est rechangé en humain quelques minutes plus tard.

— C'est exactement ce qui est arrivé avec Julian, me réjouis-je.

— Sauf que je n'ai pas vomi.

Julian, si beaucoup.

— Et bien qu'Ingrid ait pu se transformer, elle n'est pas arrivée pas à rester en louve. Quand elle a réessayé une heure plus tard, elle n'y arrivait plus du tout.

— J'ai réessayé ce matin et je ne pouvais toujours pas me transformer, expliqua Ingrid. Alors ça pénètre bien l'organisme et il y en a peut-être encore sur ma peau, mais si Cassandra Morgan pouvait se transformer d'humaine à louve et inversement, alors elle n'a pas appliqué de crème au Sillin.

Je me demandai si on pouvait se fier à leur expérience ou si l'on ne devrait pas en mener une nous-mêmes.

Ingrid repoussa sa tresse épaisse et longue jusqu'à sa taille derrière son épaule.

— J'ai reçu un mail d'Avery, ce matin. Il a dit qu'il ne voulait pas s'impliquer car il s'apprête à devenir père et s'inquiète pour la sécurité de son enfant et de sa partenaire. Il espère que vous comprenez que ce n'est pas contre vous, mais pour protéger ceux qu'il aime. Il souhaite bonne chance à Liam, en revanche. Il dit que de *très* nombreux Rivière souhaitent qu'il gagne.

Elle lança un regard à son père. Celui-ci hocha la tête et elle ajouta :

— Il nous a dit un truc qui pourrait aider. Apparemment, Morgan est souvent alitée. La rumeur parmi les Rivière dit qu'elle a une mauvaise santé.

Liam posa son verre de jus de fruits à moitié plein sur la table en bois.

— Les loups-garous peuvent manger des charognes sans être malades.

— Exactement, confirma Sam en beurrant une tranche de pain. On pense que c'est peut-être un symptôme de ce qu'elle fait pour rester au sommet.

Je frottai la finition satinée du bois de la table.

— Prendre des petites doses de Sillin pendant des années pourrait-il permettre de s'y habituer ? Je veux dire, est-ce que son corps pourrait se transformer, malgré une faible dose du médicament dans son organisme ?

— J'en doute fort.

— Elle ne guérit pas vite, protestai-je. J'ai oublié d'en parler hier, mais pour un métamorphe, ses blessures saignent plus longtemps qu'elles ne le devraient. Tu l'as remarqué aussi, Liam ?

— Oui, mais des blessures causées par un alpha prennent plus longtemps à guérir, alors je ne pense pas que ce soit particulièrement étrange.

— Oh. Je ne savais pas.

Je me mordis la lèvre, me sentant un peu bête, puis pensai à ses lèvres à elle, et à leur teinte bleutée.

— Une utilisation prolongée de Sillin peut causer une décoloration de la peau ?

Sam fronça les sourcils.

— Ses lèvres sont un peu… *bleues.*

J'attrapai un muffin aux fruits rouges du panier devant moi et mordis dans la pâtisserie, savourant le goût acide des fruits.

— Elles ont toujours été comme ça, m'informa Zack. C'est une marque de naissance, un naevus ou quelque chose comme ça.

— Samuel, ça te dérange si je te mets en contact avec le médecin de notre meute ? Ce n'est pas un métamorphe, mais il prend soin des Boulder depuis des années, maintenant. Nous lui faisons entièrement confiance.

— Bien sûr. Je lui communiquerai mes découvertes.

Liam se leva.

— Je dois retrouver mes loups. Viens-tu avec nous à l'aéroport, Zack ?

— Non. Je dois rester auprès de ma petite fille, mais Ingrid et Sam vous accompagneront.

— Et moi ! fit une voix gaie, celle de Jane. Désolée du retard. J'étais avec Poppy.

— Ce n'est rien, ma chérie.

Zack se leva et me serra la main.

— Ravi d'avoir fait ta rencontre, Ness. Nous te souhaitons de grandes forces pour le duel à venir.

Puis, il serra la main de Liam.

— Nous resterons en contact. Et n'oublie pas…

Il glissa un regard à Ingrid dont les joues devinrent aussitôt rouges.

— Papa, marmonna-t-elle.

Il lui lança un sourire carnassier avant de sortir de la salle à manger en caressant le dos de ses métamorphes, se penchant vers eux pour leur dire bonjour. Vu les rires et les sourires, je compris que Zack était un leader apprécié. La mélancolie de quelque chose que je n'avais jamais eu me serra le torse : une meute où tous avaient leur place.

Liam me toucha l'avant-bras.

— Allons-y.

Flanqués des enfants de Zack, nous quittâmes le camp.

Liam s'assit devant avec Sam, et je m'installai à l'arrière avec les sœurs. Pendant que les hommes parlaient de mettre en place un laboratoire pour créer un nouveau type de Sillin, je me déconnectai de mon entourage. Au bout d'un moment, Jane demanda à sa sœur :

— Il t'a répondu ?

Elle avait chuchoté, mais l'urgence dans sa voix m'avait tirée de ma rêverie.

— Oui.

— Et ?

Parlaient-elles d'August ? *Il*, ça pouvait être n'importe qui. Je faisais ma paranoïaque.

— Je ne lui ai pas parlé de *ça*, murmura Ingrid. J'ai juste demandé comment il allait et je lui ai dit qu'on aurait peut-être un nouveau projet pour lui.

Jane gloussa et s'exclama :

— Un projet « *mariage avec Ingrid* ».

Puis elle lâcha :

— Aïe. C'est pour quoi, ça ?

Ingrid dut clarifier la raison d'un regard, car il y eut un long silence.

— Je suis sûre que Ness adorerait ne pas être la seule louve de sa meute, fit Jane. Hein, Ness ?

Je détachai mon regard des paysages et me tournai vers les deux sœurs Burley. Je faillis leur dire qu'August ne cherchait pas de femme, mais me mordis la langue. Leurs regards pleins d'espoir s'obscurcirent et je répondis :

— Ça serait chouette d'avoir d'autres femmes.

Mais pas Ingrid.

Du moins, pas comme femme d'August.

Il y avait au moins dix autres hommes possibles pour elle dans la meute de Boulder.

— Tu devrais rencontrer les autres célibataires de Boulder avant de te décider.

Je vis à sa nuque que Liam se raidissait. Bien sûr, il écoutait.

— J'ai déjà rencontré les autres au sommet des meutes. Ils étaient... *sympa*. Mais je ne m'imagine avec aucun d'entre eux. August, en revanche... je m'imagine totalement avec lui.

Son expression rêveuse me donnait envie de la poignarder dans les yeux avec des cure-dents.

Arrête donc ça. Je reportai mon regard sur la route avant qu'elle ne remarque ma jalousie endémique.

Si je n'étais pas capable de laisser August partir quand le lien d'accouplement était absent, comment étais-je censée le faire avec ?

CHAPITRE 16

L e retour en avion fut très angoissant. Je passai la plupart de mon temps à creuser de nouvelles griffures dans le pauvre accoudoir en cuir. Liam ne me reprocha pas ces dégâts. Il sembla à peine s'en rendre compte, vu combien il était en pleine réflexion. Il se contenta de fixer le hublot et d'étudier l'écran de son téléphone.

J'avais regardé le mien et découvert un message d'August qui datait de la nuit précédente : *J'aimerais que tu sois là, à dormir à mes côtés.* Les mots créaient un *bam* dans ma poitrine, qui résonnait dans mon cœur.

— Qu'as-tu tiré de notre voyage ? demanda Liam, me tirant de mes rêveries.

— Que je devrais commencer à prendre des microdoses de Sillin.

— Quoi ?

Clairement pas ce qu'il attendait.

— Greg peut découvrir quelle dose ne m'affecte pas plus de quelques heures à la fois, non ?

Liam pinça les lèvres de désapprobation.

— Pas toi. Je demanderai à Matt ou quelqu'un d'autre.

— Tu me payes pour t'aider, Liam. Laisse-moi mériter ce que je reçois.

Ses narines se dilatèrent plusieurs fois avant qu'il cède enfin :

— Très bien.

Il fit osciller sa tête.

— Très bien, répéta-t-il. Tu mesures et pèses combien ?

— Un mètre soixante-treize. Je ne me suis pas pesée depuis des mois, par contre.

— Environ combien ? Soixante ? insista-t-il tout en tapant un message.

— La dernière fois, je faisais cinquante-huit.

J'observai les nuages cotonneux qui s'effilochaient et s'assemblaient en de nouvelles formes.

— Tu crois qu'Aidan Michaels peut toujours se transformer ? Il a dû en prendre plus que Morgan pour se cacher sous notre nez.

Liam leva les yeux de son écran. Ses yeux ambre étaient dissimulés par une mèche de cheveux noirs.

Une fossette apparut, comme s'il se mordait l'intérieur de la joue.

— Ce serait intéressant de le savoir.

— Peut-être qu'on peut l'inviter à courir ? Comme un cessez-le-feu avant la guerre...

— Les cessez-le-feu se déroulent après la guerre, Ness.

Je n'essayais pas d'être littérale.

— Comme le calme avant la tempête, alors.

— Même si je préférerais affronter un autre ours qu'inviter cet homme à courir avec nous, ce n'est peut-être pas une mauvaise idée.

Quand l'hôtesse retira nos verres vides pour préparer l'atterrissage, je lui demandai :

— J'ai beaucoup pensé à un truc, dernièrement. Pourquoi ne m'as-tu pas dit que ton père voulait tuer le mien ?

Liam eut un tressaillement de surprise. Il pensait que je ne reviendrais pas dessus ? Que je laisserais la vérité sur la mort de mon père se glisser dans la marée de choses inaliénables du passé ?

— Qu'est-ce qui te fait penser à ça ?

— Aidan.

Il agita la tête de haut en bas, deux fois.

— Te le dire revenait à admettre que je savais que ton père allait mourir... Que je n'avais rien fait pour l'arrêter.

Qu'il l'avait encouragé.

— Je ne connaissais pas bien Callum, Ness, mais maman disait que c'était un homme bien. Elle disait à mon père qu'elle aurait aimé qu'il soit un peu plus comme le tien.

Il arrêta de parler et regarda les toits minuscules et les points bleus, les piscines, qui brillaient en dessous de nous.

— Tu peux imaginer ce que ça lui a fait.

Il ferma fort ses lèvres un long moment.

— Ce que ça m'a fait à moi.

— Je suis désolée que tu aies souffert parce que tu n'avais pas le bon modèle, Liam. Je suis désolée qu'Heath t'ait donné tous ces démons que tu internalises. Qu'il t'ait fait perdre confiance en les gens. Mais j'ai aussi vu quel genre d'homme tu peux être quand tu combats ces démons, et c'est le genre d'homme que je veux comme alpha.

Il me regarda aussitôt.

— Mais uniquement comme alpha ?

Mes yeux dérivèrent jusqu'à son col V, secoué par ses respirations.

— Liam, tu me veux parce que tu ne peux pas m'avoir.

— Ce n'est pas vrai.

— Je suis celle qui t'a échappé.

Il croisa une cheville sur son genou opposé.

— Tu m'as défié. Tu es la seule à avoir osé le faire. Comment suis-je censé devenir un homme meilleur si tout ce que j'obtiens, ce sont des caresses dans le dos et des compliments qui flattent mon ego ?

Je souris faiblement.

— Je n'ai pas besoin d'être en couple avec toi pour te défier.

— Mais ça rendrait le défi et la critique beaucoup plus acceptables.

À ce moment, les roues de l'avion touchèrent le bitume. La ceinture me serra la taille, appuyant sur mon nombril.

— Et si on essayait d'être amis ? Si j'en crois Sarah, je suis assez bonne comme amie.

La veine à son cou palpita, encore et encore.

— Très bien. Mais je n'irai pas jusqu'aux manucures-pédicures.

Je ricanai.

— C'est vraiment ce que tu crois qu'on fait ?

— Je crois aussi que vous parlez de chaussures et de tailles de tampon.

— De tailles de tampon ?

Il me lança un sourire satisfait. Je pris la serviette roulée en boule dans mon porte-gobelet et la lui lançai dessus.

— Abruti.

Il s'en défit, puis la ramassa et la fourra dans son porte-gobelet.

— Et puis, selon toi, l'amour et le sexe interfèrent avec notre concentration, alors tu devrais éliminer les deux de ta vie jusqu'au duel.

Je souris, savourant mon plaisir à lui rebalancer ses propres mots.

— Fort bien.

Mon sourire disparut.

— Et si on allait manger ensemble, ce week-end ?

— Liam…

— Les amis mangent ensemble, non ?

— Oui, mais…

— Mais nous, on ne peut pas ?

Il se leva, serrant son sac si fort que ses phalanges blanchirent.

— Je viendrai, mais pas juste avec toi. On peut sortir en groupe.

Je me levai et jetai mon sac sur mon épaule.

— Le groupe doit inclure August ?

— J'aimerais bien.

Ses pupilles se dilatèrent d'agacement.

— Bien, mais ne t'attends pas à ce que je lui fasse la conversation.

— Je ne m'attends même pas à ce que tu lui parles.

— Je demanderai à Matt et Lucas. Certaines filles pourraient venir aussi. Si ça te va.

— Tant qu'on ne me demande pas de parler de taille de tampon avec elles, plus on est de fous, plus on rit.

Il sourit, mais son sourire ne se répercuta pas dans ses yeux. Il rida à peine la peau au coin de sa bouche.

CHAPITRE 17

près l'atterrissage, je demandai à Liam de me déposer chez Frank. Je me rendis compte que je n'avais même pas téléphoné en amont pour savoir si Evelyn était chez elle. J'étais juste partie du principe que oui. Je partais toujours du principe qu'elle serait là quand j'avais besoin d'elle.

Aussi, quand je sonnai à la porte un peu après quinze heures, c'est elle qui m'ouvrait, dispersant l'odeur familière de la menthe et de l'huile de cuisine.

— *Querida* ! Quelle belle surprise.

Elle entoura ses bras autour de moi et m'attira contre sa poitrine.

Après avoir consciencieusement embrassé mon front et mes joues, laissant très sûrement des traces de rouge à lèvres partout sur mon visage, elle s'écarta et m'étudia. Depuis qu'on avait emménagé au Colorado, elle semblait toujours chercher de nouveaux bleus ou de nouvelles coupures, ou d'autres signes de blessure.

Quand son regard se posa sur mon sac à dos, elle demanda :

— Qu'est-ce que Jeb a fait ?

— Jeb ?

— Tu as un sac à dos.

— Oh.

Elle croyait que je venais passer la nuit chez elle. Je souris.

— Non, en fait je reviens d'un voyage d'une nuit.

— D'une nuit ? demanda-t-elle en haussant ses sourcils fins. Ai-je besoin de m'asseoir pour entendre cette histoire ?

Mon sourire s'agrandit.

— Probablement.

Je me souvins de la chasse à l'ours.

— En fait, oui. À moins que tu veuilles que je t'épargne certains détails.

Elle pâlit.

Oui. Elle n'avait probablement pas besoin d'entendre parler de l'ours.

Je pris sa main et la menai au canapé où nous nous assîmes toutes les deux.

— Avant que tu commences à me raconter, tu as mangé ?

— Je n'ai pas faim.

— Ce n'est pas ce que j'ai demandé. J'ai demandé si tu avais mangé.

— J'ai mangé un sandwich dans l'avion.

— Dans l'avion ? Tu as pris un *avión* ? Où es-tu allée ?

Ses mains douces entre mes mains, je commençai depuis le début mais écartai le combat du soir. Juste quand j'allais lui parler d'August, la porte d'entrée s'ouvrit et Frank entra, le front luisant de sueur, qu'il épongea de son avant-bras.

— Salut, Ness. J'ai cru comprendre que le voyage s'était bien passé.

Evelyn fit volte-face sur son siège.

— Tu savais pour ce voyage et tu ne me l'as pas dit ?

— Evelyn, tu sais que je ne partage pas ce qui se passe dans la meute. Et pas parce que je ne te fais pas confiance, mais parce que je suis sûr que quelqu'un pourrait essayer de te tirer l'information du nez.

Sa respiration était si saccadée que je serrai ses mains.

Frank avança jusqu'à l'évier et se servit un verre d'eau avant de retourner dans le salon.

— On m'a aussi raconté ta chasse, dit-il en s'enfonçant dans un fauteuil. Je suis fier de toi.

— Quelle chasse ?

J'envoyai un regard lourd de sens à Frank qui écarquilla les yeux avant de regarder son verre.

— Hum. Le cerf. Ness a attrapé un cerf.

— Je ne t'ai jamais vu aussi fasciné par un verre d'eau, Frank, dit Evelyn.

Il leva les yeux, l'air peiné, sous ses sourcils broussailleux.

— Ce n'est pas un *ciervo* qu'elle a chassé, si ?

Frank tira sur le col de son pull trempé de sueur.

— Il fait très chaud, aujourd'hui. Je vais me doucher. Vous ne voulez sûrement pas de moi autour, de toute façon.

Oh, moi je voulais qu'il reste.

Je lui envoyai de minuscules dagues imaginaires dans le dos tandis qu'il reculait.

— Pourquoi j'ai l'impression que je vais faire une crise cardiaque ?

Je serrai ses doigts un peu plus fort.

— Laisse-moi commencer par te dire que je vais bien à cent pour cent.

— Qu'est-ce. Que. Tu. As. Chassé ?

Je grimaçai en entendant son ton cassant.

— Un ours.

Je parlai très vite et très bas. Ses yeux noirs s'écarquillèrent tant qu'ils ressemblaient à des boules de billard.

— Un ours ? Tu as chassé un *oso* ?

— Pas toute seule.

— C'est censé moins m'inquiéter ? Pourquoi ?

— Pour nous assurer le soutien des Torrent.

Elle pinça les lèvres jusqu'à les faire disparaître.

— Ils t'ont fait chasser un ours ? S'il te plaît, dis-moi que tu étais assise dans une voiture avec un très gros *pistola*.

Je grimaçai. Elle posa une main sur son cœur.

— Tu étais en *lobo* ? chuchota-t-elle.

— Oui.

— Je crois que même la teinture de mes cheveux va devenir blanche.

Je souris avant de comprendre qu'elle ne plaisantait pas et ravalai mon sourire.

— Evelyn, j'ai complètement oublié de te le dire, mais j'ai croisé une femme à la banque, l'autre jour. Elle m'a demandé si tu cherchais du travail.

— Je ne crois pas que j'aurais l'énergie de nettoyer…

— Non, ce n'est pas pour du ménage. Elle voulait savoir si tu serais intéressée pour devenir chef cuisinière dans le restaurant de son fils.

Elle écarquilla les yeux.

— Chef ? Moi ? Mais je ne suis pas chef cuisinière.

— Tu plaisantes ? Tu es la meilleure cuisinière que je connaisse.

Un sourire apparut sur ses lèvres rouges.

— Tu connais beaucoup de cuisiniers, *querida* ?

— J'en connais assez pour apprécier toute l'étendue de ton talent.

Elle leva la main vers mon visage et attrapa ma joue avec affection.

— Tu passeras un entretien avec eux, au moins ?

Elle baissa la main.

— Peut-être. J'en parlerai avec Frank. Quel est le nom du restaurant ?

Je lui donnai tous les détails puis me redressai, jetai un coup d'œil à la porte de chambre que Frank avait fermée, et me lançai :

— Oh, et j'ai besoin de te parler d'autre chose. Ce n'est rien de dangereux ou d'inquiétant. J'ai juste besoin de conseils. Sur les garçons.

— Oh.

La surprise effaça la peur sur son visage, puis ses lèvres rouges esquissèrent un sourire.

— Que voudrais-tu savoir sur les garçons ? demanda-t-elle en s'installant contre l'un des coussins fleuris.

— Je, hum… je ne sais pas ce que tu as entendu, mais euh…

J'expirai profondément.

— Parfois, notre espèce développe une sorte de lien qui pousse deux personnes à être ensemble. Pour la continuité de… l'espèce.

Son regard qui se plissait lentement me fit inspirer de nouveau.

— Ça ne veut pas dire que les deux personnes finissent ensemble. Maman était liée à quelqu'un, mais elle a résisté à l'attraction jusqu'à ce qu'elle disparaisse. Bref, j'ai un lien qui disparaîtra après le solstice d'hiver si je n'agis pas.

Elle plissa le front.

— Si tu n'agis pas ?

La chaleur envahit mon visage.

— Si je ne fais pas l'amour avec la personne.

Son cou sembla s'allonger.

— Continue.

J'attrapai un coussin que je posai sur mes genoux et le serrai comme si cela pouvait empêcher mon nombril de pulser. Parce que pour pulser, il pulsait. August était-il en chemin ? En colère que je n'aie pas encore répondu à son appel ? Était-ce juste l'angoisse provoquée par cette discussion avec Evelyn ?

— Qui est ce garçon à qui tu es liée ?

— August Watt.

— Le fils d'Isobel ?

Sa voix partit légèrement dans les aiguës. Je serrai plus fort le coussin.

— Mais il a presque trente ans.

— Vingt-sept, lâchai-je.

— Et tu n'as même pas dix-huit ans.

— Je les aurai la semaine prochaine.

— Ne te méprends pas sur mes mots, August est un jeune homme très bien, mais tu ne peux pas penser à le fréquenter, *querida*. Vous n'en êtes pas du tout au même stade de votre vie. Tu commences la fac la semaine prochaine, lui en est sorti depuis des années. Il a voyagé dans le monde, s'est battu pour son pays. Il a sûrement eu de nombreuses copines, ce qui veut dire qu'il attendra des choses de toi, qu'il fera pression pour que…

— Il ne met pas de pression sur moi, pour quoi que ce soit, protestai-je.

— Pas encore. Mais ça viendra.

Elle me caressa la main.

— Si tu viens me demander ma bénédiction, je ne peux pas te la donner. Et ce n'est pas pour te blesser, mais pour te protéger.

Ma lèvre inférieure se mit à trembler.

— Oh, Ness. L'amour n'est pas une chose facile, et j'imagine qu'un lien magique ne facilite rien, mais tu es encore si jeune. Le lien s'estompera cet hiver et tu seras libre.

La chaleur à mes joues s'infiltra dans mes yeux. Evelyn soupira.

— Tu tiens beaucoup à lui, c'est ça ?

Je déglutis.

— Oui. Ça a toujours été le cas.

— Alors, attends quelques années. Si tu as toujours autant de sentiments pour lui quand tu auras fini la fac, tu pourras reprendre contact.

— C'est dans quatre ans. Il aura trente et un ans. Et s'il se marie ?

Le visage d'Ingrid apparut devant moi. Je clignai des paupières pour la chasser.

— S'il ressent la même chose que toi, il attendra. Tout comme j'ai attendu Frank et tout comme Frank m'a attendue après la mort de sa femme.

Elle enfonça son menton dans son cou.

— Et puis, tu as pensé à la réputation qu'il aura ?

Et c'était reparti... sa réputation. Quand un petit gémissement m'échappa, elle se pencha en avant, me prit l'oreiller des mains, et m'amena contre elle avant de caresser mes cheveux.

— Pense à ce que les gens diront de lui quand ils apprendront qu'il a séduit une mineure. Ce n'est pas une réputation qu'un homme veut. Il sera jugé durement et cela vous causera de la peine à tous les deux.

Alors que j'essayais de réprimer mes sanglots contre sa poitrine qui se soulevait à un rythme stable, elle ajouta :

— S'il te plaît, Ness, ne m'en veux pas. Je ne peux pas encourager cette relation, peu importe son côté magique, parce que tu m'es trop précieuse.

Elle parlait doucement, comme si son ton pouvait minimiser ma douleur. Un long moment passa, dans un silence interminable.

Les mains contre mes cheveux, elle reprit enfin :

— Mais au bout du compte, c'est ta décision, pas la mienne. Je ne peux que te conseiller. Et peu importe ce que tu décides, tu auras toujours mon amour.

J'étais venue pour sa bénédiction.

Tout en pleurant contre son épaule, je ressassais tout ce qu'elle venait de dire.

Je n'avais jamais prêté attention à ce que les gens pensaient de moi, mais je ne voulais pas que tout le monde se retourne contre August.

Ce qui ne me laissait qu'une chose à faire.

Voguer jusqu'à la berge avant de m'enfoncer trop profondément.

CHAPITRE 18

J e rentrai un peu avant le dîner, après avoir passé l'après-midi à me morfondre avec Evelyn qui avait fait de son mieux pour me remonter le moral avec des épisodes de sa série télé préférée et des brownies maison.

Frank me ramena dans un silence inhabituel. Je ne me sentais pas d'humeur très bavarde non plus, alors le silence fut bienvenu. Je ne lui demandai pas s'il avait entendu notre conversation, parce que ça n'aurait pas changé grand-chose.

Je lançai une machine, puis allumai le four et y glissai le plat qu'Evelyn avait préparé pour moi et Jeb. En attendant que cela cuise, je sortis mon catalogue de cours et encerclai ceux qui retenaient mon attention, mais mon esprit revenait sans cesse à August.

Je devais l'appeler, mais je ne voulais pas rompre au téléphone.

Peut-être que j'irais le voir après le dîner.

Je sortis mon téléphone et lus le message qu'il m'avait envoyé quand j'étais chez Frank : *J'ai entendu dire que tu étais de retour. Tu veux qu'on mange ensemble ? Cole sera là. Alors on ne brisera pas les règles :)*

Je lui avais alors répondu que j'étais avec Evelyn et que je l'appellerais dès que je partirais. Je ne l'avais toujours pas fait et plus d'une heure était passée. La culpabilité faisait palpiter mon ventre. Je le massai et essayai de me concentrer sur le catalogue.

Un coup à la porte me fit sursauter.

— Ness ? appela une voix rauque.

Eh bien, adieu ma stratégie consistant à faire l'autruche la tête dans le sable. Je soupirai, avançai vers la porte et ouvris.

August était appuyé au mur, habillé d'un bonnet noir, d'un pull en laine Henley sombre, et d'un jean délavé moulant. Il venait de se raser et semblait être passé directement de sa douche au pas de ma porte.

Pourquoi, ô pourquoi, devait-il être si beau ?

Il étudia mon visage.

— Tu ne répondais pas au téléphone.

— J'ai dû le laisser en silencieux.

Il s'écarta du mur et me contourna.

— Quelque chose ne va pas, constata-t-il doucement.

Les pulsations dans mon ventre devinrent tonitruantes. Je ne savais pas s'il s'agissait de son stress ou du mien.

— On s'assoit ?

Il se laissa tomber sur le canapé et posa ses avant-bras sur ses cuisses écartées.

Je tirai sur mon crop top, essayant de le rallonger au-delà de mon nombril, mais le coton turquoise revint à sa place. Je pliai mes jambes sous moi, perchée à l'opposé du canapé, espérant qu'une distance physique rendrait les choses plus simples.

— Quelque chose s'est passé entre toi et Liam, n'est-ce pas ?

Sa voix grave tremblait. Je secouai la tête et mes cheveux détachés frottèrent mes épaules.

— Non. Il ne s'est rien passé entre nous. Quand j'étais loin, je…

Je me forçai à soutenir son regard : si je regardais ailleurs, il sentirait que je mentais avant même que je ne parle.

— Tu ne me manquais pas, August. Du moins, pas de cette façon.

Son visage s'assombrit aussitôt.

— Vraiment ?

— Je suis désolée de t'avoir encouragé là-dedans. Je me sens terriblement coupable. Mais j'espère qu'on pourra surmonter ça et rester amis ?

Ma voix était si assurée que j'avais l'air à la fois convaincue et convaincante. August ne dit rien. Il me fixa, comme s'il attendait que je dise : *je plaisante, je t'ai eu, hein ?*

Comme je n'en fis rien, comme je n'ajoutais rien, il se leva.

— Eh bien, je...

Il se racla la gorge, le regard sur la table et le catalogue ouvert.

— Je te laisse.

Son ton était si triste que je bondis presque du canapé, mais les mots d'Evelyn m'aidèrent à tenir bon.

Il comprendra, avec le temps.

— Tu vas quitter Boulder, maintenant ?

Il me regarda par-dessus son épaule. Ses sourcils se touchaient presque, tant son front était plissé.

— Je ne sais pas. Tu veux probablement que je parte, non ?

— Non, répondis-je si vite qu'il haussa les sourcils. Ne pars pas à cause de moi, August.

Je me mordis la lèvre inférieure. Mon cœur battait si vite que je sentais déjà le goût du métal.

Il ne bougea pas pendant un long moment, ni vers moi, ni vers la porte. Sentait-il que je mentais ? Enfin, sa main attrapa la poignée. Avant qu'il ne sorte, j'ajoutai :

— Si tu veux que je te rende l'argent versé sur mon compte, je...

— . Ne m'insulte pas en plus de me blesser.

Les tendons de son cou basané se crispèrent.

Mes dents s'allongèrent en crocs et s'enfoncèrent dans ma lèvre, faisant couler le sang. J'avalai le liquide salé, repoussant ma louve avant qu'elle ne s'éveille pour de bon et prenne contrôle de mon corps.

Les narines d'August se dilatèrent. Pouvait-il sentir mon sang ? Se demandait-il pourquoi j'avais perdu le contrôle ? Peut-être croyait-il que j'étais anxieuse à cause de sa présence dans la maison. Il ferma les yeux et se frotta le nez.

— J'imagine que je te verrai dans le coin. Bonne chance avec la fac, ajouta-t-il d'un ton morne.

Le lien entre nous vibra comme une corde à sauter.

— Merci.

Quand il rouvrit les yeux, ces derniers brillaient aussi fort que la lune au-dessus de Boulder. Il me regarda dans un dernier moment déchirant, puis il partit, et la porte se referma derrière lui. Je retins ma respiration tandis que ses pas lourds résonnaient dans l'escalier, et encore un peu pendant qu'il allumait le moteur de sa voiture.

Quand j'entendis le pick-up avancer et que le monde devint silencieux, je déverrouillai enfin mes lèvres ensanglantées et laissai ma douleur se déverser hors de moi en sanglots bruyants et incontrôlables.

CHAPITRE 19

J e passai la journée de mardi au lit. Je dis à Liam que je souffrais d'une intoxication alimentaire, alors il me laissa une journée de repos. Le jour suivant, en revanche, je dus me lever et aller à la salle de sport dès l'aube. À mon arrivée, Liam, Lucas et Greg étaient déjà là et m'attendaient.

Lucas m'examina des pieds à la tête à deux reprises.

— Putain, mais tu as mangé quoi, Clark ? Tu as une sale gueule.

— Merci, Lucas. C'est exactement pour entendre ça que je suis sortie du lit.

Il afficha un sourire satisfait qui disparut quand il se tourna vers notre alpha. Je ne croisai pas le regard de Liam, de peur qu'il voie que ce n'était pas mon ventre qui me rendait malade mais mon cœur. Je pariais qu'il savait – et que bientôt, toute la meute saurait. J'espérais juste qu'il n'y verrait pas une opportunité de se remettre avec moi.

Pourquoi n'étais-je pas restée fidèle à mon plan de ne fréquenter aucun homme pendant au moins un an ?

— Alors, le Sillin... Combien j'en prends, Greg ? Et combien de temps avant de pouvoir tester les résultats de cette expérience ?

Greg me tendit un paquet protégé contenant deux packs de pilules.

— Prends deux pilules chaque jour, toujours à la même heure. Après l'arrêt de la prise, il te faudra au moins dix heures pour réactiver ton gène de loup-garou, à une heure près. Oh, et conserve-les au frigo quand tu rentreras.

Il ouvrit la fermeture de sa sacoche et en sortit une seringue.

— Je vais prélever un peu de ton sang, puis encore une fois dans deux semaines pour y chercher des traces de Sillin.

— D'accord.

— Tu n'as pas peur des aiguilles, si ?

— Non.

Pourtant, quand il prit mon poignet dans sa main sèche et approcha la seringue à l'intérieur de mon bras, je détournai le regard.

Quand le bout pointu glissa sous ma peau, je fermai les yeux. La sensation désagréable s'estompa vite, puis disparut.

— Appelle-moi si tu remarques des effets secondaires. Il ne devrait pas y en avoir, mais au cas où, tu peux me joindre n'importe quand, de jour comme de nuit.

Je hochai la tête et pris la carte de visite qu'il me tendait.

— J'imagine que tu n'auras pas besoin d'un pansement, commenta-t-il.

En effet, ma peau s'était déjà refermée. Seule une goutte de sang restait, que j'essuyai de mon pouce.

— Je devrais prendre le Sillin maintenant ou après ma session de torture ?

— Après, décida Liam.

Il retira son sweat noir à capuche. Il ne portait rien en dessous.

— Puisque nous n'aurons pas d'autres opportunités de nous entraîner en loup quand tu auras commencé à prendre ces pilules, on se battra sous cette forme aujourd'hui.

Greg partit et la porte lourde se referma derrière lui. Je regardai autour de moi, cherchant un endroit où me changer : la salle n'avait pas de vestiaires, mais il y avait des toilettes moyennement propres. Alors que je me dirigeai vers elles, Liam me rappela.

— Ness, tu te transformeras ici. Tu dois t'y habituer.

Je dus devenir aussi pâle qu'un revenant, car Lucas eut un petit rire.

— Dans les autres meutes, femelles comme mâles se transforment ensemble. Sarah ne te l'a pas dit ?

— Si, mais...

— Je n'essaye pas de te mettre mal à l'aise, ajouta Liam, glissant ses pouces à la taille de son jogging.

— Je promets que le jour du duel, je retirerai mes vêtements devant tout le monde, mais s'il te plaît, ne me le demande pas aujourd'hui.

Mon désespoir dut transparaître, car il céda. Je me précipitai dans les toilettes qui puaient l'urine et laissai la porte entrouverte pour pouvoir sortir après. Je retirai d'un coup mes baskets, puis mon legging et mon débardeur de sport, et empilai le tout proprement sur l'évier, même s'il n'était pas beaucoup plus propre que le sol en carrelage beige.

Une fois transformée, j'entrai dans la salle de sport sur quatre pattes. Liam était déjà en fourrure, plus grand que moi de trois grandes mains. Seul Lucas était sous forme humaine. Il était assis sur un banc, à soulever de lourds haltères.

Justin est celui qu'il te faudra garder en ligne de mire à tout moment, commença Liam.

Je dressai les oreilles.

Tu crois qu'il m'attaquera ?

Il n'est pas censé le faire, mais on parle de Justin. Il pourrait s'y atteler pour me distraire.

Mais ça ne serait pas juste…

Si tu t'attends à avoir de la justice, tu t'es inscrite au mauvais duel.

Mais je ne suis pas censée arrêter le duel s'il ne respecte pas les règles ?

D'ici à ce que tu arrives à l'arrêter, ça pourrait être trop tard.

Que veux-tu dire par trop tard ?

Que Cassandra pourrait m'avoir assené un coup dont je ne me remettrai pas.

Ma peau sous ma fourrure se hérissa de chair de poule.

Comment je fais pour arrêter le combat ?

Tu devras hurler trois fois.

Liam, quand on y sera, ne fais pas attention à moi, d'accord ? Je peux m'occuper de moi-même.

Il me regarda longuement et durement.

Tu risques ta vie pour moi, alors ne pense pas un seul instant que je te laisserai quitter mon champ de vision.

Liam…

Il coupa mon gémissement par un aboiement sec qui fit tressauter mes muscles.

Tu vas travailler sur ta défense. Je vais t'attaquer par tous les angles et tu devras t'échapper. Cela t'apprendra à réfléchir et à réagir vite. Tu es prête ?

Je déclarai que oui, mais c'était avant de me faire botter le cul. Si j'avais su que je me ferais écraser, pousser et aplatir contre les matelas qui puaient, j'aurais probablement dit non.

Mais, après tout, je ne voulais pas que Liam me ménage, parce que l'indulgence ne m'aiderait pas.

DEUX HEURES PLUS TARD, Liam eut pitié de moi, écrasée comme un pancake contre le sol, et décida qu'on s'arrêterait là. Avant de partir, j'avalai ma première dose de Sillin, puis paramétrai un rappel quotidien dans mon téléphone.

— On mange ensemble demain soir, *Chez Tracy* ? demanda Liam juste avant que je ne pousse les portes.

Lucas observa Liam, puis moi. Avant que l'invitation ne soit prise pour un rancard, je demandai :

— Je peux inviter Sarah ?

— Pas sûr que ce soit une bonne idée.

— Elle ne nous espionne pas, Liam.

— Ce n'est pas pour ça que je dis ça. C'est juste que je ne pense pas que ce soit une bonne idée pour elle. Je ne crois pas que les Rivière apprécieraient qu'une des leurs s'asseye à une table de Boulder.

— Elle n'est pas des Rivière.

La mâchoire de Liam tressauta.

— Au moment présent, si.

— Alors c'est non ?

Il passa sa main dans ses cheveux humides.

— Bon, d'accord. Ramène-la.

Il jeta un coup d'œil à Lucas, par-dessus son épaule.

— Tu es libre demain soir, Lucas ?

Lucas fronça les sourcils.

— Pourquoi est-ce qu'on va tous manger ensemble ?

— Eh bien, pour créer du lien, enfin, lançai-je avec un sourire railleur à Lucas. Le terrain de paintball n'était pas disponible.

Un coin de sa lèvre se souleva.

— Je savais que tu avais aimé cette activité.

— Oui, ça fait partie du top dix des meilleurs moments de ma vie.

Cela me valut un sourire de Liam et un petit rire de Lucas.

— Qui d'autre viendra ? demanda Lucas.

— Matt et Amanda.

Liam se tourna vers moi. Il ne souriait plus.

— Tu voulais amener quelqu'un d'autre, à part Sarah ?

Ce qu'il me demandait vraiment, c'était si je comptais inviter August.

— Non.

À la lumière de la fenêtre très haute – assez pour que personne ne puisse voir à l'intérieur, une bonne idée, vu nos activités du matin – les yeux ambre de Liam brillèrent comme le topaze au soleil.

Et August ? m'interrogea-t-il par l'esprit.

Avant qu'il ne se fasse de l'espoir, je répondis :

— Il est occupé. Bref, je dois y aller. Demain, je cours avec Matt à six heures trente, et ensuite ?

— C'est tout pour demain. Je ne voudrais pas te fatiguer trop avant la soirée.

Je grommelai, puis agitai la main et sortis par les lourdes portes. Avant de me diriger vers ma voiture, je m'arrêtai au magasin du coin. J'attrapai un panier et traversai les allées, jetant barres énergétiques, crèmes et lotions ultra hydratantes dans mon panier, parce que mes cheveux et ma peau étaient secs à cause des transformations successives. En tournant, je heurtai quelqu'un que je n'avais pas vu depuis longtemps.

Tamara lâcha un petit *outch* et ce qu'elle tenait tomba au sol. Je m'accroupis et le ramassai. Elle me l'arracha des mains, les joues aussi rouges que ses cheveux.

— Ce n'est pas pour moi, se justifia-t-elle.

Je reniflai l'air, me rappelant ce que Sarah m'avait dit sur les métamorphes pouvant sentir les grossesses. Mon odorat n'était pas aussi affûté que celui de Sarah ou de Lucas et s'affaiblirait sûrement encore à cause du Sillin, mais au-dessus du parfum fleuri de Tamara, je sentis quelque chose d'autre : la terre. Puisque je n'étais pas dans le rayon jardinage, je partis du principe que cela provenait d'elle.

Puis je saisis une vibration minuscule dans l'air entre nous, quelque chose qui palpitait.

Un battement de cœur ?

Tamara était à mi-chemin dans le rayon quand j'affirmai :

— Il sera positif.

Elle se figea et se retourna lentement, ses yeux verts, félins, plissés.

— Je t'ai dit que ce n'était pas pour moi.

Elle fit volte-face et ses cheveux bouclés rebondirent sur ses épaules. L'énormité de cette nouvelle me heurta alors. Même si je pouvais me tromper – j'en doutais – Tamara portait un bébé loup-garou.

Celui de Liam.

CHAPITRE 20

Après ma pause, je rejoignis Evelyn au *Bol argenté* où elle passait un entretien pour la position de chef cuisinier. L'établissement était très chic, ce qui l'intimida. Avant qu'elle ne puisse s'étouffer en resserrant le foulard en soie rouge autour de son cou, j'attrapai ses deux mains et les éloignai de l'étoffe que maman lui avait léguée.

— Tu sais que tu as déjà décroché le boulot ?

— Si c'était le cas, je ne passerais pas un entretien.

Je souris.

— Ce n'est pas un entretien. C'est un rendez-vous pour discuter de ton salaire et de tes heures de travail.

— J'aurais dû leur préparer mes *polvorones*, fit-elle sans prendre en compte mes mots. Ou mes *taquitos*.

Je serrai ses mains.

— Pas besoin de les séduire. C'est eux qui doivent te séduire.

Ses yeux noirs croisèrent les miens.

— *Bueno*.

Je sentis sa silhouette se redresser et lâchai ses mains.

— Tu veux que je rentre avec toi ?

— Non. Ça va aller.

— *Te quiero*, Evelyn.

Je parlais rarement espagnol, mais le comprenais parfaitement. Ses yeux s'embrumèrent.

— Allez, vas-y, ordonnai-je en indiquant le restaurant. Je t'attendrai dehors.

Elle avança vers la porte en traînant sa mauvaise jambe, jeta un coup d'œil par-dessus son épaule plusieurs fois, comme pour s'assurer que je restais là. Et c'est ce que j'avais prévu de faire, mais quinze minutes plus tard, l'odeur de café et de lait chauffé se fraya un chemin jusqu'à moi. Aussi je me dirigeai vers la porte du café d'à côté.

En attendant ma commande, je surveillai l'entrée du restaurant. Ce fut probablement la raison pour laquelle je ne vis pas August avant qu'il n'entre juste dans mon champ de vision.

— Salut.

Je levai les yeux et mon cœur se déchaîna.

— Salut.

Son regard était doux et lumineux, sans les ténèbres et la tension de l'avant-veille. Pour une raison ou une autre, cela me fit un coup. August n'était pas obligé de se languir de moi ou de m'en vouloir, mais il semblait presque... *heureux* de me voir. Enfin, j'étais heureuse de le voir aussi, mais si les rôles étaient inversés et que lui avait rompu, je n'aurais sûrement pas été très contente de tomber sur lui.

Ce qui souligna mon manque de maturité. Et souligna son surplus de maturité à lui.

Ses lèvres remuèrent, et il parla certainement, mais j'étais tellement perdue dans mes pensées que je ne parvins pas à entendre la moindre chose.

— Quoi ?

— Je te demandais ce que tu faisais.

— Oh. Euh.

Le serveur appela mon nom.

— J'achète un café, finis-je par répondre.

Il sourit et je jurai que cela fit baisser le volume sonore autour de moi.

— Je vois bien que tu achètes un café. Je me demandais plutôt pourquoi tu étais dans ce quartier.

— Oh.

J'avais vraiment du mal à parler aujourd'hui.

— Hum… Je… *Merde* !

Je regardai derrière lui au moment même où la porte du restaurant s'ouvrait et qu'Evelyn sortait en boitant.

Merde. Merde. Merde.

Non seulement je n'étais pas où j'avais promis d'être, mais en plus, j'étais avec August.

— Je suis désolée, je dois y aller.

Il fronça les sourcils.

— D'accord. À plus, Jolies-fossettes.

Le fait qu'il m'appelait de nouveau ainsi me donnait la sensation qu'il ne me détestait pas.

Juste avant de lui tourner le dos, je lui demandai :

— Au fait, je pourrais emprunter du matériel à l'entrepôt ? Je voudrais poncer le sol de ma vieille maison.

Il secoua un peu la tête.

— Je suis vexé que tu ressentes le besoin de demander si tu peux m'emprunter des trucs. Ce qui est à moi est à toi.

Ce qui était à lui n'était pas à moi, même si autrefois, cela avait été à mon père.

— Je vais à l'entrepôt après avoir déposé du café à l'équipe. Passe quand tu veux.

— Merci ?

Je ne voulais pas que cela sonne comme une question, mais son attitude avenante me perturbait. Était-il déjà passé à autre chose ?

Je me détournai avant qu'il ne remarque mon angoisse et rejoignis Evelyn sur le trottoir où elle discutait avec un homme qui semblait avoir l'âge de Jeb. J'affichai un immense sourire en les approchant.

— Désolée, j'étais juste partie nous chercher du café.

Je lui tendis sa tasse, puis offris ma main à l'homme et souris.

— Bonjour, je suis Ness. La petite fille d'Evelyn.

Je ne me présentais pas comme ça, d'habitude, mais vu le sourire d'Evelyn, je devrais le faire plus souvent.

La poigne de main de l'homme était ferme, et son visage amical.

— Enchanté, Ness, je suis Trent. Ma mère m'a dit qu'on devait te remercier pour nous avoir mis en contact avec Evelyn, dit-il en lâchant ma main.

— Contente d'avoir été au bon endroit au bon moment. Votre femme se sent mieux ?

— Elle va bien, merci. Bref, je devrais retourner à ma compta. Je vous vois demain, Evelyn ?

— *Sí*, demain.

Après le départ de Trent, je criai et la pris dans mes bras.

— Je te l'avais bien dit.

Elle passa sa large phalange sur ma joue.

— *Mi nieta.*

Ma petite-fille.

— Tu crois que ta *nieta* pourrait avoir un repas gratuit dans ton nouveau restaurant ?

Elle sourit, mais son expression affectueuse se déforma quand elle repéra quelque chose par-dessus mon épaule.

— Bonjour, Madame Lopez. Vous avez bonne mine, ce matin.

August tenait deux emballages en carton remplis de breuvages glacés.

— Bonjour, August.

Elle avait dit son nom sans trop de sympathie et son regard dériva vers moi. Elle devait sûrement se dire que j'avais rendez-vous avec lui malgré son conseil.

— Je devrais retrouver mes gars. Profitez bien de votre après-midi, mesdames.

Heureusement, il n'ajouta pas « À tout à l'heure, Ness ». Sinon, Evelyn n'aurait pas cru que notre rencontre avait été le fruit du hasard.

Pendant qu'il montait en voiture, je murmurai :

— Avant que tu ne te fasses des idées, il n'y a rien entre nous.

Elle but une gorgée de son café et les rides autour de ses yeux s'approfondirent.

— Tu me crois, hein ?

— Je te crois. Maintenant, viens marcher avec moi. Il fait très beau, aujourd'hui.

Elle m'offrit son bras et j'y passai le mien. Nous marchâmes lentement dans la rue en discutant de son nouveau travail. Nous dépassâmes le parc où mes parents m'amenaient et je lui racontai des histoires de papa, qu'elle n'avait jamais pu rencontrer, et de la vie à Boulder avant que je ne sois déracinée. August revint dans plusieurs de mes anecdotes, ce qui me valut plusieurs regards prudents. Nous nous assîmes sur un banc abrité par des magnolias aux feuilles éclatantes.

— Il représente une grosse partie de ma vie.

— Est-ce qu'il a déjà… eu un comportement indécent ?

L'horreur me fit hoqueter.

— Non ! Jamais.

Elle replia sa jambe par-dessus l'autre et massa sa cuisse blessée, celle sur laquelle son ex-mari avait tiré.

Au moment où je pensais à Aidan Michaels, un Hummer jaune passa dans la rue. Je n'avais pas besoin de plisser les yeux sur la vitre teintée pour voir qui était au volant, et à qui la voiture appartenait : Alex Morgan. Un autre Rivière détestable.

Un violent désir de crever ses pneus, et son torse, pendant que j'y étais, m'anima. Je serrai le poing.

Comme s'il avait senti mon regard, Alex tourna la tête vers moi. Il eut l'audace de m'adresser un clin d'œil avant de partir dans un crissement de pneu.

— Qui était-ce, *querida* ?

La voix d'Evelyn m'arracha de mes réflexions sanglantes.

— Un loup des Rivière.

Elle posa ses doigts autour de mes poings et dérida mes doigts.

— Et qu'a-t-il fait pour que tu le détestes tant ? À part être de la Rivière.

— C'est de sa faute si Everest est mort.

Un long silence s'éternisa.

— Beaucoup de Rivière sont restés à Boulder ?

— Oui.

— Pourquoi ?

— À cause du…

Je fermai mes lèvres aussitôt. Étais-je vraiment sur le point de dire à cause du duel ? Il était hors de question qu'elle soit mise au courant de ça. Elle me kidnapperait et m'emporterait loin du Colorado si elle l'apprenait.

— À cause du changement de propriétaire à l'auberge. Aidan l'a achetée, et il est un des leurs. Alors ils se sentent chez eux, ici.

135

Rien de mieux que d'enfouir une vérité importante sous une plus petite vérité.

Elle tapota mes phalanges de ses doigts.

— *El diablo.*

Une autre raison d'aider Liam à gagner son duel... plus rien ne m'empêcherait ensuite de renvoyer le diable en enfer.

CHAPITRE 21

Après avoir déposé Evelyn chez Frank, je conduisis jusqu'à l'entrepôt. J'appelai Sarah en chemin. Je préparai mon invitation à manger avec plein de Boulder en commençant par :

— Tu es occupée, demain soir ?

— Tu veux dire, est-ce que je m'occupe de la musique à *La Tanière ?*

Ah oui. On était jeudi soir.

— Je voulais dire plus tôt, pour manger.

— Je suis libre pour le repas, et même après. Je fais une pause dans mon boulot de DJ.

Je ne demandai pas pourquoi, mais suspectai que c'était parce qu'elle était toujours en deuil suite à la mort de son oncle et à l'annexion de sa meute.

— Rejoins-moi à *Chez Tracy*, à vingt heures, d'accord ?

— Juste nous deux ?

— Hum. Non.

— Il y aura qui d'autre ?

— Des gens.

— Quels gens ?

— Hum. Liam, Lucas, Matt et sa copine.

Tamara allait-elle venir ? Si oui, les gars remarqueraient sûrement sa grossesse… Comment Liam réagirait-il ?

— Pourquoi est-ce que tu manges avec tous ces gens ?

— *On*. Tu as dit que tu étais libre.

— Je ne suis plus sûre de l'être.

— *S'il te plaît*.

— Et August, alors ? Il vient ?

Je soupirai.

— En fait, tu fais quoi ce soir ?

— Je traîne avec toi pour découvrir ce qui se passe dans ta vie. Et puis, je meurs d'envie de savoir comment s'est passé ton week-end.

Je planifiais de la retrouver chez elle plus tard quand l'entrepôt se matérialisa comme une oasis, ce qui me fit louper un battement de cœur. Je garai le van à côté du pick-up d'August, puis traversai la grande zone de chargement. À mon approche, le lien se solidifia comme du béton. Debout à côté d'oncle Tom, près d'une table de travail, August leva les yeux vers moi.

J'essayai de sourire, mais j'étais si nerveuse que cela se révéla terriblement difficile. Quand je fus assez proche, je lançai :

— Salut, oncle Tom.

— Ness !

Tom me lança un immense sourire qui réhaussait ses joues violet-rouge, et la légère odeur de whiskey froid me parvint.

On était à peine en début d'après-midi et il avait déjà attaqué une bouteille ? Je savais qu'il avait besoin de ce travail, mais j'espérais qu'August le surveillait pour qu'il ne se blesse pas – ou ne blesse quelqu'un d'autre.

— Tu nous manques, ici !

La voix stridente de Tom m'arracha un regard inquiet vers August.

— Ça me manque aussi.

Et c'était vrai, même si l'entrepôt m'avait apporté autant de peine que de joie. De la peine, parce que cela me rappelait papa. De la joie, aussi parce que cela me rappelait papa.

Je pouvais presque m'entendre, à cinq ans, crier avec délice quand il proposait un cache-cache dans les rayonnages.

— Ness ?

August indiqua une des allées de la tête. Je sortis de mes rêveries.

— Pardon. Quoi ?

— Les ponceuses sont là-bas.

Je le suivis et murmurai :

— Il est bourré, non ?

Après un moment, August hocha la tête.

— Ce n'est pas… dangereux ?

Je fis un geste de la main vers toutes les machines autour de nous.

— Un de mes gars le surveille.

— Il est souvent comme ça ?

— Alcoolisé ? Oui. Mais pas souvent quand il est au travail. Aujourd'-hui, c'est l'anniversaire de sa femme. Chaque année, papa lui dit de prendre sa journée, mais il dit que c'est plus facile de passer la journée ici que chez lui où tout lui rappelle son épouse.

Les mots d'August me firent mal au cœur.

— Je ne suis pas sûre que je pourrais continuer à vivre si tous ceux que j'aimais étaient morts.

— Tu trouverais de nouvelles personnes à aimer.

— Je n'aime pas les gens facilement.

Un coin de sa bouche se souleva.

— Sans rire.

En comprenant ce qu'il disait, j'ajoutai :

— Je t'aime quand même toujours.

— C'est bon.

— Non, ce n'est pas bon. Pas si tu penses le contraire.

— Ness…

Il soupira. Pourquoi n'étais-je pas rentrée à Boulder à vingt et un ans ? Je passai ma queue de cheval sur mon épaule et jouai avec le bout.

— Tu es l'une des deux personnes que je préfère à Boulder.

Une petite ride apparut entre ses sourcils.

— Qui est la seconde ?

— Evelyn.

Tandis qu'August observait mes boucles blondes qui s'enroulaient, je me demandai où je me trouvais sur sa liste de personnes préférées. Avais-je été reléguée tout en bas ? Étais-je toujours sur la liste ?

Même si l'entrepôt était animé, dans l'ombre des grandes étagères en métal, loin des autres, August et moi semblions pris dans notre propre petit monde, un monde aussi fragile qu'une bulle de savon.

Il ferma les yeux et recula d'un pas, éclatant la bulle. Quand il les rouvrit, il fixait quelque chose derrière moi. Il se racla la gorge.

— Tu auras besoin d'une grosse ponceuse, d'une bordureuse à parquet pour les bords, et d'un aspirateur.

— Si je peux tout emprunter ici, ça m'arrangerait.

Il hocha la tête et avança vers les étagères ; son bras effleurant le mien à son passage. Même s'il semblait complètement impassible, je tressaillis. Il récupéra les outils et je repensai à ce qu'il m'avait dit… qu'il ne faisait jamais rien par erreur. Ce qui m'amenait à me demander s'il avait voulu me toucher et tester mes nerfs.

— L'aspirateur est au bout de l'allée, dit-il en indiquant une direction.

Je me retournai, et les semelles en caoutchouc de mes baskets couinèrent sur le ciment. Je me précipitai pour attraper l'aspirateur, puis, ensemble, nous sortîmes de l'entrepôt pour aller vers le van. Je changeai l'aspirateur de main pour ouvrir le véhicule, mais August chargea l'ensemble à l'arrière de son pick-up. Il me prit l'aspirateur et demanda :

— Tu as besoin d'un générateur ou tu as de l'électricité ?

— Jeb dit qu'on a l'électricité.

— Et des fenêtres ?

— Et des fenêtres.

Je souris devant ses remarques et son attention, puis montrai son pick-up d'une main.

— Pourquoi as-tu mis tout ça dans ta voiture ? Ça loge dans le van.

— J'allais t'aider à mettre en place l'équipement.

— Jeb est à la maison.

— Et il a l'habitude des ponceuses ?

— Probablement pas, mais je me rappelle plus ou moins comment les utiliser.

— Je te donnerai un cours de rappel.

— Tu as sûrement mieux à faire de ton temps.

— C'est ma pause déjeuner.

— Bien, alors mange.

— J'ai pas faim.

D'accord… Je me dirigeai vers la place conducteur du van.

— Tu te rappelles le chemin ?

La tristesse brilla dans ses yeux.

— Je me rappelle.

Il se demandait probablement pourquoi je voulais emménager dans une maison pleine de fantômes. À moins que cette question ne vînt de moi et que je projetais mes doutes sur lui. Aurais-je dû la vendre et tourner la page ?

Je secouai la tête.

Je créerais de nouveaux souvenirs, là-bas.

Je la remplirais de nouveaux rires et de nouvelles griffures.

Et puis, c'était un bon projet pour mon oncle qui devenait fou, assis chez lui, à planifier sa revanche sur Alex Morgan. Cela protégeait sa santé mentale et sa vie.

CHAPITRE 22

Quand j'arrivai dans l'allée, Jeb sortit de la maison, son débardeur blanc trempé de sueur.

— On devrait en avoir fini avec la plomberie d'ici la semaine prochaine, m'annonça-t-il pendant que je sautais du van.

La révision avait été faite rapidement. Le fait qu'un des fils des anciens soit électricien avait aidé, tout comme le côté manuel de Jeb. August se gara à côté de moi, puis sortit de voiture et alla chercher l'équipement.

— Salut, Jeb.

Jeb s'essuya les mains sur un torchon qui semblait plus sale que ses doigts et plissa les yeux.

— Tout est sous contrôle ici, August.

Je fronçai les sourcils.

— Oh, je ne suis pas ici au nom de l'entreprise. Je suis juste venu aider Ness à tout installer.

Jeb pensait que j'avais embauché August ?

Mon oncle s'essuyait toujours les mains, les bras un peu tendus, comme s'il se sentait menacé par August. Je levai les yeux au ciel. Même si Jeb n'était pas sous forme de loup, il adoptait un comportement un peu territorial.

— Ness, je peux prendre les clés de la voiture ? Je veux aller chercher du matériel.

Je les sortis de mon sac et les lui tendis. Une fois parti, je m'excusai auprès d'August :

— Désolée pour ça.

— Pour quoi ?

— Le comportement étrange de Jeb.

August sourit en portant les ponceuses jusque sous les poutres du porche autour desquelles s'enroulait de la glycine.

— J'ai l'habitude que les gens réagissent ainsi. Ils nous voient arriver et pensent qu'on va soit leur voler leur boulot, soit leur présenter une facture salée.

Nous portâmes les outils dans la maison qui semblait plus grande maintenant que les meubles avaient été retirés – Jeb avait demandé à plusieurs Boulder de venir aider à tout vider pendant le week-end. Il m'avait demandé ce que je voulais garder et j'avais répondu rien. Il ne restait pas grand-chose de maman et de papa, de toute façon ; les propriétaires précédents avaient décapé la maison.

August posa l'ensemble et fixa l'espace vide.

— Je n'ai jamais cru que je reviendrais ici.

— Moi non plus.

Il reporta son attention sur moi.

— Tu es sûre de vouloir vivre ici ?

— Je ne suis sûre de rien dernièrement, mais je ne me vois pas rester dans l'appartement de Jeb pour toujours. Et puis, je veux la forêt sur le pas de ma porte. Je veux pouvoir me transformer et rentrer sans avoir à croiser des humains.

J'observai les bois encerclant la propriété et la table de pique-nique grise entourée d'herbe trop haute. Je pouvais toujours voir dans ma tête les repas joyeux que nous avions partagés, entendre ma mère débattre des vertus des plantes médicinales avec Isobel, et mon père discuter avec Nelson des inventions qui révolutionneraient l'industrie du bois pendant que je me balançais au pneu attaché à un arbre qu'August avait installé pour moi.

Mon Dieu… il avait vraiment eu une importance capitale dans ma vie.

August toucha mon bras.

— Jolies-fossettes ?

Je déglutis et chassai le souvenir avant que mes yeux ne s'humidifient.

— Quand commenceras-tu à construire ta maison ?

— Quand j'aurai le temps.

— Tu as quelque chose en tête ?

Il baissa les yeux pour observer un nœud sur le plancher.

— J'avais. Je ne suis plus très sûr de l'idée, maintenant.

— Si tu as besoin de contribution, j'offrirai avec joie mes conseils.

Il hocha la tête, comme s'il rangeait ma proposition dans un tiroir qu'il prévoyait de ne jamais ouvrir. Je supposais qu'il n'avait pas besoin de la contribution d'une fille sans expérience ni compétences.

— Prête pour ton cours « Parquet 101 » ? demanda-t-il au bout d'un moment.

— Prête, affirmai-je dans un sourire.

Après avoir rapidement aspiré un coin du salon, il me montra comment marchaient les deux ponceuses. Même s'il n'y avait rien de sexy, l'observer faire fonctionner les machines était hypnotisant.

— Quel âge a Sienna ?

La question m'échappa avant que je ne me demande si c'était une bonne chose de parler de son ex. Il éteignit la grosse ponceuse.

— Qu'est-ce qui te fait penser à elle ?

— Toi.

Il se redressa et frotta ses paumes sur son jean.

— Je préférerais ne pas t'y faire penser. Elle a eu vingt et un ans en janvier. Pourquoi ?

Je haussai les épaules.

— Juste comme ça.

Il m'étudia.

— Tu ne demandes jamais rien juste comme ça.

Il s'approcha un peu, toujours les mains sur son jean.

— L'âge n'est qu'un chiffre, Ness. Je connais des trentenaires qui agissent comme des ados et des ados qui agissent comme des adultes. Ce que tu as vécu, ça te fera prendre de la maturité plus vite. Bon, ça n'a plus d'importance de toute façon, vu ce que tu ressens pour moi.

Il avait parlé si bas que mes bras en eurent la chair de poule. Pendant un moment, il ne bougea pas, moi non plus, puis son regard tomba sur ma bouche. Il inclina la tête et je me dis que, s'il franchissait la distance entre nous, au diable l'interdiction de Liam et l'avis d'Evelyn, j'avouerais la vérité.

Une sonnerie retentit. Il ferma les yeux et recula d'un pas. Une main sur sa nuque, il sortit son téléphone de sa poche.

— Je reviens, m'informa-t-il en ressortant.

Je le regardai par la fenêtre, observai ses tendons et muscles bouger sous sa peau caramel, lorgnai le V parfait dans son dos. Si seulement il ne m'avait pas manqué quand le lien avait disparu.

Je soupirai, m'accroupis et vérifiai s'il ne restait pas de clous dans le plancher. J'en retirais un quand les bottes d'August réapparurent devant moi. Je suivis des yeux ses jambes écartées et ses genoux aussi crispés que sa mâchoire.

— Tu m'as dit qu'il ne s'était rien passé entre toi et Liam quand tu étais chez les Torrent.

Son ton dur m'étonna.

— Vous avez partagé un chalet. Un chalet à *une* chambre.

Je me levai et croisai les bras.

— Liam était inquiet à l'idée de me laisser seule dans le camp ennemi.

— Les Torrent ne sont pas nos ennemis, grinça August entre ses dents.

— Oui, c'est ce que je me suis dit quand le père d'Ingrid a demandé à Liam d'arranger un mariage entre toi et sa fille.

Il recula la tête.

— Quoi ? De quoi tu parles ?

— Ingrid veut t'épouser, August. Enfin, si tu restes un Boulder. Si Liam et moi échouons et que tu deviens un Rivière, l'offre ne tient plus.

Ses sourcils revinrent un peu à leur place naturelle.

— Et je ne t'ai pas parlé du chalet qu'on a partagé avec Liam parce que je savais que cela t'embêterait.

— S'il ne s'est rien passé, pourquoi ça me gênerait ?

— Il ne s'est rien passé et ça te gêne quand même. Alors qu'on n'est même pas… *ensemble*.

Le silence s'étira comme l'océan qui nous avait séparés quand il s'était engagé dans l'armée.

— Tu y penseras ?

Son torse se soulevait et s'abaissait par à-coups.

— À quoi ?

— À ce mariage avec elle ?

— Bien sûr que non, s'écria-t-il.

Cela n'aurait pas dû me soulager, mais l'entendre me remplit d'espoir : peut-être attendrait-il que je grandisse.

— Comment l'as-tu découvert, d'ailleurs ?

— De la même façon que je découvre tout…

Il me lança un regard blessé avant de s'éloigner d'un pas lourd.

— De la bouche des autres.

Ses mots dépassèrent ma cage thoracique et me transpercèrent profondément. Qu'avait-il découvert d'autre ? Parlait-il du restaurant du lendemain soir ?

— Pour que tu ne le découvres pas de la bouche des autres, je vais manger à *Chez Tracy* demain avec quelques Boulder et leurs copines.

Il s'arrêta sur le pas de la porte.

— Tu m'en informes ou tu m'invites ?

Je croisai les bras devant moi.

— Tu veux venir ?

Il me regarda longuement et durement.

— Non.

Puis il foula le sol négligé du jardin et monta en voiture. Je sentis sa colère agiter le lien entre nous longtemps encore après son départ.

CHAPITRE 23

— S alut, pétasse, m'accueillit Sarah en ouvrant grand sa porte. J'espère que tu aimes la bouffe chinoise parce qu'on mange chinois.

— J'aime bien, marmonnai-je en entrant dans son palais tout de marbre et d'acier impeccable.

— Contiens ton enthousiasme.

— Pardon. J'ai juste passé plusieurs journées pourries.

— Pourries ? Essaye ma vie, en ce moment. J'ai eu le plaisir d'être convoquée à une assemblée des Rivière hier. Lori, qui apparemment est la représentante de sa mère, nous a ordonné de fraterniser avec nos nouveaux compagnons de meute et d'apprendre les cinquante et quelques règles du mode de vie des Rivière.

— J'ai rompu avec August lundi, lâchai-je.

Elle écarquilla les yeux.

— Okay, ton pourri surpasse le mien. Mais seulement d'une fraction.

Elle me suivit vers le canapé et s'assit doucement pendant que je me laissais tomber dessus.

— Crache le morceau.

— Liam comme Evelyn pensent que je ne devrais pas fréquenter un gars qui a dix ans de plus.

— Liam est ton ex et Evelyn n'est pas une métamorphe.

J'observai Sarah, ses cheveux bouclés encadrant son visage délicat.

— Quel est le rapport ?

— Lui a un avis totalement biaisé, et elle, elle ne comprend pas l'importance d'un lien d'accouplement.

— Ce qu'elle ne comprend pas, c'est ce qu'un homme de vingt-sept ans voit dans une fille de dix-huit ans.

— Tu lui as parlé du lien ?

— Oui, mais ce n'est pas pour ça que je suis… que j'étais avec August, pour commencer.

Argh.

— Je sais, mais tu aurais peut-être pu la convaincre que tu es incapable de ne *pas* être avec lui.

Je grommelai. Le son me rappela August, ce qui noircit mon cœur et m'attrista.

— Comme si cela aurait changé quelque chose pour elle.

— Ce n'est pas une louve. Elle ne sait pas comment ça marche.

— Je ne veux pas qu'elle pense que je suis avec lui parce que je suis incapable de ne pas l'être.

Je m'enfonçai plus profondément dans le canapé.

— Ça n'a pas d'importance. Je me suis disputée avec lui cet après-midi parce qu'il a découvert que j'ai partagé un chalet avec Liam quand j'étais dans l'est, et il est convaincu qu'il s'est passé quelque chose.

— Et c'est vrai ?

— Non !

Elle leva ses deux mains en l'air.

— Je ne faisais que vérifier les faits. J'aime avoir toutes les infos avant de donner des conseils.

Je m'appuyai au dossier du canapé et plaçai mon bras devant mes yeux, un peu théâtralement.

— Juste, explique-moi quelque chose. Si tu as rompu avec lui lundi, pourquoi as-tu une dispute liée à de la jalousie deux jours après ?

— Parce qu'il a failli se passer quelque chose cet après-midi.

— Je crois que je suis encore plus perdue maintenant qu'il y a quelques secondes. Reprends du début.

Je m'exécutai et lui racontai tout avec tellement de détails, que quand j'eus fini, la nourriture dans les petits cartons à emporter était froide.

— Tu te rends compte que *tu* es ridicule et *lui* aussi ? Putain, mais juste appelle-le et dis-lui que tu as menti, dis à Evelyn que tu aimes August, même avec des cheveux gris et tout.

— Ses cheveux ne sont pas grisonnants.

Elle sourit.

— La vie est trop courte, ma belle. Tu le sais mieux que quiconque. Tu es là aujourd'hui, mais tu seras peut-être partie demain, alors concentre-toi sur ton bonheur plutôt que sur celui de ceux autour de toi.

Elle joua avec un anneau qui ressemblait beaucoup à celui qui était à l'auriculaire de son oncle.

— Mais je ne veux pas que les gens jugent August.

— C'est un grand garçon. Je suis sûre qu'il peut surmonter ça. Je suis sûre qu'il sera *ravi* de surmonter ça si ça veut dire qu'il peut être avec toi.

Je n'étais pas sûre qu'il veuille de moi après cet après-midi.

— Je l'ai invité au restaurant demain soir et il a dit qu'il n'était pas intéressé.

Je n'admis pas le lui avoir proposé après lui en avoir d'abord parlé, parce qu'elle aurait levé les yeux au ciel et je n'avais pas besoin de ça.

J'avais besoin d'un câlin.

J'optai pour des raviolis et du riz sauté.

Pendant le repas, nous parlâmes des Rivière, d'un parce que j'en avais marre de parler de moi, et de deux parce que j'espérais que Sarah aurait découvert quelque chose d'utile.

— Cassandra n'a pas couru avec nous pendant la pleine lune.

Les alphas couraient toujours avec leur meute pour la pleine lune.

— Pourquoi pas ?

— Lori a dit qu'elle ne se sentait pas dans son assiette.

— Aidan Michaels était là ?

— Non. Je doute qu'il puisse se transformer avec tout le Sillin toujours dans son corps.

Je fourrai mes baguettes dans ma barquette de riz.

— Le Sillin change l'odeur d'un loup, n'est-ce pas ?

— Oui, dans des quantités faibles, cela affaiblit l'odeur.

— Sandra sent-elle comme un loup ?

Sarah fronça les sourcils.

— Je veux dire, Cassandra.

— J'avais compris. J'essaye de me souvenir.

Je plaçai mon poignet devant son visage.

— Moi, je sens le loup ?

Elle renifla ma peau, puis écarta mon bras.

— Oui, tu sens le loup. Il faudrait que tu sois à l'écart de ta meute et que tu prennes *beaucoup* de Sillin pour arrêter de sentir le loup, Ness.

Je soupirai.

— Tu crois qu'on a tort de penser qu'elle a battu Julian grâce au Sillin ?

— Mon Dieu, si j'avais la réponse à cette question, tu serais la première à savoir.

— Je parie que sa famille le sait. Le jour du duel, quand Liam a dit qu'il voulait qu'elle se batte tout de suite, Alex ne semblait pas du tout inquiet. C'était comme s'il savait que sa mère ne pouvait pas perdre. C'est pour ça que je suis convaincue que ce n'était pas qu'une question de compétences et de chance.

Sarah se redressa un peu.

— Tu viens de me donner une idée brillante.

— Vraiment ?

Elle hocha la tête et ses boucles rebondirent derrière ses oreilles.

— Je vais séduire Alex Morgan.

— Sarah, non, sifflai-je. Il a foncé dans Everest pour le faire sortir de la route. Il est fou.

Elle fixa le chandelier en cristal oscillant au-dessus de la table basse en cuir, sans vraiment le voir. Je priai pour qu'elle réévalue la sagesse de sa décision. Je me penchai en avant et emprisonnai ses doigts.

— Sarah, je suis sérieuse. Ne fais pas ça.

— Je serai prudente.

Elle esquissa un sourire qui devait se vouloir rassurant.

— Mais je ne peux pas aller au restaurant avec toi demain soir. Alex verra clair dans mon jeu si je mange avec des Boulder. Et toi et moi, on ne peut plus se voir tout le long de mon opération séduction.

— Sarah…

— Pourquoi n'y ai-je pas pensé plus tôt ?

— Parce que c'est une idée folle et dangereuse.

— Et se battre en duel, c'est pas *dangereux* ?

Elle retira mes doigts de ses mains.

— Ça ira pour moi. Je te le promets.

Elle se leva et marcha vers l'îlot pour chercher quelque chose dans son sac. Elle en sortit un téléphone.

— Je vais lui parler de ta visite dans l'est pour gagner sa confiance. Ne dis pas à Liam ou à Lucas, ou à quiconque, pourquoi j'ai trahi ta meute. Il vaut mieux qu'ils pensent tous que j'essaie d'être une bonne Rivière.

— Je déteste ça.

— Eh bien, je déteste ton manque de goût en matière de mode, mais je n'en fais pas toute une histoire.

— Mon manque de goût en matière de mode ? Sérieux ?

Elle esquissa un sourire carnassier.

— Tout ce que tu portes, c'est des jeans et des débardeurs – en bleu, blanc ou noir. Heureusement que tes fringues sont moulantes, comme ça elles sont un minimum séduisantes, mais tu pourrais t'amuser beaucoup plus en mettant en valeur ton côté sexy.

Elle jeta son téléphone sur son sac, puis alla dans sa chambre.

Des portes coulissèrent, des cintres en métal cliquetèrent, et j'entendis des trucs lourds tomber.

Elle revint quelques minutes plus tard avec un sac énorme plein à craquer de vêtements.

— Puisqu'on ne se verra plus avant un moment, voilà quelques trucs. La plupart sont trop petits pour moi…

— On fait la même taille.

— … au niveau des seins. Ou alors ce n'est plus mon style.

— Sarah…

— Arrête de dire mon nom en inspirant. Ça te fait passer pour une blonde.

— Je *suis* blonde. Et toi aussi. Et je dis ton prénom comme ça parce que tu ne me laisses finir aucune phrase et que tu te comportes comme si tu venais de sortir d'un asile.

— Je veux voir Cassandra Morgan morte, Ness. Et toi aussi. Et à moins que tu veuilles que je lui saute dessus pendant qu'elle dort et l'assassine, ce qui rendrait son cœur inutile et impossible à prendre – même si je parvenais à l'arrêter -, je vais me rapprocher de son fils pour vous aider.

Elle me fourra le sac dans les bras.

— Maintenant va-t'en. J'ai besoin d'enfumer mon appartement pour me débarrasser de ton odeur.

Je me levai en agrippant le sac.

— Pourquoi son cœur serait impossible à prendre ?

— Parce que seuls les alphas peuvent prendre le cœur d'un autre.

Je fronçai les sourcils et elle ajouta :

— Leur cœur est déjà ouvert aux connexions extérieures.

— Alors Liam pourrait la surprendre et la tuer dans son sommeil ?

— Oui, mais il n'y aurait aucun honneur là-dedans. Il serait considéré comme un lâche et un voleur. Aucun alpha qui se respecte n'aurait recours au meurtre pour voler une meute étrangère.

Je réfléchis à cela en sortant de chez elle.

— Si Alex essaye quoi que ce soit, fais-le-moi savoir tout de suite et je t'aiderai à te sortir de là, demandai-je avant de partir.

Elle hocha la tête, mais de l'excitation brillait dans ses yeux. Je comprenais son désir d'aider – si les rôles étaient inversés, j'aurais été la première à me porter volontaire – mais j'avais peur de ce que les Rivière lui feraient s'ils découvraient sa trahison. Même si Morgan prétendait qu'elle n'était pas là pour faire couler le sang, elle avait puni ses détracteurs par la mort – Everest, les Tremula déloyaux, la fille de l'alpha des Torrent.

CHAPITRE 24

M att décida de tester mon endurance et mon amitié le lendemain matin. Au lieu d'un trek d'une heure, il m'emmena deux heures dans les montagnes Rocheuses de Boulder et les chemins les plus traîtres.

— J'ai entendu dire qu'on allait tous manger ensemble ce soir, commenta-t-il en s'hydratant dans ma cuisine.

Son grand front était rouge et en sueur. Au moins, l'exercice n'avait pas été facile pour lui non plus.

— Pas sûre que j'arriverai à m'arracher du lit après ce que tu viens de me faire subir. Liam t'a demandé de me torturer ou c'était ton idée ?

— C'était entièrement de mon cru, petite louve. Content que tu aies apprécié.

Je lui tirai la langue tout en remplissant mon verre d'eau froide.

— Ce n'est pas pour être indiscret, mais que se passe-t-il entre toi et August ?

— Rien.

Matt haussa un sourcil.

— Il a failli me refaire la face pour avoir placé la mauvaise plinthe hier alors que la semaine dernière, il me parlait d'une augmentation. Alors je n'y crois pas, à ton « rien ».

— C'est la vérité. Il ne se passe rien entre nous. J'ai rompu pour de bon avec lui.

— Quoi ? Pourquoi ?

— Parce que.

— Parce que quoi ?

Je posai mon verre sur le comptoir, puis ouvris le robinet et aspergeai mon visage d'eau.

— Parce qu'il ne m'a pas manqué quand j'étais dans l'est, ce qui veut dire que notre attraction est causée par le lien.

J'espérais que, de dos, avec l'eau qui coulait, Matt ne détecterait pas mon mensonge flagrant.

— Pour de vrai ?

Je laissai couler l'eau quelques secondes de plus, puis coupai. Elle ruisela dans mon cou et trempa ma brassière de course, refroidissant mon corps chaud. Quand je me retournai, le front de Matt était entièrement plissé.

— C'est brutal.

— Il s'en remettra.

— Je me rappelle que tu as dit la même chose sur Liam. Il n'a toujours pas tourné la page.

Il secoua la tête.

— Il est sur le point, vu que...

Je fermai aussitôt ma bouche. Avais-je failli annoncer la grossesse de Tamara à Matt ?

— Vu que quoi ?

— Je ne suis pas autorisée à en parler.

— Ness...

— Je ne peux pas te le dire, Matt.

— Pourquoi pas ?

— Parce que ça ne me regarde pas.

— Qui est concerné ?

— Liam. Je pense.

— Ça, j'ai compris, mais...

— S'il te plaît, Matt. Oublie que j'ai dit quoi que ce soit.

Il s'écarta du comptoir de ma cuisine.

— Tu te rends compte que c'est comme dire à un loup d'oublier un cerf ? Une fois repéré, on le veut.

— Regarde. Il est huit heures.

— Ne change pas de sujet.

— Tu es en retard pour le boulot.

— Et tu es incroyablement agaçante, je ne savais pas que tu pouvais faire plus que d'habitude.

— Je ne peux pas être agaçante *à ce point-là*. Après tout, tu traînes avec moi, même quand tu n'y es pas obligé.

Cela me valut un immense sourire.

— J'ai un faible pour les gens agaçants.

— Je ne dirai rien à Amanda.

— Je ne parlais pas de ma copine, ricana-t-il.

Je lui fis un clin d'œil et il ouvrit la porte.

— Prends un bain glacé, petite louve. Ça apaise les muscles courbaturés.

Je ne pris pas de bain glacé, mais optai pour une douche froide qui me donna l'impression d'être sous une pluie d'aiguilles. Puis je me dirigeai vers la maison et travaillai le sol jusqu'à avoir gratté chaque tache du passé. Ma chambre me prit plus de temps, principalement parce que je passai plusieurs minutes à fixer la planche mal fixée. Un instant, je pensai à la clouer pour qu'elle ne soit jamais plus utilisée pour cacher des secrets, mais finalement, je la laissai ainsi.

Avant d'être une planque pour le Sillin volé, cela avait été un endroit où j'avais conservé mes trésors et mes rêves.

LE SOIR, épuisée, je faillis annuler le restaurant mais finis par y aller parce que je sentais que je devrais faire un effort pour passer du temps avec la meute en dehors de l'entraînement.

Quand j'arrivai à *Chez Tracy*, Amanda et Matt étaient déjà assis à table, contre le mur décoré de posters de films vintage dans des cadres bas prix, salis de traces de doigts gras. L'ancienne femme de ménage en moi grimaça sur l'état de propreté de cet endroit. Je ne voulais même pas penser à l'état de la cuisine. Heureusement, j'étais dotée d'un estomac de loup, alors je pouvais ingérer de la nourriture douteuse sans vomir.

Je m'assis face à Amanda, et Matt me cria presque par-dessus la musique de fond et le bruit des coups de queue de billard :

— Tu as réussi !

— C'était moins une. J'ai mal partout.

— J'ai cru comprendre que mon bébé t'entraînait, fit Amanda en repoussant ses cheveux bruns et bouclés derrière son oreille.

— Ça ressemble plutôt à de la torture.

Matt sourit, imité par Amanda, ce qui changeait de son attitude tantôt chaleureuse tantôt froide envers moi. Elle prit une gorgée de bière.

— Il paraît que tu entres à UCB. Matt t'a dit que j'y allais aussi ?

— Non !

Même si Amanda et moi n'étions pas les meilleures amies du monde, c'était chouette de connaître quelqu'un d'autre à UCB. Surtout si je ne devais pas avoir d'interactions avec Sarah.

Une serveuse avec une frange arriva derrière moi et me demanda ce que je voulais boire. Je la reconnus aussitôt : Kelly.

Une autre ex d'August…

— Je prendrai la même chose qu'eux.

Heureusement, elle ne me demanda pas ma pièce d'identité.

— Ça arrive de suite.

De ses doigts vernis en rose, elle repoussa ses cheveux de ses yeux et me servit de l'eau glacée avant d'aller chercher ma bière.

Amanda posa ses coudes sur la table et glissa son menton dans ses mains.

— Tu comptes étudier quoi ?

— L'économie.

Elle écarquilla les yeux.

— Moi aussi ! Alors on sera probablement dans la même classe. Sienna et Matty m'ont déjà donné les noms de tous les professeurs à éviter et de ceux qui étaient géniaux.

— Liam m'a aussi renseignée.

— Ah oui ?

Elle haussa un sourcil et coula un regard vers Matt, comme pour lui demander ce qui se passait entre Liam et moi.

— Désolés, on est en retard, fit Lucas d'une voix joyeuse. Liam avait du mal à se décider entre un tee-shirt noir et un tee-shirt noir.

Je me retournai et me dévissai le cou pour voir Liam frapper le torse de Lucas.

— Où est la blondasse ? demanda Lucas en regardant la foule autour des tables de billard.

Pourquoi pensait-il que Sarah jouerait au billard au lieu d'être avec nous ? Sa logique m'échappait.

— Elle ne pouvait pas venir.

Je surpris Amanda articuler « *la blondasse* » et Matt murmurer le nom de Sarah Matz.

— Alors c'est juste nous cinq ? insista Lucas.

— On dirait bien, commenta Liam.

Lucas jeta un coup d'œil au bar, comme s'il hésitait à y aller, mais Liam dut lui parler par l'esprit car il grimaça et se laissa tomber sur une chaise vide. Malheureusement, pas celle à côté de moi ; celle-ci fut choisie par Liam, qui posa alors son bras sur le haut de ma chaise.

Je me penchai en avant pour que mes épaules ne touchent pas son bras.

Kelly revint avec mon verre et des bières pour les gars. Apparemment, elle les connaissait tellement bien qu'elle avait anticipé leur commande. Je pariai qu'elle savait aussi ce qu'August buvait.

Avant qu'on ne commande à manger, Liam commenta :

— Il paraît que Matt t'a fait courir vingt kilomètres, ce matin.

— Vingt ? Ça ressemblait plus à quarante.

Liam rit.

La musique devenait de plus en plus forte, mais la conversation était étonnement facile. Peut-être un effet des bières que nous avions descendues. Kelly semblait beaucoup plus agréable vers la fin du repas. Surtout quand elle nous offrit trois barquettes de frites supplémentaires.

J'avais probablement fait des excès, car mon ventre était aussi dur qu'une boule de billard. Je vis Liam regarder ma main posée sur mon ventre avant de se détourner, l'air renfrogné. Je me retournai.

Cela n'était pas des crampes d'estomac dues au repas démesuré.

Assis au bar avec Cole se trouvait August.

Et celle qui prenait sa commande n'était autre que Kelly, qui ne me semblait soudainement plus très agréable.

CHAPITRE 25

— **H**é, Cole est là ! cria Amanda bruyamment.
Elle agita la main pour attirer son attention.

Je fis tourner ma bouteille de bière presque vide entre mon index et mon majeur, tentée par l'idée de commander un nouveau verre. S'ils venaient à la table, j'en aurais vraiment besoin.

Ils ne vinrent pas, mais quelques minutes plus tard, deux autres filles arrivèrent : Tamara et Sienna. Lucas tira des chaises d'une table voisine et les plaça autour de la nôtre. Sienna me sourit, mais Tamara ne me jeta même pas un regard.

Je vis Lucas renifler l'air. Même si Tamara était criblée d'odeurs allant du bacon à la sauce barbecue, de la sueur aux parfums âcres, Lucas, qui était pisteur, allait détecter le bébé dans son ventre. Quand il haussa les sourcils et plissa les yeux sur le ventre de Tamara, je sus qu'il avait compris. Il lança un regard en direction de Liam, mais notre alpha était occupé à rire de quelque chose que disait Sienna. Je fixai Lucas sans faillir jusqu'à ce que son regard croise le mien. Il cligna des paupières, se mit debout et contourna la table.

— On revient, annonça Lucas pendant que je me levais.

Nous avançâmes vers les tables de billard où le bruit était assourdissant.

— Putain, c'est quoi cette histoire ?

— Va falloir être plus précis, parce que je ne sais pas comment répondre à cette question. C'était une question, d'ailleurs ?

— Tu savais ? grogna-t-il un peu.

— Je l'ai découvert… par *inadvertance*.

Il passa sa main dans ses cheveux noirs qui lui allaient jusqu'au menton.

— Putain.

— On ne devrait pas en faire toute une histoire, Lucas.

— En faire toute une histoire ? Elle est enceinte, putain ! siffla-t-il.

— Parle moins fort. Et puis, le bébé n'est peut-être pas de lui.

— Tamara n'a été avec personne d'autre.

Je ne demandai pas comment il savait. L'inquiétude, la colère et l'incompréhension se lisaient sur son visage. Je ne comprenais pas d'où provenait son ire.

— Il va être furieux.

Il parlait comme si c'était entièrement la faute de Tamara.

— Il faut deux personnes pour faire un bébé, Lucas.

— Sans blague. La dernière chose qu'il veuille et dont il ait besoin là maintenant, c'est bien de devenir père.

Je croisai les bras sur le haut en cuir que j'avais récupéré dans le sac de Sarah. Il était franchement classe et aussi assez moulant.

— Il aurait dû y penser avant de se priver d'une capote.

— Il n'aurait jamais oublié ça. Et pourquoi on parle de Liam et des capotes ? Il est sur le point de se battre contre un alpha… Crois-moi, il ne veut pas parler d'irritations sur les fesses du bébé, ni de lait maternisé.

— Eh bien, il n'aura pas le choix.

Je jetai un coup d'œil à notre table, par-dessus l'épaule de Lucas. Heureusement, tout le monde discutait de nouveau, même si leur bavardage manquait de naturel.

Lucas grommela quelque chose d'inintelligible, puis regarda Liam par-dessus son épaule.

— Je suis surpris qu'il n'ait pas encore remarqué.

Bien sûr, à l'instant où il le dit, les épaules de Liam se raidirent. Avait-il entendu notre discussion ou la vie vibrant dans le ventre de Tamara ? Il se leva si vite que sa chaise glissa et se renversa. Il la remit sur quatre pieds, regarda vers nous, se figea, puis se tira de sa torpeur. Tamara pâlit quand il se pencha au-dessus d'elle et murmura quelque chose à son oreille.

Même si j'étais loin d'eux, les tremblements qui la parcouraient quand elle se leva ne m'échappèrent pas.

Je me rongeai les ongles, inquiète qu'il soit en colère, mais de ce que je pouvais voir de son visage, il n'était pas furieux … plutôt sous le choc. Il plaça sa main à son coude et la conduisit à travers le bar bruyant, puis dans la rue.

Lucas commença à les suivre, mais j'attrapai son avant-bras.

— Laisse-les tranquille.

— Mais…

Il me regarda moi, puis la porte vitrée, et moi de nouveau.

— Ils ont besoin de parler. Laisse-les faire.

Matt s'était aussi levé, maintenant. Au lieu de suivre Liam, il vint à nous.

— Que se passe-t-il ?

Puisque Lucas avait la bouche grande ouverte mais ne bougeait pas, je répondis :

— Tamara est enceinte.

Les yeux verts de Matt s'arrondirent comme des frisbees.

— Non…

— Si.

— C'était ça ton…

— Grand secret ? Oui.

— Ouah.

— Oui.

Cole s'avança vers nous, mais pas August. Matt raconta tout à son frère tandis que je traversais la foule de plus en plus dense, me dirigeant vers le métamorphe qui me tournait le dos i. Je me hissai sur le tabouret que Cole avait libéré.

— Tu es toujours en colère contre moi, hein ?

August étudia mon visage, puis le cuir noir recouvrant le haut de mon corps, avant de s'intéresser de nouveau à une des télévisions au-dessus du bar. Au lieu de répondre à ma question, il demanda :

— Tu as passé un bon moment ?

Son ton me fit sourire.

— Tu as l'air d'espérer que je réponde que c'était horrible.

Cela me valut un regard en coin perçant.

— Et toi ? ripostai-je.

— On a pas encore été servis.

— Je suis sûre que Kelly travaillera encore plus dur pour rectifier cela, à moins qu'elle ne fasse traîner les choses pour rallonger la durée de ta visite.

— Qu'est-ce que ça veut dire ?

Je croisai les jambes et me tournai sur mon tabouret pour être également face à la télévision.

— Tu n'as pas eu une histoire avec elle ?

Je sentis son regard suivre mon profil, s'attarder sur mon menton... ou ma bouche ?

— Je suis surpris que ça t'embête vu que...

— Vu que ?

— Vu que je ne t'intéresse pas.

Outch. J'aurais pu mentir, lui dire que ça ne me dérangeait pas, qu'il pouvait avoir des histoires avec toutes les filles de ce bar, que je m'en fichais. Mais en vérité, je ne m'en fichais pas et je ne voulais absolument pas le pousser dans les bras d'une autre.

— J'ai fini de poncer le parquet. Je ramènerai l'équipement demain.

August m'observa, puis regarda les garçons qui discutaient toujours de la nouvelle derrière nous, avant de reporter son regard sur le match de baseball à la télé. Il ne me posa pas de question sur la raison de tout cet affairement. Avait-il compris tout seul, ou n'était-il pas intéressé ?

— Je pensais vernir le bois comme le faisait papa. Tu recommandes quoi, comme marque ?

— Celle qu'on a à l'entrepôt. J'en mettrai de côté pour toi, demain. Tu pourras aller la chercher dans le bureau quand tu viendras déposer les ponceuses.

— Je peux aussi aller au magasin en acheter.

Il se tourna complètement vers moi ; son torse imposant éclipsait tout le reste derrière lui.

— Tu pourrais, mais tu n'aurais pas la qualité de nos produits.

Je soupirai.

— Tu me laisseras au moins payer ?

Au lieu de me répondre – à moins que son regard mordant ne fasse office de réponse – il leva la main pour avoir l'attention du barman.

— Hé, Tommy, je peux avoir une Coors et une autre Michelob ?

L'homme hocha la tête, et quelques secondes plus tard, deux bouteilles apparurent devant nous sur le comptoir collant.

August poussa la Coors vers moi.

— C'est ce que tu bois, non ?

Je ne savais pas trop pourquoi il me le demandait, puisqu'il connaissait la réponse. August était la personne la plus attentive de l'hémisphère nord.

Je ne savais pas si je devais en boire une autre. Mais après tout, je rentrais à pied, pas en voiture, et j'avais un métabolisme de loup, alors une de plus ne pouvait pas faire de mal.

— Je ne boirai que si je paye cette tournée.

Il sourit, comme s'il était amusé.

— Comme tu vas payer le vernis pour le bois ?

— Tu comprends bien que je ne proposais pas ça en l'air ?

— Je sais.

— Alors pourquoi tu ne me laisses pas faire ? J'utiliserai ton argent pour payer, de toute façon.

Son sourire disparut.

— Arrête de le voir comme mon argent. Ça ne l'est pas. C'est l'argent qui était dû à ta famille…

— Arrête de dire que c'était dû. Rien n'était dû. Tu me l'as juste offert parce que tu avais pitié de moi.

Il haussa les sourcils.

— Ce n'était pas de la pitié.

— Je ne suis pas en colère, je ne fais qu'énoncer les faits.

— N'annonce pas des faits incorrects, parce que moi, ça me met en colère.

Il porta sa bouteille à ses lèvres et but une longue gorgée qui fit osciller sa pomme d'Adam.

— Je ne suis pas venue pour me disputer avec toi.

Ses taches de rousseur s'assombrirent.

— On ne se dispute pas, on parle.

— Eh bien, parlons d'autre chose, alors.

L'odeur épicée de sa peau semblait s'être renforcée. Peut-être transpirait-il à cause de notre conversation tendue.

— Tu fais quoi pour ton anniversaire, la semaine prochaine ?

— Je n'ai rien prévu. Je vais sûrement juste manger avec Evelyn après son service au *Bol argenté*.

Même s'il n'avait pas posé de questions, cela expliquait ma présence là-bas l'autre jour.

— En fait, pourquoi on n'irait pas tous manger là-bas ?

Il haussa un sourcil.

— Tous ?

— Tes parents, Jeb, Frank, toi ? On pourrait y aller tard, pour qu'Evelyn puisse sortir de la cuisine.

Je me grattai le nez. Venais-je de proposer que sa famille me rejoigne ? Ce n'était pas parce qu'ils étaient venus à la plupart de mes anniversaires qu'ils voulaient assister à un autre. Surtout après tout ce qui s'était passé entre moi et leur fils.

— À moins… à moins que tu aies d'autres plans.

— Je n'ai pas d'autres plans.

— Tu n'es vraiment pas obligé de venir si…

— Je suis honoré d'avoir été invité. Et je peux déjà te dire que maman et papa seront là.

Un sourire apparut enfin sur son visage tendu.

— D'accord, murmurai-je.

Il tourna sur son siège, et son genou toucha le mien. Ce contact me fit sursauter et il posa sa grande paume sur ma cuisse. Je ne savais pas si c'était pour me maintenir en place ou me calmer.

Ça ne me calme pas du tout.

— Désolé. Il n'y a pas beaucoup de place avec ces tabourets.

Je me demandai pourquoi il faisait passer ça pour un accident, alors qu'à l'évidence, ça n'en était pas un. Mon regard tomba sur sa main, qu'il n'avait pas retirée.

— Tu n'es pas censé me toucher, dis-je d'une voix un peu étouffée.

— On n'est plus ensemble, alors je ne vois pas vraiment en quoi je brise les règles de Liam.

August était si proche que j'entendais la cadence régulière de son cœur à travers son tee-shirt Henley moulant, ce qui voulait dire qu'il entendait le rythme frénétique du mien.

— Non ?

Sa voix était si grave que je me demandai s'il avait utilisé la ponceuse sur sa gorge.

Je déglutis et jurai que tout le monde dans le bar m'entendit avaler ma salive. J'attrapai ma bière puis en bus pour me rafraîchir et me calmer au moment où Kelly arrivait avec la commande d'August et de Cole. August retira sa main de ma jambe et la remercia.

Avant de partir vers une autre table, elle m'étudia, puis regarda August.

— Je devrais probablement rendre son siège à Cole.

Je commençai à descendre, mais August agrippa le bord du tabouret pour me retenir.

— Il trouvera un autre siège.

— August...

— Il n'est même pas encore revenu.

Cole était toujours avec Matt et Lucas. Discutaient-ils toujours de Tamara et de Liam ? N'avaient-ils pas déjà fait le tour du sujet ?

En voulant reporter mon attention sur l'entrecôte et la sauce barbecue dans son assiette, mon regard tomba sur Sienna et Amanda qui se concertaient toutes les deux.

Les longues boucles d'oreilles en plume de Sienna frottaient contre ses épaules nues constellées de taches de rousseur et s'emmêlaient à ses fins cheveux blonds. Elle se mordillait la lèvre, l'air nerveuse. Discutaient-elles, elles aussi, de Tamara ? Elle dut sentir mon regard, car elle releva la tête. Pendant une seconde, elle se figea, puis elle m'adressa un sourire hésitant. Au lieu de me rassurer – je n'étais pas la personne la plus détestable ici – ce sourire me remplit de culpabilité.

Techniquement, je n'avais pas volé August, il avait rompu avec elle parce qu'il se réengageait dans l'armée, ce qui n'avait rien à voir avec moi. Mais, assise à côté de lui, à le laisser me payer un verre aussi publiquement, poser sa main sur moi...

Comment pouvait-elle ne *pas* me détester ?

Je pensai alors à Tamara et me rendis compte que je ne la détestais pas, parce que je n'avais plus de vues sur Liam. Était-ce pour cela que Sienna n'insérait pas des aiguilles dans une poupée vaudou à mon effigie ? Parce qu'elle était passée à autre chose ?

— Ness ?

La voix d'August me ramena à lui.

— Qu'est-ce que tu disais ?

— Juste ton nom, plusieurs fois.

Il posa son coude sur le comptoir et se frotta la nuque.

— Pardon pour hier. Je n'avais pas le droit d'être jaloux ou en colère. Je crois que je ne m'étais pas encore fait à l'idée que je n'avais plus de droits sur toi. (Il soupira.) Il me faudra peut-être un moment pour l'accepter, alors sois patiente avec moi, d'accord ?

Je me mordis la lèvre, me rappelant ma conversation avec Sarah. Je valorisais l'avis d'Evelyn, mais je tenais profondément à l'homme assis à côté de moi. J'examinai la pièce, me demandant si quelqu'un nous regardait avec dégoût.

Personne ne nous regardait tout court.

Personne ne semblait s'intéresser à nous.

Je buvais une bière, alors ils pensaient sûrement que j'avais vingt et un ans. Peut-être que, s'ils savaient la vérité, ils nous fixeraient bouche bée, le nez plissé.

— Tu n'as pas à t'excuser, August.

Je piquai une frite et la glissai dans un petit amas de ketchup, près de son hamburger. Dieu seul savait pourquoi je mangeais alors que mon estomac était rempli de nourriture, de bière et d'angoisses.

Cole revint alors, accompagné d'une odeur roussie de tabac.

— Je viens juste prendre mon plat. Je ne veux pas interrompre quelque chose.

Je sautai du tabouret.

— J'allais partir.

Les yeux bleu-gris de Cole se posèrent sur August.

— Ne pars pas à cause de moi.

— Ce n'est pas ça. Matt m'a fait courir deux heures ce matin, c'est déjà un miracle que j'aie réussi à sortir.

Je leur souris à tous les deux.

— Oui, on m'a parlé de ce petit semi-marathon. Apparemment, je vous rejoindrai samedi. Matty est sur mon dos pour que je soigne ma condition physique.

Cole avait déjà une très bonne condition physique, alors je ne voyais pas en quoi courir l'améliorerait.

Les loups-garous avaient plusieurs avantages sur les humains, l'un d'entre eux étant le métabolisme. Une fois le procédé de transformation ralenti, vers les quarante ans, nos corps ne brûlaient plus les calories aussi rapidement, mais même là, la plupart gardaient une forme athlétique.

— Un peu de course ne me ferait pas de mal non plus, intervint August. Si ça ne vous dérange pas d'avoir de la compagnie en plus.

— Mon Dieu, j'adorerais avoir de la compagnie en plus. Et encore plus Matt. Après cinq kilomètres, je deviens muette alors qu'il peut parler tout du long.

Cole gloussa.

— Ça lui ressemble bien. Tu sais quel est son nom complet ?

Je haussai un sourcil.

— Matty-le-moulin-à-paroles.

Je souris.

— Je suis sûre qu'il adore ce nom. Bon, à samedi, les gars.

Je retournai à ma table récupérer mes affaires.

— Je vais rentrer.

— Déjà ? demanda Lucas. Ce n'est que le début de la soirée.

— Si on m'attend demain matin au sport, je dois aller me coucher. Je suis attendue demain ?

Je fouillai dans mon sac pour trouver mon portefeuille.

— Je t'enverrai un message, fit Lucas plus sérieusement.

— D'accord.

Je sortis deux billets de vingt et les posai sur la table.

— Si je devais plus, dites-le-moi demain.

— Ça marche, Clark.

— C'était chouette de te voir, Amanda. Et je suppose qu'on se verra beaucoup plus dès lundi, non ?

Installée contre l'épaule de Matt, elle hocha la tête et me lança un sourire affable.

— Oui.

— Que se passe-t-il, lundi ? demanda Sienna de sa voix douce.

— Ness entre à UCB.

— Oh, c'est fantastique ! Tu vas adorer.

Elle sourit et je me demandai de nouveau *pourquoi*.

— J'essayerai de vous retrouver à midi si on a une pause au même moment. Je n'arrive pas à croire que je serai diplômée dans neuf mois. C'est passé trop vite.

Pendant qu'elle parlait du cours du temps avec Amanda, mon esprit resta bloqué sur les neuf mois. Dans neuf mois, elle serait diplômée, et Tamara aurait un bébé.

J'étais tellement perdue dans mes pensées que je heurtai quelqu'un en sortant du bar.

CHAPITRE 26

— **E**h bien, si c'est pas ma salope de Boulder préférée.
Je fusillai du regard Justin. Mon genou mourait d'envie d'entrer en contact avec son entrejambe.

— Dégage de mon chemin, Justin.

Il me lança un immense sourire dévoilant toutes ses dents. Il semblait en avoir un nombre anormal, à moins qu'elles ne fussent juste plus grandes que la moyenne.

— Ou quoi ? Tu appelleras tous tes copains à la rescousse ?

— Tu as la mémoire la plus courte de l'histoire des métamorphes ou il te manque carrément un cerveau ?

Il sourit d'un air suffisant.

— Je n'ai pas besoin qu'on vole à ma rescousse, abruti. Maintenant, dégage de mon chemin.

J'essayai de le dépasser d'un coup d'épaule, mais il me bloqua.

Je lui collai mon coude dans la mâchoire, mais il anticipa mon geste, se courba en arrière et frappa mon bras. Ma peau me brûla. Le bâtard m'avait griffée !

— Mon Dieu, je vais bien m'amuser quand je me battrai contre toi, marmonna-t-il.

Du coin de l'œil, je surpris un mouvement. Cole saisit les deux amis de

Justin par le cou et frappa leur tête l'une contre l'autre, puis Matt bondit sur un autre gars imposant.

Une main m'attira en arrière. Pas une main.

August tira sur le lien pour m'écarter, puis se positionna devant moi.

— Tu ne tires jamais de leçon de tes erreurs, grogna-t-il.

Juste après, il lui décocha un crochet droit à l'oreille et le détestable Rivière chancela légèrement. Malheureusement, il ne trébucha pas, ni ne tomba.

— Sale clébard.

Des postillons atterrirent sur le front d'August. Je rapprochai mon bras ensanglanté de moi.

— Tu m'as appelé comment ? demanda August dans un murmure léthal.

Lucas passa devant August en se frottant les mains.

— Justin, mon gars, ça fait un moment que j'ai envie de venir te voir.

Justin se frotta la tempe.

— Tiens, ça me rappelle… Taryn n'est plus collée à ma queue. Mais elle fait le tour des Rivière. Si tu vois ce que je veux dire.

Il adressa à Lucas un clin d'œil et le Boulder se jeta sur lui, mais Justin réussit à l'esquiver en s'accroupissant. Il se redressa ensuite et assena un coup de tête à Lucas au menton.

Je hoquetai en entendant le crac qui s'ensuivit. Lucas sembla sonné un instant, puis il plissa les yeux et fonça sur Justin si fort que celui-ci heurta la porte du bar et fut envoyé dehors. Je me figeai une seconde, puis les suivis dans la rue.

August glissa un doigt à l'un des passants de ma ceinture et me retint.

— Lucas peut se charger de lui, mon cœur.

— Mais…

— Mais rien. Tu restes loin de ce connard.

Il m'attira à lui, le long de la façade en verre, puis sur le trottoir. Il finit par s'arrêter de marcher et s'empara de mon poignet, l'éloignant doucement de mon haut en cuir. En regardant la blessure, ses yeux s'illuminèrent d'une soif de sang.

— C'est lui qui t'a fait ça ?

Il commença à se retourner et j'attrapai son tee-shirt.

— Pas la peine.

Il m'écouta – même si cela sembla lui demander beaucoup d'effort.

L'alarme d'une voiture nous fit nous retourner pour regarder la scène qui se déroulait devant le bar. Lucas avait jeté Justin sur le capot d'une voiture, fêlant le pare-brise. La sirène de la police s'ajouta au bruit de la voiture cassée. Matt et Cole attrapèrent les épaules de Lucas et l'arrachèrent de Justin, puis le poussèrent à l'opposé de là où August et moi étions.

— On doit y aller. Les policiers de Boulder sont tous corrompus, siffla August.

Je me souvins que quelqu'un m'avait dit qu'ils travaillaient pour Aidan Michaels. Savaient-ils ce qu'il était ? Lui seraient-ils loyaux s'ils savaient ?

August attrapa fort mes doigts, comme s'il avait peur qu'ils lui glissent entre les mains. Il me guida dans la rue pendant que les lumières de la police peignaient le trottoir et la foule amassée en bleu. Même si mon bras me faisait mal et que mes jambes semblaient avoir de sérieux bleus, j'allongeai ma foulée pour suivre August. En quelques minutes, nous étions arrivés à mon appartement.

Je cherchai ma clé dans mon sac, mais mes doigts tremblaient à cause d'un mélange d'adrénaline et de peur. Je laissai tomber mon sac et son contenu se renversa sur le trottoir.

August s'accroupit pour ramasser mes affaires. Quand il remarqua combien je tremblais, il se releva et prit ma mâchoire dans ses mains.

— Mon cœur, c'est rien. Tu vas bien. Tout va bien.

Encore cette maudite phrase. Tout ce que ces mots avaient fait, c'était de ramener le chaos dans ma vie. En sentant que je n'étais pas rassurée, il enroula une main à la base de ma nuque et m'attira contre lui. Je lâchai un gémissement lugubre, car rien n'allait.

— Je ne pouvais même pas… Je n'ai même pas réussi…

Un sanglot m'échappa.

— Comment je suis censée bloquer Justin en louve alors que je ne peux même pas… le faire en humaine ?

— En général, les seconds ne se battent pas.

— Il a dit… il a dit…

J'inspirai, tremblante.

— Qu'il allait bien s'amuser quand il se battrait contre moi.

J'avais toujours pensé que Justin prévoyait de faire plus que monter la garde auprès de son nouvel alpha, mais savoir que mes suspicions se réaliseraient sûrement me donnait l'impression d'avoir du sel dans mes veines.

August m'écarta de lui et me releva la tête.

— Tu crois que je le laisserai faire ?

— Tu ne seras pas sur le ring, murmurai-je.

Mon nombril pulsait et s'échauffait. Puis mon corps heurta celui d'August et j'eus l'impression de câliner une pierre, sauf que la pierre me serrait fort contre elle.

Sa bouche descendit à mon oreille.

— Bien sûr que je serai là, murmura-t-il.

Mon ventre palpitait. Il parlait d'utiliser le lien pour tricher.

— Ils doivent savoir pour nous, August. Ce qui veut dire qu'ils t'écarteront du combat.

Son regard s'assombrit. Il ne devait pas y avoir pensé.

— Et si on en discutait ailleurs que dans la rue ?

Mes bottes ne faisaient plus qu'un avec le trottoir, alors il me fit monter les escaliers, déverrouilla la porte et l'ouvrit. Après l'avoir refermée derrière nous, je me laissai tomber sur une chaise de la salle à manger pendant qu'il allait dans la cuisine. Il attrapa un torchon, l'humidifia et revint s'occuper de mon bras. J'essayai de ne pas grimacer, mais échouai.

La mâchoire d'August se desserra et se crispa, comme s'il se mordait la joue.

— Pourquoi est-ce que tu saignes toujours ?

Je fixai les blessures.

— Probablement parce que je prends du Sillin.

Les yeux verts d'August se posèrent aussitôt sur moi.

— Pourquoi tu prends du Sillin ?

Je me mordillai la lèvre inférieure, puis la relâchai et soupirai.

— On expérimente quelque chose avec.

— Vous expérimentez ?

— Je me suis portée volontaire pour prendre du Sillin et tester ses effets à long terme.

— Tu as quoi ? s'étrangla-t-il.

Ses yeux brillèrent de colère.

— Et Liam a accepté ça ?

Je comprenais que ces deux-là avaient un passé, mais August n'avait pas le droit de blâmer Liam.

— Je ne lui ai pas laissé le choix.

— Il aurait dû prendre quelqu'un d'autre pour ses expériences. Tu ne peux pas prendre du Sillin et faire tout cet entraînement !

Il frappa la table, ce qui me fit sursauter.

— Tu ne devrais même pas t'entraîner autant, pour commencer. Tu n'aurais pas dû signer pour ce nouveau duel !

— Pourquoi tu ne me dis pas ce que tu penses vraiment ? marmonnai-je.

Ses narines se dilatèrent.

— Je déteste ça. *Tout ça*, répondit-il en agitant la main en l'air. Ness, je t'ai déjà perdue une fois, je ne veux pas te perdre encore.

Sa voix tremblait de colère, et d'autre chose. Je me penchai en avant et posai mes mains sur les siennes.

— C'est pour ça que j'expérimente le Sillin. Nous suspectons Morgan d'en prendre, et *elle*, elle se bat en duel.

— C'est une alpha, Ness. L'effet du Sillin sur son corps n'est pas comparable avec son effet sur le tien.

Je retirai mes mains et posai mes doigts sur mes genoux. Il s'appuya contre le dossier de sa chaise, faisant crisser les barreaux, et regarda vers la chambre de mon oncle. Il n'y avait pas d'autres battements de cœur dans l'appartement, Jeb n'était pas là.

August croisa les bras.

— Et puis, elle n'aurait pas pu se transformer sous Sillin.

— J'essaye de voir si l'on peut s'habituer à la drogue et modifier la réponse de son corps.

— S'habituer ? Combien de temps tu comptes en prendre ?

J'étudiai les traces ensanglantées sur mon avant-bras. Les non-dits alourdissaient l'air entre nous. Il n'était pas content, mais était-ce à cause de moi ou de notre théorie ? Ou y avait-il aussi autre chose ?

— Peut-être que la bonne nouvelle rappellera Liam à la raison et lui fera annuler le duel, grommela-t-il.

Donc il avait entendu, pour Tamara.

— Tu crois que Morgan accepterait qu'il annule ?

August soupira.

— Elle ne semblait pas très enthousiaste à l'idée de ce duel le jour où Liam l'a défiée. Et elle lui avait proposé un traité de paix. Peut-être que l'offre est toujours d'actualité.

— C'était pour sauver son fils. Alex est libre, maintenant.

— Ça pourrait ne pas durer.

— Tu ne penses pas sérieusement à le kidnapper ?

— Pour te sauver la vie, je considère de nombreuses choses. Y compris tuer Justin. Au cas où tu te demanderais.

Je me penchai et lui touchai le bras. Ses tendons se raidirent sous mes doigts.

— Cela impliquerait un bain de sang dans la ville.

— Alors ce n'est pas grave si c'est ton sang qu'on fait couler, mais si c'est celui des autres, si ?

J'avais signé pour ça, alors j'imaginais que oui. Je me retins de le faire remarquer à August. Au lieu de résoudre ça avec la violence, nous pouvions utiliser les mots. Morgan était une femme intelligente et sûrement sage. Elle comprendrait que les choses avaient changé dans notre meute.

Et puis, elle m'avait dit de lui rendre visite. Je décidai qu'il était temps de la prendre au mot.

La porte d'entrée s'ouvrit et Jeb entra. Il cligna des paupières en nous voyant avec notre torchon ensanglanté.

— Mais qu'est-ce qui s'est passé ?

J'essayai de décider quoi dire à mon oncle pour ne pas l'inquiéter, mais August me prit de court :

— Une bagarre avec des Rivière.

Et moi qui ne voulais pas l'inquiéter. Ses yeux bleu clair s'écarquillèrent.

— Des Rivière ?

Je me levai.

— August te racontera. Je vais me coucher.

Quand je passai devant lui, August attrapa ma main, retourna mon bras et inspecta la blessure.

— Ça n'est toujours pas guéri.

— Ça guérira pendant la nuit.

Je lui souris pour le rassurer, mais il sembla ne pas le remarquer, alors je me penchai et déposai un baiser sur son front.

— Arrête de froncer autant les sourcils. Tu vas avoir des rides prématurées.

Son front ne s'adoucit pas, les plis d'inquiétude semblèrent même s'approfondir. Je libérai ma main et partis dans ma chambre. Après avoir lavé mon bras au savon et l'avoir bandé, j'enfilai mon short de pyjama et un haut à manches longues pour garder mes bandages en place, et me glissai enfin sous la couette.

August et Jeb parlaient toujours dans le salon. J'essayai d'entendre ce qu'ils disaient, mais peu importe combien j'essayais, leurs mots étaient inaudibles. Était-ce aussi à cause du Sillin ?

Je pressai ma main sur mon ventre. Le lien allait-il aussi s'estomper à cause du médicament ? Mon cœur s'arrêta, puis s'affola, faisant picoter ma peau. Je ne voulais pas qu'il s'estompe.

Je fourrai mon visage dans l'oreiller et lâchai un grognement de frustration, parce que j'étais perdue. Si seulement *une* chose au moins pouvait avoir du sens … Si j'avais rien qu'*une* chose qui se passait bien.

Maman me dirait de compter toutes les choses pour lesquelles j'étais reconnaissante, alors c'est ce que je fis. Evelyn était en vie et heureuse. August restait à Boulder. Ma maison était presque habitable. Je commençais la fac lundi. J'aurais dix-huit ans vendredi. Isobel avait vaincu son cancer.

Je comptais toutes les raisons d'être heureuse jusqu'à ce que le sommeil m'emporte.

CHAPITRE 27

Je m'étais habillée pour le sport, mais Lucas m'envoya un message pour m'apprendre qu'on ne s'entraînerait pas ce matin, ce qui m'allait parfaitement. Mon bras avait cessé de saigner, mais je n'étais pas en état de frapper ou parer un coup. Après une tasse de café noir et amer, je frappai à la porte de mon oncle et demandai si je pouvais prendre le van.

— Bien sûr, baragouina-t-il.

Il ouvrit sa porte, une brosse à dents dans la bouche.

— Je demanderai à Eric de passer me prendre. Il comptait m'aider avec la maison, de toute façon.

— Merci.

— Comment va ton bras ?

— Il est toujours accroché à mon coude, alors c'est déjà ça.

Il sortit sa brosse à dents de sa bouche et de la mousse de dentifrice coula.

— Ça saigne toujours ?

— Non.

Je m'écartai du mur sur lequel je m'étais appuyée et montrai ma peau en cours de cicatrisation.

— C'est guéri. Bref, je te verrai à la maison plus tard. Je comptais vernir le sol, aujourd'hui.

— On peut le faire avec Eric.

— Vous faites déjà tellement.

Il lâcha un grommellement.

— Ma chérie, j'adore ce projet.

Je souris.

— Tant mieux.

Tandis que je me dirigeais vers la porte, il demanda :

— Tu vas où ?

— Au campus. Chercher des livres dont j'ai besoin pour lundi.

Il hocha la tête.

— J'arrête pas d'oublier que tu vas commencer la fac. Je ne sais pas pourquoi, j'ai l'impression que tu es beaucoup plus vieille.

Je me sentais plus vieille aussi.

— Hé, c'est ton anniversaire la semaine prochaine !

Je sursautai en entendant l'intensité de sa voix. Il essuya sa bouche du dos de la main.

— Dix-huit ans. Alors… ça y est. Tu n'auras plus besoin de moi.

La tristesse s'entendait dans son ton.

— Oh, Jeb. Ce n'est pas parce que je ne serai plus mineure que je n'aurai pas besoin de toi.

Il sourit, puis son sourire s'effaça et ses yeux s'humidifièrent. Je revins sur mes pas et le pris dans mes bras.

— Je n'irai nulle part. Du moins pas sans toi, d'accord ?

Il ne dit rien mais me serra fort. Quand il me lâcha, je répétai que je ne partirais pas, parce qu'il avait un air que je reconnaissais : celui des gens qui ont été abandonnés à répétition… qui ne croyaient plus que les autres resteraient avec eux.

— Je t'aime, dit-il avant que je parte.

J'étais sûre que c'était la première fois qu'il me disait ces mots-là.

— Moi aussi, je t'aime.

J'étais sûre que c'était la première fois pour moi aussi.

En conduisant sur les routes que je ne connaissais que trop bien, je mourais d'envie d'appeler Sarah et de découvrir comment s'était passée sa soirée. Mais, et si elle était avec des Rivière et que mon nom apparaissait à l'écran ?

Elle était peut-être à l'auberge.

En prenant l'allée sinueuse, mon cœur se fit lourd de peur et… d'excitation ? Traitez-moi de folle, mais j'avais hâte de parler avec Sandra. *Cass*andra. Je me demandai pourquoi je n'étais pas venue plus tôt.

Je me garai dans le coin du parking réservé aux employés et marchai vers les portes tournantes, alerte. La propriété avait appartenu à ma famille, mais ce n'était plus le cas aujourd'hui. Maintenant, j'étais en territoire ennemi. En poussant les portes vitrées, je m'attendis à ce que des métamorphes bondissent sur moi, mais personne n'en fit rien. Personne n'était là. Je dus me rappeler que ce n'était plus une auberge publique.

Rien n'avait changé. À part l'odeur.

L'air apportait toujours l'odeur du bois fumé, mais il contenait aussi celle à peine distinguable de la fourrure mouillée et du musc. C'était comme si les Rivière passaient plus de temps en fourrure qu'en humain. Peut-être que c'était le cas. Je me rendis compte que j'en savais plus sur les Rivière que les loups de ma propre ville.

Des battements de cœur résonnaient derrière les murs en bois. Je les entendais au-dessus de moi, en dessous, devant.

— Bonjour ? appelai-je, ne voulant surprendre personne.

Les pas traînants de quelqu'un me firent tourner la tête vers le cagibi. Emmy, une des femmes qui travaillait à l'auberge quand elle avait été annexée, se figea sur le pas de la porte.

— Tu es toujours ici ?

J'avais cru qu'elle donnerait sa lettre de démission la nuit de l'arrivée des Rivière. Elle croisa les bras.

— Tu es attendue ?

Son ton était sec et je haussai les sourcils.

— Tu es en colère contre moi ?

— Je suis en colère contre de nombreuses personnes et choses, en ce moment.

Nous nous fixâmes un long moment, en silence.

— Tu en es une, toi aussi ?

Le désir de secouer la tête faillit supplanter celui de dire la vérité.

— Oui.

Elle frémit, et la rangée d'anneaux à son oreille brilla. J'avançai vers elle et elle se figea. Elle recula même. Elle avait peur de moi ?

— Pourquoi est-ce que tu travailles toujours ici ?

— Parce que j'ai signé un contrat.

Elle regarda l'entrée du salon. Nous étions toujours seules.

— Emmy, tu n'es pas obligée, si ?

Ses yeux brillèrent de larmes contenues.

— Si ? insistai-je.

— Michaels m'a offert le double de ce que ton oncle et ta tante payaient, alors j'ai signé en bas de la feuille. Skylar a dit que le nouveau patron lui foutait les jetons, alors elle n'a pas renouvelé son contrat. Après que j'ai découvert…

Sa voix se brisa et s'affaiblit.

— Après que j'ai découvert ce que vous étiez tous, j'ai dit à M. Michaels que je ne me sentais plus à l'aise de travailler ici. Je lui ai assuré que je ne parlerais pas, mais il a dit que c'était trop tard. Que j'aurais dû mieux lire le contrat.

Elle renifla.

— Tu sais ce qu'il disait, ce contrat ? Que si je quittais mon travail ou parlait de la nature de mes nouveaux employeurs, je serais emmenée dans les bois. Et pas pour une randonnée en pleine nature.

Sans m'en rendre compte, je m'étais approchée du bureau, d'elle.

— Ils t'ont menacée de mort ?

Elle hocha la tête et renifla.

— Idem pour tous ceux que j'aime. J'aurais dû écouter ma femme.

— Ils t'ont fait mal ?

— Non. Tant que je nettoie leurs chambres, leur linge, et ramasse leurs assiettes sales, personne ne m'embête.

Je contournai le bureau. Elle croisa les bras et me bloqua d'une paume tendue.

— Ne t'approche pas.

— Emmy ! Je ne suis pas comme eux. Tu n'as pas à avoir peur de moi.

— Tu as dit que tu étais l'une d'entre eux.

— Ce n'est pas parce que je peux me transformer que je suis comme eux.

— Bien sûr que si.

Je sentis que je ne la raisonnerais pas.

— Combien d'humains travaillent ici ?

— Quatre. Mais les trois autres sont ravis. Je ne crois pas qu'ils soient rentrés chez eux depuis que la *meute* est arrivée. Tu devrais les entendre parler. Ils sont tous aveugles. Même ta tante. Je te le jure. C'est répugnant de la voir autant aux petits soins envers son nouvel employeur.

— Emmy !

Le son d'une voix nasillarde et familière me fit me retourner.

— Si tu as fini de répandre des commérages, Linda aurait besoin d'aide avec le petit-déjeuner.

Emmy dépassa ma tante sans un regard pour moi. Lucy avait considérablement maigri, à moins que ce ne soit une illusion due au choix de sa tenue – une robe fourreau noire toute simple, agrémentée d'une ceinture à la taille. En la fixant, je vis que ça n'en était pas une. Ses joues laiteuses avaient perdu de leur rondeur, et ses bras constellés de taches de rousseur semblaient trop minces pour sa colonne de bracelets. Même ses yeux s'étaient transformés. Ils contenaient des ombres qui semblaient la hanter, comme si la peau fragile de ses paupières avait absorbé son chagrin et fait enfler ses yeux.

— Que fais-tu là, Ness ?

— Je viens voir Mme Morgan.

— Mme Morgan ne reçoit pas de visiteurs. Et *surtout* pas des Boulder.

Elle avait dit ce mot comme si nous étions quelque chose de collé à la semelle de sa chaussure. D'accord, elle n'était pas une louve, mais être la femme d'un loup et la mère d'un autre avait fait d'elle une Boulder autant que moi.

— Elle m'avait dit de passer.

— J'en doute fort.

Je commençai à avancer, mais elle me bloqua l'entrée du salon.

— Tu n'es plus la bienvenue, ici. *Pars.*

Je chassai mon agacement en serrant la lanière de mon sac.

— Lucy, je dois lui parler.

— Je lui ferai savoir que tu es passée. Maintenant, va-t'en.

— Lucy ?

Mes poils se hérissèrent aussitôt en entendant cette voix. Les yeux noisette de ma tante s'écarquillèrent lorsqu'elle articula son injonction, mais je n'avais pas besoin de son ordre. Aidan me permettrait sûrement de voir sa cousine. Il apparut derrière ma tante et la dépassa lentement.

— Mademoiselle Clark, que nous vaut le plaisir de ta visite ?

— Je suis venue voir Sandra.

— Hmm.

Ses lèvres remontèrent et il se frotta le lobe d'oreille – un de ses petits tics étranges. Il le faisait chaque fois qu'il était nerveux ou intrigué. Son sourire espiègle m'indiqua cette fois qu'il était intrigué.

— Par ici.

Ma tante – ex-tante – se figea comme le marbre.

— Aidan, je… je ne pense pas que ce soit une bonne idée. On ne sait pas quelles sont ses intentions.

— Mes intentions ? Tu crois que je suis venue brûler l'auberge ?

Ses narines se dilatèrent.

— Ma rose, commença August en passant un doigt sur le cou de Lucy, ne crains pas pour notre sécurité. Tu sais qu'on pourrait la briser comme une brindille avant même qu'elle ne puisse craquer une allumette.

Je lâchai un sifflement bas. Tout en m'observant malicieusement, Aidan avança vers le salon, s'arrêta et tapota sa cuisse.

— Allez, viens.

— Je ne suis pas un chien, assenai-je.

— Oh, je sais. J'adore les chiens et ce n'est pas particulièrement ce que je ressens pour toi.

C'était réciproque.

Lucy ne cligna même pas des paupières quand je passai devant elle, ne tressaillit pas, mais je repérai le pic dans son rythme cardiaque, ainsi qu'une faible odeur par-dessus celle du tabac et de la rose : la peur. Craignait-elle vraiment que je mette le feu à l'auberge ? Ma tante n'avait jamais été très affectueuse – du moins pas avec moi – mais croire que je pouvais incendier quelque chose était d'un autre niveau.

Le canapé en cuir dans le salon avait été arrangé pour former un demi-cercle autour de la cheminée massive, noircie par un feu récemment fait. Les tapis aux motifs indiens avaient été tirés vers le milieu de la pièce. Ils se chevauchaient et étaient recouverts d'oreillers éparpillés, comme si le salon en stuc jaune était devenu un camp de hipsters.

— Tu aimes la nouvelle déco ? Je trouve ça plus convivial.

Je lui jetai un coup d'œil.

— Le reste de vos hôtels ressemble à ça ?

— Non. Mais ce n'est pas un hôtel. C'est une maison de famille.

De ce que je voyais à travers les murs vitrés séparant le salon de la terrasse, les chaises longues et tables charmantes en teck avaient été retirées et transformées en tables de pique-nique toutes simples, attachées à des bancs. Une douzaine, à vue d'œil. Elles étaient alignées en deux rangées nettes, surmontées de pichets de boissons, de thermos de thé et café, et de plateaux de petit-déjeuner.

Une poignée de Rivière étaient déjà attablés, à piocher dans la nourriture. Quand je sortis, les bruits de mastication diminuèrent et les dos voûtés se raidirent. Les têtes se levèrent. Seules deux m'étaient familières : celle de l'alpha et de sa fille.

— Sandy, regarde qui est venue te voir, déclara Aidan.

CHAPITRE 28

Cassandra mâchait ce qu'elle avait dans la bouche. Après avoir avalé, elle essuya ses lèvres avec une serviette.

— Je m'attendais à te voir plus tôt.

Mon cœur commença à cavaler dans mon torse. Entrer seule dans une tanière de loups était-il une mauvaise idée ? Partirais-je d'ici en vie et en un seul morceau ?

Je levai d'un cran le menton pour montrer que je n'avais pas peur, espérant qu'ils n'associeraient pas le battement derrière mes côtes à de la peur. Mais à quoi d'autre pouvaient-ils l'associer ?

— Pourrions-nous nous parler en privé, Sandra ?

Elle me sourit.

— Tu peux m'appeler Sandy. Tous mes loups le font.

— Je ne suis pas votre loup.

Son sourire s'agrandit, et même si elle n'avait pas prononcé les mots *pas encore*, je pouvais en voir la forme sur ses lèvres bleuies. Elle se leva et enjamba le banc. Une tunique sans forme qui semblait faite de bâches tomba jusque sous ses genoux.

— Veux-tu aller te promener ou te rendre dans le salon ?

Elle s'approcha et je levai la tête. Je n'aimais pas combien elle me faisait me sentir petite, même si ce n'était pas sa faute si elle faisait une tête de plus que moi. Elle ne portait même pas de chaussures. Ses ongles de pieds, comme ses ongles de mains, étaient vernis de couleur sombre, et ses orteils étaient tachés de boue et d'herbe écrasée.

— Je ne suis pas une adepte des chaussures. Ni des vêtements, d'ailleurs, mais on m'a dit que marcher nue dans ces zones peuplées me vaudrait des regards méfiants.

— Votre habitat dans Beaver Creek est à ce point isolé ?

— Encore plus que le camp des Torrent. Ton voyage à leur domaine était agréable ?

Sarah avait dû partager l'information. Je me retrouvai bouche bée devant les petits balcons de chaque chambre, me demandant si mon amie se tenait sur l'un d'entre eux. Cassandra leva la tête pour examiner la façade, et je détournai le regard. Je ne voulais pas qu'elle se demande ce que je cherchais, ou plutôt qui.

— Une promenade semble bien, mais pas dans les bois. Là, dans un espace dégagé.

L'alpha des Rivière posa son regard imposant sur moi.

— Je n'ai pas l'intention de t'assassiner, Candy.

— Mon prénom n'est pas Candy.

— Pardon. Cela a dû m'échapper.

J'en doutais. Côte à côte, nous descendîmes les escaliers construits sous le porche, mais j'entendis des pas derrière nous et jetai un coup d'œil par-dessus mon épaule.

— Dites à votre cousin de ne pas nous suivre.

— Aidan. Tu l'as entendue. Laisse-nous.

Après un moment, je demandai :

— Où est le reste de votre meute ?

— Certains courent. D'autres dorment.

— Ils sont toujours là ?

— Pas tous, mais la plupart sont restés. Ils aiment l'air frais d'ici.

Elle leva la tête vers le soleil et inspira lentement.

— Quelle est la nature de ta visite, Ness ?

— Je voulais savoir si votre offre d'un traité de paix était toujours valable.

Elle ferma les yeux et inspira de nouveau.

— Liam se refroidit ?

— Liam ne sait même pas que je suis là.

Elle ouvrit les yeux et les posa sur moi.

— Seul mon oncle sait, mentis-je pour qu'elle ne se débarrasse pas de moi. Alors… c'est toujours valable ?

Ses cheveux châtain clair, coupés à deux centimètres de son cuir chevelu, semblaient plus gris à la lumière du soleil.

— Pourquoi n'es-tu pas devenue alpha ? Everest t'a presque servi le titre sur un plateau d'argent.

— Sur un plateau d'argent ? Il m'a presque servi le titre sur *un plateau d'argent* ?

— Liam tient à toi. Il ne t'aurait jamais combattue.

— Si nous ne nous étions pas affrontés, Lucas aurait été alpha, pas moi.

— Ce que je voulais dire, c'est que si tu avais affronté pour de vrai Liam, il t'aurait laissée gagner.

Je clignai des paupières en comprenant ce qu'elle insinuait.

— J'aurais alors dû le tuer.

— Ta meute s'est ramollie, Ness. Ils n'auraient sûrement pas demandé sa mort.

Je ne pensais pas que les Boulder s'étaient ramollis. À moins qu'elle entende par là *civilisés*, ce qui n'était pas ma première impression d'eux, mais maintenant que j'avais rencontré les Rivière…

— Vous n'en savez rien.

Elle joignit ses mains dans son dos.

— Cela t'a déjà traversé l'esprit, de te battre pour ce que tu voulais ?

— Je ne voulais pas être alpha.

— Alors pourquoi as-tu participé aux épreuves ?

— Parce que je ne voulais pas qu'un Kolane soit alpha.

— Et pourtant, un Kolane est devenu alpha.

— Écoutez, je ne suis pas là pour parler du passé. Je suis là pour discuter du futur. Votre offre est toujours valable ? répétai-je.

— Nous avons accepté le duel.

— Les accords changent tout le temps.

— À l'évidence, tu n'es pas très à jour sur les politiques de meutes.

Sa condescendance piquait.

— Quand un duel est accepté, on ne peut plus l'annuler.

— Pourquoi pas ? Personne ne vous force à vous battre à mort avec un autre métamorphe.

— Je lui ai offert la paix et il n'en voulait pas, alors…

— C'est pour ça que je suis là.

— Écoute, siffla-t-elle, Alex me coupe toujours avant que je ne puisse finir d'expliquer les choses.

Ma louve se hérissa, mais elle ne pouvait pas sortir de sa cage de Sillin, de toute façon.

— Ne me comparez pas à votre fils.

— Quand un alpha exprime le désir d'en tuer un autre, ce n'est jamais pris à la légère. Si Liam avait accepté mon traité, j'aurais passé ma vie à regarder par-dessus mon épaule, ce qui n'aurait pas été idéal mais aurait valu le coup car j'aurais pu sauver la peau de mon fils, et la mienne.

Le doute et la culpabilité m'envahirent… Nous aurions dû garder Alex enfermé.

— Cela n'aurait pas été la première menace que j'aurais dû supporter, mais là n'est pas la question. Liam n'était pas satisfait de mon offre. Ton alpha a soif de plus, ce qui représente un trait de caractère dangereux chez un leader.

— Vous aussi, vous aviez soif de plus. Vous avez repris les Tremula.

— Tu crois que les Tremula étaient innocents ? Ils ont tué une grosse partie de ma meute.

— Non, c'est faux. C'est vous qui avez pénétré leur camp et défié leur alpha.

— Ta compréhension tronquée de l'histoire de ma meute est alarmante. Je ne peux dire si on t'a donné de mauvaises informations ou si tu n'y connais rien du tout.

Je me hérissai de nouveau.

— Pourquoi ne me donnez-vous pas votre version ?

— Ma version ? fit-elle d'une voix un peu plus aiguë. La vérité, tu veux dire ?

Même si nous n'avions pas pénétré la forêt, nous suivions la ligne des arbres marquant la frontière entre la grande pelouse et la nature sauvage au-delà.

— Oui.

Débattre de si sa vérité était la même que celles des autres était inutile.

— Quelque chose dans les montagnes nous rendait malades et nous sommes venus demander aux Tremula du Sillin, un des seuls médicaments qui fonctionne sur les loups.

— Je croyais que ça n'aidait que si notre sang entrait en contact avec l'argent ?

Elle plissa légèrement les yeux.

— Cela a plus de propriétés que de nous vider de notre magie.

— Je ne savais pas.

— Tu ne sembles pas en savoir beaucoup sur les loups.

— Votre commentaire n'était pas nécessaire, grognai-je.

Elle ne s'excusa pas.

— Veux-tu entendre le reste ?

Ce que je voulais, c'était qu'elle cesse d'adopter un comportement désobligeant. Le dire à voix haute aurait été infantilisant, alors je grommelai :

— Continuez.

Cassandra m'observa de manière prolongée avant de reprendre son récit :

— Quand nous sommes allés trouver les Tremula en quête d'aide, ils nous ont tourné le dos. Ils avaient des stocks de Sillin, mais ils ne voulaient pas partager la moindre plaquette. Nous avons proposé de payer un montant exorbitant pour en récupérer. Un mois s'est écoulé, et un si grand nombre d'entre nous est mort que mon grand-père, qui était alpha à l'époque, a tenté une nouvelle négociation avec l'alpha des Tremula. De nouveau, ils nous ont dit que nous aurions dû mieux gérer notre stock et ils ne nous ont rien donné. Ma petite sœur et moi, nous nous sommes glissées sur leur propriété, là où ils stockaient le médicament. Nous n'avons pris que ce dont nous avions besoin. Elle s'est fait prendre et a aussitôt été exécutée. Je me suis enfuie, et avec la meute, nous avons fui et nous nous sommes cachées. Seuls cinq d'entre nous ont survécu. Enfin, six... Aidan n'a jamais vécu parmi nous, alors il n'a jamais souffert de l'empoisonnement.

» Il y a quatre ans, quand j'ai pris le contrôle de la meute de Tremula, Julian Matz est venu au camp pour me rencontrer. Du moins, il prétendait que c'était la nature de sa visite. Mon père, qui était si malade qu'il ne pouvait plus se transformer, a été retrouvé mort le lendemain matin. Le médecin de la meute a dit qu'il avait cessé de respirer. J'ai compris qu'il avait été asphyxié, mais pour le bien de la diplomatie entre nos meutes, j'ai laissé couler. J'ai laissé *Julian* partir.

Un frisson traversa ma peau, ce qui n'avait rien à voir avec les ombres immenses qui s'étendaient comme des doigts au-dessus de Cassandra et moi.

— Qu'est-ce qui vous empoisonnait ?

Elle regarda la terre entre ses orteils nus.

— Il y avait une fuite de produits toxiques sur nos terres. Cela polluait notre principale source d'eau.

Son regard parcourut mon visage avec une intensité telle que ses yeux faisaient l'effet de griffes.

— Tu comprends maintenant pourquoi le Sillin est si important pour moi ? Je le garde comme un filet de sécurité. Je n'en aurai peut-être plus jamais besoin, mais je ne peux plus vivre sans. J'ai appris à la dure ce que le manque de prévoyance peut apporter, et je ne laisserai plus cela arriver à mes loups.

Je n'allais pas obtenir ce que je voulais de Sandra ainsi.

— Merci d'avoir partagé avec moi l'histoire de votre meute.

Elle enfonça son menton dans son cou de cygne et me scruta.

— J'ai toujours senti que vous étiez intelligente, mais maintenant, je vois que vous êtes une femme raisonnable.

Les mots me brûlèrent la gorge.

— Je me demande donc pourquoi vous n'offririez pas le même accord, repris-je. Je jure que je forcerai Liam à rester loin de vous.

Elle releva le coin de ses lèvres, puis éclata de rire.

— Tu le *forceras* ? Oh, ma chérie, gloussa-t-elle. Liam apprécie peut-être ton physique, mais il ne te respecte pas. Les hommes comme lui – aussi vaniteux et machistes – ne suivent pas les conseils d'un genre qu'ils jugent inférieur.

— Vous avez une vision faussée de Liam. Il n'est en rien comme son père. Et puis, il m'a écoutée quand je lui ai dit de ne pas se battre le jour où vous avez tué Julian.

Son sourire disparut.

— Il a écouté pour te faire revenir dans son lit.

La chaleur envahit mon visage. Pourquoi fallait-il que je rougisse maintenant ?

— Ce n'est pas vrai.

— Ness, laisse-moi te dire quelque chose sur moi et les quelques personnes que je connais. Ma sœur était muette, alors j'ai appris à lire sur les lèvres en même temps qu'à parler. Ce jour-là, près de la piscine, j'ai vu ce que Liam t'a demandé... rompre avec ton nouveau copain. August, non ?

Elle avait redressé les épaules et se tenait droite comme un I. Le choc de sa révélation me fit tituber. Cassandra tendit son bras pour me stabiliser, et j'eus l'impression de recevoir un bâton de bois contre mon sternum.

— Je sais aussi que vous pensez tous que j'ai triché pour gagner et que vous cherchez désespérément à comprendre ce que j'ai fait. Une des raisons pour lesquelles vous êtes allés rencontrer les Torrent, si je ne m'abuse ?

Je gardai le silence.

— Laisse-moi te faire gagner du temps et t'épargner quelques maux de crâne. Je n'ai pas injecté quoi que ce soit à Julian Matz.

Elle jeta un coup d'œil à la terrasse où d'autres Rivière arrivaient. Même si la plupart étaient occupés à manger, certains nous fixaient bêtement. L'alpha reporta son attention vers moi et pencha la tête d'un côté.

— Alors, avez-vous choisi une date ?

— Vous ne vouliez même pas vous battre, avant. Pourquoi êtes-vous aussi catégorique, maintenant ?

— Parce que vous n'avez plus rien que je veuille.

— Nous avons du Sillin. Beaucoup.

Je ne savais pas si la quantité que nous avions était si importante que ça ou pas.

— J'en ai assez pour tenir quelques années. Et puis, si je bats Liam, j'aurai le stock de votre meute ainsi que celui des Pin, d'ailleurs.

Des doigts glacés remontèrent le long de ma colonne vertébrale. *Elle sait qu'il est caché...*

— Alors j'ai tout à y gagner.

— Mais si vous perdez, vous n'aurez rien.

— Si je perds, ma meute aura quand même le Sillin.

— Vous voulez dire que vous faites ça pour votre meute ?

— Tout ce que je fais est pour ma meute. Je n'ai pas accédé à la plus haute des positions pour le titre ; je l'ai fait pour améliorer la vie de mes métamorphes.

Elle indiqua d'un geste la terrasse.

— Je t'en prie, vas-y, Ness. Fais le tour et demande à mon peuple ce qu'il pense de moi.

Je n'allais certainement pas demander à des métamorphes ce qu'ils pensaient de leur alpha devant ledit alpha. Personne ne me dirait *jamais* la vérité. Je repensai au contact des Torrent – Avery – qui avait dit que de nombreuses personnes espéraient la victoire de Liam. Soit Cassandra se leurrait, soit elle mentait.

— Personne ne me rend visite pendant une semaine, et voilà deux Boulder en une journée.

Je suivis son regard. Lucas me fusillait du regard en descendant les marches quatre à quatre.

Merde. Merde. Merde.

— Celui-là est particulièrement insupportable, non ?

Je ne lui répondis pas et me contentai d'avancer vers Lucas avant qu'il ne fasse une scène plus importante encore que moi.

CHAPITRE 29

—Qu'est-ce que tu fous là, Clark ? cracha-t-il quand je le rejoignis au milieu de la pelouse.

Cassandra était toujours dans l'ombre des pins avec le reste de sa meute, sur la terrasse.

Je fis la moue.

— Comment as-tu su où j'étais ?

— Liam voulait te parler alors on est allés jusque chez toi. Jeb a dit que tu étais à la librairie du campus mais elle n'ouvre pas à l'aube, alors je ne vois pas comment il a gobé ton mensonge. Il s'est probablement dit que tu étais allée voir ton copain.

— August n'est pas mon copain, protestai-je en m'assurant que ma bouche soit visible de Morgan.

Je voulais qu'elle le sache. Même si elle n'avait pas menacé August, cela ne pouvait pas faire de mal d'éloigner son attention de lui.

— Et je suis là pour essayer de la convaincre de nous reproposer le même traité de paix que la première fois.

— Tu crois que Liam a changé d'avis à cause de…

Je lui marchai sur le pied si fort qu'il s'écria :

— Mais c'est quoi, ton problème ?

— Je suis son second. Je devrais pouvoir tenter ce genre de choses sans être compromise par quelqu'un qui n'a aucun rang dans la meute.

Il fit bouger sa mâchoire.

— Maintenant, partons d'ici. On est en train de faire une scène. Je suis sûre que Liam détesterait ça encore plus que le fait que son second vienne négocier en son nom. Et même si tu n'as pas posé la question, le duel est toujours d'actualité.

Je commençai à marcher vers l'auberge. Il était inutile de passer par la terrasse où plus de loups étaient sortis prendre leur petit-déjeuner. Lucas m'emboîta le pas.

— Je n'étais pas sûr qu'on te retrouverait en un seul mor….

Un grognement presque muet s'échappa de ses lèvres. Je suivis la direction de son regard. Assise à l'une des tables de pique-nique se trouvait Sarah, à côté d'un autre blond : Alex Morgan.

— Putain, ça s'est passé quand, ça ? grogna Lucas entre ses dents.

— Que Sarah prenne le petit-déjeuner avec sa meute ?

Je savais que ce n'était pas ce qui avait retenu son attention.

— Il joue avec ses cheveux, putain, siffla-t-il.

Alex nous repéra et nous adressa un grand sourire. À l'intérieur, je grimaçai, mais de l'extérieur, je le fusillai du regard. Sarah lança quelque chose qui fit glousser le Rivière devant elle et aggrava le regard noir de Lucas.

Je touchai son bras qui semblait aussi dur que l'acier.

— C'est une Rivière, maintenant. C'est normal qu'elle essaye de s'intégrer.

— S'intégrer ?

Il semblait s'étrangler. Je le tirai de l'autre côté du bâtiment, directement sur le parking des employés, où j'avais laissé le van.

— Comment peux-tu prendre ça autant à la légère, Clark ? C'est pas ta meilleure amie ?

— Elle a dix-neuf ans. Elle sait ce qu'elle fait.

Les lèvres de Lucas esquissèrent une grimace de dégoût. Sur le parking, je cherchai du regard la voiture de Liam mais ne la vis pas.

— Tu as un chauffeur ou tu en as besoin d'un ?

— Liam m'a déposé, mais il avait peur de ce qu'il ferait s'il restait, expliqua-t-il en ouvrant à peine les lèvres.

À moi ou à Cassandra ?

J'ouvris le van.

— Bon, monte en voiture, alors.

Pendant le trajet, il ne dit pas un mot. Il bouillonnait en silence. Je faillis confier que Sarah jouait la comédie, qu'elle ne s'était pas retournée contre nous... contre *lui*... comme Taryn. Mais je tins bon. Lucas méritait la vérité, bien sûr, mais plus ma meute semblait en colère contre Sarah, plus elle serait crédible auprès des Rivière.

À un feu rouge, je lui demandai :

— Je te dépose où ?

— À la salle de sport. Mais tu viens avec moi.

— Je croyais qu'on ne s'entraînait pas.

— En effet.

Je haussai un sourcil.

À notre arrivée, Lucas envoya un message à Liam. Un instant plus tard, les lourdes portes s'ouvrirent. Le vaste espace était aussi noir qu'une cave et il fallut à mon œil un moment pour s'ajuster.

Le visage de Liam luisait de sueur et ses phalanges saignaient d'avoir frappé sur un punching-ball qui oscillait toujours au fond de la pièce.

— Tu veux mourir, Ness ?

Je carrai les épaules.

— Pas plus que toi.

— Tu sais ce qu'ils auraient pu te faire ?

Même si sa voix était toujours forte, elle avait perdu un peu de son venin.

Comprendre qu'il avait eu peur pour moi adoucit ma position.

— Je voulais voir si elle accepterait d'annuler le duel.

— Annuler le duel ? postillonna-t-il. Qu'est-ce qui te fait penser que je voudrais annuler le duel ?

Cette idée ne lui avait même pas traversé l'esprit ?

— Je pensais qu'après...

— Hier ne change rien !

— Tu vas être père, Liam. Ne veux-tu pas être là pour ton enfant ?

Il fronça les sourcils.

— Tu sais quelles sont les chances qu'un bébé métamorphe arrive à la fin du premier trimestre dans un utérus humain ? Quinze pour cent. Mais même si c'était cent pour cent, ça ne changerait rien. Je veux toujours détruire cette femme, et tu n'as aucun droit de prendre cette décision sans me consulter ! Je ne suis pas intéressé par un traité.

Je croisai les bras.

— Elle a dit non, de toute façon.

Il gonfla le torse.

— Bien.

— Tu pourrais perdre.

— Je pourrais aussi gagner.

Le silence résonna comme un roulement de tambour sinistre entre nous. J'étais en colère à cause de sa réaction. Je jetai un coup d'œil à Lucas, espérant qu'il intervienne et dise à Liam qu'il était une tête de mule, mais il était trop occupé à bouder et à regarder l'étagère de poids.

— Il y a des choses plus importantes dans la vie que de gagner ou de perdre, Liam.

— Pas pour un Alpha. Et puis, j'ai déjà une famille, Ness. La meute est ma famille. Et je me dois de les protéger. Vous pensez tous que je fais ça pour prouver quelque chose. C'est faux. Bien sûr, j'aurais pu accepter ce traité, mais une fois Cassandra remplacée ou morte, son successeur nous aurait défiés. Nous n'aurions fait que repousser l'inévitable. Je suis jeune, maintenant, et en bien meilleure forme qu'elle ; Julian était vieux et lent.

Sa voix s'était calmée et sa respiration approfondie, sa poitrine devenant plus paisible à chaque minute qui passait.

Même si j'étais déçue, une partie de moi comprenait aussi son raisonnement.

— As-tu au moins appris quelque chose d'intéressant ?

Je laissai mes bras retomber en soupirant.

— Elle sait lire sur les lèvres.

— Elle sait lire sur les lèvres ? demanda Lucas, sortant enfin de sa torpeur.

— Oui. Sa sœur était muette. Alors commence à surveiller ce que tu dis autour d'elle.

Liam passa ses doigts dans ses cheveux trempés de sueur.

— Nous n'avons pas besoin de faire attention à ce que nous dirons autour d'elle, parce que la prochaine fois que nous la verrons, ce sera au duel. Est-ce que je me fais bien comprendre ?

— Parfaitement, répondis-je d'un ton un peu glacial car je sentais que cela ne s'adressait qu'à moi. J'ai aussi appris qu'elle a pris une très forte dose de Sillin quand elle était plus jeune pour se guérir d'un empoisonnement toxique. Ce qui pourrait signifier que des traces de Sillin restent dans son corps.

Je glissai une mèche de cheveux derrière mon oreille.

— Alors peut-être que prendre des petites doses de ce truc est inutile. Peut-être que je devrais prendre une énorme dose et voir ce que ça donne.

Liam devint aussi immobile que le punching-ball derrière lui.

— Morgan peut toujours se transformer, alors cela n'impactera pas complètement la magie de Ness, fit remarquer Lucas.

Pendant un moment, je me demandai si nous aurions affronté Morgan si Liam et moi avions toujours été ensemble. Puis je me demandai pourquoi j'y pensais et secouai la tête.

— Je parlerai à Greg pour voir ce que pourrait être une énorme dose, finit-il par dire.

Il sortit son téléphone et un élan de panique me prit… Et si cela modifiait de manière irréparable mon gène de loup ? Et si c'était la raison pour laquelle elle était souvent alitée et guérissait lentement ? Je ravalai ma peur, me rappelant que Morgan s'était quand même élevée au sommet de la hiérarchie métamorphe.

Liam raccrocha, mais je n'avais rien entendu de l'appel.

— Il va chercher le dosage en partant de ton poids et de ton âge. Il t'appellera cet après-midi pour te l'administrer par intraveineuse.

Il retourna son téléphone encore et encore dans ses mains, les yeux obscurcis.

— Même si je veux que tu me consultes dans le futur, c'était bien joué.

— Merci. Je peux partir, maintenant ?

Je me mordillai la lèvre inférieure.

— Tu peux partir.

Je commençai à partir mais lui jetai un regard par-dessus mon épaule avant d'atteindre la porte.

— Tu es content, au moins ? Au sujet de Tamara.

Ses lèvres ne bougèrent pas, mais j'entendis dans ma tête : *Je ne voulais pas d'enfants et je ne voulais pas de Tamara.*

La douleur plissait son front. J'espérais que c'était le choc de la nouvelle et l'inquiétude au sujet de ce premier trimestre. Peut-être qu'il n'aimerait jamais Tamara, mais j'espérais qu'il apprendrait à désirer et à aimer son enfant.

J'espérais qu'il serait l'homme que son père n'avait jamais été.

CHAPITRE 30

J e passai le reste de la matinée à acheter des affaires pour la fac, et des pots de peinture et pinceaux pour la maison. La seule chose que je finis par ne pas acheter fut un ordinateur. J'en avais besoin d'un et, techniquement, je pouvais me le permettre, mais l'argent sur mon compte ne me semblait pas m'appartenir. Puisqu'August n'allait pas le reprendre, je décidai d'aller en parler à Nelson et Isobel. Je craignais un peu cette conversation, surtout s'ils n'avaient pas connaissance du don généreux de leur fils.

Après être passée au *Bol argenté* pour voir comment allait Evelyn dont les joues étaient roses à cause de la chaleur des casseroles fumantes et de l'excitation de son nouveau travail, je rentrai repue et détendue.

J'attendis Greg, qui arriva chez moi vers seize heures avec une glacière.

— Pardon pour mon retard. J'ai dû aller voir l'état d'Isobel.

Mon sang se fit de glace.

— Pourquoi ? Est-ce qu'elle… le cancer est de retour ?

— Non, elle n'a plus de cancer, me rassura-t-il en souriant. Désolé. Je ne voulais pas t'inquiéter.

Je hochai la tête et le regardai poser sur la table une seringue, une fiole remplie d'un liquide clair et des bandages. L'inquiétude approfondissait les rides autour de ses yeux et de sa bouche.

— Tu es sûre que tu veux faire ça ?

— Quelqu'un doit le faire.

— Et ça doit être toi ?

Je me renfrognai.

— Ça ne risque pas de me tuer, si ?

Il s'assit et s'approcha de la table.

— Non, mais…

La peur prit place dans mes veines et dans mon ventre tandis que je m'asseyais à côté de lui.

— Mais quoi ?

— Mais je n'ai jamais administré une si haute dose, alors je ne peux pas te dire quels sont les effets secondaires. À part l'impossibilité de se transformer, bien sûr.

— Combien de temps cela bloquera mon loup ?

— D'après mes calculs, si tout va bien, tu devrais pouvoir être de nouveau en fourrure avant la prochaine pleine lune.

Vu que nous aurions à nous battre avec Cassandra à ce moment-là, c'était bien. Je léchai mes lèvres gercées.

— Et si tout ne va pas bien ?

— Le Sillin pourrait rester dans ton organisme plus longtemps.

— Un mois de plus, par exemple ?

Je ne pourrais pas être le second de Liam si ça arrivait… Quelqu'un d'autre devrait le faire. Un autre Boulder pouvait-il prendre ma place ? Avions-nous l'autorisation de changer de second ? Peut-être que Lucas…

— Ça pourrait affecter ta magie définitivement, expliqua Greg d'une voix si basse que je faillis ne pas l'entendre.

— Tu veux dire, me transformer en *demi-loup* ?

Il hocha la tête.

— Je croyais que cela ne pouvait se produire qu'avec une utilisation prolongée ?

Greg agita la fiole et plissa les yeux face au liquide qui clapotait à l'intérieur, comme s'il y cherchait une réponse.

— Je ne sais pas. Je n'ai jamais administré autant de Sillin.

Il referma son poing autour de la fiole avant de la poser prudemment sur la table.

— Tes parents seraient furieux contre moi.

J'étais sûre qu'ils seraient en colère contre beaucoup de gens s'ils étaient vivants, la première personne étant moi, mais ils n'étaient pas là. Et puis, si cela permettait de sauver la vie de Liam, j'endurerais la condition de *demi-loup*.

— Je suis surpris que Jeb te laisse faire ça, ajouta Greg.

— Jeb ne sait pas, et je voudrais que ça reste ainsi. Il a assez d'inquiétudes comme ça.

Greg m'étudia un instant.

— Il y a moyen que je te convainque de ne pas le faire ?

Je secouai la tête.

— Il faut qu'on comprenne.

— Mais pourquoi toi ? Pourquoi je n'appelle pas le médecin des Torrent pour voir si sa meute peut tester...

— Ils sont peut-être nos alliés, Greg, mais je ne fais pas confiance aux Torrent. Et puis, si cette expérience pouvait blesser un de leurs loups, pourquoi accepteraient-ils ?

— Parce qu'ils détestent Morgan.

Je me mordis l'intérieur de la joue.

— Ils demanderont quelque chose en échange. Un service n'est jamais gratuit.

La volonté d'Ingrid d'épouser August me revint en tête.

— Tu as raison. Un service n'est jamais gratuit, soupira-t-il. Et un autre Boulder alors ?

— Je ne me pardonnerais jamais si cela avait un effet définitif sur quelqu'un d'autre de la meute. Alors vas-y. De quelle autre façon cette injection peut m'affecter ?

Je tapotai la table de mon ongle.

— Cela diminuera tes sens. Et cela affectera peut-être ton lien d'accouplement.

Je me sentis soudain brûlante. Je réunis mes cheveux et rassemblai les mèches en un chignon.

— Tu sais tout ce qui se passe au sein de la meute, hein ?

— Plus ou moins.

— Comment se fait-il que tu travailles avec nous ?

— Pourquoi je ne le ferais pas ?

— Parce qu'on est pas... *humains*.

Il s'adossa à sa chaise.

— Mon père était le médecin de la meute avant moi, et mon grand-père avant lui. Alors j'ai grandi avec les Boulder. Ils ne m'ont jamais traité différemment à cause de ce que je n'étais pas.

— Tu as de la chance.

— Je suis désolé qu'ils aient été aussi durs avec toi, Ness.

— Ce n'est pas de ta faute.

— Tu sais que Maggie faisait partie des gens que j'aimais le plus ?

— Ma mère ? Vraiment ?

— Nous étions dans la même classe, à l'école. En fait, j'étais un peu la tête dans les livres et les études, et cela me valait beaucoup de harcèlement. Maggie avait une vive répartie, elle était populaire, et personne ne l'embêtait jamais. En CE2, elle s'est auto-proclamée ma protectrice et cela a duré jusqu'à la fin du lycée.

Je fronçai les sourcils. Je cherchai Greg dans mes souvenirs, mais il n'apparaissait dans aucun.

— Je ne savais pas. Je ne me souviens pas de toi avant mon départ de Boulder.

— J'étais parti étudier à Boston, et j'ai pratiqué là-bas jusqu'à la mort de mon père. Quand Heath m'a appelé et m'a demandé si je comptais revenir, cela faisait un an que tu étais partie. J'ai eu le cœur brisé quand j'ai appris… qu'elle était décédée.

Il joignit ses doigts en cloche. Dans ma gorge, on aurait dit qu'un pont-levis avait été fermé d'un coup.

— Oui.

Je fermai les yeux un moment, inspirai lentement, puis quand j'eus l'impression de me contrôler de nouveau, je rouvris les paupières.

— Et si on en finissait ?

— Oui. Bien sûr. Pardon.

— Ne t'excuse pas. Je suis toujours contente d'entendre des histoires sur elle. De connaître des petits morceaux de sa vie, logés dans le cœur et l'esprit des autres. C'est ce qui me rapproche le plus d'elle, expliquai-je, la voix brisée. Ça devient plus facile avec le temps, hein ?

J'esquissai un sourire pour arrêter le tremblement de mes lèvres et pour que Greg cesse de me regarder comme si j'allais craquer.

— En effet.

Il glissa sa main sur la mienne et serra mes doigts avant de reprendre la seringue. Il s'apprêtait à insérer la solution à l'intérieur quand un coup à la porte, menaçant de la dégonder, l'arrêta.

Il se retourna, mais pas moi, car je savais qui tambourinait. Mon ventre s'était noué.

Je me levai pour faire entrer August.

Ses mains agrippèrent mes épaules et je crus qu'il allait me secouer, mais il resta debout, là, à m'examiner de la tête aux pieds, les narines dilatées comme pour sentir mon odeur... s'assurer que j'en avais toujours une.

— Tu ne l'as pas encore pris.

Il était si essoufflé que je le suspectais d'avoir couru de chez lui à chez moi. Ses yeux fous écumèrent l'appartement et se posèrent sur le matériel pharmaceutique sur la table. Il retira ses doigts de mes épaules si brusquement que je faillis trébucher.

— Greg, tu peux tout ranger. Ness n'expérimentera rien du tout.

— August !

La surprise m'avait fait dire son nom plus fort que je l'avais voulu.

— Quoi ? s'écria-t-il.

— Tu ne peux pas entrer comme une furie et prendre des décisions à ma place.

Il s'approcha d'un pas, même si peu de distance nous séparait.

— Tu ne t'injecteras pas un putain de poison pour tester une théorie.

Je posai mes mains sur mes hanches.

— Le Sillin n'est pas un poison.

— Cela fout en l'air notre gène de loup, Ness. C'est du poison ! Demande à Greg, si tu ne me crois pas.

— August a raison. Ce n'est pas léthal, mais ce n'est pas bon pour toi.

— J'ai conscience des risques...

— Vraiment ? Parce que moi, non. Je doute que Greg les connaisse non plus puisque personne n'a jamais pris une dose aussi forte.

— Morgan en a pris une et elle est toujours vivante. Sans compter qu'elle est alpha.

Un nerf tressaillit au niveau de sa mâchoire.

— Et si elle t'avait menti ?

— Menti ?

— Tu t'auto-empoisonnerais.

— Elle ne veut pas ma mort.

— Comment peux-tu savoir ça ?

— August, ton comportement est complètement irrationnel.

— Parce que je *tiens à toi* ! Je m'inquiète de ce qui va t'arriver, même si personne dans cette stupide meute ne semble le faire.

Le silence s'installa, aussi épais que de la neige, et la pièce perdit plusieurs degrés.

— Greg a dit que le pire scénario possible était que cela altère mon gène pour une durée indéterminée.

Je ne voulais pas être un *demi-loup*, mais c'était mieux que la mort de Liam, parce que, même si personne n'en parlait, si Morgan avait un avantage injuste sur nous et que nous ne trouvions pas ce que c'était, elle gagnerait le duel.

— Pas exactement, Ness. J'ai dit que je ne savais pas. Cela pourrait endommager *irrémédiablement* ton gène, tes sens, ton lien d'accouplement.

La douleur traversa le visage d'August sur ce dernier point. Il essaya de la dissimuler en se détournant de moi, mais je l'avais vue.

— Cette condition de *demi-loup* pourrait devenir permanente, ajouta Greg.

— Je comprends.

Pile en même temps, August déclara :

— Je vais le faire.

Une pause, puis :

— C'est le même dosage ?

Mes mains glissèrent de mes hanches.

— August, non.

— Pas exactement, mais franchement, je préfère te donner cette dose à toi plutôt qu'à elle. Ça t'affectera aussi, mais tu devrais brûler la dose plus rapidement.

— Non !

August commença à se diriger vers la chaise et j'enroulai mes doigts autour de son avant-bras.

— Je ne suis *pas* d'accord avec ça ! Je ne veux pas que tu fasses des expériences sur toi-même.

Ma voix semblait si faible.

201

Ses lèvres frémirent mais ne produisirent aucun son pendant dix battements de cœur entiers.

— Tout le monde doit donner du sien pour la meute. Là, c'est mon tour.

Il retira un par un mes doigts de son bras, puis s'assit, remonta la manche de son Henley marine taché de sueur, et posa son bras à plat sur la table.

— Prêt ? demanda Greg.

August regarda la fenêtre.

— Vas-y.

Je croisai les bras pour qu'ils arrêtent de trembler. Comme ça ne marchait pas, j'allai me chercher un verre d'eau. En le portant à mes lèvres, l'eau déborda et coula sur mon poignet.

Il y eut un bruit provenant sûrement de la glacière, puis j'entendis les pieds d'une chaise racler sur le sol.

— Essaye de te transformer tous les jours. Quand tu y arrives, appelle-moi, et je viendrai faire un prélèvement sanguin voir s'il reste des traces.

Je l'entendis marcher vers la porte, mais continuai à lui tourner le dos.

— Cela ne devrait pas te donner de fièvre ni de crises, mais je me sentirais mieux si quelqu'un était avec toi ce soir. Tu devrais peut-être dormir chez tes parents.

Un courant glacial me parcourut, gelant mes membres déjà frigorifiés.

— Et, Ness, je t'ai laissé de la pommade pour ton bras. Ça aidera les cicatrices à partir.

Quand la porte se referma, je renversai plus d'eau. Je posai le verre et arrachai des serviettes en papier pour éponger mon bras, le comptoir et le sol.

— Ness...

— Je suis furieuse contre toi, sifflai-je.

— J'ai compris mais c'est fait, et je ne suis pas mort sur le coup, alors...

— C'est censé me faire me sentir mieux ? criai-je en faisant volte-face. Greg vient de parler de crises. Des crises !

Il renifla.

— Tu te rends bien compte que ça aurait pu être toi ?

Je respirais fort.

— Je m'en rends compte, *oui* ! Mais si ça m'avait fait du mal, cela aurait été ma faute. Si cela te fait du mal à toi… (Ma voix se brisa.) Je ne me le pardonnerai jamais.

— Calme-toi. Ça va aller. J'appellerai Cole. Il passera la nuit chez moi.

— Non, je le ferai. Pas besoin de ramener quelqu'un d'autre dans tes plans foireux.

Après la glace, je me sentais maintenant animée d'un feu sauvage. Je pouvais parier que de la fumée s'échappait de mon nombril.

— Tu n'as pas à…

— Après ce que tu viens de faire, tu n'as pas le droit de me dire comment agir. Je passe la nuit chez toi ou tu passes la nuit chez moi. C'est toi qui choisis.

Un coin de ses lèvres se souleva dans un sourire.

— Si j'avais su que c'était tout ce qu'il fallait pour que tu passes une autre nuit avec moi, je m'en serais peut-être injecté plus tôt.

Je le fusillai du regard. Pas parce que ses mots m'avaient mise en colère, mais parce que ses actions m'avaient rendue furieuse. Son sourire disparut.

— Prépare tes affaires. J'appellerai un taxi.

CHAPITRE 31

T u as vu ce film ?
— — C'est quoi, le titre ?
Depuis que nous avions quitté mon appartement, je n'avais pas lâché
August des yeux, pas même pour regarder son énorme écran de télévision.

Il soupira et posa la télécommande sur l'accoudoir du canapé. Nous
étions assis chacun d'un côté, moi les jambes enroulées sous mon corps, lui
la cheville posée sur le genou opposé.

— S'il te plaît, arrête de me regarder comme si tu voulais m'étrangler.
C'est fait. Laisse tomber.

Il agitait sa jambe sans relâche depuis que nous nous étions assis.

— Laisse tomber ? répétai-je en plissant les yeux. Vraiment ? À moins
que tu ne te transformes – et *complètement* – je ne laisserai pas tomber.

Il posa son bras derrière le canapé.

— Tu vas rester en colère après moi pendant des semaines ?

— Peut-être même des mois.

Il grimaça si soudainement que mon cœur faillit s'arrêter.

Il posa soudain ses doigts sur ses tempes. Je me jetai vers lui, atterris
presque sur ses genoux, et posai une main sur son front.

— Qu'est-ce qu'il y a ? Qu'est-ce qui ne va pas ?

Son front se lissa et un sourire apparut à ses lèvres pleines.

— Tu étais assise trop loin.

Je clignai des yeux et frappai son torse, fort.

— Ça n'était pas drôle du tout, August Watt.

Je voulus retourner de mon côté, mais il enroula ses doigts autour de mon poignet et me maintint en place. Son expression était douce, mais sérieuse.

— Je ne veux pas que tu sois fâchée contre moi une minute de plus.

— Je ne suis pas fâchée. J'ai peur.

— Je sais, Jolies-fossettes, mais mets ta colère sur pause une seconde et regarde-moi. Je vais bien.

Je l'observai, de son front à son torse. Même si je n'étais pas sur ses genoux, j'étais proche. Le flanc de ma jambe pliée était chaud contre sa cuisse, et je voyais toutes les nuances de vert et de sable dans ses iris, chaque tache de rousseur constellant son nez et ses pommettes.

J'étais beaucoup trop proche.

La chaleur remonta le long de mon cou. Je détournai le regard et me trémoussai pour m'éloigner.

— J'ai faim, pas toi ? demandai-je en me levant.

Il me regarda fixement, puis je sentis quelque chose tirer à mon ventre. Mes tibias heurtèrent le cadre du canapé. Je pliai les genoux pour absorber le coup.

— Je voulais vérifier si ça avait affecté le lien.

Le soulagement m'envahit, chassant la gêne qui m'avait fait me lever.

— Ça ne l'a pas affecté !

Il haussa les sourcils.

— Pourquoi es-tu contente ? Tu ne voulais pas qu'il disparaisse ?

Je me figeai, comme un voleur pris en flagrant délit. Vu l'intensité avec laquelle il étudiait mon visage, je me dis qu'il allait me démasquer.

— Si, mentis-je en ramenant mes cheveux en arrière. Mais s'il est toujours là, c'est que le Sillin ne fait pas des ravages sur ton organisme.

J'espérai que l'excuse était crédible.

— Et ton odorat ?

Les sourcils toujours haussés, il inspira profondément.

— Toujours là aussi.

— Mais aussi fort qu'avant ?

Il baissa le regard vers un point qui pulsait à mon cou.

— Difficile à dire quand tu es aussi proche.

Je ne lui demandai pas pourquoi, parce que je comprenais. J'avais le même « problème ». Quand j'étais proche de lui, peu d'odeurs atteignaient ma conscience à part la sienne, boisée et épicée. Il en allait de même pour l'ouïe et le battement régulier de son cœur, ou la vue, avec son corps incroyable.

Je n'avais pas pris ma dose de Sillin ce matin-là, alors mes sens se précisaient de nouveau. De peur que mon pouls frénétique ne trahisse ce que je ressentais, je reculai, contournai le canapé et me dirigeai vers la cuisine.

— Qu'est-ce que tu as envie de manger ?

August se retourna.

— Je suis pas sûr d'avoir grand-chose.

— J'ai trouvé des pâtes et un pot de sauce tomate.

— Tu n'es pas obligée de cuisiner. On peut commander.

— Ne sous-estime pas mes compétences à faire bouillir de l'eau.

L'ombre d'un sourire apparut à ses lèvres.

— Pourquoi tu souris ?

— Je n'ai plus le droit de sourire ?

— Je me demandais juste si c'était un sourire *ohlala-elle-va-foutre-le-feu-à-ma-cuisine*, ou un sourire poli *va-t-elle-me-faire-manger-des-pâtes-pas-cuites* ?

Il grommela, et je mourus d'envie de lui envoyer une pichenette.

— C'est un sourire à la *je-suis-rassuré-qu'elle-ne-me-haïsse-pas*.

Mes mains faiblirent et le pot tomba sur le comptoir en bois. Heureusement, le verre ne se brisa pas.

— Je ne t'ai jamais haï, August. J'avais peur. J'ai toujours peur. Parce que je tiens à toi, moi aussi.

Ses yeux verts ne s'illuminèrent pas comme d'habitude, mais son regard étudia mon visage avec une intensité qui me poussa à m'accroupir pour ouvrir un de ses placards afin de me cacher de sa vue.

— Bon, où est-ce que tu ranges tes casseroles ?

CHAPITRE 32

J e me relevai si vite que ma tête tourna et l'appartement d'August devint flou. Une couverture glissa de mes épaules et s'amassa au sol. J'ouvris mes paupières et les refermai plusieurs fois pour y voir plus clair, puis cherchai August du regard.

Il n'était pas sur le canapé. Peut-être dans son lit ?

Le son de l'eau qui coulait me fit bondir sur mes pieds et avancer d'un pas lourd vers la salle de bains. Je frappai à la porte.

— August ?

— Je sors dans une minute !

Sa voix était forte et posée. Il allait bien.

Mon rythme cardiaque décéléra et je passai le dos de mes mains sur mes yeux. Quelque chose bourdonna. Je jetai un coup d'œil à mon sac posé sur l'un des tabourets, allai le chercher et en sortis mon téléphone.

J'avais un message de Matt : *On est devant la porte. Prête ?*

Je vérifiai l'heure puis marmonnai : « Merde, merde, merde », au moment où la porte de la salle de bains s'ouvrait et que la vapeur s'en échappait, alourdissant l'air de l'odeur d'August.

MOI : *Je ne suis pas chez moi. Tu peux me récupérer à l'entrepôt ? Et NON, ce n'est pas ce que tu crois.*

MATT : *J'arrive. Et le fait que tu me dises que ce n'est pas ce que je crois signifie que c'est exactement ce que je crois.*

MOI : *Ta logique est illogique.*

MATT : *Apparemment, c'est ce que tu as dit à Cole la dernière fois qu'il a surgi à l'improviste chez August.*

MATT : *On arrive dans une seconde. On aime notre café avec beaucoup de lait.*

— Que se passe-t-il ? demanda August.

— Matt et Cole sont en chemin pour ici. Ils pensent…

Je posai mon téléphone sur le bloc de bois lisse.

— J'imagine que tu peux deviner ce qu'ils pensent.

— Tu as peur qu'ils le disent à Liam ?

— Non. Pourquoi… oh !

J'écarquillai les yeux. Avec tout ce qui s'était passé, j'avais complètement oublié son interdiction. Mais je me raisonnai : je n'avais pas brisé de règles, puisque August et moi n'étions pas en couple.

— Tu devrais peut-être l'en informer, pour qu'il ne prévoie pas le duel pour aujourd'hui.

Je mordis l'intérieur de mes joues, ce qui accentuait sûrement mes fossettes.

— Je l'appellerai plus tard. Pour l'instant, je dois me préparer. Je peux utiliser la salle de bains ?

— Vas-y.

J'emportai mon sac à l'intérieur et enfilai en vitesse une brassière de sport et un short pour courir, avant de mettre mon débardeur de la veille et de me brosser les dents. J'attachai mes cheveux et retournai dans la cuisine où August préparait le café. Il s'était habillé d'un short de sport et d'un tee-shirt à manches courtes.

— Tu te sens de courir ? demandai-je en remplissant un verre d'eau au robinet.

— Oui.

— Tu n'as mal nulle part ?

— Juste au cou, m'informa-t-il en se frottant la nuque. Mais c'est sûrement parce que j'ai dormi assis.

— J'arrive pas à croire que je me sois endormie. Je serais nulle comme infirmière.

Il sourit.

— Je suis sûr que de nombreux hommes alités te diraient le contraire.

Appuyée contre l'îlot, je secouai la tête et bus goulûment.

— Merci d'essayer de me faire me sentir mieux après une performance aussi pourrie.

— J'ai survécu à la nuit. Et je me sens parfaitement bien. Je te le promets. Tu peux arrêter de t'inquiéter pour moi.

— Tu peux te transformer ?

Il tendit le bras et se concentra. Comme aucune fourrure brune ne sortait de ses pores, il secoua la tête.

— Alors je continuerai à m'inquiéter.

Derrière lui, la cafetière commença à gargouiller et à déverser des gouttes de liquide noir et parfumé dans la carafe en verre.

— Jolies-fossettes…

— Ne commence pas avec tes « Jolies-fossettes », August Watt. Tu es mon meilleur ami. Je m'inquiéterai si je le veux.

Il pinça les lèvres, comme s'il trouvait mon raisonnement fou. À moins que ce ne soit la mention d'amitié qu'il trouvait folle. Il ne savait pas qu'il se trouvait également dans d'autres catégories que celle-ci.

Un coup sec redirigea notre attention vers la porte d'entrée. Le pavé numérique bipa, mais je n'entendis pas de clic.

— Tu as changé le code ? demandai-je tandis qu'il allait ouvrir à Matt et Cole.

— Oui.

Je m'agrippai plus fort à mon verre d'eau. L'avait-il changé pour moi ? Pour que personne – ni Cole, ni ses parents – ne nous surprenne ?

S'il y avait eu un *nous*…

— Yo.

Cole frappa l'épaule d'August. Même si le frère de Matt avait la même taille que mon partenaire, il n'était pas aussi musclé. Cela faisait un mois maintenant qu'August avait quitté la marine, et il avait toujours un physique formidable ; il était plus mince que Matt mais quand même taillé comme un dieu grec.

Je devais vraiment arrêter de reluquer August si je voulais convaincre les deux Rogers que ma nuit ici avait été platonique.

— Bonjour, petite louve, beugla Matt, ses yeux vert mousse bien trop brillants.

Je décidai de ne pas m'embêter à les convaincre, lui et son frère. Je n'avais pas à avoir honte. Et puis, en buvant, je sentis discrètement ma main et je ne sentais ni l'odeur d'August, ni celle de notre lien d'accouplement. D'accord, j'avais dormi sur son canapé, mais à part le fait que j'avais presque bondi sur ses genoux pour vérifier s'il avait de la fièvre, j'avais gardé mes distances.

Un immense sourire aux lèvres, Matt se frotta les mains.

— Vous avez préparé du café ?

Je penchai la tête vers la machine et il plongea dans le placard de tasses désaccordées pour en piocher deux.

Je ne savais pas trop pourquoi il était monsieur Sourire ce matin. C'était un ami de Liam. N'aurait-il pas dû être contre un « August et moi » ? À moins qu'il ne trouve que ma présence dans la vie d'August lui apportait des bénéfices au travail.

— Il y a du lait ? demanda Matt.

— Dans le frigo, répondit August.

Je remarquai qu'il avait mis ses baskets alors que j'étais toujours pieds nus. Je recourbai mes doigts de pied non vernis avec l'impression, même si c'était superficiel, qu'une couche de vernis les aurait rendus plus jolis. Non pas que quelqu'un les regardât. Je posai mon verre et attrapai une paire de chaussettes dans mon sac. Après avoir lacé mes baskets, j'allais me servir un café.

— Alors… ? commença Matt alors que je donnais du coude pour attraper la cafetière.

— Alors… ? répétai-je.

Je savais exactement ce qu'il voulait.

— Vous avez quelque chose à nous dire ? insista Cole.

Je regardai August qui se frottait le cou. Je ne savais pas s'il essayait de défaire le nœud qui s'y trouvait ou s'il était nerveux. Je pris une grande inspiration et me lançai :

— August a décidé de s'injecter une grande dose de Sillin pour que je ne le fasse pas. Je suis restée pour m'assurer qu'il ne fasse pas de crises pendant la nuit.

Les deux frères clignèrent des yeux, leur sourire envolé.

Je bus mon café, les laissant digérer l'information.

— Laissez-moi deviner… ce n'était pas ce à quoi vous pensiez ?

— Non. Pas du tout, confirma Cole.

— Pourquoi ? demanda Matt en observant August comme s'il cherchait les effets du médicament.

— Morgan m'a dit que, quand elle était jeune, elle avait dû prendre une grosse dose de Sillin pour guérir d'un empoisonnement dû au déversement d'une substance toxique. Ça m'a menée à me demander si prendre une énorme dose ne laisserait pas des traces dans notre organisme – pas assez pour altérer notre magie, mais assez pour mettre en difficulté nos ennemis. Quand August arrivera à se transformer, Greg testera son sang.

L'atmosphère, jadis légère à l'arrivée des Rogers, devint aussitôt lugubre.

— Combien de temps faudra-t-il pour connaître les résultats ? nous interrogea Matt.

— Greg a dit qu'il me faudrait peut-être des semaines avant de pouvoir me transformer.

La culpabilité me transperça. August dut la repérer car il ajouta :

— Mais je me sens bien. Très bien, même.

Je sentais qu'il surjouait pour me rassurer, mais via le lien, je sentais aussi qu'il ne souffrait pas.

— Comme vous pouvez le voir, même si Jolies-fossettes ne me croit pas.

Je fis la moue.

— Tu es sûr que tu te sens de courir, mec ?

August secoua la tête.

— Commence pas à me materner, toi aussi, Matty.

Cole sourit, l'air moqueur.

— Ness te materne, Auggie ? Je suis sûr que c'est vraiment terrible.

August frappa son ami, ce qui fit glousser Cole. Je levai les yeux au ciel.

— Si vous avez fini de vous comporter comme des filles, on peut y aller ?

— Comme des filles ? répéta Cole en riant. Je te ferai savoir que nous, les Rogers, nous nous comportons de manière extrêmement virile. Watt, par contre…

— Pas la peine de venir travailler lundi. T'es viré.

— August ! m'écriai-je.

— Ne t'inquiète pas, Ness. Ce n'est que la vingtième fois qu'il me vire pour de faux.

— Y a rien de faux, cette fois, grommela August.

— Ils ont prévu une journée super chaude aujourd'hui, les interrompit Matt en posant sa tasse sur l'évier. On ferait mieux de ne pas traîner.

CHAPITRE 33

— Hé, Matty, on peut s'arrêter ? fit Cole, à la respiration sifflante. J'ai les poumons en feu et… je crois que je vais dégueuler.

Il courait à côté de moi tandis que Matt et August étaient devant. *Loin* devant.

Même si mes poumons semblaient à bout de souffle, au moins je n'avais pas l'air d'être sur le point de mourir.

Matt se retourna et trotta vers nous.

— Si tu arrêtais de fumer, tu te sentirais beaucoup mieux.

August nous lança un regard par-dessus son épaule. Comme Matt, il transpirait à peine.

— On devrait peut-être faire une pause. J'ai pas envie d'expliquer à Kasie qu'elle a perdu son fils aîné à cause d'un exercice physique.

Cole lui fit un doigt d'honneur avant de s'arrêter. Il se pencha en avant, les mains sur les cuisses, essoufflé.

— Pourquoi est-ce qu'on court… un samedi matin… déjà ?

— Parce que Ness a besoin d'un entraînement physique, répondit Matt en s'arrêtant aussi.

— -Laisse-moi reformuler : Pourquoi moi, je cours ? C'est Liam qui devrait être ici à se déchirer les poumons.

Une ombre passa sur le visage d'August à la mention de Liam.

— Liam est alpha, rappela Matt. Grâce à sa magie, il est en meilleure forme que nous tous réunis sans effort. Tu le sais.

— Sa magie ? demandai-je en haussant un sourcil.

— Le serment de sang agit comme des stéroïdes naturels, expliqua August.

Alors pourquoi m'avait-il demandé de le préparer pour le duel s'il n'avait pas besoin d'entraînement ? Je posai les yeux sur August.

Bien sûr…

Cole et Matt tournèrent soudain la tête vers les pins derrière eux. Des yeux brillants nous fixaient sous le couvert de la forêt. Je plissai les yeux pour distinguer des signes distinctifs sur la fourrure des loups, mais ils étaient trop loin. Je reniflai. Pour sûr, ce n'étaient pas des Boulder. Au cas où je n'avais pas compris toute seule, le tee-shirt trempé de sueur frappant ma cuisse et la vue du dos nu des Rogers m'auraient alertée : nous n'étions pas en présence d'amis.

August s'avança plus près de moi, les traits de son visage et son corps aussi tendus que le dos des deux loups géants qui montaient désormais la garde près de nous. Les six Rivière trottèrent hors de l'ombre mais gardèrent leur distance. L'un d'eux, un loup jaune citron, gémit. Matt aboya.

Comme j'aurais aimé que mes oreilles humaines puissent comprendre le discours lupin.

Vu les poils hérissés de Matt, ils n'échangeaient pas des plaisanteries.

— Tu en reconnais un ? chuchotai-je à August.

— Non, mais le jaune avec les yeux violets pourrait être Alex.

Il leva le menton et sentit l'air, mais un grognement de frustration lui échappa.

— Je sens absolument rien, putain.

Et une pièce dans le pot pour les gros mots de sa mère, accompagnée d'un coup de poing dans mes entrailles, qui se tordirent de culpabilité.

Le loup jaune – Alex ? – se tordit le cou et nous observa par-dessus la fourrure d'un de ses compagnons. Avaient-ils entendu ce qu'August avait dit ?

Je m'approchai d'August jusqu'à ce que ma hanche touche sa cuisse, sentant mon loup gratter contre mon enveloppe de peau, désireuse de sortir. Je la bridai ; d'un, parce que je ne voulais pas me déshabiller – oui c'est très stupide... je sais – et de deux, parce que je voulais être solidaire avec August. Sa colère de ne pas pouvoir se transformer agitait le lien.

Les Rivière émirent d'autres sons gémissants. Quand l'une s'approcha, Cole la chargea, la faisant reculer de plusieurs pas d'un coup d'épaule. Le loup marron cria, glapit, et glissa sa queue entre ses pattes.

Le loup à la fourrure claire grogna sur Cole, mais n'attaqua pas. Même si les crocs de Matt étaient découverts, il ne plongea pas en avant.

Cole grinça des dents et le loup face à lui recula. Le jaune émit un hurlement aigu qui attira l'attention des cinq autres. Il fit volte-face et courut à travers les arbres, suivi de ses compagnons.

Matt et Cole attendirent cinq bonnes minutes avant de se retransformer en humains. Une fois la fourrure disparue, ils se relevèrent, les yeux illuminés et féroces.

Les yeux rivés sur leur torse, je demandai :

— Qu'est-ce qu'ils voulaient ?

— Ils disaient qu'on empiétait sur leur propriété ! s'exclama Cole.

— Rhabille-toi.

August ramassa des vêtements sombres dans l'herbe et les lança à Cole avant de se placer devant moi.

— Tu sais que je dois m'habituer à la nudité ? murmurai-je contre ses omoplates qui ressemblaient à des ailes en métal.

Il grogna, alors je lui lançai une pichenette dans le dos. Il me lança un regard sombre par-dessus son épaule.

— Quoi ? demandai-je innocemment.

Il ne dit rien, mais reporta lentement son attention sur les Rogers. Après quelques secondes, je contournai son corps musculeux.

— C'était vrai, on était sur leur territoire ?

— Non. C'est un territoire neutre, expliqua Cole en glissant ses bras dans son tee-shirt. Les Boulder et les Pin ont signé un accord il y a très longtemps sur les frontières. Cette partie de la forêt n'appartient à personne.

Si le terrain était en vente, Aidan Michaels se l'approprierait sûrement avec une enveloppe de cash.

— Qui était là ?

— Alex Morgan, sa sœur Lori... c'est celle que Cole a repoussée. Les quatre autres étaient des Rivière que je ne connaissais pas.

— Pourquoi lui as-tu sauté dessus ? demandai-je à Cole.

— Parce qu'elle essayait de vous sentir.

Je tressaillis.

— De nous sentir ?

— Elle a dit que vous sentiez bizarre.

— C'est le lien d'accouplement, murmura August en ouvrant à peine les lèvres.

Je me tournai vers lui si vite que ma queue de cheval fouetta ma joue.

— Tu crois qu'ils ne sont pas au courant ?

— Si c'était le cas jusqu'ici, maintenant ils le savent sûrement, commenta Matt.

— Ou pas, rectifia Cole en se redressant. L'odeur est assez légère.

— Vraiment ? Tu crois que c'est à cause du Sillin ?

— Soit ça, soit parce que vous ne vous touchez pas. C'est le cas, non ?

Mes joues me brûlèrent.

— Oui, sifflai-je.

Cole leva les mains en l'air.

— Ne m'arrache pas la tête.

— On devrait rentrer, annonça Matt en étudiant les bois comme s'il s'attendait à ce que d'autres loups arrivent.

— Ils ont dit autre chose ?

Matt posa son regard sur l'herbe à mes pieds.

— Rien qui mérite d'être répété.

Je croisai les bras.

— Qu'est-ce qu'ils ont dit d'autre ?

Les Rogers échangèrent un regard.

— Quoi. D'autre ?

— Alex a dit quelque chose sur Sarah, révéla Cole très vite, comme si cela atténuerait la douleur. Il a parlé d'à quel point elle était marrante et a demandé si tu serais intéressée par un plan à trois.

Mon nombril pulsa si fort que je crus qu'il allait surgir hors de mon ventre. August n'avait pas dit un mot ni émis un son, mais son corps déjà crispé devint aussi immobile que les troncs des sapins devant nous.

— Classe, commentai-je.

— Classe ? répéta Matt. C'est tout ce que tu comprends ?

— Qu'est-ce que je suis censée comprendre d'autre ?

— Ta meilleure amie se le tape. Ça te dégoûte pas ?

Je resserrai mes bras devant ma poitrine.

— Si, mais je ne suis pas son chaperon.

Cole échangea un autre regard avec son frère, puis tous les deux me regardèrent de nouveau et, pendant une seconde, je crus qu'ils allaient découvrir la vérité derrière les actions de Sarah. Mais ils secouèrent la tête.

— J'espère que tu n'as pas partagé trop d'informations sensibles avec elle, parce que si elle est prête à coucher avec, elle est sûrement prête à te trahir.

— Elle ne sait rien de trop important.

— Elle sait qu'on est liés, corrigea August.

— Elle ne le leur dira pas.

Je l'avais dit trop vite et avec trop d'assurance.

— Comment tu le sais ? s'inquiéta Matt.

En vérité, je ne le savais pas. Je ne lui avais jamais dit que c'était un secret. J'espérais qu'elle le garderait pour elle-même.

— Qu'est-ce que ça changera si elle le leur dit ?

— Ils me tiendront à l'écart pendant le duel, fit doucement August.

Je levai les yeux vers les profondeurs noisette de ses iris.

— Oui, confirma Cole. Ils s'inquiètent toujours de la réaction des partenaires. Certains deviennent complètement sauvages si leur partenaire est blessé.

— Eric m'a dit que certains partenaires – quand ils étaient tous deux loups – pouvaient contrôler le corps de l'autre, renchérit doucement Matt. Apparemment, cette capacité est liée à combien un partenaire brûle d'envie d'être avec l'autre.

Ouah … Je détournai le regard et frottai mes paumes sur mon short.

— Vous pouvez faire ça ?

— Non, répondit August.

Je fronçai les sourcils vers lui, puis en regardant l'herbe, je me demandai pourquoi il mentait. Avait-il peur que Matt et Cole parlent aux autres de notre capacité ou était-il embarrassé par cette idée ? Puis je compris… ce n'était pas *notre* capacité.

C'était la *sienne*.

Je n'étais *pas* capable de déplacer son corps. Nous avions pensé que c'était parce qu'il était beaucoup plus imposant que moi, mais la véritable raison n'avait rien à voir avec la taille.

Il s'éloigna de moi, ses grandes baskets écrasant la terre à ses pieds.

— On devrait rentrer. J'ai promis à mes parents que je mangerais chez eux.

Je sentis que son désir de quitter cette montagne n'avait rien à voir avec l'heure et tout à voir avec ce que Matt venait de nous dire. August avait-il honte de son désir pour moi, ou était-il en colère que je ne le désire pas autant ?

Je n'avais pas tiré sur le lien depuis la nuit passée dans son lit, mais vu combien mes sentiments pour lui avaient grandi et s'étaient solidifiés, j'étais presque sûre que je pouvais le tirer en bas de la montagne si j'essayais.

Je ne le fis pas, parce que si je faisais bouger son corps, cela détruirait tout ce que j'avais fait pour nous garder éloignés.

Pour rester loin de lui.

CHAPITRE 34

P endant le week-end, j'envoyai à August plusieurs messages pour lui demander comment il se sentait. Il répondit à chacun d'entre eux avec un mot en quatre lettres : *Bien*. Il n'allait pas bien, mais je ne pensais pas que ce soit dû au Sillin.

Pendant le repas du dimanche soir chez Frank, Evelyn n'arrêta pas de me demander ce qui n'allait pas et je prétendis être nerveuse à l'idée de commencer la fac. Jeb raconta des anecdotes sur l'université et évoqua surtout l'incroyable running back qu'il était alors au football américain. Frank, lui, me regardait sans cesse. Il pensait sûrement que mon humeur était maussade à cause du duel imminent.

Pendant le trajet du retour jusqu'à l'appartement, Jeb était si excité que je m'inquiétai que quelque chose ne cloche. Mon oncle n'était pas du genre à être joyeux pour rien.

— Tout va bien, Jeb ? demandai-je, une fois sortis du van.

Il me lança un immense sourire et ses dents étincelèrent au milieu de sa barbe gris-blond. Il y avait vraiment un truc qui ne tournait pas rond chez lui.

— Je sais que ton anniversaire n'est que vendredi, commença-t-il en fouillant dans sa poche, mais je vais te donner ton cadeau en avance.

— Je n'ai pas besoin que tu me donnes un cadeau.

Il émit un petit « tatata », prit ma main et y déposa des clés de voiture.

— L'argent de l'auberge est arrivé, alors je t'ai trouvé quelque chose. Ce n'est pas du neuf, mais le kilométrage n'est pas très élevé.

— Tu m'as acheté une… voiture ?

Ma voix s'était arrêtée au milieu, et j'avais fini ma phrase en vitesse. Il désigna un SUV argenté avec un grand nœud rouge sur le capot.

— La voilà.

Je lâchai un souffle qui ressemblait à un gémissement et Jeb sourit, les yeux brillants. Je me jetai à son cou et le serrai fort contre moi.

— Merci, merci, murmurai-je.

— Je t'en prie, lança-t-il en caressant mon dos. Et si on la sortait pour faire un tour ?

— Oui ! Oui, oui et oui !

Je m'écartai de mon oncle, me dirigeai vers la voiture et passai mes doigts sur la carrosserie brillante et lisse.

Ma voiture.

C'était la mienne.

Jeb souriait toujours.

— Allons chercher de la glace. J'ai vu que notre congélateur était vide, c'en est déprimant.

Je ne pensais pas pouvoir manger quoi que ce soit après le repas d'Evelyn, mais je hochai la tête avec excitation. Je grimpai derrière le volant, ajustai le siège et les rétroviseurs, le cœur exactement comme mon estomac : proche de l'implosion.

LE LENDEMAIN MATIN, gonflée à bloc par la caféine et l'excitation, je me glissai dans ma voiture et montai le son de la musique pour l'accorder à mon humeur.

Je descendis la fenêtre et pris mon temps pour me rendre sur le campus, savourant le ronronnement du moteur et le brin de vent chaud qui faisait voleter mes cheveux. Après m'être garée sur le parking étudiant, je pris une carte du campus et mon emploi du temps dans mon pack de bienvenue. J'étudiai les deux un moment avant de sortir pour me rendre à mon cours d'introduction aux statistiques.

Je passai une main dans mes cheveux emmêlés, me rendant compte que je n'avais même pas vérifié mon reflet dans le rétroviseur intérieur. J'espérai que je n'avais pas l'air d'avoir une addiction à la laque. J'arrivai dans l'amphi avec quelques minutes d'avance et m'assis devant. Alors que je cherchai mon cahier, l'odeur de l'abricot vogua jusqu'à moi, par-dessus celle des déodorants, des cafés et des parfums synthétiques.

— Salut, Amanda, lançai-je sans même lever les yeux.

Elle s'installa sur le siège à côté du mien.

— Tu as dormi, la nuit dernière ? Moi pas, je n'y arrivais pas. J'ai bu l'équivalent de mon poids en café.

Je souris devant son exagération. Elle m'examina sous ses épais cils et plissa les yeux.

— C'est peut-être la première fois que je te vois sourire depuis que tu es rentrée à Boulder.

Mon sourire s'affaiblit.

— C'est un chouette changement. Ça te rend plus… *accessible.*

Un homme plus âgé entra alors, habillé d'une chemise à carreaux rentrée dans son pantalon en tissu. Il posa sa sacoche en cuir sur le bureau devant nous.

Ce qu'Amanda avait dit me troublait. Je ne m'étais jamais fait la réflexion qu'être fougueuse me rendait froide.

— Je croyais que vous, les filles, vous ne m'aimiez pas parce que j'étais… *tu sais*… différente, fis-je à voix basse.

— Ness, nous n'avons jamais eu de problème avec toi. Tu es juste très réservée et un peu susceptible. Mais je pense qu'on le serait tous à ta place.

— Tamara et Taryn ne m'aiment pas, ça, c'est sûr.

Elle pinça les lèvres.

— Taryn est une pute, alors peu importe. Et pour Tamara, tu as plus ou moins volé son copain.

— Il avait dit qu'ils n'étaient pas ensemble, murmurai-je un peu plus fort.

Elle me lança un regard qui disait : *et tu as cru ça ?*

— Je ne savais pas.

Pendant un moment, Amanda étudia mon expression. Quelques minutes plus tard, elle ajouta :

— Elle aimerait beaucoup se remettre avec lui.

Elle n'avait pas dit « *reste loin de lui* », mais j'avais parfaitement entendu l'avertissement.

— Et Sienna ?

— Quoi, Sienna ?

— Est-ce qu'*elle*, elle me déteste ?

Elle approcha sa bouche de mon oreille pour que personne d'autre n'entende :

— Sienna a eu un passage difficile juste après la rupture, mais elle a un cœur d'ange. Et puis, elle m'a dit que ça ne servait à rien d'essayer de garder un homme qui était amoureux d'une autre.

Elle s'écarta pour inspecter mon visage.

— Mais tu le sais déjà, non ?

Mon cœur commença à battre si fort contre mes côtes que je me dis que les oreilles humaines d'Amanda l'entendraient peut-être. Merde, je crus même que notre professeur, occupé à lister les élèves et à leur demander ce qu'ils espéraient apprendre au cours du semestre, l'entendrait.

— Je sais que vous n'êtes pas ensemble à cause de Liam, Matt me l'a dit. Mais si tu veux connaître mon avis, tu devrais peut-être te mettre avec August. Et comme ça, Liam reviendrait vers Tammy.

Je me raidis.

— Quoi ?

Je ne connaissais pas grand-chose aux relations amoureuses, mais se mettre en couple pour améliorer les relations de quelqu'un d'autre n'était pas intelligent.

— Tamara ne devrait pas être le plan de secours de Liam ; elle devrait être son seul et unique plan.

Amara fit la moue.

— Quant à August, c'est mon ami.

— Je croyais… peu importe.

— Qu'est-ce que tu croyais ?

— Que vous aviez déjà franchi cette ligne.

Au même moment, le professeur appela son nom pour qu'elle se présente. J'étais surprise qu'Amanda, qui de notoriété avait la critique facile, ne semblait pas répugnée par la différence d'âge. Elle semblait même plutôt surprise que nous ne soyons plus ensemble. À moins qu'elle n'ait joué la comédie dans l'espoir de pousser Liam dans les bras de Tamara.

CHAPITRE 35

La première semaine était presque terminée quand je croisai Sarah. Elle était avec deux garçons de sa meute, près de l'entrée du Roser Atlas Center[1]. Par réflexe, je faillis agiter la main en la repérant, mais heureusement, je la fourrai à la place dans la poche arrière de mon short.

Elle m'ignora aussi. Cela faisait plus d'une semaine que nous avions commencé à agir comme des étrangères, et cela avait laissé un immense vide dans ma vie, remplie par le travail sur la maison et l'apprentissage de techniques de combat avec Lucas. Liam était passé à la salle une seule fois depuis le jour où il m'avait crié dessus, après ma visite seule chez Cassandra. Lucas était resté vague quant aux allées et venues de notre alpha. J'espérais qu'il apprendrait quelque chose qui nous serait utile pendant le duel, mais il passait peut-être du temps à se rapprocher de Tamara.

L'après-midi ne fut pas différente : je m'entraînai avec Lucas. Nous nous battîmes en loup, et même si j'avais l'impression de m'être améliorée, il était avare de compliments. Honnêtement, je n'en avais pas besoin, mais obtenir des encouragements oraux pourrait être agréable. Non pas que Lucas semblât d'humeur à être attentionné. Depuis l'épisode de l'auberge, il était particulièrement grincheux.

Je supposai que son humeur était due à Sarah, mais je n'abordai pas le sujet ; d'un, parce que je ne voulais pas m'en mêler, et de deux, parce que j'avais peur que la vérité m'échappe pour le réconforter.

Alors que je quittais la salle, il me cria :

— Joyeux anniversaire, Clark. J'espère que tu as prévu une soirée cool.

Il me lança un sourire qui n'atteignit pas ses yeux. Mes doigts se posèrent sur la porte lourde.

— Merci.

Je faillis l'inviter à venir, mais ça aurait été un peu bizarre. Lucas et moi n'étions pas vraiment amis. Si Sarah était venue, en revanche... Je laissai cette pensée partir avant qu'elle ne me déprime. Bientôt, je récupérerais mon amie.

— Tu t'en es bien sortie, aujourd'hui.

Je clignai des paupières.

— Tu viens de me complimenter ?

Son sourire faux se transforma en véritable sourire narquois.

— Uniquement parce que c'est ton anniversaire.

— Hmm, hmm.

Je lui fis un clin d'œil et me tournai pour partir, mais avant, je caressai la porte et lançai :

— Parfois, les choses ne sont pas ce qu'elles semblent être, Lucas.

Il fronça les sourcils. J'espérai ne pas en avoir trop dit et le laissai réfléchir à ma déclaration énigmatique.

Une fois à la maison, je repérai un sac de courses sur le comptoir de la cuisine. Du papier de soie rose en débordait.

— C'est arrivé après ton départ ce matin, annonça Jeb en zappant à la télévision.

Il était déjà habillé pour la soirée d'une chemise en lin et d'un pantalon kaki.

J'ouvris la petite carte attachée aux poignées du sac. Ce n'était pas signé, mais cela disait : *Pour que tu ne portes pas des baskets le soir de ton anniversaire. Tu me manques. XX*

Je souris. Seule une personne avait un problème avec mes baskets, et c'était Sarah. Je retirai le papier et sortis une boîte à chaussures. À l'intérieur se trouvait une paire de talons très hauts de couleur chair. Je fixai les chaussures avant de retirer mes baskets pour essayer mon cadeau.

— Qui t'a acheté ses chaussures ? demanda mon oncle.

— Un ami.

— Quel ami ?

— Just un ami.

Mon pied gauche heurta un bout de papier froissé. Je retirai la chaussure et glissai ma main à l'intérieur pour le retirer.

— Un ami ou un petit copain ?

Je regardai mon oncle.

— Je n'ai pas de petit copain, Jeb.

— Ah bon ?

Je secouai la tête, la main tenant toujours le bout de papier.

— Et Liam ?

— Liam ? demandai-je en m'étranglant. On a rompu il y a un moment.

Le jour de la mort de ton fils... Le souvenir d'Everest m'envoya des décharges électriques dans la poitrine.

Je retirai mes jolis talons et jetai le bout de papier dans la boîte, mais des lignes d'encre noire attirèrent mon attention. Je repris le papier et le défroissai. En lisant les mots, ma respiration se coupa.

Espérant que mon visage ne trahirait pas mes émotions, je lançai :

— Je dois aller me préparer.

Je me précipitai dans ma chambre, composant déjà le numéro de Liam. Dès qu'il répondit, je lâchai :

— Liam, les Rivière viennent chercher le stock de Sillin des Pin. Ils savent où tu l'as caché.

— Comment tu le sais ?

Il murmurait, comme s'il était quelque part où il ne pouvait pas parler.

— Je ne peux pas te le dire, mais tu dois le déplacer.

Il resta si silencieux que je crus que la communication avait été coupée.

— D'accord. Je vais appeler Lucas.

J'allais lui dire au revoir quand il ajouta :

— Bon anniversaire, au fait.

— Merci.

Des gonds grincèrent et j'entendis de l'air à travers le téléphone.

— Tu as prévu quelque chose ? demanda-t-il plus fort, cette fois.

— Juste de manger avec Evelyn, Frank et Jeb.

Je ne précisai pas que les Watt seraient là. Il y eut un autre silence. Attendait-il que je l'invite ? Il soupira et me dit :

— Je t'appelle plus tard.

Puis il raccrocha. Je pensais que la grossesse de Tamara diminuerait ses sentiments pour moi, mais et si ce n'était pas le cas ? Peut-être qu'il lui fallait juste du temps. Ou peut-être que le problème venait du fait que j'étais célibataire.

Peut-être qu'Amanda avait raison. Si j'étais en couple, Liam cesserait peut-être de me voir comme une possibilité.

FRANK, Nelson et Isobel étaient déjà assis à une table à l'arrière du restaurant quand j'arrivai avec Jeb. Les trois se levèrent. Frank et Nelson glissèrent un bras dans mon dos et me chuchotèrent un joyeux anniversaire. Isobel embrassa mes deux joues et me prit dans ses bras aussi fort que ma mère le faisait.

Je sentis un pincement au cœur et quelqu'un d'autre me prit dans ses bras.

— *Feliz cumpleaños, querida.* Tu t'assois là, à côté de moi.

Evelyn m'embrassa le front.

Frank écarta galamment une chaise pour elle. Elle s'assit, puis se pencha et passa son pouce sur mon front.

— Je te laisse toujours des marques.

Ça m'était égal. Je la laissai effacer les marques de bisous, même si j'étais sûre que j'en aurais d'autres avant la fin de la soirée. Le siège vacant au bout de la table me poussa à jeter un coup d'œil à Isobel.

— August vient ?

— Il a dit qu'il était en chemin. Tu es très belle, ce soir, n'est-ce pas, Evelyn ?

— Elle est toujours très belle, répondit Evelyn d'un ton un peu bourru.

Isobel esquissa un immense sourire et se pencha vers moi pour murmurer :

— Rappelle-moi de ne jamais la mettre en colère.

Trent, le propriétaire du *Bol argenté*, arriva. Je me levai pour lui serrer la main et le remercier de nous accueillir.

— C'est un plaisir.

Il ouvrit une bouteille de champagne datant de mon année de naissance, ce qui voulait dire qu'il savait que j'étais mineure, mais il me servit quand même une flûte.

— Un petit cadeau de ma femme et moi, expliqua-t-il en m'adressant un clin d'œil. Profitez bien.

Alors qu'il finissait de servir tout le monde en champagne, la porte du restaurant s'ouvrit. Je n'avais pas besoin de lever les yeux pour savoir qui arrivait, car le lien vibrait, mais je regardai quand même. August sourit à l'hôtesse à la porte, qui lui sourit en retour. Il lui adressa quelques mots et elle gloussa en posant les doigts sur le col V de sa robe. Essayait-elle d'attirer l'attention sur sa poitrine ?

Subtile.

Enfin, elle se tourna et désigna notre table. Les yeux d'August croisèrent les miens tandis qu'elle le menait à nous. J'aurais probablement dû détourner le regard et le fis plus ou moins. Je posai les yeux sur la chemise blanche qu'il avait laissée entrouverte en haut, puis plus bas, sur son pantalon gris foncé qui moulait ses longues jambes musclées.

Je me rendis compte que j'étais aussi subtile que l'hôtesse d'accueil et m'arrachai à lui pour m'intéresser au champagne dans le verre que j'avais posé sur la table sans faire attention.

— Désolée du regard.

Avant de s'asseoir, il embrassa la joue de sa mère, puis sa main agrippa gentiment mon épaule, faisant bondir mon cœur comme s'il voulait rejoindre sa main.

— Joyeux anniversaire, Jolies-fossettes.

Il me tendit un petit sachet. Le cœur toujours en plein vol, je posai mon champagne.

— Tu n'étais pas obligé de m'apporter quelque chose.

— C'est rien.

Il sourit et je sentis que tout allait de nouveau bien entre nous. Il lui avait juste fallu une semaine de messages en un mot pour s'en remettre.

Je défis les liens du sachet, plongeai mes doigts à l'intérieur du velours jusqu'à en sortir quelque chose de chaud et lisse : une gravure complexe d'un palmier, attachée à un anneau en métal. Un sourire apparut à mes lèvres tandis que je caressais le parfait petit morceau de bois.

— J'ai entendu dire que tu avais eu une voiture. Je me suis dit que tu aurais besoin de quelque chose à quoi accrocher ta nouvelle clé.

— C'est un palmier ? demanda Isobel en se penchant pour le voir.

Je hochai la tête et les cheveux que j'avais séchés au sèche-cheveux voletèrent au-dessus de la robe donnée par Sarah. Elle était aussi rouge que le rouge à lèvres d'Evelyn, découvrait une de mes épaules, et était étroite à la taille avant de s'évaser. Elle avait un style vintage qui me faisait penser à quelque chose qu'une star de Hollywood pourrait porter.

— C'est mon arbre préféré, expliquai-je. Enfin, apparemment.

— Apparemment ?

Isobel haussa un sourcil maquillé. Comme ses cheveux, recouverts par une perruque, ses vrais sourcils repoussaient, mais le procédé était lent.

— Apparemment, j'ai dessiné la maison de mes rêves quand j'étais petite et elle avait un palmier au milieu. August me l'a rappelé.

— Je peux voir la sculpture ? demanda Jeb.

Je la lui tendis, et il lâcha des *oh* et des *ah* en examinant les détails avant de la passer à Frank.

J'articulai un *merci* à August, ce qui me valut un sourire ravageur qui fit vibrer mon ventre sous ma robe moulante.

Nelson leva son verre.

— Avant que les plats n'arrivent, nous voulions dire un petit quelque chose. Ness, tu es comme une fille pour Isobel et moi, et même si nous savons que nous ne pourrons jamais remplacer Maggie et Callum, j'espère que tu sais que tu peux venir nous voir pour tout ce dont tu as besoin.

Ma lèvre inférieure trembla.

— Nous serons toujours là pour toi, ma chérie, confirma Isobel.

Cela ne m'aida pas du tout à essayer de garder le contrôle.

— Nelson, tu viens de me voler tout mon toast, piailla Jeb avec une pointe d'humour. Ness, je sais que tu as dix-huit ans maintenant et que, légalement, je n'ai plus ta garde, mais j'espère que tu choisiras de rester avec moi quelques années de plus. J'apprécie vraiment d'avoir quelqu'un dont je peux m'occuper, même si...

Sa pomme d'Adam oscilla sous ses poils gris et blonds.

— Même si tu t'occupes mieux de moi que...

Il s'arrêta brusquement de parler, ses yeux rouges et brillants d'émotion. Alors que Frank tapotait le dos de mon oncle, des larmes coulèrent sur mes joues. Je les essuyai, en espérant qu'elles ne feraient pas couler le mascara que j'avais appliqué.

— Je ne vais nulle part, Jeb, réussis-je à chuchoter. Du moins, pas sans toi.

Il sourit, et mon cœur se serra parce qu'à ce moment précis, il ressemblait énormément à papa. Il n'avait pas ses fossettes, mais il avait le même sourire.

— Il y a six ans, j'ai rencontré une gentille petite fille aux nattes blondes qui ne voulait pas me laisser entrer dans son appartement, intervint Evelyn. Et pourtant, cette même petite fille a fini par me laisser entrer dans son cœur. *Querida*, je n'ai jamais eu la chance de devenir mère, alors je n'ai jamais imaginé que j'aurais la chance de devenir grand-mère, mais tu as fait de ce rêve une réalité.

Adieu mes espoirs de rester stoïque et bien maquillée. Je soulevai ma serviette de table de mes genoux et épongeai les coins de mes yeux, laissant derrière moi de petites taches noires sur le lin pâle.

— Je ne sais pas si je suis douée pour ça, par contre.

Elle baissa le regard vers son assiette décorée et ajouta doucement :

— Je veux ce qu'il y a de mieux pour toi, mais peut-être que je me suis trompée à ce sujet.

Un silence se fit à table. Je me mordillai la lèvre et mon cœur se mit à accélérer. Je priai pour être la seule à savoir à quoi elle se référait.

À *qui*.

— Je suis content que ton père n'ait pas bien supporté le breuvage d'entrée dans la meute, Ness, lâcha Frank.

Evelyn détourna aussitôt le regard de son assiette. Je ris, ce qui changeait un peu des pleurs.

— Et toi, fiston ? demanda Nelson.

— Je réfléchis.

Quelque chose dans l'intensité avec laquelle August me regardait m'indiqua qu'il savait exactement ce qu'il voulait dire, mais qu'il ne voulait pas le faire devant tout le monde. Ça m'allait bien, parce que j'étais sûre que ce qu'il me dirait viendrait droit du cœur et me ferait pleurer… encore.

— Mais ne laissez pas ma réflexion vous empêcher de boire, reprit-il en levant son verre. À toi, Ness.

Sans me lâcher du regard, il but une longue gorgée de champagne.

CHAPITRE 36

Nous mangeâmes trois plats incroyables, suivis du plus délicieux gâteau au chocolat. Quand on l'apporta, illuminé de bougies, tout le monde dans le restaurant chanta et applaudit. D'ici à ce que le café et le thé soient servis, la ceinture de ma robe était semblable à un fil de fer.

J'écoutais une des terribles histoires de cuisine d'Evelyn quand je surpris Nelson en train d'interroger August sur l'heure à laquelle il s'envolait au Tennessee pour aller voir les Torrent.

Il allait retrouver les Torrent ?

Je fus tellement déconnectée de la réalité par la nouvelle de ce voyage imminent que je ne me rendis pas compte que j'avais parlé à voix haute avant que les deux Watt ne se tournent vers moi.

— Ils veulent qu'on leur construise un centre dédié aux loisirs pour les mois d'hiver, annonça Nelson fièrement.

— C'est… c'est…

Je tournai et retournai la cuillère au-dessus de ma soucoupe de thé.

— *Super.*

Ça ne l'était pas, non. Pas du tout. Même si je savais que les Torrent aimaient réellement ce qu'August et Nelson avaient bâti, je savais aussi que la fille de l'alpha avait un faible pour August – plus qu'un faible, même… *argh.* S'il partait, la distance annulerait le lien d'accouplement, et puisqu'il pensait que mes sentiments pour lui étaient entièrement platoniques, rien ne l'empêcherait de recoucher avec elle. Essayant de chasser mon humeur morose, j'avalai le thé tiède et trop infusé qui avait toujours meilleur goût que ma jalousie.

À la fin du dîner, après que tous avaient remercié Trent et étaient sortis du restaurant, Nelson annonça :

— Nous avons un cadeau d'anniversaire pour toi. C'est pour ta nouvelle maison. Dis-moi quand tu auras fini de la retaper et je te l'amènerai.

— Vous n'aviez pas à…

— Tu vas nous laisser te gâter sans rechigner, oui ? demanda Isobel en me tapotant le nez.

— D'accord.

Nelson ouvrit sa portière et elle grimpa sur le siège passager. Avant de refermer la portière, elle me dit :

— Merci de nous avoir invités à cette soirée spéciale, ma belle.

Puis elle me souffla un autre baiser.

Ils ne pouvaient pas remplacer maman et papa – personne ne le pouvait – mais j'avais de la chance de les avoir dans ma vie. La personne avec qui finirait August serait une sacrée chanceuse.

Cette pensée me déprima. D'où me venait-elle, d'ailleurs ?

Evelyn me serra fort et me dit qu'elle m'aimait plein de fois avant de laisser enfin Frank la tirer à l'écart. Seuls Jeb, August et moi étions toujours là, sur le trottoir.

Mon oncle sortit de la poche de sa veste les clés du van, félicita August pour le nouveau contrat avec les Torrent, et m'informa :

— Je vais chercher la voiture.

Nous n'étions pas garés loin, mais j'étais contente de ne pas avoir à marcher avec des talons si hauts que je ne faisais plus qu'une demi-tête de moins qu'August.

Les yeux rivés sur sa barbe de trois jours, je le remerciai de nouveau :

— Merci pour le palmier.

— Je t'en prie.

Son odeur et sa chaleur emplissaient l'air entre nous, m'appelant à m'approcher d'un pas.

— Je l'adore.

Il sourit.

— Tant mieux.

Il inhala profondément, ce qui ne fit que torturer mon cœur.

— Comment tu te sens ? lui demandai-je.

— Je ne peux toujours pas me transformer. Autrement, je me sens bien.

Pendant un moment, aucun de nous ne parla, puis nous le fîmes tous les deux en même temps.

— Comment était ta première semaine de fac ?

— Quand pars-tu ?

— Toi d'abord, fit-il.

— Ma première semaine était très bien.

— C'est une grande étape. On devrait le fêter. Si tu as du temps la semaine prochaine, on pourrait aller manger des glaces à la *Crèmerie*.

Sa suggestion me fit grimacer. J'adorais cet endroit et l'idée d'y aller avec lui, mais c'était un endroit où il m'amenait quand j'étais petite et qui me faisait me sentir plus jeune, comme si je venais de souffler ma treizième bougie et non pas la dix-huitième.

— Bien sûr.

Le van arriva au coin, je commençai à avancer vers le véhicule et m'arrêtai.

— Tu n'as pas répondu à *ma* question.

— Je pars demain matin.

Je serrai le sachet qui contenait mon petit palmier.

— Pendant combien de temps ?

— Deux nuits.

Je déglutis et desserrai ma poigne avant de détruire sa création comme je l'avais fait avec notre relation.

— Hmm, finis-je par dire.

Pas très éloquent, mais c'était mieux que le son blessé qui se formait à l'arrière de ma gorge.

Je titubai sur les quelques mètres qui me séparaient du van, essayant de ne pas trébucher sous le poids de la guerre qui faisait rage en moi. Je m'arrêtai près de la portière, mourant d'envie d'admettre la vérité. Je jetai un coup d'œil par-dessus de mon épaule. August lisait quelque chose sur l'écran de son téléphone.

Quelque chose qui lui arracha un sourire.

La fille de l'alpha des Torrent lui avait-elle envoyé un message ?

— Ness ?

La voix de mon oncle me fit sursauter.

— Je bloque la circulation, ma chérie.

— Pardon, marmonnai-je en entrant.

Je ne regardai pas August en partant, de peur qu'il soit toujours à sourire sur son téléphone.

CHAPITRE 37

— **O**n attaque la dernière couche de peinture demain, m'informa Jeb avant d'aller dans sa chambre. Si on commence tôt, on pourrait avoir tout fini d'ici la tombée de la nuit et emménager le dimanche.

— Seulement si tu prends la plus grande chambre.

— Ness…

— S'il te plaît, Jeb. Je ne peux pas vivre dans leur chambre.

Emménager dans ma vieille maison serait déjà difficile, peu importe combien elle était différente avec de la peinture fraîche et de nouveaux meubles.

— Tu es sûre ?

— À deux cents pour cent.

Il me regarda un long moment avant d'accepter, tout en pianotant sur le cadrant de sa porte :

— D'accord. Passe une bonne nuit, ma chérie. Et encore une fois, joyeux anniversaire.

Quand sa porte se referma, j'attrapai ma fermeture éclair et commençai à la descendre, mais le souvenir d'August souriant devant son téléphone me poussa à la remonter et à attraper mes clés.

Peut-être que ce n'était pas la fille de l'alpha des Torrent de l'autre côté de cette agréable conversation, mais quoi qu'il en soit, je ne le laisserais pas partir sans qu'il comprenne pourquoi je l'avais repoussé.

J'écrivis une note à Jeb, indiquant que j'allais chez un ami. Dix minutes plus tard, j'étais devant la porte de la maison d'August. Je levai mon doigt jusqu'à la sonnette, mais avant que je ne puisse appuyer, la porte s'ouvrit.

August se tenait sur le seuil, sa chemise ouverte, comme si je l'avais surpris en train de se déshabiller.

— Comment… comment tu as su que j'étais là ?

Ma voix s'était arrêtée au milieu de ma phrase, en même temps que mon cœur. Il tapota son ventre nu.

— J'ai ce super détecteur de partenaire intégré. Je crois savoir que tu possèdes le même.

Mon estomac était si emmêlé que je ne sentais pas grand-chose d'autre que mes angoisses exacerbées.

— Je peux… je peux entrer ?

Il ouvrit plus grand la porte.

Mes talons cliquetèrent sur le parquet gris, faisant écho dans l'appartement faiblement éclairé. À la télévision, une image de notre planète depuis l'espace, avançant lentement, éclairait un bout de son logement d'une lueur bleutée. La seule autre source de lumière provenait de son luminaire en verre, suspendu au-dessus de l'îlot dans la cuisine, réglé sur une faible luminosité.

Je fermai les yeux pour me concentrer et faire taire la voix de la raison qui me disait de retourner dans ma voiture et de repartir. Quand j'ouvris les paupières, August était devant moi.

— Ne…

— Ne quoi ?

— Ne pars pas demain.

Il fronça les sourcils.

— Pourquoi ?

— Parce que…

Je glissai une mèche de cheveux derrière mon oreille. J'étais égoïste, je n'avais pas le droit de lui demander ça.

— Parce que quoi, Jolies-fossettes ?

— Parce que je ne veux pas te perdre.

Son regard s'assombrit tellement que je distinguais à peine ses iris de ses pupilles.

— Pourquoi tu me perdrais ?

Je m'humidifiai les lèvres.

— À cause… de la fille de l'alpha. Elle veut t'épouser. Et le lien…

— Tu crois que j'y vais pour me fiancer à Ingrid ?

Ingrid… j'avais oublié son prénom, comme par hasard, mais pas August. Il n'oubliait jamais rien.

— C'est juste pour le travail. (Il pencha la tête sur le côté.) Je me demande quand même pourquoi ça te gêne, puisque tu n'as pas de sentiments pour moi.

L'avertissement d'Evelyn résonnait à mes tempes, mais les mots qu'elle avait prononcés ce soir me revinrent, floutant la ligne entre le bien et le mal.

Je me redressai.

— J'ai menti, August.

Un silence passa avant qu'il ne dise :

— Je sais.

— Quand j'étais loin, je… attends. Qu'est-ce que tu veux dire par *je sais* ?

Son expression s'adoucit, mais il resta sur la réserve.

— Frank m'a appelé, il y a quelques nuits.

Je fronçai les sourcils.

— Frank ? Je ne comprends pas.

— Il t'a entendue parler avec Evelyn le jour où tu es rentrée du Tennessee. Il ne voulait pas s'en mêler, mais tu connais Frank et combien il pense les liens d'accouplement sacrés.

J'écarquillai les yeux.

— Et il a aussi parlé du fait que tu avais l'air de te sentir très mal et que j'étais bête de croire que tu ne voulais pas de moi.

Je ne pensais pas pouvoir écarquiller encore plus les yeux, mais ce fut pourtant le cas. August leva la main pour caresser sa nuque.

— Qu'est-ce que tu veux que je fasse ? Attendre quelques années pour que tu sois *plus prête* ?

Il semblait tellement mis à nu que cela me fit trembler.

— Non.

Il se renfrogna encore.

— Alors quoi ?

— Je veux que tu me pardonnes.

— Pour quoi ?

— Pour avoir menti. Je sais que cela t'a blessé et je me déteste pour ça.

Il laissa sa main retomber à ses côtés.

— Tu crois que je peux rester en colère contre toi ?

— Ne pas rester en colère contre moi et me pardonner sont deux choses différentes.

Il serra la mâchoire. Puis, d'une voix qui me donna la chair de poule, il déclara :

— Je te pardonne.

Mon cœur tambourinait si fort que le tissu de ma robe vibrait. Le lien aussi, probablement. Pendant une seconde, je considérai l'idée de tirer dessus pour amener August à moi, mais et si… et si ça ne marchait *pas* ?

Et s'il ne voulait plus de moi comme ça ?

Mes bras commencèrent à trembler, alors j'agrippai mes coudes.

— Je comprendrais que tu dises non, mais me donnerais-tu une seconde chance ?

Il ne me répondit pas pendant si longtemps que je me demandais si je n'avais pas parlé trop vite, mais ensuite, il fit un pas hésitant vers moi et releva mon menton.

— Seulement si tu promets de ne plus laisser personne, et je dis bien personne – pas même Evelyn, ni Liam – se mettre entre nous. Je me fiche des règles de notre alpha ou de la bienséance en société. C'est entre toi et moi. Personne d'autre. Et même si je ne pourrai jamais te haïr, si tu me brises encore le cœur…

— Quand je te brise le cœur, je brise le mien, murmurai-je d'une voix faible.

Je n'avais pas remarqué que je m'étais mise à pleurer avant que ses pouces n'essuient mes joues. Moi qui croyais que j'avais épuisé le stock de larmes tout à l'heure, apparemment elles étaient infinies.

— Je suis terriblement désolée, August.

Il pressa sa bouche sur la mienne et écarta mes excuses de sa langue. Puis ses mains descendirent le long de mes bras, qu'il dénoua. Il entoura ensuite ma taille. Son odeur serait partout sur mon corps, mais je m'en fichais. Et puis, j'étais sûre qu'avec la grossesse de Tamara, Liam repense-rait à deux fois avant de se jeter dans un duel.

Je me dressai sur la pointe des orteils et agrippai la nuque d'August pour approfondir le baiser et effacer tout espace restant entre nos deux corps. Il éloigna sa bouche de la mienne, mais resta contre moi. Il fit courir ses lèvres sur ma mâchoire, mon cou, la courbe de mon épaule, laissant une chaleur humide sur ma peau sensible.

Je tremblais. Frémissais. Frissonnais.

Quand il leva la tête pour me regarder, je caressai du pouce sa nuque.

— En termes de cadeaux d'anniversaire, ce baiser bat peut-être le palmier. Et c'est dire, vu combien je l'adore.

Il sourit doucement, ses doigts dessinant langoureusement des cercles dans le bas de mon dos.

— Ness, je veux savoir. Qu'est-ce qui t'a fait changer d'avis ?

Je me mordis l'intérieur de la joue.

— Je ne voulais pas que tu ailles quelque part où le lien n'aurait pas d'effet en pensant que je n'étais pas attirée par toi.

Je passai une main dans mes cheveux lissés.

— Je suis vraiment jalouse d'Ingrid. De plus ou moins toutes les filles avec qui tu as été.

— Tu n'as pas à être jalouse.

— Tu plaisantes ? Elles sont toutes encore accrochées à toi. Et elles sont plus vieilles, beaucoup plus expérimentées et…

Il m'embrassa avant de finir pour moi :

— Et aucune d'entre elles n'est toi.

— Tu es sûr que tu ne me veux pas juste à cause du lien ?

Il s'écarta, les tendons à son cou crispés sous mes doigts.

— Quand tu es partie au Tennessee avec Liam, j'avais envie de réserver un avion et de venir te chercher, mais maman m'a dit que c'était la meilleure façon d'effrayer une fille. Alors je suis resté ici à bouder et à imaginer le pire. Et quand tu es rentrée et que tu m'as dit que je ne t'avais pas manqué… c'était comme une balle en plein cœur.

Il grimaça.

— Pardon, répétai-je.

— Je regrette juste qu'on ait perdu tout ce temps, ma chérie.

Il caressa mon nez avec le sien et m'embrassa si tendrement que mes orteils s'enroulèrent sur eux-mêmes. Après un moment délicieusement long, il avoua :

— J'ai aussi une confession à te faire.

— Vraiment ?

— Je suis allé parler à Evelyn, cette semaine.

Je blêmis.

— Je lui ai parlé de mes intentions envers toi.

Je le fixai, horrifiée.

— Tes intentions ?

— Je lui ai dit que, quand je rentrerais, je t'inviterais à sortir, pour un vrai rancard.

— Elle a menacé de t'assassiner ?

Il sourit.

— Non. Elle m'a remercié pour mon honnêteté, puis elle a quitté la pièce.

Son sourire s'effaça et il arbora une expression pensive.

— Je ne voulais pas la fâcher, juste lui montrer que j'étais sérieux à ton sujet. J'espère qu'avec le temps, elle m'acceptera.

— Je crois qu'elle commence déjà.

Il me regarda avec tant d'attention que je frémis de nouveau.

— Quelles sont *tes* intentions ?

Il blottit encore son nez dans mon cou.

— À long terme, je veux que tu sois ma femme, mais tu le sais déjà.

Mon cœur implosa.

— À court terme, je veux te montrer à quel point on est parfaits l'un pour l'autre.

Il lécha mon lobe d'oreille, envoyant une vague de désir chez moi.

— À quel point on est *faits* l'un pour l'autre.

À ces mots, j'imaginai tout plein de scénarios qui impliquaient beaucoup moins de vêtements. Aucun, même.

— Si on utilise des préservatifs, on peut faire l'amour sans consolider le lien, lâchai-je avant de plaquer ma main sur ma bouche.

Je l'avais vraiment dit à voix haute ?

Il s'écarta de moi en agitant ses sourcils, amusé.

— Je l'ai appris au Tennessee, marmonnai-je, les joues brûlantes.

Il m'étudia un long moment avant de retirer ma main de ma bouche.

— C'est ce que tu veux ?

Ma gorge s'assécha si vite que je dus déglutir plusieurs fois avant de pouvoir parler de nouveau.

— Ce n'est pas ce que tu veux ?

— Je te veux toi, répondit-il en levant mon visage. Et je ne veux pas te mentir… Oui, je veux te faire l'amour, mais je ne veux pas qu'on se précipite dans quelque chose pour quoi tu n'es pas prête.

— Je suis prête.

Son regard s'assombrit.

— Je ne veux plus me sentir comme une enfant, August.

Il fronça les sourcils.

— Tu n'es pas une enfant.

Il passa ses mains sur mes côtes et prit mes seins dans ses paumes.

— Je ne sais pas pourquoi tu ne sembles pas y croire, mais tu es déjà en tout point une femme.

— Peut-être que c'est parce que je suis toujours vierge.

Je me pressai contre ses paumes.

— S'il te plaît ?

Il lâcha un grognement rauque, laissa tomber ses mains sur mes fesses, et me souleva. Je hoquetai et mes jambes se refermèrent autour de sa taille par réflexe. Il me porta jusqu'à l'îlot de la cuisine et m'assit sur le bois satiné. La lumière faible au-dessus de lui créait des rayons lumineux autour de son visage.

Debout entre mes jambes, il annonça :

— Je ne te ferai pas l'amour pour que tu te sentes plus femme.

Mon cœur dégringola. Tout dans son corps faisait écho à mon désir. Avais-je mal lu ce qu'il ressentait ? Il traça du doigt le contour de mes lèvres.

— Je te ferai l'amour pour que tu voies que tu en es déjà une.

Il posa ses doigts sur mon cou, puis embrassa le creux à la base, là où étaient allés ses doigts, avant de passer sa langue sur ma peau. Il posa ses mains sur mon dos et ouvrit la fermeture éclair.

De l'air s'échappa de ma bouche en sentant le tissu s'écarter de mon épiderme, dénudant le haut de mon corps.

August se redressa et se délecta de ce qu'il voyait.

— Mon Dieu, comme tu es belle.

Je voulus lever les yeux au ciel ou répondre « Tu t'es regardé dans un miroir ? ». À la place, je retirai sa chemise déjà ouverte et caressai sa peau cuivrée, ses tétons foncés, la grille parfaite formée par ses abdos. Je m'arrêtai sur le renfoncement marqué à sa taille.

Je replongeai mes yeux dans les siens qui brûlaient du même désir que celui qui réchauffait mon sang. Je baissai mes mains vers le bouton de son pantalon et l'ouvris, puis descendis de l'îlot pour que ma robe tombe à mes pieds.

Les pupilles d'August enflèrent, envahissant tout le vert qui les entourait. Il effleura ma peau de ses mains calleuses. Après un moment si calme qu'il en était agonisant, il approcha son visage d'un de mes seins. Il le glissa dans sa bouche et lécha ma peau. Quand il se déplaça vers le second, il descendit ses mains habiles dans mon dos, attrapa la taille de ma culotte noire, et la fit glisser sur mes jambes.

Il me hissa de nouveau sur l'îlot, le souffle si saccadé que sa simple exhalation m'envoyait des vagues de chaleur dans la colonne vertébrale. Quand il s'écarta d'un pas, je serrai les cuisses et recouvris mes seins.

— S'il te plaît, ne te cache pas de moi, mon cœur.

Je me mordis la lèvre et murmurai :

— Tu peux aussi… Je ne veux pas être la seule à être… nue.

Je me sentais bête de lui demander de retirer ses vêtements, mais le poids de son regard me ramenait terriblement à la conscience de mon corps.

Il baissa son pantalon et son caleçon d'un geste rapide. La vue de son intimité soudain exposée, imposante et en érection, embrasa mon être tout entier. J'approchai la main de sa chair soyeuse, refermai mes doigts autour de lui, puis les fis remonter jusqu'au gland.

Il emprisonna mon poignet et retira ma main de son corps.

— Tu as un… préservatif ?

Le coin de sa lèvre se releva.

— Oui, mais on n'en aura pas besoin tout de suite.

Il me poussa en douceur jusqu'à ce que mon dos touche le bois froid, puis il écarta mes jambes et les accrocha à ses épaules. Quand sa langue passa sur moi, je relevai la tête et hoquetai :

— August ! Tu n'as pas à faire ça.

Je ne voyais que ses yeux, et ils brillaient d'amusement et de plein d'autres choses, mais principalement d'amusement.

— Je n'ai pas à faire ça ?

Il avait parlé si près de ma peau délicate que je frissonnai et me trémoussai. Il attrapa mes cuisses pour les maintenir sur ses épaules.

— Oh, j'ai envie de faire ça, commença-t-il avant de passer sa langue sur moi longuement et doucement, depuis le jour où tu es revenue dans ma vie.

Il déposa un baiser sur le cœur de mon sexe qui pulsait.

— Putain, tu as si bon goût, grogna-t-il.

Il se révéla impitoyable et me fit voler en éclats tant de fois que mon corps me sembla fait de nuages et d'étoiles, et non de chair et de sang.

À un moment donné, il reprit son souffle, les lèvres gonflées et humides. Il souleva mon corps désossé, attrapa son portefeuille, et me porta sur le canapé. Il m'allongea avant de sortir un préservatif de son portefeuille. L'enveloppe se froissa quand il la déchira. Avec une curiosité non dissimulée, je le regardai l'enfiler.

— Ness, chuchota-t-il d'une voix rauque, en grimpant sur moi. Les préservatifs... ils peuvent se casser. Ça ne m'est jamais arrivé avant, mais ça peut arriver. Tu es sûre que tu veux faire ça ?

Il était appuyé sur ses bras, le corps contre mon abdomen. Je traçai la forme de Cassiopée sur sa joue, reliant chaque tache de rousseur à la suivante.

— Je n'ai jamais rien voulu plus que ça.

— Mais tu comprends les risques ?

— Je comprends les risques.

Comme il ne bougeait toujours pas, je lançai :

— Tu vas me faire signer un contrat où je stipule avoir compris les risques ?

Il éclata de rire.

—Je devrais peut-être.

Il descendit le long de mon corps pour se positionner à l'entrée de mon intimité.

— La prochaine fois.

La prochaine fois... J'avais l'impression que mon cœur avait fondu et que de petits morceaux voletaient partout en moi.

Il bougea les hanches et m'étira ; j'en eus le souffle coupé. Quand il se retira, les yeux inquiets, je collai mes mains dans son dos, sur sa cicatrice, et le poussai de nouveau à l'intérieur.

Le plaisir se mêla à la douleur. Aucune des deux sensations ne gagna sur l'autre. Elles se battirent jusqu'à la toute fin, jusqu'à ce que son corps s'immobilise dans un frisson au-dessus du mien… *dans* le mien.

En caressant sa cicatrice, je murmurai :

— Tu avais quelque chose à me dire, quand on portait un toast ?

Un sourire apparut à ses lèvres qui sentaient un mélange de lui et moi.

— Oui.

— Je peux l'entendre ?

— Tu peux, fit-il en caressant du nez ma mâchoire.

Comme il n'ajoutait rien pendant un long moment, j'insistai :

— Ce soir ?

Il leva la tête, glissa une mèche de cheveux derrière mon oreille, et de sa voix rauque et chaleureuse, il dit :

— Je n'ai peut-être pas été ton premier choix comme partenaire, mais j'espère que je serai ton dernier.

L'émotion jaillit dans ma gorge si fort que je ne pus répondre avec des mots ; alors, à la place, je levai la tête de l'oreiller du canapé et alignai mes lèvres et les battements de mon cœur aux siens.

CHAPITRE 38

J e me réveillai en sentant l'odeur du café.

Je m'étirai, et chaque seconde de l'épisode de la veille me revint en mémoire. Je me retournai, mais August n'était plus sur le canapé avec moi. La nuit dernière, il avait retiré le dossier du canapé pour faire de la place pour nos deux corps, puis il m'avait attirée contre son torse et nous nous étions endormis peau contre peau.

— August ? appelai-je.

Il ne me répondit pas et je me redressai en position assise, regrettant ce mouvement brusque qui réveilla une trépidation sourde entre mes jambes.

Les pâles rayons du soleil éclairaient la pièce, teintant l'ensemble de lavande et de gris.

— August ? répétai-je.

Était-il parti pour le Tennessee ? Je poussai mes sens pour essayer de repérer un autre battement, mais seul le mien résonna.

Il est parti.

Il s'était levé et était parti, sans même me réveiller pour dire au revoir. Un abattement écrasant comprima mes poumons, rendant ma respiration impossible. Les mains tremblantes, je pris la couverture et l'enroulai autour de moi, puis peinai pour me lever, ce qui intensifia les trépidations.

La porte d'entrée s'ouvrit et mon cœur faillit court-circuiter. J'agrippai plus fermement la couverture.

August entra, un sac en papier brun à la main. Quand il vit ma tête, il referma la porte, jeta le sac en papier sur l'îlot de la cuisine et se précipita vers moi.

— Qu'est-ce qu'il y a ?

Ma lèvre inférieure trembla.

— Je croyais que tu… que tu étais parti.

Il fronça les sourcils, puis sourit, prit mes joues et releva mon visage.

— Juste pour aller chercher le petit-déjeuner.

Quand étais-je devenue cette fille en manque d'attention, prête à pleurer parce qu'on la laisse seule ? Je détournai le regard.

— Je me sens bête, maintenant.

— Pour quoi ?

— Pour avoir flippé.

— J'aime que tu aies flippé. J'avais peur que tu aies des regrets et que tu me rejettes encore.

Il repoussa une mèche de cheveux emmêlés de mon visage. Je levai les yeux vers lui.

— Que je te rejette ? C'était la meilleure nuit de ma vie.

Ses yeux noisette s'enflammèrent.

— En voilà, une chose dangereuse à dire.

— Pourquoi ?

— Parce que je veux t'entendre dire ça tous les matins, expliqua-t-il en posant ses mains en bas de mon dos pour me presser contre lui. Ce qui veut dire que je vais devoir me surpasser toutes les nuits.

Il caressa mon nez avec le sien.

Mon pouls palpita dans mon cou, et plus bas, jusqu'à avoir complètement apaisé la douleur sourde pour la remplacer par un désir ardent.

— Ça me va, murmurai-je.

Ses yeux brillèrent d'un air un peu mauvais.

— Sur une échelle de un à dix, à quel point tu as mal ?

— Mal ?

— En bas.

— Pas trop.

— Pas trop, c'est pas un chiffre.

— Deux.

Il haussa les sourcils.

— Vraiment ?

— Okay, peut-être trois. Et demi.

Mon corps était censé guérir vite. Pourquoi avais-je toujours mal ? D'accord, il était *imposant*, mais...

— Quand tu seras à zéro, dis-le-moi.

Il se rendit dans la cuisine, sortit un panier à pain d'un placard, et y versa les pâtisseries qui sentaient le beurre chaud et la cannelle épicée. Je sentis mon estomac se tordre et gargouiller de manière embarrassante.

— Quelqu'un a faim, commenta August en souriant.

— Je suis affamée. Pas toi ?

Toujours momifiée dans la couverture, je m'avançai vers l'îlot. Il passa la paume sur le bois qui avait absorbé les vagues de mon plaisir.

— Oh si, je meurs de faim.

Mettre deux fers chauds sur mon visage aurait sûrement moins brûlé mes joues.

— Je viens de te faire rougir ? me taquina-t-il.

Je déchirai un bout de roulé à la cannelle et lui lançai dessus.

— Comme c'est mature, Jolies-fossettes. Je croyais que tu étais une vraie femme, maintenant.

— La ferme, marmonnai-je.

Je déchirai un autre bout de la pâtisserie, cette fois pour le manger.

August contourna l'îlot et s'assit sur le tabouret à côté du mien. Toujours en riant, il se pencha et m'embrassa. Cela commença par un simple bisou et devint très vite meilleur.

— Deux, murmurai-je contre sa bouche.

— Quoi ?

— Sur une échelle de un à dix, je suis rendue à deux. Embrasse-moi encore et je descendrai peut-être à un plus vite.

Il inspira avant de se racler la gorge.

— Ton corps a besoin de guérir.

— Mon corps a besoin du tien.

— Il est tout à toi.

— Mais tu pars dans quelques heures.

Ses yeux, qui contenaient toutes les couleurs de la forêt, devinrent soudain sérieux.

— Ness, je ne pars nulle part.

— Tu as annulé ton voyage ?

— Papa va y aller.

Un soulagement stupide m'emplit. Même si j'aurais préféré ronger ma propre jambe que de le laisser aller sur le territoire des Torrent, j'annonçai :

— Si tu as besoin d'y aller avec lui, tu peux.

— Le seul endroit où j'ai besoin d'être, c'est ici avec toi.

Et moi j'étais partie en voyage sans même penser comment il ressentirait mon absence.

— Je ne te mérite pas.

— De quoi tu parles ?

Mes yeux me brûlèrent. Oh mon Dieu, j'étais sur le point de pleurer ? *Encore* ? Qu'est-ce qui ne tournait pas rond, chez moi ? J'allais avoir mes règles ?

— Hé, hé.

Il embrassa mes paupières.

— Je ne sais pas ce qui m'arrive, murmurai-je. Je n'ai jamais été comme ça.

— Comme ça ?

— Aussi avide d'attention.

Il caressa mon visage. Avions-nous consolidé le lien, si bien que je ne pouvais plus être loin de lui physiquement ?

— Tu crois que la capote a craqué ?

Cela expliquerait…

— Elle n'a pas craqué.

Alors pourquoi est-ce que je me sentais comme si je ne pouvais plus respirer quand il n'était pas là ? Pourquoi voulais-je coller mon corps au sien ?

— Tu as l'air un peu pâle.

Je relevai mes cheveux et les tournai sur eux-mêmes.

— Peu importe si je deviens collante, ne me tourne pas le dos, d'accord ?

Il se pencha et agrippa ma nuque.

— Pourquoi tournerais-je le dos à la seule chose que je veux ?

Il m'embrassa, et le lien entre nous se solidifia en une corde épaisse et brillante que je mourais d'envie de tirer, mais que j'avais encore trop peur de toucher. Au bout du compte, je chassai la tentation et la laissai pour une autre fois, quand August serait assez assuré de mes sentiments pour ne pas s'inquiéter du fait que je ne pouvais pas déplacer son corps avec mon esprit.

CHAPITRE 39

J'étais contente que nous soyons un samedi. Au moins, aucun des employés d'August ne serait témoin de ma marche de la honte.

August posa son regard sur moi tandis que nous avancions vers ma voiture.

— Je connais quelques peintres très qualifiés qui travaillent le week-end.

J'ouvris ma voiture.

— Je n'en doute pas.

— Laisse-moi appeler…

J'embrassai sa bouche toujours en mouvement, puis m'écartai.

— J'aime peindre les murs.

— Si ma mémoire ne me joue pas des tours, tu as aussi aimé ce que je t'ai fait hier.

Mes joues s'enflammèrent.

— En effet, oui.

— Et nager dans les lacs, ajouta-t-il en montrant le ciel. Regarde ce temps. C'est parfait pour ce que j'ai prévu.

Peut-être que je pourrais laisser Jeb… *non*. Il fallait que j'aide. Surtout si on voulait emménager demain.

— Tu sais ce que j'aime aussi beaucoup ? Nager au coucher de soleil. Il y a moins de gens.

Ses yeux s'illuminèrent.

— C'est un argument convaincant, concéda-t-il. À quelle heure je passe te prendre ?

— Dix-huit heures. À l'appartement, pour que j'aie le temps de me changer.

Il regarda le ciel avant de reposer les yeux sur moi.

— C'est dans trop longtemps.

Je souris.

— Tu veux nous ramener le déjeuner ?

Il esquissa un sourire.

— Ça, je peux faire.

Il se penchait pour un baiser quand mon téléphone sonna dans mon sac. J'ignorai l'appel, consacrant à August toute mon attention.

Un peu plus tard, il ouvrit ma portière et je m'installai derrière le volant. Puis, il recula et me regarda partir tandis que la corde entre nous s'étirait comme du caramel. À un feu rouge, je sortis mon téléphone de mon sac pour appeler Sarah, puis me rappelai que je ne pouvais plus la contacter.

Ma déception fut rapidement remplacée par de l'appréhension en voyant les trois appels manqués de Liam. Me préparant au pire, je le rappelai. Ce fut Lucas qui décrocha.

— On t'attend à la salle.

— Mais tu avais dit que j'avais ma journée.

Il soupira et baissa la voix :

— Contente-toi de venir vite, Clark.

— Est-ce que les Rivière ont…

— Pas au téléphone.

— D'accord. Je serai là dans vingt minutes.

Le pouls agité, je resserrai ma prise sur le volant et conduisis jusqu'à mon appartement.

Douchée et changée, je frappai aux portes de la salle de sport. Je n'avais pas été conviée à m'entraîner, alors j'avais enfilé un crop top tout simple et une salopette que j'avais achetée pour travailler sur la maison. Une petite part de moi espérait que l'odeur de plastique brûlé de l'apprêt de peinture constellant le jean cacherait l'odeur d'August.

Mais je fis taire cette petite partie. Je n'étais pas là pour cacher ce que j'avais fait ; j'étais là pour défendre mes choix. Si cette réunion était au sujet d'August.

Lucas ouvrit la porte et j'entrai, marmonnant un rapide salut, et marquai un temps d'arrêt en voyant le bleu à sa mâchoire.

— Qu'est-il arrivé à ton visage ? Tu t'es battu ?

Ses yeux bleus brillaient comme du lapis.

— Non. J'ai croisé le poing d'Alex Morgan pour le simple plaisir.

Je me raidis.

— Alex Morgan ?

Je lançai un coup d'œil à Liam pour voir si lui aussi avait été frappé. Son visage brillait de transpiration mais était dépourvu de bleus.

Il posa les haltères qu'il soulevait et me transperça d'un regard qui fit battre mon cœur plus fort.

— Grâce à ton petit message, les Rivière ont suivi Lucas et Matt jusqu'au lieu où nous avions stocké le Sillin. Ils leur ont tendu une embuscade.

— Une embuscade ? hoquetai-je.

— C'était un putain de piège, Ness ! Ils n'avaient aucune idée d'où nous l'avions caché, siffla Lucas.

— Sarah t'a envoyé le message, hein ? demanda Liam.

Mes lèvres tremblaient trop pour répondre. Il se leva du banc de musculation et avança vers moi d'un pas si brutal que je reculai.

— Je t'ai dit qu'elle nous utilisait et tu n'as *pas* écouté.

— Sarah n'aurait pas fait ça…, murmurai-je.

— Comment peux-tu continuer à la défendre ? s'écria Liam.

Je pressai mes paumes sur mes oreilles.

— Je t'entends très bien. Ne crie pas.

— Tu ne m'entendais pas la première fois que je l'ai dit. Peut-être que cette fois-ci, si je le dis assez fort, tu écouteras !

Des postillons touchèrent mon nez. Je grinçai des dents.

— Arrête, Liam !

Sarah aurait-elle pu me piéger pour gagner la confiance des Rivière ? Je ne pouvais pas l'imaginer faire une telle chose. Je priai pour que ce ne soit pas le cas.

— Je lui fais confiance. Elle ne nous aurait pas trahis, pas volontairement. Peut-être que c'est *eux* qui l'ont piégée. Peut-être…

Les yeux de Liam brillaient comme du cuivre frappé au marteau.

— C'est drôle que tu parles de confiance.

J'inspirai.

— Qu'est-ce que c'est censé vouloir dire ?

— Tu as brisé ta promesse.

Sa voix était plate et glaçante, mais pas son visage. Il formait un mélange d'angles secs.

— Je le sens partout sur toi.

Mes poumons se contractèrent et je croisai les bras.

— Tu ne crois pas qu'on ait plus important…

— Nous avions un marché.

— Ce marché allait dans les deux sens.

Sous le musc et la menthe fraîche de Liam se trouvait une autre odeur, une odeur féminine.

— Je ne suis pas la seule à avoir passé la nuit avec quelqu'un, alors ne t'avise pas de me faire des reproches. Tu n'en as pas le droit !

Sa pomme d'Adam tressauta dans sa gorge. Il ne s'était pas rasé depuis des jours, ce qui lui donnait l'air plus vieux et plus sévère.

— Comment va Matt ?

Son état était plus important que cette stupide querelle sur qui avait passé la nuit avec qui.

Liam cligna des paupières.

— Quoi ?

Je me tournai vers Lucas.

— Comment va-t-il ? Il s'est aussi fait frapper ?

— Il est en meilleure forme que moi. Putain d'Alex Morgan. J'étais à ça, fit-il en approchant son index à un cheveu de son pouce, de le tuer. À ça.

— Je suis vraiment désolée que vous ayez été piégés, mais je maintiens ma position. Sarah s'est rapprochée d'Alex Morgan pour nous fournir des informations. Pas l'inverse.

253

Lucas plissa d'abord les yeux, puis secoua la tête, agitant ses longs cheveux noirs.

— Je n'y crois pas, Clark. C'est une Rivière jusqu'au bout des doigts.

La tension devint aussi pesante que le bruit de la ventilation dans la pièce. Nous fûmes interrompus par la sonnerie d'un téléphone.

Lucas le sortit de la poche de son short de sport.

— C'est Frank.

— Décroche et raconte-lui ce qui s'est passé, ordonna Liam.

— Il veut sûrement te parler à t…

— Prends l'appel, Lucas. Et dis-lui que je le rappellerai quand j'en aurai fini avec ça.

Sous-entendu, quand il aurait fini de me remonter les bretelles. Une fois Lucas à l'autre bout de la salle, occupé à raconter le piège des Rivière, Liam reprit :

— Tu ne m'avais pas dit que les Watt seraient à ton dîner d'anniversaire.

— Pourquoi est-ce qu'on en parle encore, Liam ? Et comment tu le sais ?

— Quand Lucas et Matt ont été piégés, tu ne répondais pas au téléphone, alors je t'ai traquée via le lien de sang pour te dire ce qui s'était passé. Ça m'a mené droit vers ce joli petit restaurant.

— Je ne t'ai pas vu.

— Je ne suis pas entré. Je me suis dit qu'il valait mieux ne pas interrompre ta petite célébration.

Il marqua une courte pause et ajouta :

— Tu as trouvé une autre famille et il n'y a pas de place pour moi.

Et moi qui pensais qu'il comptait me réprimander encore une fois. Je sentis ma gorge se serrer.

— Je déteste comment ça s'est terminé, Ness. Je déteste qu'August soit rentré. Je déteste que toi et lui, vous ayez autant d'histoire commune. Je déteste que ce putain de Dieu, quel qu'il soit, ait décidé de vous lier tous les deux ! Pourquoi pas *nous* ? Pourquoi pas nous, putain ? chuchota-t-il d'une voix rauque.

Après sa colère violente, cet éclat d'angoisse me calmait.

— Je ne l'ai pas choisi à cause d'un lien magique entre nous.

— Tu l'as choisi parce que je n'ai pas été à la hauteur.

Comme ma gorge, mon cœur se serra.

— Ta méfiance envers moi m'a brisée… *nous* a brisés… mais elle ne m'a pas poussée dans les bras d'un autre.

— Qu'est-ce que c'était, alors ?

— Quand tu as couché avec Tamara…

— C'était une erreur.

— Ne dis pas ça, le réprimandai-je doucement, mais fermement. C'est la mère de ton bébé, Liam. Et puis, ce n'est pas une fille au hasard choisie dans une boîte de nuit. Tous les deux, vous avez une histoire commune, comme August et moi.

La douleur parcourut le visage de Liam.

— Si je pouvais revenir en arrière…

— Mais tu ne peux pas.

Le silence remplit l'espace caverneux, uniquement troublé par la conversation animée de Lucas.

— Nous devons apprendre à vivre avec nos choix. Et au bout du compte, même si ton intention était de tester mon affection, peut-être que c'était un mal pour un bien. Tu es alpha, Liam. Un alpha avec une très forte personnalité. Tu as besoin d'une femme que tu peux plier sans briser. Je ne suis pas cette femme. Quand quelqu'un essaye de me faire courber l'échine trop fort, je me brise.

Il ricana.

— À l'évidence, tu n'as pas passé de temps avec Tamara. Elle n'est pas soumise.

Je souris.

— Peut-être pas, mais de ce que j'ai vu, elle te vénère.

Il lâcha un soupir agité.

— Le soir où j'ai découvert sa grossesse, j'ai perdu la tête. Je lui ai demandé si elle l'avait fait exprès. Pour me piéger.

— Liam !

— Je sais. Pas mon heure la plus glorieuse, mais j'avais peur. Un bébé ? Tu me vois avec un bébé ? Je peux à peine m'occuper d'une meute d'hommes adultes. Sans oublier *la* femme qui en fait partie.

Il avait ajouté cette dernière partie avec un sourire ironique qui déconstruisit la tension entre nous.

— Tu sais ce qu'elle a dit ? Que si je ne voulais pas de ce bébé, elle l'élèverait seule, sans même me demander d'argent, qu'elle ne me demanderait rien tant que notre fils n'atteignait pas la puberté quand il aurait alors besoin d'entrer dans la meute. Et même là, elle se tournerait vers Matt ou quelqu'un d'autre si je ne voulais pas être impliqué.

Il secoua la tête.

— Tu imagines qu'elle croyait que je ne voulais rien avoir à voir avec mon propre fils ?

— Je ne crois pas qu'elle croyait cela. Elle voulait te donner une échappatoire.

Acculer un homme qui était en partie un animal n'était jamais une bonne idée, et Tamara le savait.

— Ce qui m'amène à penser qu'elle fera une bonne mère, ajoutai-je.

— Je sais.

— Et toi, un bon père.

Il souffla brusquement.

— Je n'en suis pas si sûr.

— Eh bien, j'en ai la conviction pour nous deux. Tu es protecteur, généreux, même s'il te reste à travailler ta patience. Tu as peu de temps.

Un rayon de soleil éclaira son visage, illuminant ses yeux bruns qui semblaient plus ambre.

— Je n'arrive pas à croire que nous venons de parler à cœur ouvert.

— C'est ce que les amis font, affirmai-je.

— C'est ce qu'on est ?

— Je pense qu'on y arrive peu à peu, dis-je en souriant. Tu ne vas pas appeler Cassandra et prévoir le duel demain, hein ?

— Non.

— Bien. Maintenant, à propos du Sillin. Ils ont pris leur stock, mais on a toujours le nôtre, hein ?

Ses traits se durcirent.

— Nous le gardions au même endroit.

— Merde, lâchai-je.

— Oui. Pas ma meilleure décision.

Il se passa la main dans les cheveux.

— Eh bien, j'en ai un peu. Trente-deux pilules.

En fait, je n'avais pas vérifié, mais je n'avais pas repéré de signes d'effraction chez moi, alors ça devait toujours être le cas. Liam hocha la tête.

— Tu peux te transformer ?

Je fronçai les sourcils, puis compris qu'il parlait de l'injection.

— Greg ne t'a pas dit ?

— Ne m'a pas dit quoi ?

— Ce n'est pas à moi qu'il a administré le Sillin.

Les sourcils de Liam descendirent vers son nez.

— August s'est porté volontaire. Et non, il ne peut pas encore se transformer.

Liam pinça les lèvres.

— Tu aurais dû me consulter avant.

— August ne m'a pas laissé le choix. Et puis, je ne voulais pas t'embêter. Je savais que tu avais d'autres choses à gérer.

— La meute passe toujours en premier, Ness. Peu importe quoi.

Je sentis un pincement de regret pour Tamara, parce qu'elle passerait toujours après la meute. C'était peut-être assez pour elle, mais pour moi, ça n'aurait jamais été le cas. Et cela me faisait apprécier August encore plus, parce que je savais avec certitude qu'il me ferait toujours passer en premier.

CHAPITRE 40

C omme promis, August nous apporta à manger le midi. Mais il ne partit pas après. Il releva ses manches et resta tout l'après-midi, prêtant son temps et son expertise aux murs de notre maison, tout en me volant des baisers quand mon oncle avait le dos tourné.

Je peignais tout en gardant en tête l'embuscade qui s'était produite. Je voulais en parler à August et avoir son avis sur la chose, mais j'avais peur de ce qu'il en penserait. Et s'il s'alignait avec Lucas et Liam et insistait sur le fait que Sarah était une traîtresse ?

Quelqu'un d'autre avait-il pu envoyer le message ?

Non, c'était son écriture.

L'avaient-ils forcée à écrire le message ? Mes doigts mouraient d'envie de l'appeler, mais et s'ils l'avaient bien forcée à nous piéger ? Alors recevoir un message de ma part ne ferait que sceller son destin...

La nuit tombait quand j'émergeai de la chambre, pleine d'inquiétude et d'émanations de peinture.

— J'ai fini.

August détourna les yeux de la plinthe à laquelle il ajoutait une dernière couche de peinture.

— J'ai presque fini aussi.

— Moi aussi, renchérit Jeb en passant le rouleau de peinture sur le plafond du couloir.

De la peinture coulait sur son bras et sur la bâche en plastique recouvrant notre sol lustré.

— Ça vous tente qu'on commande chinois ? Je pourrais aller nous chercher quelque chose pendant que la dernière couche sèche.

August croisa mon regard. Je me mordis la lèvre.

— Hum. J'ai, euh… déjà quelque chose de prévu.

Jeb hocha la tête, même si sa déception se voyait sur son visage.

August se leva de son canapé et plongea le pinceau dans le sceau de peinture presque vide.

— Tu pourrais peut-être annuler, Ness ?

Je levai la tête pour croiser son regard et articuler un *merci*.

— Oui. Je peux peut-être retrouver mon ami *après* le dîner.

— Ou peut-être que ton ami peut venir manger ici, ajouta August.

Mon cœur exécuta une souplesse arrière, car inviter ledit ami révélerait son identité.

— C'est bon, Ness, annonça Jeb. Derek est toujours partant pour sortir de chez lui. Laisse-moi l'appeler.

— Tu es sûr ?

— Oui.

Il passa le rouleau une dernière fois avant de le poser et d'aller chercher son téléphone sur le comptoir de la cuisine, également protégé d'une bâche. Il appela Derek, échangea quelques mots avec lui, puis me fit le geste d'un pouce en l'air. Après avoir raccroché, il prit ses clés de voiture.

— Je reviens dans une heure. Ne ferme pas à clé, d'accord ?

— D'accord.

Dès que le van disparut de l'allée, August s'approcha de moi avec un éclat de prédateur dans les yeux qui lui donnait plus l'air d'un loup qu'un homme.

— Tu as de la peinture…

Il plongea ses doigts dans un pot, puis caressa la partie de peau nue sous mon crop top, à mes flancs.

— Juste là.

J'eus la chair de poule sous la peinture blanche qui coulait.

— Ah. Quelle maladroite. J'ai dû me frotter contre un mur.

Il sourit et approcha sa bouche de la mienne.

— Un très grand mur, ajoutai-je.

— Très grand, répéta-t-il. On devrait te laver, et je sais exactement où aller pour ça.

Je levai les yeux au ciel, mais souris quand même, ce qui dissipa le stress qui me poursuivait.

Quand les phares d'une voiture éclairèrent la fenêtre, je m'écartai d'un bond d'August. Jeb entra en furie, le visage si blanc qu'on avait l'impression qu'il avait plongé la tête dans un pot de peinture.

— Ness ! Ness, tu… elle… Lucy…

Je me raidis aussitôt.

— Lucy quoi ? Qu'est-ce qui s'est passé Jeb ?

— Lucy est… chez Aidan.

Il respirait si fort que je ne compris pas les mots qui s'échappèrent ensuite de sa bouche. Je ne compris que le dernier : « tuée ».

— *Tuée* ? Lucy est morte ?

Mon oncle secoua la tête.

— Non. Peut-être Aidan. Elle ne sait pas.

La peau d'August se vida de ses couleurs.

— Que veux-tu dire par elle ne sait pas ?

— La maison d'Aidan. Je dois aller chez lui, murmura Jeb.

Ma peau se hérissa et une fourrure blanche s'échappa de mes pores. Je me transformais. Je repoussai mon loup avant qu'elle ne déchire mes vêtements et coure à travers bois vers la propriété du détestable Rivière.

— Donne-moi tes clés, intervint August, prenant les choses en main. Je vais conduire.

— August, tu ne peux pas te transformer. J'irai avec Jeb…

Il me lança un regard noir qui me fit taire.

— Comme si j'allais te laisser partir sans moi. Monte dans le van.

Nous courûmes tous dehors et montâmes dans la voiture. Mon oncle murmurait pour lui-même. J'essayai de distinguer ce qu'il disait, mais ses mots étaient brouillés. Je me penchai entre les sièges avant et annonçai :

— On devrait appeler Liam.

August plissa les yeux sur la route sur laquelle nous avancions à toute vitesse.

— J'ai envoyé un message à Cole.

Quand ? Je ne l'avais même pas vu utiliser son téléphone. Il détourna le regard de la route pour me regarder.

— Quand on arrivera là-bas…

— Ne me dis pas de rester dans la voiture.

Il reporta son regard vers le pare-brise et tourna si vite que j'enfonçai mes ongles dans son appui-tête pour rester droite. Il vira encore, puis le van s'élança dans la longue allée menant à la maison toute de verre et de bois d'Aidan. Ma tante était sur le palier, tremblante comme une poupée de papier.

Jeb ouvrit à la volée la portière passager et bondit hors de la voiture avant qu'elle ne s'arrête complètement. Il courut vers son ex-femme et la prit dans ses bras.

August se retourna sur son siège.

— Ness…

— Ensemble. On y va ensemble.

Je sautai sur le siège passager et sortis par la portière toujours ouverte. August contourna le capot de ses longues enjambées. Entre deux sanglots qui lui déchiraient la poitrine, ma tante dit :

— Il est en bas. Avec un couteau dans la gorge.

— Lucy ! s'exclama Jeb, bouche bée de terreur.

— Il a aidé Alex Morgan à tuer notre fils, Jeb. Je l'ai surpris en train de plaisanter là-dessus. Il en *riait*.

Mon oncle lâcha un son peiné tout en ramenant son ex-femme à lui.

— Je suis allée voir la police. Ils m'ont demandé des preuves. J'ai dit qu'Aidan avait placé un GPS sur la Jeep. Ils m'ont rappelée en prétendant avoir été à la fourrière voir la voiture et n'avoir rien trouvé.

— Oh, Lucy. La police… ils sont tous corrompus. Tu aurais dû venir nous voir nous.

— Vous me détestez, fit-elle d'une voix tremblante. Vous me détestez tous.

— Lucy…

Il la serra plus fort contre lui.

— Reste là avec elle, lança August à mon oncle dont le visage était aussi pâle que sa barbe.

J'avançais vers la porte quand Lucy m'appela. Ses paupières étaient si enflées que ses yeux ressemblaient à deux trous d'épingle.

— Je suis désolée pour… pour tout.

Des larmes coulaient le long de ses joues, se mélangeant aux éclaboussures de sang.

— Everest était mon bébé. Il ne pouvait rien faire de mal à mes yeux.

Les lèvres de mon oncle tremblèrent.

— Mais il en a fait beaucoup. Et je l'ai aidé. Et maintenant, il n'est plus là.

Le corps de Lucy trembla de nouveau, faisant cliqueter tous ses bracelets. Les excuses de ma tante étaient si inattendues qu'elles me figèrent sur place.

— Ness…

L'urgence dans la voix d'August brisa l'enchantement.

— Fais-la sortir d'ici, Jeb. Au cas où…

— Nous vous attendrons.

— Jeb, si elle l'a tué, les Rivière la traqueront.

Lucy lâcha un gémissement et le visage de mon oncle se tordit de doute.

— Allez-vous-en ! sifflai-je.

Il sursauta, puis tira sur le bras de son ex-femme et la guida vers la voiture. Après avoir fermé la porte, il courut vers moi et m'écrasa contre son torse.

— Je reviendrai te chercher. Je te le promets, murmura-t-il.

Je hochai la tête.

— Protège-la. Et fais attention à toi.

Il s'écarta et retourna en courant à la voiture. Le van se mit en route et je priai silencieusement le ciel que quelqu'un veille sur eux pour qu'ils ne finissent pas dans un fossé comme leur fils.

J'observai la voiture tourner avant d'entrer dans la maison derrière August. Dès lors, je poussai mes sens à la recherche d'un autre pouls que le mien qui tambourinait. Une faible palpitation résonna à mes oreilles.

— Tu as entendu ça ? murmurai-je.

August hocha la tête, son regard plissé parcourant la maison. Des gémissements canins et des grattements s'ensuivirent.

— C'est juste ses chiens.

Il leva quand même le parapluie qu'il avait attrapé derrière la porte d'entrée, le positionnant au-dessus de sa tête comme une batte de baseball, avant d'avancer vers une porte ouverte.

En comprenant qu'il suivait les traces d'empreintes ensanglantées, je sentis mon estomac se contracter.

— Reste derrière moi, Ness, dit-il en avançant.

Nous traversions la cuisine à carreaux noirs et blancs, très fortement éclairée. La seule couleur dans la pièce était un tableau abstrait d'un jaune néon sur le mur opposé et les gouttes pourpres sur le sol brillant. En passant devant le rangement des couteaux, j'attrapai une petite lame qui faillit s'échapper de mes doigts maladroits. L'odeur du sang arriva jusqu'à moi, et mes poumons se contractèrent.

August était calme, son pouls s'accélérait à peine, comme une personne habituée à la vue du carnage, une personne habituée à pénétrer dans une maison et à chercher des criminels et des corps. De la tête, il indiqua une porte tachée d'empreintes de doigts, entrouverte, comme une plaie béante.

Était-ce la trace des mains de Lucy ?

La nausée fit danser des points monochromatiques devant mes yeux. Je voulais voir l'homme mort, et pourtant, l'idée de le trouver baignant dans une mare de sang me tordait le ventre. J'agrippai l'îlot en marbre noir d'une main avant de défaillir. Le couteau tremblait dans mes mains et j'eus des haut-le-cœur, mais rien ne vint.

August siffla mon nom.

— Je vais bien, murmurai-je en clignant des yeux pour y voir clair.

Son regard inquiet se posa longuement sur moi ; il ne me croyait pas.

— Je te le promets.

Une nouvelle longue seconde s'écoula avant qu'il ne lève la main vers la porte et ne l'ouvre. Les gonds grincèrent comme dans les films d'horreur. Il toucha son oreille et je compris qu'il me demandait d'écouter. Je fermai les yeux et me concentrai.

Une palpitation faible, mais régulière, me fit ouvrir les yeux.

Soit quelqu'un d'autre était dans la maison, soit Aidan Michaels n'était pas mort.

August hocha la tête en signe de compréhension, puis il commença à descendre l'escalier au moment où un bras se nouait autour de ma gorge.

Je criai, tirée en arrière.

August fit volte-face et remonta les marches aussitôt, mais se figea sur le palier.

— J'ai appelé Sandy…, fit Aidan contre mon oreille. Elle est en chemin. Alors avance… et pars tout de suite, Watt.

Son discours était irrégulier, comme s'il faisait un bain de bouche. Quelque chose d'aiguisé toucha la peau de mon cou. Sans bouger un muscle, je baissai les yeux et repérai une lame brillante imbibée de sang. Je repensai à mon propre couteau et repliai les doigts, mais je me rappelai alors l'avoir fait tomber.

— Lâche Ness et on partira, ordonna calmement August.

Aidan ne me lâcha pas. La lame entailla même ma peau. Pendant une brève seconde, je me demandai si Lucy ne nous avait pas piégés, mais la douleur dans ses yeux… ses excuses… *Non*, elle avait vraiment essayé de tuer cet homme.

— Tu me prends… pour qui ?

La voix d'Aidan était hachée et lente.

— L'idiot du village ? Ness restera avec moi… jusqu'à ce que ma meute arrive… pour être sûr qu'aucun… Boulder ne m'attaque.

Quelque chose de chaud coula le long de mon cou, puis sur ma clavicule.

Je devais m'échapper de la prise d'Aidan. Je me concentrai, essayant de forcer ma magie à faire pousser des griffes et des crocs. Mon cou s'épaissit et se dota de fourrure, et le couteau s'enfonça plus profondément dans ma chair, m'arrachant un cri.

— Ne te transforme pas, me menaça-t-il.

Sa respiration puait la mort. Des hurlements retentirent à l'extérieur et Aidan posa les yeux vers l'entrée.

Si sa meute était là…

Je fixai August, les yeux embrumés de larmes.

Si les Rivière étaient là… ils allaient…

Je frémis, incapable de me résoudre à imaginer ce qu'ils nous feraient.

CHAPITRE 41

— C 'est ta dernière chance, Michaels. Lâche-la ou meurs.
        Mon ventre palpitait sous la colère à peine contenue d'August.

Des griffes cliquetèrent dans l'entrée et Aidan me tira en arrière, resserrant sa prise sur mon cou qui était de nouveau long et fin, délicat… humain.

Trois bêtes poilues firent irruption dans la cuisine, les yeux brillants, le corps crispé, les queues à l'horizontale.

Les Boulder. Ce n'étaient pas les Rivière !

Les yeux brillants et jaunes du loup noir croisèrent les miens et le soulagement m'envahit.

Nos loups étaient venus. Pas ceux d'Aidan.

J'utilisai la distraction à mon avantage.

Ordonnant à mes ongles de se transformer en griffes, je bougeai les hanches sur le côté et frappai ma patte entre les jambes d'Aidan. Quand mes griffes acérées percèrent le tissu de son pantalon et trouvèrent la peau, il lâcha un cri suraigu et le couteau s'éloigna de ma peau. Je fis volte-face, me rappelant ce que Liam m'avait appris, et glissai le bras en mouvement d'Aidan sous mon aisselle, m'agrippant de mes deux mains à son coude pour l'immobiliser.

Son visage couvert de sueur devint un mélange de blanc et de rouge. Il souffla, et agita son poignet. La lame égratigna mon épaule avant de claquer au sol.

Soudain, son corps fut arraché de ma poigne et soulevé en l'air. Même s'il était toujours sous forme humaine, August grognait aussi fort que les loups nous entourant. Il renversa Aidan, le projeta torse contre sol, et lui enserra les épaules d'un bras avant d'attraper son menton.

Les yeux d'Aidan étaient exorbités derrière ses lunettes de traviole sur son nez.

Notre alpha aboya, puis cria dans notre esprit : *STOP ! Ne le tuez pas !*

August fixa Liam, puis mon cou, observant la coupure qui devait être profonde puisque le sang coulait encore. D'un geste sec du poignet, mon partenaire brisa le cou d'Aidan.

NON !

La voix de Liam explosa à l'intérieur de mon crâne. August lâcha les épaules d'Aidan et le corps sans vie de l'homme qui avait détruit ma famille s'effondra. Sa joue frappa le sol comme un poisson mort, ses lunettes cliquetant dans la pièce comme une boule de Noël qui se casse.

Je plissai les yeux vers son torse pour voir s'il se soulevait. N'étions-nous pas plus difficiles à tuer que ça ?

Dans un murmure rauque qui couvrait à peine les aboiements de Liam, je demandai :

— Il est… ?

Ignorant notre alpha, August enjamba le corps sur le ventre.

— Oui. Il est mort. Il ne te fera plus jamais de mal. Il est parti.

Mon cou comme mon ventre me brûlaient, l'un à cause du sang, l'autre à cause de la rage et de la peur. Les restants d'adrénaline me faisaient trembler si fort que mes dents claquèrent. Tous mes os semblaient claquer.

— Tu es sûr ?

— Mon cœur, j'ai brisé sa trachée. Même nous, on ne peut pas…

Un *outch* guttural lui échappa tandis que nous étions projetés en avant, contre la peinture jaune au mur. Il protégea de sa paume l'arrière de mon crâne et ses phalanges accusèrent le coup.

Qu'est-ce que ?

Je regardai par-dessus son épaule et découvris Liam de nouveau humain, son regard incendiaire creusant un trou dans le dos d'August.

— Liam ! hoquetai-je.

Au même moment, August fit volte-face, les muscles tendus sous sa peau.

Notre alpha le frappa à la mâchoire.

— Qu'est-ce que tu ne comprends pas dans non, Watt ?

— Aidan était une menace envers la meute et Ness. Il ne méritait pas de vivre. Nous aurions dû le tuer il y a six ans ! grogna August.

— Tu ne te rends pas compte de ce que tu as fait, hein ? s'écria Liam.

— J'ai neutralisé une menace.

— Neutralisé une menace ? On n'est pas dans la marine, putain, Watt !

— Calme-toi, Liam, intervins-je.

— *Calme-toi ?*

Il tira sur les racines de ses cheveux comme pour les arracher de son crâne.

— Tu ne te souviens pas ce qu'on a promis à Morgan, Ness ?

Ce qu'on a promis à Morgan ? Qu'avions-nous promis ?

Oh…

Le souvenir me frappa, et la culpabilité jaillit.

— Oui, fit Liam en agitant la tête un peu comme un fou. J'espère que tu es prête à te battre, parce que maintenant, c'est eux qui décideront de tout.

— De quoi parlez-vous ? demanda August.

— Du fait qu'on a promis à Morgan qu'aucun mal ne serait fait à son fils ou à son cousin avant le duel ! Je parle du fait que, si l'un d'eux mourait de notre main, le choix de la date leur revenait ! Voilà de quoi je parle !

Des postillons jaillissaient de la bouche de Liam pour s'écraser sur la mâchoire serrée d'August.

— Lucy…, murmurai-je en levant les doigts à ma nuque moite de sang. C'est elle qui l'a attaqué. Ce n'est pas une Boulder. On peut lui mettre le meurtre sur le dos.

Les narines de Liam palpitèrent. Ses épaules se soulevaient et se rabaissaient toujours aussi fort, mais son cœur ralentissait. J'en sentais les échos dans mon propre cœur.

— Nos odeurs sont partout sur Aidan.

— On pourrait le brûler avec sa maison.

La nouvelle voix me fit lever les yeux par-delà le bras rigide d'August. Cole était accroupi devant la silhouette sans vie d'Aidan, habillé de la tête aux pieds, ce qui m'indiquait qu'il était venu en voiture. En revanche, Matt et Lucas à côté de lui étaient tous les deux en fourrure.

— Aidan a dit qu'il avait appelé les Rivière. Qu'ils étaient en chemin.

— Il bluffait, intervint August d'une voix plate.

— Comment tu le sais ?

Je contournai August dont la colère avait transformé les yeux, les vidant de leur éclat naturel.

— J'ai côtoyé assez de gens comme lui.

Le lien vibrait entre nous tandis qu'il examinait mon expression. Je compris qu'il essayait de jauger ma réaction à la chaîne d'événements qui suivrait la mort d'Aidan. J'avais peur – nous n'étions pas prêts à affronter les Rivière – mais j'étais aussi reconnaissante que justice ait enfin été faite. J'attrapai son poing noué à côté de ses cuisses et ouvris sa paume pour y glisser la mienne.

— August a raison. Ils seraient déjà là s'il les avait appelés, ajouta Cole.

Liam recula.

— Brûlez la maison, ordonna-t-il avant de se retransformer.

Il se tordit le cou et me regarda de ses yeux jaunes.

Espérons qu'ils croiront que Lucy a tout fait toute seule. Cole, appelle Rodrigo. Dis-lui de retarder les pompiers autant que possible.

Il fit volte-face.

Garde ton téléphone allumé, Ness. Je vais essayer de contrôler les dégâts. Si jamais je ne peux pas...

Il laissa sa voix en suspens, mais j'entendis les mots qu'il n'avait pas dits.

Si jamais il ne pouvait pas raisonner les Rivière, on serait à leur merci.

CHAPITRE 42

J e tirai sur la main d'August, essayant de le déloger de là où il était, près de Cole, à regarder le feu dévorer la maison d'Aidan. Ils avaient jeté divers produits chimiques dans la maison, sur les rideaux onéreux qui encadraient ses grandes fenêtres, sur les meubles en bois. Les flammes suivirent la trace des produits inflammables, gagnant en avidité.

J'avais entendu le hurlement des chiens. J'avais cassé la fenêtre dans le bureau où lui ou Lucy les avait enfermés, espérant qu'ils réussiraient à sortir. Je n'avais pas osé ouvrir la porte, de peur que leur maître leur ait appris à sentir le sang Boulder et attaquer.

— Il faut y aller, annonça Cole en s'avançant vers sa berline bleu marine.

August monta à l'arrière avec moi, le bras serré autour de mes épaules.

— Je suis contente qu'il soit mort, murmurai-je pour qu'il arrête de se torturer.

— C'était la bonne décision, commenta Cole en accélérant.

August grogna et reporta son attention sur le ciel sans lune. Même les étoiles semblaient plus sombres, ce soir. À un moment, il posa ses doigts sur son nez et ferma les yeux. Je pris son menton dans mes mains.

— Regarde-moi.

Il s'exécuta.

— Ma tante a fui. Après avoir fait ami-ami avec lui, elle a fui. Ils feront le lien et l'accuseront.

— Et s'ils ne le font pas, Jolies-fossettes ? Et s'ils ne le font pas ?

— Nous allions les affronter, de toute façon. Ce n'était qu'une question de jours.

Il lâcha un grognement rauque et frappa l'appui-tête du siège passager, vide.

— On ne connaît même pas les résultats de l'injection de Sillin. Et si ce n'est pas comme ça qu'elle a triché ?

— Peut-être que Sarah a découvert quelque chose.

— Sarah ? demanda Cole. Je croyais qu'elle était passée chez l'ennemi.

Bien sûr qu'il croyait toujours ça.

— Je sais que c'est ce que pensent Liam et Lucas, mais pas moi.

Le regard de Cole croisa le mien dans le rétroviseur interne.

— Elle nous a piégés pour qu'on aide sa nouvelle meute à voler le Sillin.

August fronça les sourcils, et je racontai tout ce qui s'était passé, du message caché dans mon cadeau d'anniversaire au vol du Sillin.

— Pourquoi tu ne me l'as pas dit avant ?

— Parce que je ne voulais pas t'inquiéter, marmonnai-je.

Il se tourna pour m'examiner, les yeux plissés.

— Ça ne m'aurait pas inquiété. Ce qui m'inquiète, c'est que tu portes le poids de cela toute seule. Je suis là pour toi, fit-il en repoussant une mèche de cheveux de mon visage.

Il sera toujours là pour moi.

Je tentai un sourire, mais échouai misérablement. Il s'adossa de nouveau contre le siège et m'attira à lui.

— Cole, tu peux la contacter ?

Ma voix était rauque, comme si le couteau avait endommagé mes cordes vocales. Il me scruta un long moment avant de proposer :

— Je peux lui envoyer un message d'un numéro éloigné en rentrant. Que veux-tu savoir ?

— Si elle va bien.

Je regrettai de ne pas avoir demandé à Lucy. Je sortis mon téléphone et appelai Jeb. Cela ne sonna même pas, ce qui voulait dire qu'il l'avait éteint. À moins qu'il l'ait jeté pour ne pas être traqué.

— Et peut-être...

Je tournai et retournai mon téléphone dans ma main.

— Peut-être si elle a découvert la façon dont ils comptent utiliser le Sillin.

Il hocha la tête.

Tout avait dégénéré si vide, et pourtant, j'avais peur que nous n'ayons pas encore touché le fond.

Très vite, Cole arriva à l'entrepôt et se gara.

— Je vous appellerai si j'ai des nouvelles.

— D'accord.

Je sortis derrière August. Cole s'en alla et mon partenaire glissa un bras à ma taille. Ensemble, nous avançâmes jusqu'à sa porte. Il tapa le code et elle s'ouvrit. Après être entré, il me lâcha et alla allumer les lumières.

— Partons. Toi et moi, dit-il précipitamment. On peut partir ce soir.

— August, je ne peux pas partir.

— Alors tu veux voir Liam mourir ?

Je déglutis.

— Liam ne mourra pas.

— Ness...

— Il ne mourra pas. Il est plus fort que tu ne le crois.

— La force ne l'aidera pas si elle triche !

— Ne crie pas, August.

Il se laissa tomber dans un fauteuil et glissa sa tête dans sa large paume tachée de sang.

— Je suis désolé, murmura-t-il. Pardon.

Je m'avançai jusqu'à lui et posai ma paume sur son dos voûté. Il soupira longuement, puis il m'attira sur ses genoux et me serra dans ses bras, blottit son visage contre ma clavicule. Après plusieurs minutes silencieuses, il s'écarta et examina mon cou blessé. J'avais sûrement l'air de m'être échappée du plateau de tournage d'un film d'horreur.

— Je parie que ce n'est pas comme ça que tu avais imaginé notre soirée romantique au lac, lançai-je en glissant mes doigts sur sa nuque.

Il grogna, et je lui envoyai une pichenette. Même si cela éclaira ses yeux d'une petite lueur, ce n'était clairement pas assez pour disperser les ombres qu'ils recelaient.

Je me levai et tendis la main.

— Allez. Allons laver tout ce sang.

Il souffla, prit ma main et se leva. En chemin vers la salle de bains, il dit :

— Il faut qu'on brûle nos vêtements.

C'est vrai. Ils étaient recouverts du sang d'Aidan.

August arracha son tee-shirt, son jean et son caleçon, et laissa tomber le tout dans l'évier de la cuisine. Pendant que je dégrafais ma salopette et retirais mon crop top, il marcha vers le mur et utilisa une canne pour ouvrir deux des petites fenêtres en oscillo.

Même si ce n'était sûrement pas le moment d'apprécier son corps nu, je ne pouvais m'empêcher de le mater.

— Tes sous-vêtements aussi, ordonna-t-il en revenant vers moi.

— Mes sous-vêtements ?

— Ils sentiront la fumée.

Je me mordillai la lèvre, baissai ma culotte au sol, puis l'attrapai et la rajoutai à la pile sale. Il attrapa une bouteille de vodka dans son frigo, en imbiba le tissu, puis alluma une allumette et la jeta dans l'évier. Des flammes s'élevèrent et s'étalèrent, consumant les dernières pièces de cette terrible nuit.

— Vas-y. Je vais garder un œil sur le feu jusqu'à ce qu'il s'éteigne.

Espérant que le spectacle le débarrasse du reste de son angoisse, j'allai dans la salle de bains et entrai dans une énorme douche.

L'eau chaude jaillit du pommeau, coula sur mes cheveux et ma peau, retirant le sang et la fumée. Je fermai les yeux et ne bougeai pas pendant un long moment. Comment étions-nous passés de la peinture à l'incendie criminel ?

Je touchai mes flancs et sentis la peinture blanche qui y avait séché. De larges doigts écartèrent mes mains et se posèrent sur mes côtes. J'ouvris les yeux, mais ne me retournai pas. August attrapa un savon vert qu'il frotta sur mon corps. Sur ma clavicule et mes épaules, il transformait en mousse le savon à l'odeur du santal et du bois. Quand sa paume toucha ma nuque, je grimaçai, et il adoucit ses gestes. Sans dire un mot, il passa le savon sur mes seins, mon ventre, avant de caresser en cercle ma peau savonneuse.

Quand ses mains descendirent plus bas, je posai ma joue sur son épaule et refermai les yeux. Des sensations s'élevaient par-delà la vapeur, se déversaient dans mes veines, réchauffant mon sang avant de faire vibrer mon estomac et d'exploser dans ma poitrine. Je me détendis contre le torse ferme d'August ; ma respiration s'apaisait tandis que ses doigts bougeaient sur mon corps. Sa bouche se posa sur la mienne, j'ouvris mes paupières lourdes, et levai la tête.

Le sable et le vert se mélangeaient tandis qu'il m'observait, me regardait en train… d'attendre.

La pression était montée et avait enflé, et je planais au-dessus d'une falaise, dans un lac de lune et d'étoiles, cette sensation extraordinaire occultant l'horreur de mon étrange monde.

Mon corps se détendit, mes gémissements se firent plus silencieux, et il me retourna dans ses bras, ma peau mouillée glissant sur la sienne comme de la soie. Je nouai mes mains à son cou penché et me dressai sur mes orteils, guidant ma bouche vers la sienne. Notre baiser fut doux au début, mais rapidement, ses lèvres écrasèrent les miennes, me dévorant comme l'avaient fait les flammes sur le corps de ce monstrueux Rivière.

CHAPITRE 43

La douche avait débarrassé August d'une couche de stress, ce qui ne voulait pas dire pour autant qu'il était calme. Il était tout sauf calme. Son agitation empira quand mon téléphone sonna, laissant apparaître le nom de Liam à l'écran.

Je décrochai, mis en haut-parleur, et m'assis sur le canapé. August glissa un bras autour de moi et m'attira à lui. Il y eut un bruissement, comme si Liam retirait sa veste.

— Je reviens de l'auberge.

— Et ? demandai-je.

— Et le duel se produira demain soir.

Les doigts d'August se crispèrent à ma taille.

— Ils n'ont pas cru que c'était Lucy ? demanda-t-il.

Pendant un moment, Liam ne répondit pas, comme s'il n'avait pas prévu que j'aie de la compagnie.

— Oh, si. Elle y a cru, Watt. Apparemment, Lori avait averti sa mère plusieurs fois que Lucy était malintentionnée.

Je clignai des yeux.

— Alors pourquoi est-ce qu'on se bat demain ?

— Parce qu'elle m'a demandé d'appeler Jeb pour qu'il amène Lucy chez elle et j'ai refusé de sacrifier ta tante.

Je ne dis rien. Quelque chose résonna à l'autre bout du fil. Une chaussure, peut-être.

— Tu préfères que j'appelle Jeb pour la livrer ?

— Non.

Lucy était loin d'être ma personne préférée, mais son courage pour venger son fils avait changé mon opinion d'elle. Et puis, je ne pouvais pas faire ça à Jeb. Un divorce n'avait sûrement pas effacé des années de tendresse et d'amour.

Liam soupira.

— C'est ce que je pensais. Viens demain matin pour qu'on puisse trouver comment gagner ce putain de duel.

— Tu veux que je vienne maintenant ?

Ma voix n'avait pas le même son que d'habitude.

— Non. J'ai besoin de temps pour réfléchir.

— Essaye de dormir, murmurai-je.

— Toi aussi.

Je ne pensais pas pouvoir dormir. Ni que Liam puisse le faire.

— Je suis désolé qu'il ait fallu autant de temps pour venger ton père, Ness, s'excusa-t-il. Je suis désolé d'avoir été trop lâche pour le faire moi-même.

J'avalai la boule d'émotions qui montait dans ma gorge.

— Tu n'es pas lâche.

Il lâcha un soupir.

— Liam, quand tu as été à l'auberge, as-tu vu Sarah ? demandai-je.

— Non.

L'inquiétude me fit manquer plusieurs battements.

— Tu leur as parlé de notre Sillin ?

— Oui. Ils ont dit qu'il était à eux.

— Ils ont pris plus que…

— Je n'étais pas en position de négocier !

La culpabilité affleura en moi.

— Je te verrai demain, lâcha-t-il de manière un peu bourrue.

Il raccrocha. August posa ses lèvres à ma tempe. Et soudain, il se leva et me fit me lever.

— Va dans la cuisine.

Je fronçai les sourcils.

— Quoi ? Pourquoi ?

— Parce que j'ai une idée.

Je reniflai.

— D'accord.

J'avançai à l'autre bout de l'appartement, et lui alla se positionner de l'autre côté.

— Je vais tester la portée du lien.

Je haussai les sourcils, puis hoquetai quand mon corps bondit en avant. Je me rattrapai à l'îlot.

— C'était vraiment… puissant.

Ses yeux brillèrent. Il avança vers la porte et tendit la main.

— Allons expérimenter dans l'entrepôt.

Le tee-shirt que j'avais emprunté dans son placard claquait contre le haut de mes cuisses nues. Dans la nuit, je le suivis jusqu'au bâtiment caverneux qui sentait la sciure, le vernis de bois et la maison.

Il alluma une rangée de lumières industrielles et ordonna :

— Reste là.

Il remonta l'une des allées, et une fois au bout de la dernière rangée d'étagères, il se retourna et se concentra sur moi.

Un instant plus tard, je sentis quelque chose tirer fort, et mes pieds nus glissèrent sur le béton froid. Contrairement à dans l'appartement, il ne relâcha pas sa prise. Il me fit glisser jusqu'à lui.

— Freine des pieds, Ness. Je veux voir la force que je peux mettre.

— Je freine déjà des pieds, criai-je.

Il tira mon corps sur la moitié de l'entrepôt avant de relâcher sa poigne magique, puis il avança jusqu'à moi, soudain plus énergétique.

— Au moins, je pourrai te garder en sécurité demain.

Il referma ses bras autour de ma taille et posa son front contre le mien.

— Comme ça, tu pourras te concentrer sur la sécurité de Liam.

Mon pouls battait sur la peau délicate et cicatrisée de mon cou, tandis que le même espoir m'enveloppait.

— Heureusement que je te désire autant, hein ?

Même si le ton était léger et dénué de reproche, je sentis une tristesse sous-jacente. Il croyait toujours que mes sentiments n'étaient pas aussi forts que les siens.

Après le duel... quand j'aurais l'esprit clair et que mon cœur ne tambourinerait plus d'appréhension... je lui montrerais combien, moi aussi, je le désirais.

CHAPITRE 44

August et moi passâmes la nuit allongés dans son lit à parler du passé, du présent, mais pas du futur. Chaque fois qu'il s'aventurait en territoire inconnu, à évoquer les jours à venir, je ramenais la conversation à l'instant présent.

Je craignais ce que les prochaines heures amèneraient.

Je craignais que cela puisse tout changer.

Au bout d'un moment, je sombrai, mais un cauchemar me réveilla brusquement. Le bras lourd d'August m'ancrait au matelas chaud. Quand je frémis, il m'attira à lui et murmura :

— Tu es en sécurité, Jolies-fossettes.

Jolies-fossettes... Son surnom préféré ne me dérangeait plus. Peut-être que ça venait du ton séduisant qu'il employait quand il le disait, ou du fait que je ne doutais plus qu'il me désirait pour de vrai.

Je me retournai dans ses bras.

— Je devrais me lever. J'ai besoin de vêtements. Et de ma voiture.

August repoussa une mèche de mon front.

— Ton pick-up est aussi chez moi.

Merde.

— Et si tu te détendais pendant que j'allais chercher une de nos voitures ?

— Et si je me *détendais* ? grognai-je.

Il envoya une pichenette sur le bout de mon nez.

— Hé, me plaignis-je.

Il embrassa la zone qu'il avait attaquée.

— Tu as grogné.

— Tu viens de me dire de me détendre.

— Ça sera bientôt fini, dit-il en voulant me rassurer.

C'était tout sauf rassurant. Ses mots tordaient mon estomac d'angoisse et accéléraient les battements de mon cœur.

— On devrait vraiment se mettre en route, insistai-je en me faufilant sous son bras pour ramper sur le lit et descendre l'échelle. Je peux t'emprunter un caleçon ? Je me sens un peu nue.

Il descendit lentement de l'échelle, faisant rouler tous les muscles de son dos. J'avais pris du muscle, ces deux dernières semaines, mais rien de comparable. Non pas que je voulais son corps. Enfin si, je le voulais, mais pas de cette… *Mais qu'est-ce que je raconte ?*

J'ajoutai un caleçon sous le tee-shirt que je portais déjà, puis cherchai mon téléphone et mon sac pendant qu'il s'habillait d'un treillis et d'un Henley grège qui moulait son torse.

Il se pencha en avant et m'embrassa. Je savourai la douceur de cet interlude, sentant qu'une fois sortie de chez August, il n'y aurait plus de douceur dans cette journée.

Il appela un taxi qui nous ramena chez moi. Tandis que le taxi remontait mon allée cabossée, je repensai à cette route que je devais faire refaire, puis arrêtai de penser à l'asphalte, et me figeai. Je dus hoqueter car August se désintéressa aussitôt de la liasse de billets qu'il avait sortie de sa poche pour payer. Il suivit mon regard et sa mâchoire se crispa quand il vit ce que je regardais.

— Ouah. Une fête animée ? demanda le chauffeur.

August glissa l'argent dans sa main ct ouvrit d'un coup la portière pour sortir.

— Oui.

Comme je n'avais toujours pas bougé, il se pencha pour prendre mes doigts serrés en poing et me tirer. Je trébuchai, parce que toutes mes articulations s'étaient figées, crispées comme mes doigts.

La nuit dernière, dans la hâte, nous avions laissé la porte d'entrée grande ouverte, et quelqu'un – plus d'une personne, vu ce que je voyais – était entré.

La colère me parcourut. J'arrachai ma main de celle d'August et entrai d'un pas lourd chez moi. Plusieurs odeurs m'agressèrent : le métal, la poussière carbonisée, l'urine aigre. Les murs blancs étaient tachés de sang – du sang de cerf, vu l'odeur – et de cendre noire. Des flaques de pisse ocre brillaient sur la bâche en plastique et assombrissaient les plinthes qu'August avait si méticuleusement peintes.

C'était une vengeance pour la mort d'Aidan. Les Rivière avaient dû voir mon oncle travailler sur la maison et avaient pensé que c'était la sienne et celle de Lucy.

— Je vais *tuer* celui qui a fait ça, murmurai-je.

Je commençai à avancer dans le couloir pour inspecter l'étendue des dégâts, mais August attrapa mon bras et me retint en arrière.

— Partons.

— Je veux voir…

— Tu en as assez vu. Allons-y.

Comme je ne bougeais pas, il ajouta :

— Maintenant.

En grinçant des dents, je me retournai et me dirigeai vers la sortie de mon royaume puant.

Comment. Osaient. Ils.

— Je te suivrai avec mon…

Il se figea devant le plateau du pick-up.

Deux carcasses éviscérées, auréolées de mouches noires, avaient été placées là. Une flopée de mots qui auraient fait déborder le pot de sa mère se déversa de sa bouche. Il ouvrit le battant arrière, saisit les sabots d'un des animaux, et le tira. Le corps atterrit sur l'herbe dans un bruit sourd. Pendant qu'il s'occupait du second, j'examinai l'intérieur par les fenêtres de sa voiture.

— August !

Quelque chose de visqueux suintait sur le dossier et coulait sur le siège couvert d'intestins d'animaux.

Les yeux d'August devinrent noirs, allumés d'une lueur meurtrière.

— Va voir ta voiture.

Sa voix était aussi tranchante que le couteau qu'Aidan avait maintenu contre ma gorge la veille.

Je fis volte-face vers ma voiture argentée. Heureusement, les portières étaient toutes fermées à clé et les vandales n'avaient brisé aucune fenêtre, mais ils avaient passé leurs griffes sur la peinture argentée, laissant des rayures *partout*.

— Ces enculés de Rivière, grogna August derrière moi.

Nous fixâmes les dégâts un peu plus longtemps, puis il attrapa mon porte-clés palmier et ouvrit la portière passager.

Il ne dit rien tout en conduisant trop vite dans les rues silencieuses de Boulder, jusqu'à mon appartement. Je craignais qu'il ait également été vandalisé et me précipitai sur la poignée.

Dès que je franchis le palier, j'exhalai le souffle que je retenais depuis notre départ de chez moi. August avança vers l'évier et lava ses mains avec du liquide vaisselle, frottant la peau jusqu'à ce qu'elle devienne rose. Après presque une minute, il coupa l'eau et arracha le torchon accroché à la poignée du four.

— Je réparerai ta maison.

Ses yeux étaient animés de la même férocité que celle que j'avais vue quand Aidan m'avait retenue en otage.

Je voulais lui dire qu'il n'avait pas besoin de faire ça, que je le ferais moi-même, mais la nausée me vint en repensant au sang et à la pisse, alors je fermai les paupières. Il porta son téléphone à son oreille et j'allai me changer pour un short, un débardeur et un sweat à capuche noir. Je retirai mon collier et l'enfonçai dans le tiroir de sous-vêtements, puis glissai mes pieds dans mes bottines rayées. Même si nous avions aspergé nos chaussures de désodorisant pour camoufler les odeurs restantes, je trouvai plus sage de porter des chaussures qui n'avaient pas été en contact avec le sang et la fumée.

Soudain, une horrible pensée me traversa l'esprit, et je sortis en courant de ma chambre.

— August !

Il lâcha le téléphone qui claqua au sol sans se casser.

— Quoi ?

— Tu dois quitter Boulder !

Il avait d'abord écarquillé les yeux, de panique, mais désormais ces derniers trahissaient sa confusion.

— Ils ont saboté ton pick-up, ce qui veut dire qu'ils savent que tu es impliqué, expliquai-je à toute vitesse.

Il fronça les sourcils, ce qui assombrit sa mine déjà lugubre.

— Je m'en fiche.

— Et s'ils essaient de te blesser pendant le duel ? Ou après ? Ou…

— Mon cœur, commença-t-il en posant sa main sur ma nuque. Je suis en colère, mais je n'ai pas peur. Si quelqu'un doit avoir peur, c'est ceux qui ont fait ça, car écoute-moi bien, je trouverai qui c'était. Et puis comment tu peux croire que je partirais sans toi ?

Ses mots étaient chauds et rigides. Je me mordis la lèvre.

— Très bien, mais ce soir, pendant le duel, tu dois faire attention à toi, sinon je ne te laisse pas venir.

Il sourit, et m'attrapa par le menton.

— Quoi ?

— Tu ne vas pas me laisser venir ?

Il secoua la tête en lâchant un petit « tss ».

— Je te respecte beaucoup, Jolies-fossettes, et je sais que tu es forte, mais ne me redemande jamais de fuir ou de rester à l'écart. C'est insultant.

Je croisai les bras.

— Je ne voulais pas t'insulter.

Il hocha la tête, sans plus sourire.

— Je sais.

— J'ai peur, August.

— Je sais.

Il soupira et dénoua mes bras.

— Mais ne t'inquiète pas pour moi. Ça ira. Tout ira…

Mon cœur bondit dans ma gorge.

— *Non !* Ne finis pas cette phrase !

Il fronça les sourcils.

— C'est toujours faux.

Il enfonça son menton dans son cou et enlaça mon corps raidi. Il resta là, à me serrer dans ses bras. Comme moi. Jusqu'à ce que mon cœur se calme. Que mon pouls s'apaise. Que mon humeur s'adoucisse et que mes muscles cessent d'avoir des spasmes. Jusqu'à ce que je sois de nouveau prête à supporter le monde extérieur.

CHAPITRE 45

A vant d'aller chez Liam, j'appelai Evelyn car je voulais la voir.

J'avais *besoin* de la voir.

Elle m'informa qu'elle était déjà au restaurant à préparer leur brunch du dimanche, très populaire. Nous nous rendîmes donc là-bas et, pendant qu'August garait la voiture, j'entrai dans le restaurant et allai directement en cuisine. Je la pris dans mes bras avant même de dire bonjour, ce qui n'était pas malin de ma part. Aussitôt, son plaisir de me voir se mua en inquiétude.

Ses yeux qui voyaient tout parcoururent mes traits hagards. Je n'avais pas pris la peine d'améliorer mon apparence avec du maquillage, ce matin, alors je savais que j'avais l'air à moitié d'un fantôme, à moitié d'un zombie, possiblement pire que quand j'avais « escaladé une falaise ». C'était ce que j'avais prétendu quand j'étais revenue de la première épreuve d'alpha.

— *Querida*, qu'est-ce qui ne va pas ?

Je haussai les épaules.

— J'ai mal dormi, c'est tout.

Elle étudia mon visage pour en apprendre plus, cherchant la vérité que je dissimulais.

Savait-elle pour Aidan ? Savait-elle que mon oncle était parti ? Savait-elle qu'un duel aurait lieu ce soir ?

— Ne me prends pas pour une idiote, Ness Clark. Ce n'est pas *tout*.

Vu l'inquiétude crispant ses lèvres pourpres, je devinai que Frank n'avait rien partagé de tout cela avec elle. J'étais contente qu'il l'ait protégée. J'espérais qu'il continuerait pour le restant de sa vie, si je n'étais plus là pour le faire moi-même.

Cette pensée me plomba le cœur.

Les seconds combattent rarement, me rappelai-je. Mais je me souvenais aussi que je serais face à Justin. Justin, qui adorait blesser les autres.

— Mais si. Je te le promets.

Je souris, puis suivis son regard qui s'était posé par-dessus mon épaule. Je lançai un regard derrière moi et me retournai vers Evelyn en me mordant la lèvre. Je n'avais pas pensé à ce qu'elle penserait si j'arrivais avec August aussi tôt un dimanche matin.

N'importe quel matin, en fait.

J'hésitai à mentir et lui dire que nous allions travailler sur ma maison, mais je ne voulais pas risquer qu'elle s'y rende après son travail.

— Bonjour, madame Lopez.

Il ne me toucha pas, mais son corps réchauffa mon dos crispé. Sans me quitter des yeux, elle le salua :

— Bonjour, August.

Son commis de cuisine jeta un coup d'œil vers nous en coupant à rythme régulier un oignon avec son grand couteau, hachant la chair en petits cubes qui dégageaient un parfum fort.

Même si Evelyn m'avait donné sa bénédiction deux soirs plus tôt, je sentais qu'il lui faudrait un peu plus de temps pour accepter notre couple.

— Il y a une liste d'attente pour le brunch, mais je suis sûre que je peux vous trouver une table.

Je souris.

— On ne peut pas aujourd'hui. Je passais juste te dire bonjour.

Elle agita plusieurs fois les sourcils.

— On peut manger ensemble alors, ce soir ? À la maison. J'aimerais…

Elle posa de nouveau ses yeux sur August.

— J'aimerais apprendre à connaître l'homme que mon bébé a décidé de laisser entrer dans son cœur.

Dieu seul savait dans quel état on serait ce soir. Je glissai mes ongles roses entre mes lèvres et rongeai le bout.

— Demain serait mieux. Le restaurant est fermé les lundis soir aussi non ?

Elle acquiesça.

— Avant que vous ne partiez, la femme de Trent aimerait beaucoup te rencontrer. Elle est dans la salle à manger. Tu veux bien y aller et te présenter, s'il te plaît ?

Je sortis mes ongles de ma bouche.

— Bien sûr.

J'embrassai sa joue, puis me tournai pour partir. August commença à me suivre, mais Evelyn le rappela.

— Je peux te parler un peu plus longtemps, August ?

Je grimaçai, mais August exerça une petite pression sur mon bras pour me rassurer. J'articulai en silence « *bonne chance* », ce qui lui arracha un demi-sourire.

Il y avait trois femmes dans le restaurant. L'une d'entre elles nous avait servi le soir de mon anniversaire, alors je me dis que cela devait être la femme de Trent.

— Bonjour, je cherche…

J'essayai de trouver dans ma tête le nom de famille, mais je n'étais même pas sûre de le connaître, alors j'optai pour :

— La femme de Trent.

La serveuse indiqua de la tête une femme qui coupait les tiges des coquelicots sur le comptoir du bar.

— Merci, murmurai-je.

J'avançai vers la femme qui arborait un carré net blond et me présentai :

— Bonjour, je suis Ness, la petite-fille d'Evelyn.

La femme fit volte-face, laissant sa composition florale, et me tendit la main.

— Ness !

Je clignai des yeux et elle sourit. Comme je n'avais toujours pas saisi sa main tendue – le choc me faisait oublier mes bonnes manières – elle reprit :

— Ce n'est pas contagieux. Je te le promets.

Je pris sa main aussitôt.

— Pardon. Ce n'est pas… Qu'est-ce que, hum… Comment ça se fait… ?

— Que mes lèvres sont bleues et mes ongles violets ? compléta-t-elle sans se départir de son sourire. J'ai quelque chose appelé de l'argyrisme, c'est assez ironique, vu le nom du restaurant.

Je lâchai sa main et m'agrippai à la lanière de mon sac.

— Bref, c'est la faute de mon dentiste. Il a utilisé de l'argent pour soigner mes molaires… je ne t'ennuierai pas avec les détails, mais ça a l'air bien pire que ça ne l'est vraiment. Je m'appelle Molly, au fait.

J'essayai de refermer ma bouche, mais elle ne voulait pas se fermer.

— Pardon, je vous ai trop fixée, lâchai-je précipitamment.

— Ce n'est rien. Beaucoup de gens le font. Et puis, si ça me gênait vraiment, je porterais du maquillage.

— Je connais une femme qui a la même chose. Enfin, je crois. Elle m'a dit que c'était de naissance.

— Oui, certaines personnes sont gênées par cette affection.

Elle tritura la tige d'un de ses coquelicots.

— Dis-lui que, si elle a besoin de quelqu'un à qui parler, elle peut me trouver ici la plupart du temps. Surtout maintenant que les enfants ont repris l'école.

Elle m'adressa un dernier sourire.

— Je devrais mettre ces fleurs dans l'eau avant qu'elles se flétrissent. C'était un plaisir de faire ta connaissance, et merci encore de nous avoir prêté ta grand-mère. Elle est un don du ciel.

— Merci à *vous*.

Et je ne la remerciais pas pour avoir employé Evelyn – même si je lui étais bel et bien reconnaissante pour ça – mais pour m'avoir donné une réponse à la question qui me tourmentait depuis deux semaines et demie.

Mes doutes étaient justifiés : Cassandra Morgan avait bel et bien empoisonné Julian. Mais pas avec du Sillin. Avec de l'argent ! Je ne savais pas comment son sang pouvait contenir le métal toxique sans la tuer, mais peu importe.

Nous pouvions annuler le duel, maintenant que nous avions la preuve qu'elle trichait.

Molly retourna à ses fleurs, et August sortit de la cuisine. Je me précipitai vers lui et me jetai à son cou, soulagée, enfin libérée du stress qui m'assaillait depuis l'appel de Liam.

— Tu avais peur que je ne survive pas ? dit-il avec un petit éclat de joie. C'était chaud, en effet.

Je souris, m'écartai de lui, levai la tête et murmurai :

— Je sais comment elle a fait.

Une ride apparut entre ses sourcils.

— On ne parle plus d'Evelyn, si ?

Je secouai la tête.

— Je t'expliquerai tout en chemin, pendant qu'on va chez Liam.

CHAPITRE 46

A ugust détourna les yeux de la route pour me fixer.

— De l'argent ? Dans son sang ?

— Ça s'appelle de l'argyrisme. La mère de Trent m'en avait parlé. Le jour où je l'ai croisée à la banque, me rappelai-je.

Et dire que je savais tout du long...

Je regardai le compteur sans vraiment le voir. Dieu merci, je n'étais pas au volant, j'aurais été incapable de rester sur la route.

— Comment peut-elle avoir de l'argent dans son sang et rester vivante ?

Quelque chose me dérangeait, mais quoi ?

Je me tournai vers lui tout en réfléchissant à une hypothèse.

— Quand papa s'est fait tirer dessus, on m'a donné du Sillin parce que j'avais léché la plaie de la balle.

La bile monta dans ma gorge.

— Et si c'était pour ça qu'elle avait besoin du Sillin ? Pour neutraliser l'argent.

Il haussa les sourcils.

— Ça n'explique pas comment elle peut se transformer.

— L'argent bloque la transformation ?

— Non, mais le Sillin, si.

— Tu ne crois pas qu'elle a trouvé une dose avec laquelle les deux substances s'annulent ?

— Il faudra demander à Greg. Même si je ne suis pas sûr qu'il saurait.

Je reposai ma tête sur le dossier et expirai. August tendit la main vers moi et décrocha mes doigts de la lanière de mon sac. Pour penser à quelque chose d'autre, je demandai :

— Qu'est-ce qu'Evelyn voulait ?

— Me demander la vraie raison pour laquelle tu étais passée.

— Tu ne lui as pas dit, hein ?

— Non. J'ai dit que tu étais venue vérifier si elle était vraiment d'accord pour qu'on soit ensemble.

— Je suis désolée que tu aies eu à mentir.

Il serra mes doigts.

— Certains mensonges sont plus doux que la vérité.

En tournant dans l'allée de Liam, je demandai :

— Ton père est à la maison ?

— Pas encore. Il revient aujourd'hui.

À travers la fenêtre, je repérai Liam sur son canapé. Cole, Matt et Lucas étaient aussi là. J'étais contente que Liam ne soit pas seul. Je n'entendais aucun battement humain, alors j'imaginai que Tamara n'était pas là.

Je commençai à retirer mes doigts de la main d'August, mais il s'y accrocha. Je lui souris.

— Je ne peux pas sortir si je tiens ta main.

— J'ai peur de ce qui se passera quand je te lâcherai.

— Quand tu me lâcheras ?

Son regard se posa sur Liam. *Oh.*

— Je suis à toi, August.

— Dis-le encore, murmura-t-il, la voix une octave plus basse que d'habitude.

— Je suis à toi.

Je me penchai et l'embrassai, tout en sentant plusieurs paires d'yeux sur nous. Ma promesse, alliée à ce baiser, lui fit lâcher mes doigts, mais n'apaisa guère la tension dans ses épaules.

La porte d'entrée de Liam était ouverte. Quand j'entrai, tous les yeux se posèrent sur moi. Probablement parce que j'étais d'humeur *trop joyeuse.*

Lucas haussa son sourcil barré d'une cicatrice.

— Tu as mis quoi dans tes céréales, ce matin ?

Je levai les yeux au ciel et annonçai :

— Je sais comment Cassandra a tué Julian !

Je l'avais dit si fort que Morgan elle-même m'avait probablement entendue depuis l'auberge. Liam, qui était assis un peu voûté, se redressa.

— Elle s'auto-empoisonne avec de l'argent.

Le silence qui suivit était assourdissant.

— Oublie les céréales, intervint Lucas. Tu as fumé quoi ?

Je lui lançai un regard noir feint.

— Ce qu'elle a à la bouche n'est pas une marque de naissance. L'empoisonnement à l'argent rend les lèvres et les ongles bleus.

Ils me fixèrent tous comme si je m'étais transformée en écureuil.

— C'est impossible, Clark, insista Lucas. L'argent nous tue.

— Pas si tu prends du Sillin pour contrebalancer l'argent, répliquai-je.

J'étais de plus en plus sûre de ma théorie.

— Si elle ingère du Sillin, elle ne peut pas se transformer, souligna Cole.

Leur humeur commençait sérieusement à attaquer la mienne.

— Liam, tu te souviens de son histoire sur la fuite de produits toxiques ? Et si le produit, c'était de l'argent ? Et si, d'une façon ou d'une autre, elle était devenue immunisée ? Ça pourrait être possible ?

— Quelle fuite de produits toxiques ? demanda August.

C'étaient ses premiers mots depuis qu'on était entrés chez Liam. Il était appuyé à un mur, ses longues manches remontées jusqu'à ses coudes, les bras croisés sur son torse.

Lucas m'indiqua de la tête.

— Le jour où elle est allée prendre le thé avec Morgan à l'auberge…

August se renfrogna.

— Tu es allée à l'auberge ?

— Oui, mais pas pour prendre le thé.

Cette fois, il n'y avait rien de feint dans le regard noir que j'adressai à Lucas.

— Je suis allée lui parler pour annuler le duel, mais elle a refusé. Ensuite, elle m'a parlé de l'histoire de sa meute. Elle a dit que leur source d'eau avait décimé les Rivière originaux. Apparemment, elle était polluée.

Je me revigorai tandis qu'une idée germait.

— Y a-t-il moyen de voir la topographie de leur ancien territoire ? Il y a peut-être une mine, ou des articles dessus ?

— Cole ? demanda Liam. Tu peux regarder ?

Il hocha la tête et alla s'asseoir à une chaise face à une table de jeu où un ordinateur était déjà allumé. Pendant qu'il tapait sur le clavier, je marchai jusqu'à lui.

— Tu peux te transformer ? demanda Liam à August, tendu.

Je lançai un coup d'œil par-dessus mon épaule.

— Non.

— Tu as fait l'injection quand, déjà ?

— Il y a neuf jours.

— Tu as réessayé ce matin ?

— Oui. Ça n'a pas marché.

— Montre-moi.

Les tendons d'August se crispèrent sous la peau de ses avant-bras.

— Pourquoi ? Tu crois que je mens ?

Un nerf tressaillit sur la mâchoire de Liam.

— Greg sera bientôt là. Il pourra tester ton sang pour voir combien il reste de Sillin.

J'aurais aimé que ces deux-là puissent enterrer la hache de guerre. Je soupirai et reportai mon attention sur l'écran de Cole.

— Alors… Tu as quelque chose ? demanda Matt.

Il se déplaça furtivement vers moi, comme pour aller aussi loin que possible de Liam et August.

Des fenêtres s'ouvraient à l'écran, les unes après les autres, et une carte apparut. Cole zooma, puis cliqua sur quelque chose pour que la carte se matérialise en trois dimensions. Il plissa les yeux devant l'écran avant de s'appuyer contre le dossier de sa chaise en faisant claquer sa langue.

— Bon, Ness est un petit génie.

Ma peau me picota.

— Il y a une mine ?

— Il y a une mine. Une mine d'argent. Et plusieurs recours ont été faits par un certain Henry Morgan pour la faire fermer.

— C'était le père de Cassandra ?

— Son oncle.

Je sentis le souffle de Liam contre ma tempe. J'étais si concentrée sur l'écran que je ne l'avais pas entendu arriver.

— Il était l'alpha des Rivière à l'époque, expliqua Lucas.

J'eus la chair de poule face à notre excitante découverte, et me tournai vers mon alpha.

— Liam, tu te rends compte qu'on peut annuler le duel ?

Ses yeux brillèrent autant que ses dents, toutes découvertes. Son sourire me dérangea.

— Quoi ?

— Mon cœur, on ne l'annule pas. Grâce à toi, on sait comment la battre.

Mon estomac se durcit comme un poing serré.

— Grâce à moi, on sait comment elle a triché. Nous n'avons aucune idée de comment la battre.

— Bien sûr que si. Il ne faut pas ingérer son sang empoisonné d'argent.

Liam recula et commença à arpenter le tapis en peau de vache.

— Julian l'a mordue. C'était le début de la fin. Je ne ferai pas la même erreur.

Je hoquetai, pas ravie de la tournure des événements.

— Comment vas-tu la tuer sans la mordre ?

— J'utiliserai mes griffes.

— Et si elle te blesse et fait pénétrer son sang dans la plaie ?

— Je guéris vite.

— Tu as dit que les blessures infligées par les alphas prennent plus longtemps à guérir, crachai-je.

— Je m'assurerai de rester éloigné jusqu'à ce que ma peau se referme. Et puis, tu l'as vue. Elle est lente et pas particulièrement forte.

Il arrêta de marcher, fonça vers moi, puis m'attrapa et me fit tourner.

— Putain, Ness, on va y arriver.

Quand il me reposa, j'avais la tête qui tournait, et pas à cause du mouvement brusque. Elle tournait à cause de la peur. Il y avait encore tant de risques... Et puis, comme si avoir mal au crâne n'était pas assez, mon ventre commença à brûler, comme si quelqu'un le frappait avec un tisonnier.

August s'écarta du mur et balança à Liam :

— Tu es un connard égoïste, Kolane.

Liam redressa les épaules et s'approcha d'August.

— Un connard égoïste ?

— Tu crois que tu vas réussir, mais et si tu perdais ? Tu ne seras pas le seul sur le terrain, ce soir.

— Les seconds ne combattent pas, cracha Liam.

— Putain, mais tu as vu le second de Morgan ? s'écria August.

Je me glissai entre les deux mâles et les repoussai l'un de l'autre.

— Arrêtez. Tous les deux.

— August a raison, Liam, appuya Matt. Justin est un connard malade.

— On sait comment ils font, s'exclama Liam. On va les battre à leur propre jeu.

Je laissai retomber mes mains de leur torse et me tournai vers Liam.

— Arrête d'appeler ça un jeu. Ce n'en est pas un !

Son excitation diminua. *Enfin !*

— C'est une façon de parler, Ness.

— Vraiment ? Parce que si ma mémoire ne me joue pas des tours, tu as appelé ça un jeu le jour où on l'a défiée.

Ses yeux perdirent encore un peu de leur éclat, et il baissa la voix.

— Je ne parlais pas du duel à ce moment-là.

Le torse d'August se souleva contre mes omoplates. Je fixai longuement et durement Liam.

— Rien de tout ça n'a jamais été un jeu pour moi, d'accord ?

— Je prendrai sa place, intervint August. Je serai ton second.

Je fis volte-face.

— Non !

— Tu ne crois pas qu'elle peut s'en sortir seule, Watt ?

August fusilla Liam du regard.

— Ça n'a rien à voir avec ce que je pense de Ness, dit-il d'une voix glaçante, et tout à voir avec ce que je pense de Justin.

— J'ai signé pour ça et j'irai jusqu'au bout. S'il le faut.

Je me retournai de nouveau.

— Je pense quand même qu'on devrait les confronter sur leur tricherie et les chasser de notre territoire.

— Ils possèdent l'auberge et tout le territoire des Pin, répliqua Liam, les yeux rivés sur August. Alors les chasser de notre territoire ne les fera pas quitter Boulder.

Le territoire des Pin !

— Cole, tu as réussi à contacter Sarah ?

— Non, mais Liam a reçu un message d'Avery.

— Avery ?

— Le contact des Torrent.

— Je me souviens qui c'est. Pourquoi nous a-t-il envoyé un message ?

— Il a entendu Alex Morgan parler d'avoir *remis à sa place la salope des Pin qui joue sur les deux tableaux*, et il pense qu'il parle de Sarah, puisqu'il les a vus ensemble, répondit Liam.

La peur m'envahit.

— La remettre à sa place ?

— Je ne sais pas ce que ça veut dire. Avery non plus, mais il essaye de le déterminer.

L'angoisse pour la vie de Sarah surpassait tout le reste à ce moment. Je pressai un poing contre ma bouche.

— Oh mon Dieu.

Lucas se précipita vers la porte.

— Je peux traquer son odeur.

— Non, ordonna Liam. On reste en place. Avery est là-bas. Il a dit qu'il y travaillait et je le crois.

Je tournai d'un coup la tête vers lui.

— Il ne voulait même pas être impliqué, et pourtant tu lui fais confiance pour nous aider ?

— Les gens changent d'avis tout le temps.

Quand ses yeux se posèrent sur August, je me demandai s'il se référait à Avery ou à moi.

Je pensai soudain à quelque chose. Peu importe combien je voulais annuler ce duel, je ne pouvais pas abandonner Sarah aux Morgan. Mais Liam ne pouvait pas transformer les Rivière en Boulder sans ingérer le cœur de Cassandra.

— Imaginons qu'on participe au duel jusqu'au bout et que tu gagnes…

— Je gagnerai.

Sa conviction m'arracha une moue. Cela accéléra aussi en pic le pouls d'August, ce qui m'obligea à me redresser d'un coup.

— Fais-moi un peu confiance, Ness.

— D'accord. Très bien. Que se passera-t-il une fois que tu auras gagné ? Comment comptes-tu manger son cœur, exactement ?

Il esquissa un sourire en coin.

— Avec mes dents.

— Ne joue pas les malins. Si son sang a de l'argent, alors son cœur aussi.

— Petite louve a raison, renchérit Matt.

— Je ferai injecter du Sillin à l'intérieur. Ou je m'injecterai du Sillin. Greg saura comment faire. Tu as amené tes plaquettes ?

Je les sortis de mon sac au moment où la porte s'ouvrait et que Greg entrait. Liam me lança un sourire satisfait.

— Regarde ça. Quand on parle du loup. On vient de prononcer ton nom.

La surprise plissa les rides autour des yeux du médecin. À moins que ce ne soit l'inquiétude.

— Et de quoi vous parliez ?

— De comment purger un cœur empoisonné par l'argent sans le purger de son sang. Tu sais, pour que je puisse le manger.

CHAPITRE 47

G reg scrutait l'écran de l'appareil dans lequel il venait d'insérer une goutte du sang d'August.

— Il n'en reste plus qu'un peu moins de la moitié. Tu devrais être débarrassé du Sillin d'ici la prochaine pleine lune.

Vu que le duel était ce soir, c'était une bonne chose que je n'aie pas été le cobaye de cette expérience.

— Tu ne peux pas te transformer du tout ? demanda Greg en éloignant la machine.

Assis devant la table de jeu entre Cole et le docteur, August passa sa paume sur ses cheveux coupés à ras.

— Non.

— Tu peux sortir tes griffes ?

Étudiant la boule de coton qu'il pressait sur l'endroit où on lui avait fait la prise de sang, il affirma :

— Non.

— Ça a affecté le lien d'accouplement ?

August leva les yeux vers moi.

— Non.

J'étais debout près du mur en verre, regardant tour à tour les mâles derrière moi et ceux de l'autre côté. Depuis que Greg avait dit à Liam que s'injecter une grosse dose de Sillin à la fin du duel – pas aussi importante que celle donnée à August, parce que nous n'avions plus assez de pilules pour ça – contrebalancerait l'argent dans le sang de Cassandra, Liam se préparait mentalement et physiquement au face-à-face.

Lui et Matt avaient retiré leurs vêtements pour se transformer. Cette dernière demi-heure, ils s'étaient battus sans relâche. Liam n'était pas immunisé contre les coups de Matt – il chutait et grimaçait –, mais bondissait sur ses pattes et rendait les coups.

Mieux.

Mais après tout, ils ne faisaient que jouer la comédie. Peu importe combien le combat était violent, il n'était pas réel.

Je levai les yeux vers l'étendue de pins qui séparait la propriété de Liam de l'auberge, me demandant ce que faisaient les Rivière en ce moment. Ils vandalisaient nos maisons, enterraient les cendres d'Aidan, ou préparaient l'affrontement ?

Lucas vint à côté de moi, et je serrai les bras contre ma poitrine.

— Sarah s'est mise avec Alex pour nous aider. Elle le déteste.

Il regarda Matt attraper la patte arrière de Liam et le retourner sur le dos.

— Comment tu te sens, d'ailleurs ?

— Très soulagé.

Je ne pus m'empêcher de sourire un peu.

— Je ne parlais pas de Sarah.

Il rougit.

— Oh.

— Je parlais de ta rencontre avec le poing d'Alex Morgan.

— Alors je me sens d'humeur meurtrière, mais sinon ça va.

— Pour ce qu'il t'a fait ou ce qu'il a pu lui faire ?

— Les deux.

Nous retrouvâmes le silence, tout en regardant ensemble Liam et Matt. Au bout d'un moment, Lucas reprit :

— Je sais que tu es inquiète, mais Liam est fort et rapide. Tu as remarqué comme il bouge vite ? Exactement comme les vampires dans les séries que les filles adorent regarder.

Je lui coulai un regard de biais.

— Je ne suis pas sûre de connaître ses séries. Pourquoi tu ne m'en dis pas plus ?

Il commença à me parler du scénario d'une d'entre elles, puis surprit mes fossettes et s'arrêta.

— T'inquiète. Je ne parlerai pas de ton obsession secrète pour les vampires à Sarah.

Il rougit encore plus.

— T'es vraiment pénible.

— Mais étonnement attachante, non ?

Il me lança un regard noir, sûrement censé être blessant, mais afficha en même temps un demi-sourire.

— Étonnement, oui.

Je lui donnai un coup d'épaule et son sourire s'agrandit.

— Tu sais ce qui est fou ? demandai-je après un moment.

— Tu devrais plutôt dire : tu sais ce qui n'est *pas* fou ?

Je hochai faiblement la tête.

— Probablement. Bref, si on gagne ce soir, je vais passer de l'unique femelle de la meute à l'une des nombreuses femelles.

— Oh, quelle horreur.

Je le poussai.

— Méfie-toi, Mason.

Il ricana tout bas.

Ness, sors et transforme-toi.

Je sursautai en entendant l'ordre de Liam.

Et ne te déshabille pas derrière des portes closes.

Je n'avais toujours pas bougé, et il gratta le sol.

Maintenant.

— Qu'est-ce qu'il y a ?

Je décroisai les bras, parce qu'entre le sweat et l'ordre de Liam, j'avais soudain chaud.

— Liam veut que je les rejoigne.

Lucas fronça les sourcils.

— Ça ne peut pas faire de mal de s'entraîner un peu plus.

— Ce n'est pas… hum…

Je tirai sur le col de mon sweat, sans me résoudre à le retirer. Le loup noir aboya, ce qui me fit sursauter, puis gratta de nouveau le sol.

— Vas-y, m'encouragea Lucas.

Mes paumes froides contre mon cou, je décollai mes semelles du parquet et sortis d'un pas lourd.

— J'ai dit que je le ferais ce soir, et je le ferai.

Maintenant.

J'avais l'impression d'avoir été embrochée et placée au-dessus d'un feu.

— Pourquoi ?

La corde bleue luisante qui me reliait à August se tendit quand il sortit dehors, Lucas à ses côtés. Au moins, Cole et Greg n'étaient pas venus regarder, même s'ils pouvaient me voir par la fenêtre.

— S'il te plaît, Liam…

Tu es un loup-garou, Ness. Agis comme tel.

Je me hérissai.

— Très bien.

Je retirai mon sweat et le jetai au sol, puis délaçai mes bottes, et me déchaussai. Quand j'attrapai le rebord de mon débardeur, August se plaça devant moi.

— Qu'est-ce que tu fais ?

— Je me comporte comme une louve-garou, apparemment, grinçai-je en arrachant le débardeur, exposant ma poitrine nue.

Les narines d'August se dilatèrent et il tourna la tête vers Liam.

— Si je veux me placer devant elle, je le fais.

J'imagine que Liam avait dit à August par l'esprit de bouger.

— Je sais bien que, ce soir, elle sera seule.

Il reporta son attention sur moi, son torse touchant presque mes seins nus.

Je préférais m'épiler du museau jusqu'aux pattes plutôt que me déshabiller devant un public, mais Liam avait raison, j'étais une métamorphe et la nudité n'était pas taboue parmi nous. C'était un mode de vie.

Je soupirai et posai mes paumes sur les pectoraux d'August pour l'écarter, mais c'était comme essayer de déplacer un bloc de ciment.

— Je peux le faire.

Le vert autour de ses pupilles sembla briller plus fort, comme si son loup parvenait à monter à la surface malgré le Sillin.

Je reculai en déboutonnant mon short et le laissai tomber au sol. Quand mes pouces passèrent dans ma culotte, August reporta son attention sur les autres et les fixa jusqu'à ce qu'ils détournent le regard.

Je fermai les yeux, espérant que la transformation se fasse rapidement, tout en sachant que le soir même, on me demanderait de rester nue comme ça bien plus que quelques secondes.

C'était bête, mais quand je tombai à quatre pattes, je me sentis un peu plus brave grâce à ce que je venais d'accomplir. Un peu plus prête à affronter Justin.

Je trottai vers August et frottai ma joue contre sa cuisse crispée avant de jeter un coup d'œil à son visage humain dont les traits s'étaient adoucis. Ses doigts passèrent dans ma fourrure blanche. Une fois qu'il était calmé, je m'avançai vers mon alpha.

— Joli cul, lança Lucas avec un clin d'œil. Un peu trop maigre à mon goût mais…

August lança un regard si noir à Lucas qu'il se tut et leva les mains en l'air.

— On se calme, Watt. Personne ne volera ta chérie. Je veux dire, avec un tempérament pareil… *ohhh*, on te la laisse.

Je souris de l'intérieur, parce que mes lèvres caoutchouteuses de louve n'étaient pas faites pour ça. Je hoquetai quand on me jeta au sol.

Hé, grognai-je à Liam. *C'était vraiment nécessaire ?*

Dès la minute où tu es en fourrure, ton attention doit être posée sur moi, sur Justin et Morgan. Pas sur ton partenaire.

Je n'étais pas concentrée sur mon partenaire mais sur Lucas.

Lève-toi, aboya Liam.

Je soufflai et me levai.

Tu veux que je t'attaque ? Ou…

Mon corps glissa sur le côté, comme si mes coussinets noirs avaient été montés sur des roues.

Qu'est-ce que c'était que ça ? cria Matt. *Comment tu as fait ça, petite louve ?*

Pendant un moment, les deux loups m'observèrent en silence, puis Matt se tordit le cou et regarda par-dessus son épaule August, toujours planté sur la pelouse, les doigts pianotant sur ses cuisses.

Putain…, fit Matt.

L'un de vous peut-il m'éclairer sur ce qui vient de se produire ? demanda Liam.

Matt raconta à Liam le mécanisme mystérieux des liens d'accouple-ment, August tira de nouveau sur le lien, pas pour me déplacer, mais pour me rappeler qu'il était là, à me regarder. À surveiller mes arrières.

La corde bleue et brillante se tendit entre nous. J'enroulai une main invisible autour d'elle et me préparais à tirer pour prouver à August que cela allait des deux côtés quand Liam aboya.

Je sursautai, perdant de vue la corde.

Il a quelle portée ?

Il peut le faire de loin.

À quel point ?

Tant que je suis dans son champ de vision, c'est bon.

Bien.

Même si son corps massif était tendu, il semblait honnêtement content de ce qu'il venait d'apprendre. Il dut parler via le lien d'esprit, car August acquiesça avant de rentrer dans la maison avec Lucas.

Il ne t'aidera pas avant ce soir, m'informa Liam. *Au cas où quelqu'un d'autre regarde…*

Mon cœur s'arrêta et j'étudiai les bois nous entourant, à la recherche d'yeux brillants dans l'obscurité. Je n'en vis pas, mais cela voulait-il dire qu'il n'y avait véritablement personne ?

Où est-ce qu'on se battra ? demandai-je en évitant Liam qui plongeait vers moi.

Sur la pelouse de l'ancien Q.G. des Pin.

Dans le labyrinthe ?

Non, pas dedans mais à côté.

Je n'aimais pas l'idée de me battre à côté d'un labyrinthe. On ne savait pas ce qui pourrait bondir des buissons épais.

Liam bondit sur mon dos.

Concentre-toi, Ness.

Je le repoussai. Il m'encercla, calculant sûrement de quel angle m'attaquer.

Ne compte jamais sur quelqu'un d'autre pour te garder en sécurité.

Insinuait-il que je ne serais pas capable de le protéger ou qu'August ne pourrait pas le faire pour moi ?

J'essayerai de garder un œil sur toi tout du long, mais je n'en serai peut-être pas capable.

301

Ses mots m'arrêtèrent. C'était *moi* qui étais censée garder un œil sur lui, pas l'inverse. Bien sûr, Matt profita de mon manque de concentration pour me foncer dedans, et pas gentiment. Il s'excusa, mais la force de la collision piqua.

Je me redressai et m'arrachai de son chemin, puis fixai Liam, inflexible.

Ne t'avise pas de quitter des yeux Morgan, ce soir. Pas une seconde.

Ses iris jaunes semblèrent s'allumer devant mon inquiétude. Il souffla et fit volte-face.

Encore, Matt !

CHAPITRE 48

Nous passâmes le restant de l'après-midi chez Liam à discuter de tous les détails du duel. Même Greg resta. Sous le regard curieux de Matt, il distilla le Sillin en trois petites fioles puis les aligna dans sa glacière.

De retour dans notre peau humaine, Liam me fit prendre une douche chez lui, puis me dit de rester loin d'August.

— Au cas où les Rivière ne savent pas qu'il est ton partenaire.

Quand il suggéra qu'August parte et nous retrouve à l'ancien Q.G. des Pin, mon partenaire le fusilla du regard et marmonna :

— Plutôt crever.

Alors il resta aussi, à s'agripper fermement à l'accoudoir du canapé, à fusiller du regard les bois ou à arpenter la pelouse tout en aboyant au téléphone.

Une heure avant de devoir partir, Liam prononça mon prénom très fort, même si j'étais à quelques mètres de lui. Il avait reçu un message, et me fourra le téléphone dans les mains.

— C'est Avery.

AVERY : *Sarah vient d'arriver à l'ancien Q.G. de sa famille avec Alex Morgan. Je n'ai pas pu lui parler seule, mais je me suis dit que tu voudrais savoir qu'elle était là. Elle a l'air un peu effrayée. J'espère qu'Alex ne lui a pas fait de mal.*

Effrayée ? Sarah n'était pas le genre de fille à prendre facilement peur, alors cette affirmation me hérissa les poils.

— Elle est vivante, annonçai-je en donnant le téléphone à Lucas qui s'était raidi à la mention d'Avery. Mais si tu ne tues pas Alex Morgan ce soir, je le ferai.

Soit Lucas lut le message très lentement, soit il le lut plusieurs fois, car il scruta l'écran longuement. Ma haine approvisionnait mon adrénaline. D'ici à ce que Liam se lève et annonce qu'il était l'heure, j'étais plus que prête à en découdre.

— On est prêts si t'es prêt, affirma Lucas en agitant les clés de voiture de Liam.

Liam indiqua sa Mercedes noire de la tête.

— Ness, tu montes avec nous.

Je me fichais d'avec qui je passais le trajet, tant que j'arrivais à destination rapidement pour m'assurer que mon amie allait vraiment bien. J'ouvris la portière arrière et montai. Au lieu de s'installer à l'avant, Liam monta à l'arrière avec moi. August ouvrit la portière passager.

— C'est pas une bonne idée, Watt.

— Je ne la toucherai pas.

Liam plissa les yeux.

— Tu veux que les Rivière t'éloignent pendant le combat ?

La chaleur jaillit dans mon ventre tandis que le regard d'August croisait le mien. Même si cela sembla requérir beaucoup d'efforts, il écouta Liam, recula, et monta en voiture avec Cole et Greg.

Matt monta à l'avant et Lucas descendit l'allée. J'observai les bois sombres défiler devant la fenêtre. Au bout d'un moment, je demandai à Matt de couper la ventilation. Mes os étaient si froids qu'ils ne dégèleraient peut-être pas à temps pour le duel.

— Tu as parlé à Tamara, aujourd'hui ? demandai-je à Liam.

Une chanson rythmée se terminait et une autre commençait. Il détourna les yeux de sa fenêtre.

— Je lui ai envoyé un message.

— Elle sait ce qui se passe, ce soir ?

— Je lui ai dit que je l'appellerais ce soir. Et que si je ne le pouvais pas, la meute prendrait soin d'elle.

Ma respiration se coupa. Liam se pencha vers moi et caressa mon genou.

— Je l'appellerai.

J'essayai de lui retourner son sourire mais n'y parvins pas. Je retournai à ma contemplation des étoiles qui fleurissaient comme la respiration d'un bébé dans le ciel violet. Je me demandai si mes parents étaient parmi elles, à me regarder, mais cette pensée se révéla plus douloureuse encore que l'idée de ce duel.

Pendant le trajet, Liam passa en revue les règles. Suite à de nombreux récapitulatifs, elles étaient si imprégnées dans mon esprit que je les connaissais par cœur. J'écoutai tout de même.

— Ton but principal est d'arbitrer le duel, pas d'entrer dans le combat. Quand tu inspecteras Cassandra ce soir, ne t'attarde pas sur ses lèvres ou ses ongles. Nous n'essayons pas de prouver qu'elle triche. Si Justin t'attaque ou m'attaque, on a le droit de répliquer.

— Et si Cassandra m'attaque ?

Son expression devint plus tranchante qu'un couteau.

— Si elle t'attaque, elle le regrettera le restant de sa courte vie.

— Je suis sérieuse. Qu'est-ce qui se passe si elle le fait ? Je peux la tuer ou ça doit être toi ?

— Si elle attaque en premier, tu as le droit de répliquer.

Il prit ma main et la serra de manière rassurante.

— Mais on n'en viendra pas à ça.

Pendant trois chansons entières, il garda le silence. Aucun de nous ne parlait.

Quand nous aperçûmes la grille de métal de trois mètres encerclant l'ancienne propriété des Pin, je frémis. Lucas dépassa la grille, et je frémis encore plus. Le Q.G. en pierre blanche apparut tel un mirage au bout de l'allée bordée de cèdres. L'escalier était noir de monde. Il semblait que chaque homme et garçon de notre meute était venu.

Mon cœur commença à battre à un rythme plus frénétique que celui de la radio. Liam serra ma main pour attirer mon attention.

— Ness, si je tombe ce soir, ne la défie pas, d'accord ?

Je clignai des yeux, émue. Puis je serrai ses doigts, moi aussi.

— Le jour où je me suis proposée pour être ton second, tu as dit que tu voulais mon admiration. Eh bien, tu l'auras, mais pas si tu ne te relèves pas.

Un sourire doux apparut à ses lèvres, et il serra ma main une dernière fois avant de la lâcher et de sortir de voiture. La meute l'entoura, lui chuchota des mots d'encouragement. Je descendis à sa suite, et Matt et Lucas vinrent se poster à mes côtés comme deux serre-livres géants.

Je cherchai August des yeux, mais la voiture de Cole n'était pas encore là. N'étaient-ils pas juste derrière nous ? S'étaient-ils arrêtés à un feu rouge ? Avaient-ils tourné sur une mauvaise route ?

— Tu as l'air un peu verte, petite louve.

J'essayai de sentir la distance entre nous en utilisant le lien, mais mon estomac était en pagaille.

— Peux-tu appeler ton frère, Matt ?

Je ne voulais pas le stresser, mais ma requête calme lui fit tordre le cou vers la longue allée. Il déchira presque les coutures de la poche de son short pour chercher son téléphone pendant qu'on montait l'escalier et entrait sur l'atrium en pierre polie.

— Il ne répond pas.

— J'essaye August, lança Lucas en sortant son téléphone. Matt, appelle Greg.

Pendant qu'on descendait l'escalier de l'autre côté, j'observai la foule s'amassant derrière les portes vitrées, le long des haies du labyrinthe. Le croissant fin de la lune éclairait le terrain d'une lumière féerique et le terrain de combat s'étalait du labyrinthe à la terrasse en pierre.

— Vous les avez eus ? demandai-je à Matt.

Il secoua la tête. Liam était descendu sur les marches de la terrasse, mais un regard vers mes joues pâles le fit remonter.

— Qu'est-ce qu'il y a ?

— On ne peut joindre ni Greg, ni Cole, ni August, lui apprit Lucas à voix basse.

Il jeta un regard aux Rivière assemblés qui nous fixaient *tous*.

— Tu peux les sentir ? demandai-je à Liam avec espoir.

Il ferma les yeux. Après un moment, il annonça :

— Ils sont à quelques kilomètres, mais ils arrivent vite.

Un souffle s'échappa de mes lèvres. Au même moment, quelqu'un prononça mon prénom. Je me retournai et découvris Frank. Il me prit dans ses bras, emprisonnant mon corps rigide.

— Vas-y, et montre-leur ce dont les femelles Boulder sont capables, d'accord ?

Il frotta sa mâchoire contre ma tempe, me marquant de son odeur dans un geste d'affection.

Des talons résonnèrent dans le Q.G. silencieux. Je m'écartai et regardai derrière Frank, espérant voir August ou Sarah, mais c'était la mère de mon amie et sa belle-sœur. Elles marchaient vers la terrasse, leurs bras noués.

— On y croit, murmura Margaux.

Elles croyaient quoi ? En nous ? En notre victoire ?

Aucun autre bruit de pas ne troubla le silence ; aucun pneu ne crissa sur l'allée en gravier.

— Chers Boulder, il est plutôt impoli de faire attendre ses hôtes.

La voix de Cassandra nous parvint depuis le centre du terrain éclairé de torches. Liam leva les yeux vers moi.

Ils arrivent, Ness.

J'espérai qu'il disait ça parce qu'il les sentait approcher via le lien du sang, et pas pour me rassurer. Il baissa la tête vers le jardin. Dans une synchronie parfaite, nous descendîmes les marches. Des souvenirs d'un autre temps me traversèrent l'esprit : Liam, la lèvre ensanglantée, me criant de rentrer avec lui, tandis que deux Pin lui tenaient les poignets.

Je n'aimais pas ce souvenir. Il y avait eu trop de douleur dans les yeux de Liam, ce soir-là, et c'était ma faute. Je me rendis compte que ce qui avait brisé Liam et moi n'était ni Tamara, ni le lien d'accouplement, mais le fait que nous passions plus de temps à nous disputer qu'à nous battre côte à côte.

Ils se rapprochent.

Les mots murmurés dans mon esprit firent vibrer ma peau d'un espoir renouvelé. Je devins pleinement consciente du lien qui s'épaississait et brillait de quelque chose de sombre et amer.

— Quelque chose ne va pas, murmurai-je à Liam.

Il fronça les sourcils, focalisé sur l'amoncellement de métamorphes, puis sur Cassandra dont les lèvres bleues esquissèrent un sourire. Me rappelant sa confession, je posai ma paume devant ma bouche avant de murmurer.

— Avec August. Il est en colère. Très en colère.

Une tignasse de boucles blondes attira mon attention sur la première rangée. Sarah était juste devant nous, la main glissée dans celle d'Alex, les yeux brillants, comme si elle pleurait. Lui faisait-il du mal ou ses larmes étaient-elles pour nous ? Avait-elle découvert quelque chose d'autre sans pouvoir nous relayer l'information ?

Soudain, elle hoqueta, et ses yeux s'écarquillèrent en se posant sur un point derrière ma tête. Je fis volte-face.

August, Cole et Greg arrivèrent en furie à travers les portes ouvertes de la véranda, leurs joues rouges couvertes de sueur et des bleus sur la mâchoire. Du sang coulait du col gris de Cole et constellait le tee-shirt grège d'August. Je les fixai, mais Liam plaqua sa main sur mon avant-bras.

Non. Ils vont bien. Ils sont là.

— Ils ne vont pas bien. Que leur avez-vous fait ? criai-je à Cassandra.

— Moi ? Je suis un loup-garou, ma chérie, pas une magicienne. Tout ce temps, j'étais ici à attendre. Je n'ai rien fait à ces hommes.

Mais quelqu'un s'en était chargé.

Je repérai Justin échangeant un regard lourd de sens avec Alex Morgan. *Bien sûr...*

Je cherchai dans le regard de mon prédestiné un indice de ce qui s'était passé, mais tous ses traits étaient trop tirés pour lire quoi que ce soit d'autre qu'une fureur absolue. En même temps que Liam, je repérai les doigts vides de Greg se serrer et se desserrer à ses côtés.

Ils ont pris notre Sillin, cracha sa voix dans mon crâne.

Voilà pourquoi ils avaient été attaqués... Pas pour garder August éloigné, mais pour nous séparer du médicament.

Peu importe.

Vraiment ? Pouvait-il manger son cœur sans l'injection ?

— Pour l'amour du Dieu des loups, est-ce qu'on peut, s'il vous plaît, commencer ? demanda Cassandra.

— Bien entendu, répondit Liam en arrachant son tee-shirt. Mettons fin à tout cela.

CHAPITRE 49

Liam et Cassandra étaient debout, nus, les épaules redressées, le dos crispé, les muscles tendus. Justin avait retiré ses vêtements, mais pas moi. Je le ferais au dernier moment.

En encerclant la géante alpha des Rivière, je fis mine d'inspecter son corps.

— Tu es une petite chose sans pitié, hein ?

— Vouloir la justice ne me rend pas sans pitié.

— *Vraiment* ? Les gens droits possèdent de la vertu. Tu as perdu la tienne ce week-end.

Ses yeux d'un bleu glacial n'étaient plus que deux fentes. Je me raidis, alarmée. Nous avait-elle espionnés, August et moi ? Pouvait-elle le sentir...

— Et ne prends pas la peine de me convaincre que c'était entièrement un geste de ta tante. Je sais qu'elle a reçu de l'aide, et qui de mieux qu'une jeune fille assoiffée de vengeance pour ça ?

Elle parlait d'Aidan, pas d'August. J'essayai de ne pas laisser mon soulagement transparaître, le repoussant autant que possible.

— À moins que ce ne soit l'ex-femme de mon cousin qui l'ait aidée ?

Quelque chose en moi se brisa.

— Evelyn n'a *rien* à voir avec la mort d'Aidan.

— Et comment le sais-tu, puisque tu n'y étais *pas* ?

Elle essaye de t'atteindre. Finis l'inspection et reviens vers moi.

Cassandra haussa un sourcil.

— Je crois que ce soir, elle ne travaille pas dans ce joli petit restaurant… dommage que Frank ait décidé d'assister au duel.

Mon souffle gela dans mes poumons.

— Tu essayes de me pousser à te tuer avant le début du duel ?

Ness !

Je commençai à me tourner, puis me retournai de nouveau pour faire face à cette femme pleine de haine.

— La première fois que j'ai entendu parler de cette femme alpha qui avait mis la plus grande meute à terre, j'étais émerveillée. Fière qu'une femme se soit élevée aussi haut. Mais maintenant que je vous ai rencontrée et que j'ai compris comment vous êtes parvenue en haut, j'ai honte.

Ses lèvres se tordirent, comme si elle mâchait quelque chose de particulièrement mauvais. Même si je n'étais pas la seule à avoir avalé son mensonge au sujet de cette marque de naissance, je me surprenais d'avoir été si naïve.

— Comment je suis parvenue en haut ? Tu veux dire en me battant ? Nous avons tous nos techniques, mais séduire les hommes pour arriver au sommet n'était pas pour moi. Chacune sa technique.

Ses yeux brillaient méchamment. La colère traversa mes os. Quel homme avais-je séduit ? Parlait-elle de Heath, quand elle m'avait envoyée à lui en tant qu'escort ? Ou de Liam ? Pensait-elle que lui et moi…

— Ness !

Cette fois, Liam rugit mon prénom à voix haute. Je me retournai.

— Elle passe mon inspection, maronnai-je.

— Kolane passe mon inspection également, annonça Justin.

Il revint vers son alpha et me lorgna.

— Il est temps d'enlever ces vêtements, Ness.

Je fusillai du regard Justin tout en avançant jusqu'au bord de la zone de combat. J'arrachai mon sweat et l'envoyai à Matt. Il l'attrapa. En m'approchant de lui, les doigts tremblants sur le rebord de mon débardeur, je murmurai :

— Dis à Frank de rentrer.

Matt fronça les sourcils.

— Evelyn…

310

J'avais murmuré son nom, mais c'était clair. Tandis que je lui tendais mon haut, il acquiesça.

— Je lui dirai.

Un hurlement déchira la nuit. Par-dessus mon épaule, je vis le pelage brun clair de Cassandra éclairé par les rayons de la lune.

— Je m'en occuperai. Maintenant vas-y, petite louve, et écrase-les, parce que c'est comme ça que se battent les Boulder. On avance et on écrase nos adversaires.

Je fis tomber mon short et ma culotte par terre et sentis la brûlure des yeux sur ma colonne vertébrale, mais je m'en fichais. J'étais trop en colère pour cela. Je jetai les deux vêtements hors de la zone, puis avançai vers Liam, toujours humain, qui m'attendait.

Derrière moi, Matt répéta :

— Avance et écrase-les.

— Prête ? demanda Liam.

Sans hésiter, j'acquiesçai. Je n'avais jamais été aussi prête de ma vie.

CHAPITRE 50

Q uand Liam lâcha un hurlement pour annoncer le début du duel, tout et tout le monde en dehors de la zone de combat se fondit avec l'obscurité. Mes respirations se faisaient bruyantes dans mes oreilles, comme le bruissement des vagues sur le sable.

À moins que je ne t'appelle, Ness, tu restes aussi loin que tu le peux, tu m'entends ?

Je t'entends.

Mais ce n'était pas parce que je l'entendais que j'obéirais. Si je sentais que je pouvais aider, je le ferais.

Justin était plus imposant que dans mon souvenir, plus gros que grand. J'estimais qu'il pesait le double de moi et je pariai qu'il comptait mettre à profit ces kilos en plus s'il pouvait me pousser.

Ses yeux dorés allèrent de Liam à moi et s'illuminèrent d'un sourire. Je n'étais pas rachitique, mais j'étais petite. Peu impressionnante.

On la sous-estime facilement, avait dit l'alpha des Torrent après que Liam et moi avions tué l'ours.

Un brin de vent se leva, soufflant des nuages sur la lune argentée et les étoiles, assombrissant le ciel déjà lugubre. Ma vue de louve se précisa, s'ajustant à la basse luminosité. Cassandra attendait que Liam fasse le premier pas, comme elle l'avait fait avec Julian.

Exactement comme il l'avait prédit.

Maintenant !

Ses mots claquèrent comme un fouet sur mon échine. Je courus à ses côtés tandis qu'il se précipitait vers Cassandra. Elle attendit, encore et encore, puis, au moment où les pattes arrière de Liam se ployaient en prévision du saut, elle baissa le ventre, les membres crispés. Elle ne bougea pas, s'attendant à ce qu'il bondisse sur elle, mais il exécuta un large saut, dépassant sa silhouette aplatie.

Elle cligna des paupières, les oreilles dressées sous la surprise qu'il n'ait pas atterri sur elle. Les pattes avant de Liam touchèrent le sol avec un bruit sourd qui fit trembler la terre. Ses pattes arrière arrachèrent des brins d'herbe. Cassandra se redressa et fit volte-face.

Liam tourna fluidement, puis s'immobilisa, fixant l'alpha des Rivière de ses yeux jaunes. Pendant un moment, aucun d'eux ne bougea.

Enfin, Cassandra plongea en avant. Liam recula d'un bond, son corps imposant s'agitant avec une grâce qu'une aussi colossale créature ne devrait pas posséder. Son adversaire arrêta net son attaque, qui était plus une provocation qu'une véritable attaque. Elle voulait qu'il plante ses crocs en elle. Pas dans son cou, bien sûr, ni dans son torse, où gonflait un organe doux qui la gardait miraculeusement en vie depuis des années, mais dans un autre endroit de sa chair, irrigué par son sang empoisonné d'argent.

Justin, qui se tenait face à moi, tressaillit, et dressa le museau comme si Cassandra avait agressé son crâne par des mots silencieux. Elle grogna et se jeta sur Liam qui s'accroupit et ouvrit grand la gueule.

Ce qui était exactement ce que voulait Cassandra.

Sa vitesse ralentit et elle trébucha, dans une performance impeccable. Si je m'étais tenue dans les gradins, je serais partie du principe qu'elle avait trébuché. Je n'aurais pas vu dans ses yeux bleus la volonté ardente de nourrir l'autre loup.

Un battement de cœur avant qu'elle n'atterrisse sur Liam, il se retourna et déchira son ventre de ses griffes, ce qui arracha un gémissement suraigu à l'alpha des Rivière. Du sang coula de sa blessure. Le visage de Liam se tordit, il fermait les yeux et la bouche pour que le liquide pourpre n'entre pas dans son corps. Des gouttelettes de sang tachèrent pourtant sa fourrure noire.

Cassandra s'effondra et, au même moment, Liam se redressa sur ses pattes, se lança sur elle et frappa son garrot de ses griffes. Il ouvrit la chair, et un son à mi-chemin entre un hurlement et un grognement s'échappa de Cassandra.

Si Liam avait pu la mordre, cela aurait déjà sonné la fin du duel. Elle était au sol, le cou exposé. Mais des griffes, peu importe combien elles étaient acérées, n'avaient pas le même champ de possibles que des crocs, et les pattes n'apportaient pas la même pression que des mâchoires.

Elle essaya de se redresser, mais il frappa son dos de ses deux pattes avant et elle s'écroula de nouveau sur le ventre. Un grognement rauque retentit ; elle découvrit les dents et tordit le cou pour mordre la patte de Liam. Elle dut réussir à y plonger ses crocs, car Liam tomba. Lécher la plaie aurait permis de la faire guérir plus vite, mais la blessure était trop proche de ses griffes, imbibées de sang.

Cassandra se releva, sa fourrure pâle tachée de zones marron, les yeux brûlant de colère et d'envie de meurtre. Avait-elle compris que nous avions découvert sa technique pour éliminer les plus grands alphas ?

Un frémissement me parvint dans mon ventre, pas assez pour me déplacer, juste un rappel silencieux qu'August était là. Une ombre apparut dans ma vision périphérique et l'odeur de musc huilé de Justin me parvint. Je m'écartai d'un bond, sans quitter du regard Liam qui restait aussi immobile qu'un rocher le temps que sa patte guérisse.

Cassandra grogna, mettant fin au silence lourd. Elle partit en courant, ses foulées lentes mais puissantes. Liam s'élança, traçant un grand arc de cercle autour de la zone de combat, la faisant courir après lui, ce qui gaspillait sa précieuse énergie.

Je remarquai qu'il favorisait sa jambe gauche et l'inquiétude monta. Sa salive contenait-elle de l'argent, comme son sang ?

Justin me heurta et je chancelai, sans toutefois tomber. Je lui grognai dessus.

Je t'avais pas vue, chienne.

Ma fourrure blanche ressortait dans l'obscurité… Je brillais presque.

Je grognai de nouveau avant de reporter mon attention sur Liam. Il courait toujours mais avait considérablement ralenti. De nouveau, je m'inquiétai que ce soit à cause de la douleur, puis remarquai que Cassandra s'était arrêtée. Il devait réfléchir à quel serait le prochain mouvement de son adversaire.

J'ai bien aimé ce que tu as fait à ta nouvelle maison, mais il faut admettre, c'était un peu... stérile.

Je me hérissai en entendant la confession implicite de Justin. Bien sûr qu'il faisait partie des Rivière qui avaient vandalisé ma maison. Il avait sûrement mené l'équipe.

Après ce duel, je te tuerai, Justin, marmonnai-je entre mes dents serrées.

Il émit un bruit qui ressemblait à un gloussement.

Parce que tu crois que Cassandra te laissera quitter le terrain en vie ? Elle sait que tu es une chienne qu'on ne peut pas domestiquer. Ce qui fait de toi un handicap. Elle ne garde pas ce qui la gêne.

Heureusement qu'elle ne gagnera pas ce duel, dans ce cas.

Oh... elle ne va pas perdre. Elle ne peut pas *perdre.*

Les nuages dévoilèrent la lune et je vis tous les muscles de mon alpha se tendre, jusqu'à ses cils et son souffle. Il leva la queue haut en l'air.

Éloigne-toi de Justin, Ness.

Liam parla dans mon esprit sans rompre le contact visuel avec Cassandra. Je courus de l'autre côté de la zone.

Cassandra baissa le museau, puis se précipita vers Liam. Ses muscles se tendirent comme des ressorts tandis qu'il bondissait en avant, courant droit vers elle. Juste avant que leurs corps ne se rencontrent, il tourna abruptement, comme je n'avais jamais vu faire un loup.

Cassandra plongea ses griffes dans le sol et envoya de la terre et de l'herbe au visage des métamorphes les plus proches de la zone. Elle agita ses oreilles, se retourna et se précipita à la suite de Liam, le cou tendu, le museau à quelques centimètres de sa queue. La mâchoire grande ouverte, elle s'en saisit. Liam grogna, puis leva sa patte arrière et griffa la joue de Cassandra, ce qui éloigna son visage et lui valut une autre profonde entaille.

La joue ensanglantée, elle grommela et lâcha sa queue en crachant des poils noirs. Comment allait-il la tuer juste avec ses griffes ? Aucune de ses blessures n'avait encore guéri, et s'il en ajoutait d'autres, éviter le contact avec son sang deviendrait presque impossible.

La queue entre les jambes, Liam trotta à l'écart. Je ne savais pas à quel point elle l'avait mordu, mais il faudrait plusieurs minutes avant que sa peau ne se referme.

Les narines de Cassandra se dilatèrent et elle tourna la tête vers moi.

Pendant un long moment, elle me fixa de ses yeux bleus manipulateurs. Mon ventre devint bouillonnant tandis que quelque chose d'humide touchait mon postérieur. Je fis volte-face et grognai :

Tu viens de me renifler, abruti ?

Et alors ? Tu vas faire quoi ?

Justin cherchait juste à me pousser à attaquer, parce que si je faisais le premier pas, Cassandra aurait le droit de me tuer.

Le loup brun foncé me lorgna.

Tu as une odeur très douce pour une petite chose aussi peu douce.

Touche-moi encore et j'arracherai tes testicules et les jetterai aux coyotes. Ensuite, je te tuerai.

Mon souffle sortait en bouffées saccadées.

Tu les arracheras avec ta bouche ? Ça fait un moment que je fantasme à l'idée d'avoir ta tête entre mes jambes.

Un aboiement aigu résonna sur le terrain et je me tournai pour découvrir Liam au-dessus de Cassandra. Il griffa son cou et elle se défendit en s'attaquant à son ventre.

Il lâcha un cri qui me fit courir vers lui. Mais avant que je ne puisse m'approcher, Justin planta ses crocs dans mes hanches, ce qui me fit l'effet de deux scies dans ma chair. Il m'attira au sol. Je me retournai et frappai pour le repousser, mais la douleur était si forte que ma vision n'était plus que du blanc, partout.

Debout… Je devais me lever.

Je devais aller voir Liam.

CHAPITRE 51

Après avoir délogé les mâchoires de Justin avec mes coups, je rampai plus loin, ventre contre terre, les membres tremblants contre les minuscules feuilles des haies de Julian Matz.

Soudain, mon corps glissa de plusieurs mètres sur le côté.

Qu'est-ce que c'est que ça ? grogna Justin, à l'endroit exact où j'étais.

Profitant de sa surprise, je me hissai sur mes pattes. Mon arrière-train était en feu suite à sa morsure.

Ness ? Ça va ?

La voix de Liam me parvint. Je hochai la tête, m'éloignant de Justin alors qu'il commençait à avancer. Heureusement, il n'était pas rapide, comme s'il avait peur que je lui échappe encore s'il progressait plus vite. Une forme noire se matérialisa entre nous : Liam.

Reste loin d'elle, Justin.

Elle a attaqué en premier.

C'est faux ! m'écriai-je.

Oubliée, la douleur dans mon dos. Cassandra approcha aux côtés de Justin.

On dirait que nos arbitres n'arrivent pas à s'entendre.

J'ai vu ce qui s'est passé. Justin l'a mordue ; Ness n'avait rien fait.

Il ne l'aurait pas mordue si elle n'avait rien fait. Et puis, tu n'es pas arbitre, Kolane. Heureusement que tu l'as si bien préparée, car les règles sont les règles.

Derrière Liam, Cassandra m'observa et lécha le sang sur ses lèvres.

Ce combat reste entre toi et moi, aboya Liam.

Il est trop tard pour cela.

Le corps de Liam sembla grossir dans la nuit.

Ness, tu peux courir ?

Oui, répondis-je à voix haute, parce qu'il était dos à moi.

Tu te rappelles notre chasse à l'ours ?

Je dressai l'oreille. Liam allait-il se retransformer pour distraire les Rivière ?

Je vais créer une diversion.

L'alpha des Rivière plissa le visage.

Qu'est-ce que vous mijotez, tous les deux ?

L'énergie renfloua dans mon corps.

Nous devrions dire à notre audience ce qui se passe, répondit Liam.

Ils comprendront.

Je préfère leur expliquer. Je vais me retransformer. Et puisqu'on s'en tient tellement aux règles, tu ne peux pas m'attaquer tant que je ne serai pas en loup, à moins de te transformer toi aussi en humaine. On est d'accord, Morgan ?

Son regard bleu brillait comme une flamme.

Oui.

Malgré les nombreux battements de cœur autour de nous, je sentis le leur accélérer. Était-ce de l'excitation ?

Ne nous fais pas attendre trop longtemps, fit Morgan d'une voix douce, presque enjouée.

Je reculai de quelques pas, agitée par l'intensité de son regard. Toujours dos à moi, Liam me parla de nouveau :

Elle croit que j'ai oublié qu'elle a le droit de t'attaquer, puisque tu es en fourrure.

Je me figeai.

Ils vont se jeter sur toi. Continue de courir et ne t'arrête pas. Cours en cercle, autour de la zone. August ajustera ta trajectoire. D'accord ?

Je ne dis rien, de peur de gâcher notre plan, de peur que Liam entende la terreur qui montait en moi à l'idée d'être chassée non pas par un, mais par *deux* loups gigantesques.

Comme il l'avait fait dans les Smoky Mountains, Liam se retransforma. Sa silhouette musclée était soulignée par la lumière de la lune. Il se tourna un peu et je clignai des paupières devant la quantité de sang sur son ventre. Des croûtes et des entailles parsemaient la peau.

— Métamorphes, Justin a attaqué mon second.

Les gens froncèrent les sourcils. Je ne pensais pas que ce soit de surprise – ils avaient tous vu la scène – mais plutôt de confusion : ils ne comprenaient probablement pas pourquoi Liam ressentait le besoin d'interrompre le spectacle pour le leur expliquer.

Le lien se resserra et je jetai un coup d'œil à August derrière moi. Ses yeux verts étaient calmes, et ses bras croisés sur sa poitrine, les épaules redressées. Il était prêt et concentré.

En me retournant, je croisai le regard d'Alex. Sa main n'était plus dans celle de Sarah, mais mon amie était toujours à côté de lui, ses yeux sombres brillant d'inquiétude.

— Ness ! Attention ! cria-t-elle.

Comme l'avait prédit Liam, Cassandra et Justin coururent dans des directions opposées, exécutant un V qui convergeait vers moi. Je détalai à toute allure vers le bord de la zone, remerciant Matt, car grâce à lui, mes poumons n'explosaient pas et mes muscles tenaient le coup. De toute façon, je ne sentais plus mes membres, ni quoi que ce soit d'autre que le vent dans ma fourrure, le sifflement dans mes oreilles. À ce moment-là, je tenais plus de l'oiseau que du loup.

Soudain, mon corps fut tiré vers le centre de la zone. Des mottes de terre s'arrachèrent sous mes griffes, seule chose qui m'empêcha de trébucher. Je tournai la tête vers là où je me trouvais et vis Cassandra retirer d'un coup Justin de son dos. Ils avaient dû se rentrer dedans, ce qui aurait pu m'amuser si le regard incendiaire de l'alpha n'était pas rivé sur moi.

Elle dut crier sur Justin via le lien d'esprit, car il se redressa et se précipita vers moi.

Je courus de nouveau, mes pattes arrière touchant presque mes oreilles. Un rugissement retentit à ma gauche, puis une ombre apparut, provenant de derrière moi. Était-ce Cassandra ? Je redoublai d'efforts, courant plus vite que lorsque les rochers avaient dégringolé sur moi dans la montagne, pendant la première épreuve. Des corps se heurtèrent derrière moi, et j'entendis des grognements. Sans décélérer, je tournai la tête vers le raffut et découvris une montagne de fourrure noire au-dessus d'une montagne de fourrure brune.

Un cri ponctua la nuit, suivi du bruit de quelque chose d'humide qu'on arrache. Choquée par la vue du sang de Justin coulant du museau de Liam, je ne vis pas la silhouette qui arrivait en flèche vers moi.

Ness ! hurla Liam dans mon crâne.

Je me figeai. Un battement de cœur avant que Cassandra ne s'écrase sur moi, August tira sur le lien. Cette fois, je tombai tandis qu'il traînait mon corps vers le centre de la zone, à quelques mètres du corps inerte de Justin.

Cassandra hurla de frustration. Le monde semblait palpiter à mes yeux.

Liam trotta devant moi, la tête et la queue bien hautes, les épaules détendues. Un mur d'assurance inaltérée.

Elle triche ! cria Morgan.

Dommage que ton second ne soit plus en vie pour arrêter le duel, aboya Liam.

Essoufflée, je me remis sur quatre pattes avec la sensation de m'être déplacée des côtes, sans parler des bleus qui devaient y fleurir. L'odeur du sang chaud et de la terre humide me parvint. Je m'attendais à ce que Justin bouge, mais seule sa fourrure bruissait.

Il était mort.

J'arrivais à peine à croire la rapidité avec laquelle sa vie lui avait été arrachée.

Une minute il était là, et celle d'après, il était mort.

L'animation dans la rangée de métamorphes derrière Justin me fit lever les yeux. Alex Morgan jouait du coude pour s'avancer vers ma meute. Je lâchai un aboiement aigu, mais l'attention de mon partenaire ne dévia pas de moi. J'aboyai de nouveau, mais il ne regarda toujours pas autour de lui, même si une ride apparut entre ses sourcils. Personne ne voyait Alex s'approcher ? Il n'était quand même pas transparent !

Mais après tout, il n'avait pas encore percé la première ligne de Boulder. Un grognement attira mon attention sur le terrain de combat où Cassandra se ruait sur Liam.

Je devais me concentrer sur lui. Quelqu'un dans ma meute repérerait sûrement Alex et lui barrerait le chemin.

J'essayai de garder un œil sur les deux alphas mais jetai un coup d'œil au-delà de leur corps. Alex avait disparu, mais August était toujours là.

Où Alex était-il passé ?

Un éclat de jaune se matérialisa derrière la mince rangée de Boulder. Alex s'était transformé. J'aboyai. Mais August ne comprenait pas. La ride à son front s'intensifia seulement.

Aucun Boulder ne regarda par-dessus son épaule. Tous étaient trop concentrés sur le combat.

La forme jaune se rapprocha dangereusement, terriblement vite. Je me concentrai sur la corde bleue qui me reliait à August et tirai si fort que mon ventre faillit s'ouvrir.

August eut un mouvement en avant. Il déplia les bras pour se stabiliser. Je l'avais déplacé, mais seulement de quelques centimètres.

August détourna enfin le regard de moi, mais seulement pour fixer son ventre.

Par-dessus ton épaule, aboyai-je. *Derrière toi !*

Quand il me regarda de nouveau, l'émerveillement éclairait son visage.

Il ne comprenait pas.

Je courus vers lui, espérant que Liam contrôlait Cassandra, espérant qu'en choisissant un loup, je n'en sacrifiais pas un autre.

Quand Alex se replia sur lui-même, j'étais encore trop loin.

Impossible de savoir si c'était la panique dans mes yeux ou ma course folle vers lui, mais August se retourna enfin.

Trop tard.

Trop tard.

Alex était déjà en l'air.

CHAPITRE 52

J'agrippai la corde bleue avec mon esprit et tirai en puisant dans ma haine pour ce garçon qui avait éjecté mon cousin de la route pour le mener droit à sa tombe.

August plongea en avant de plusieurs mètres, cette fois. Il tomba et ses mains frappèrent le sol devant sa tête. Alex atterrit sur l'herbe au lieu de sur la chair et le choc le fit trébucher.

En se redressant, il plissa son regard violet et observa la silhouette agenouillée d'August. Avant que mon partenaire ne puisse se lever, Alex galopa vers lui. La corde échappa à ma poigne invisible et vibra de manière si chaotique qu'elle en devint floue, déjouant mes tentatives pour m'en saisir.

Je m'arrêtai bruyamment et la corde se stabilisa. Je la pris, et cette fois, refermai mes doigts imaginaires autour d'elle. Je tirai au moment où un autre loup fonçait hors du mur de jambes humaines et sautait sur Alex. Au début, je crus que c'était un Boulder, mais le loup était petit et élancé ; ce n'était pas un mâle. Et sa fourrure ondulait.

Sarah.

Alex l'envoya valser et son petit corps dessina un arc de cercle en l'air avant de s'écraser violemment au sol. Alex grogna et se précipitait vers elle quand un autre loup apparut, cette fois imposant et gris.

Plus gros qu'Alex.

Lucas.

Grognant comme un animal sauvage, mon compagnon de meute plongea ses crocs dans la colonne d'Alex. Avec une fascination morbide, j'observai le museau et les dents de Lucas ressortir tachés de sang.

Ness.

Le son faible de mon alpha qui m'appelait ramena mon attention sur la zone de combat.

Je me retournai si vite que ma vision se troubla puis se précisa sur l'amas de fourrures à l'autre bout du terrain. Cassandra était au-dessus de Liam, ses pattes avant sur ses épaules.

Il se tortillait pour s'en défaire, mais ses pattes restaient immobiles, comme soudées à la fourrure noire. Quand il poussa un cri qui résonna dans mes oreilles et dans mon torse, je compris que ce n'était pas son poids qui la gardait ancrée à lui mais ses griffes violettes.

Sa bouche descendit vers son cou et je me précipitai, l'adrénaline traversant mon corps et électrifiant mes muscles.

Il se tourna sur le côté et elle manqua sa cible, mais resta accrochée à lui. Un autre hurlement violent parvint à mes oreilles et je sentis que ses griffes avaient ouvert un peu plus son dos.

J'y étais presque.

Presque derrière eux.

Cassandra grogna et ses crocs illuminés par la lune approchèrent le tas de fourrure noir sous elle.

J'avais juré de le protéger, mais j'étais partie en le laissant pour compte.

J'avais laissé mon partenaire me distraire.

J'avais échoué.

Liam rua, interrompant le geste de Cassandra sans parvenir pour autant à la déloger. Mon alpha lâcha un nouveau hurlement à glacer le sang au moment où je heurtais les côtes de Morgan. C'était comme heurter un mur de brique, mais le mur s'écroula. Ses griffes s'arrachèrent de Liam, qui grogna de nouveau.

Des ruisseaux de chairs arrachées faisaient couler le sang sur sa fourrure noire, mais son cœur battait toujours.

Il battait toujours.

Priant pour que le sang empoisonné n'ait pas coulé sur lui, je l'enjambai et créai un bouclier avec mon petit corps.

Avant que Cassandra ne soit pleinement debout, je sautai sur elle et la forçai à reculer. Elle atterrit sur le dos, les crocs découverts. Je frappai son visage de mes pattes, mais cela ne fit que l'énerver davantage encore.

Comme lors des entraînements avec le punching-ball, que Liam m'avait obligée à faire jusqu'à ce que mes phalanges saignent, je frappai, encore et encore, griffant sa joue, son front, n'importe quelle surface que je pouvais toucher. Hurlant et grognant, elle atteignit ma joue. Un feu ardent se répandit à ma tempe, à mon œil gauche et à mon museau.

Je clignai des yeux violemment, sans pouvoir y voir plus clair. Puis, je fus arrachée d'elle.

NON ! criai-je tandis qu'August tirait sur le lien, m'attirant à lui.

Je plongeai mes griffes dans le sol. Mes muscles hurlaient et mes os convulsaient. Je résistai contre le lien invisible qui m'écartait de Cassandra et de Liam.

Liam qui ne s'était toujours pas relevé, mais dont le torse continuait de se lever et de s'abaisser.

Cassandra bondit sur ses quatre pattes et je rampai vers elle, tirant tellement sur le lien tendu qu'il faillit se casser. Je priai pour que, pour une fois, je sois plus forte qu'August. Je bondis sur le dos de l'alpha des Rivière et fis la seule chose qui me venait à l'esprit pour sauver la vie de Liam.

Je plongeai mes crocs dans son cou. Le goût du métal et du sel remplit ma bouche, et j'essayai de ne pas avaler la moindre goutte.

— Non ! entendis-je quelqu'un crier.

Je ne pus dire si ce cri provenait de ma tête ou de l'extérieur. Je secouai la tête d'un côté à l'autre pour déchirer les tendons et veines de Cassandra et ne m'arrêtai pas avant que son corps se détende… avant que son gigantesque corps s'écroule sous le mien.

CHAPITRE 53

L a gueule pleine du sang de Morgan, j'eus un haut-le-cœur. Je forçai ma trachée à se fermer pour que son sang empoisonné n'entre pas dans mon corps. Je crachai, puis un jet de vomi s'échappa de ma bouche et entacha la fourrure tachetée de Cassandra qui se résorbait déjà.

Mes yeux s'humidifiaient et me brûlaient. Ma vision se troubla, mais pas assez pour ne pas voir le corps de Cassandra redevenir humain, pour la dernière fois.

Elle était morte, et j'étais toujours en vie.

On a réussi, Liam, murmurai-je.

Je m'approchai de mon alpha et sentis son cœur battre à l'intérieur de ma chair blessée. Si le poison avait pénétré son organisme, son cœur se serait déjà arrêté. Il leva la tête et son regard jaune lumineux tomba sur moi.

On a réussi, répétai-je.

Je passai ma patte sur ma joue, essayant de voir à travers le voile collant de sang.

Cette fois, son corps entier bougea. Il se leva comme un tourbillon de fumée, assombrissant la nuit couleur saphir et l'herbe émeraude. Lentement, il avança vers moi.

Le sol trembla sous les pas d'autres personnes. J'essayai de tourner la tête, mais je me sentais si lourde, comme si Lucas m'avait attaché l'un de ses haltères énormes qu'il aimait soupeser quand il me regardait m'entraîner.

Le monde devint flou, les couleurs et les bruits se noyèrent et se mélangèrent comme sur une aquarelle trouble.

Je clignai des yeux et me retrouvai à fixer un drap d'étoiles brillantes.

Même si j'étais une créature faite pour fouler la terre, j'adorais le ciel, la beauté de ses couleurs qui changeaient sans relâche, son éclairage distant qui avait inspiré à mon père tant d'histoires, ses nuages qui défilaient comme les pistils soufflés d'un pissenlit, sa lune brillante qui m'avait estimée digne de sa magie.

Un visage aussi magnifique que le ciel se pencha au-dessus de moi, occultant la vue des constellations, tout en m'en présentant une nouvelle, faite de taches de rousseur et non d'étoiles.

Le timbre bas et rauque de la voix d'August apaisa la douleur traversant mes veines. Je fermai les paupières. Combien de fois m'étais-je endormie en écoutant cette voix rauque faite de soie ?

Mon menton retomba contre mon col, puis ma tête partit en arrière. La terre trembla de nouveau, à moins que ce ne soient les bras qui m'entouraient.

— Jolies-fossettes !

Je soulevai mes paupières, surpris un éclat de vert et de doré, comme la lumière du coucher de soleil à travers les feuilles de l'arbre qu'August m'avait appris à escalader.

Mon cœur tressaillit, comme traversé par de l'adrénaline pure. Ma peau se hérissa, mes muscles se contractèrent et mes os claquèrent en se réalignant.

De grands doigts caressèrent ma joue, mes cheveux, et s'enroulèrent autour de mon cou humain avant de soulever mon corps et de le bercer.

Le monde tourna, comme s'il avait trébuché hors de son axe, et le vert et l'or se confondirent avec le noir, le gris, et enfin le blanc immaculé, comme si la nuit était illuminée de feux d'artifice.

August avait-il encore illuminé le ciel pour moi ?

J'aimais tellement les feux d'artifice.

Je le cherchai du regard, mais il était parti.

Tout était silencieux.

Tout était clair.

CHAPITRE 54

L e feu enflammait mes veines.

CHAPITRE 55

Du bruit agressa mes oreilles.

CHAPITRE 56

La chaleur calcinait ma peau, puis un grand froid traversa ma gorge et mes poumons enflèrent comme un soufflet, m'arrachant un cri qui se réverbéra contre mon palais et pulsa à mes joues, réveillant une douleur féroce.

Boum.

Boum.

CHAPITRE 57

Du métal cliqueta.
Une trépidation sauvage dans mon torse.
Des rayons de lumière éblouissants.
Des flashes de douleur aiguë.
Des couleurs floues.
Du bleu clair.
Du pêche.
Du vert.
Du brun.
Puis du blanc.
Tellement de blanc.

CHAPITRE 58

B ip… *Bip… Bip.*
— Elle est morte, mais elle est revenue, maman.
Qui est morte ? *Sandra ?*
— Attends. Je dois y… je te rappelle.
Quelque chose racla dans un bruit fort et strident.
Puis, cinq points de chaleur se posèrent sur ma joue.
Et du vert.
Deux orbes verts.
Non, pas des orbes.
Des yeux.
— Jolies-fossettes ?
Le vert devint flou et s'estompa.
Pas dans du blanc, mais dans du noir.

CHAPITRE 59

B ip… *Bip… Bip.*
L'odeur chaude de la peau.

L'épice et la sciure.

Le battement régulier d'un cœur dans mon dos.

Baboum… Baboum… Baboum…

En rythme, puissant.

Le pic soudain de bips résonnant autour de moi fit tressaillir le corps qui entourait le mien.

— Jolies-fossettes ?

Bip. Bip. Bip.

Je clignai des paupières, mais tout était noir. Si noir.

— Je veux…

— Qu'est-ce que tu veux, mon cœur ?

— Des couleurs.

Quelque chose cliqueta et des mains m'installèrent doucement sur le dos.

Contre le plafond crème derrière, le vert, le sable et l'or tourbillonnaient. La chaleur me monta aux yeux, puis quelque chose d'humide roula sur ma joue : une larme.

Les battements de mon cœur s'apaisèrent. Ralentirent. *Bip…*
Bip… Bip…

— Qu'y a-t-il ?

La voix grave vibrait dans l'air. Je levai la main pour toucher la
mâchoire d'August. Il tourna la tête, jusqu'à ce que ses lèvres touchent ma
paume.

— C'était si noir, puis si blanc, murmurai-je. Qu'est-ce qui m'est arrivé ?
Sa respiration faiblit.

— Quoi ? demandai-je en levant l'autre main pour pousser les cheveux
devant mon œil gauche.

Ce n'étaient pas des cheveux, mais un bandage.

Un épais bandage.

J'appuyai dessus jusqu'à trouver le bout du bandage et commençai à le
retirer, mais August se saisit de mes doigts.

— Ne le retire pas.

— Pourquoi pas ? Je saigne ?

— Non. Peut-être. Mais ne le retire pas encore. Greg a dit qu'il serait là
dans la matinée. Il s'en chargera.

— D'a… d'accord.

Quelque chose dans son expression faisait battre mon cœur un peu plus
vite, ce qui remplit l'hôpital de *bips* saccadés et bruyants.

— Et Cassandra elle… elle est… ?

— Morte ? Oui. Elle est morte. Tu l'as tuée. Et ça t'a tuée.

Sa voix se brisa.

— Ça… t'a… tuée, répéta-t-il.

Je passai ma paume sur sa mâchoire et appuyai un peu plus fort pour
m'assurer qu'il était réel et que moi aussi.

— Je suis morte ?

Ce vide silencieux et empli de blanc, c'était donc la mort.

— Comment… comment je suis revenue ?

Il ferma les yeux, comme pour chasser ce souvenir.

— Je t'ai mordue.

Je fronçai les sourcils.

— Tu m'as mor… *oh…* Comme dans la légende ?

J'écarquillai mon œil sans bandage.

Il hocha la tête et sa barbe dense frotta contre ma paume.

— Tu m'as ramenée à la vie, dis-je avec émerveillement.

En me rappelant qui m'avait raconté cette histoire, un nom jaillit de mes lèvres :

— *Liam !* Et Liam ? Il est en vie ?

— Il est vivant.

Bip. Bip. Bip.

— Nous avons gagné, alors ?

August ferma les yeux.

— Oh… Ness.

— Quoi ? On a perdu ?

— Non. On a gagné. Mais…

— Mais quoi ?

Il retira sa joue de ma main et entrelaça ses doigts aux miens, faisant attention à ne pas toucher le moniteur cardiaque attaché au bout de mon index.

— Qu'est-ce qu'il y a, August ?

Le silence augmenta mon rythme cardiaque. Les bips trépidèrent contre mes tympans, contre les murs fauves, contre la porte fermée de la chambre. Il abaissa nos mains jointes sur mon ventre.

— Il n'existe plus, murmura-t-il d'une voix rauque.

Je fronçai les sourcils.

— De quoi tu parles ?

— Du lien, murmura-t-il. Il n'est plus là.

Et c'est à ce moment que je le sentis. Ou plutôt, sentis son absence.

— Oh.

Il étudia mon visage tandis que cette révélation s'installait en moi, comme la vase au fond d'une rivière.

— La mort l'a coupé, compris-je.

Il posa son front contre ma clavicule et son corps se souleva, d'abord à cause de sa respiration hachée, puis à cause de sanglots silencieux. Pleurait-il son absence ou s'était-il rendu compte que le lien était la raison de son attraction pour moi ?

Probablement la seconde proposition. Il ne pleurerait pas à cause d'un lien brisé. Pas si cela n'avait pas altéré ses sentiments pour moi. Il avait sûrement peur que l'admettre m'envoie dans une spirale de douleur inflexible. Ou de nouveau dans le vide blanc.

Je frémis rien qu'à ce souvenir.

Je posai ma main libre sur son dos voûté et caressai les nœuds de sa colonne vertébrale.

— C'est rien, murmurai-je.

J'essayai d'avoir l'air forte, même si je ressentais cette perte jusque dans ma moelle.

— Pas besoin de te sentir coupable, August. Je ne vais pas me briser, je te le promets.

J'étais trop brisée pour ça, non ?

— Qu... Quoi ?

Il leva la tête de mon torse et passa sa paume sur ses yeux rougis.

— On sera de nouveau...

Je haussai les épaules pour me donner le temps de me racler la gorge.

— Amis.

J'essayai de sourire, mais mes lèvres tremblaient trop pour ça. Il plissa le front.

— De quoi tu parles ?

— Je... Tu... Je croyais... Pourquoi est-ce que tu *pleures* ?

— Parce que je t'ai perdue.

Il l'avait dit avec une colère qui me fit m'enfoncer plus profondément dans l'oreiller soutenant ma tête.

— Parce que quand Liam m'a dit de te mordre, j'ai cru que c'était une blague de mauvais goût, qu'il était devenu fou. Ness, tu es morte dans mes bras. Et toute cette semaine, tu n'as pas arrêté de reprendre conscience et de repartir. Pardon d'être à bout de nerfs, mais il y a quelques minutes, j'étais terrifié que tu ne te réveilles jamais. Ou que tu ne te rappelles plus mon nom. Ou que tu ne veuilles plus de moi maintenant que plus rien ne nous lie.

— Toute la semaine, murmurai-je. Le duel était la semaine dernière ?

Il hocha la tête avec prudence, comme s'il attendait que je digère le reste de ses mots.

— Tu pensais que je t'oublierais ?

Je passai mon pouce sur sa paume.

— Comment pourrais-je oublier celui qui venait me chercher à l'école pour m'acheter des glaces ? Qui m'a appris à grimper à mon premier arbre et s'asseyait à mon chevet pour s'assurer que tous les monstres restent sous le lit ? Je me rappelle tout, August. Le jour où tu es venu me parler, à la réunion de la meute. La fois où tu as tiré sur Lucas au paintball. La nuit où tu m'as retrouvée dans les bois quand Liam m'avait traitée de traîtresse. Je me rappelle notre nage dans le lac, où tu avais essayé de me chatouiller. La sensation de ta paume sur ma peau. C'est ce jour-là que je me suis rendu compte que mes sentiments pour toi n'étaient pas si platoniques.

Je continuai à caresser sa paume et levai l'autre main pour toucher la mince ligne blanche sur sa joue, là où je l'avais griffé la nuit où il m'avait réveillée après un cauchemar.

— Je me rappelle t'avoir donné cette cicatrice, puis avoir léché le sang.

Un frisson le parcourut.

— Je me rappelle notre premier baiser. Chacun d'entre eux, même. Je me rappelle mon dîner d'anniversaire et tout ce qui s'est passé après.

Il entrouvrit légèrement la bouche, comme s'il essayait de reprendre son souffle.

— Je me souviens de toi, August.

J'attrapai dans mes mains sa mâchoire ciselée. Ses yeux émeraude splendides soutenaient les miens.

— Et concernant le lien, ce n'est pas la première fois qu'il est absent entre nous, non ?

Ses yeux semblèrent briller un peu plus fort.

— Et toi ? demandai-je.

— Quoi, moi ?

— Tes sentiments pour moi ont *changé* ? Je sais que tu m'aimes, mais est-ce que tu… (Je haussai les épaules) *veux* toujours de moi ?

Il secoua la tête, captura mon poignet et le porta à ses lèvres.

— C'est plus que ça. Je n'ai pas assez de mots pour décrire ce que je ressens pour toi, Ness Clark.

Quand il embrassa la peau délicate, la pièce s'emplit de la mélodie de mes battements de cœur.

Il recouvrit l'intérieur de mon bras de baisers avant de poser prudemment ma main sur les draps froissés. Il enroula ses doigts sur les barreaux noirs du lit, pour ne pas m'accabler de son poids, et se pencha jusqu'à ce que sa bouche soit parallèle à la mienne. J'essayai de poser la main sur son dos, mais le fil du moniteur cardiaque bloqua ma première tentative.

— Tu peux éteindre cette machine, que je puisse retrouver mon doigt ?

Je ne veux pas retirer la pince et causer une crise cardiaque chez toutes ces infirmières quand elles entendront une ligne plate.

Est-ce que ça les alerterait ? Probablement...

August grimaça et je plissai le nez.

— Je ne voulais pas te rappeler ce moment.

— Je ne crois pas que je serai un jour capable de l'oublier, mon cœur. C'étaient les pires minutes de ma vie. Avec le crash en hélicoptère et la conversation à cœur ouvert avec Evelyn.

— Evelyn ! Elle sait ?

Il étudia la machine pour trouver comment l'éteindre. Au final, il se contenta de la débrancher. Il retira la pince de mon doigt.

— Elle sait. Les deux premiers jours, elle n'a pas quitté la chaise près de ton lit, puis Frank l'a forcée à rentrer la nuit pour pouvoir se reposer. Elle m'a fait jurer de ne pas quitter ton chevet, puis a marmonné quelques trucs en espagnol, mais je n'ai pas compris ce qu'elle disait. Elle me lançait sûrement un sort.

Je souris, mais cela tirait sur ma blessure à ma joue, alors j'arrêtai aussitôt.

Je levai la main pour sentir ce qui était sous le bandage, mais August attrapa mes doigts et les écarta.

— Demain. Tu retireras le bandage demain. Bon, on en était où ? Ah oui... j'étais sur le point de faire ça.

Il m'embrassa doucement et j'oubliai complètement ma blessure.

J'oubliai beaucoup de choses.

Soudain, une pensée traversa ma tête et j'écartai ma bouche de la sienne.

— Tu aurais pu mourir !

— Quoi ?

Sa voix était rauque.

— Quand tu m'as mordue ! J'avais de l'argent dans le sang. Tu aurais pu mourir. Comment ça se fait que tu es en vie ?

— L'injection de Sillin que Greg m'avait faite a contrebalancé l'argent que j'ai ingéré. Celui dans ton sang aussi.

J'allais m'énerver contre lui quand la porte s'ouvrit d'un coup et qu'une infirmière entra, les joues rouges.

— Vous... la machine...

Elle ne semblait pas réussir à reprendre son souffle.

— Pardon. On l'a débranchée. Je vais bien.

Elle se précipita vers moi et je levai une paume pour l'arrêter.

— Je vous le promets.

— Je vais devoir appeler votre médecin.

— D'accord.

Je doutais qu'il me demande de me rebrancher à la machine. Une fois la porte fermée, je reportai mon attention sur August.

— Liam n'aurait *jamais* dû te dire de…

Il posa un doigt sur mes lèvres.

— Quand je t'ai mordue, je comprenais les risques, et je le referais un millier de fois pour te retrouver.

Les larmes me montèrent aux yeux.

— Oh, mon cœur. Ne pleure pas. Il y a eu trop de larmes par ici.

J'inhalai, essayant de repousser mes émotions.

— Entre maman, Evelyn, Matt, Sarah…

Je souris, même si mes joues étaient désormais mouillées.

— Sarah a pleuré ?

Je repoussai les larmes du dos de la main. J'imaginais bien Matt avoir les larmes aux yeux, il avait vraiment bon cœur. Mais Sarah ?

— Ne lui dis pas que je te l'ai dit. Elle m'a fait jurer le secret, me rapporta-t-il en glissant une mèche de cheveux derrière mon oreille. Tu es la plus populaire de l'hôpital. Tous les Boulder sont venus te rendre visite, pour le plus grand plaisir des infirmières.

Je ris et cela tira encore sur la blessure qui m'attendait derrière le bandage.

— J'ai d'autres questions.

Il soupira.

— Laisse-moi m'installer.

Il m'installa sur le côté du lit étroit pour pouvoir s'allonger à côté de moi.

— Je sais qu'Evelyn est venue, donc j'imagine qu'elle va bien, mais est-ce que Cassandra… est-ce qu'elle avait envoyé quelqu'un chez elle ?

— Tu es sûre que tu veux tout savoir ce soir ?

Je hochai la tête. Il posa sa main contre mes côtes.

— Après ton avertissement à Matt, Frank est parti avec Derek. Ils ont trouvé la fille de Morgan à traîner sur sa propriété.

Je blêmis.

— Joseph junior – Frank l'avait fait rester derrière – a réussi à lui coller une balle dans la jambe avec un vieux fusil de son père.

L'horreur parcourut mes veines.

— Il n'a que quatorze ans.

August sourit.

— Il a défendu son territoire comme un grand.

— Et les filles ? Elles allaient bien ?

— Les filles ?

— Tamara, Amanda…

Je n'ajoutai pas le nom de Sienna, puisqu'à ma connaissance, elle n'était plus avec un Boulder, ce qui voulait dire qu'elle n'aurait probablement pas été ciblée.

— Liam avait ordonné à deux de nos gars de rester avec elles avant le début du combat. Elles vont bien.

J'étais contente d'apprendre que Liam avait protégé Tamara.

— D'autres questions ?

Je me mordillai la lèvre inférieure.

— Tu crois qu'ils me laisseront sortir demain ?

— Greg en décidera. Si ça ne tenait qu'à moi, tu récupérerais chez moi.

Chez lui… Heureusement que je n'étais plus connectée au moniteur cardiaque, car j'étais sûre que mon cœur venait de bondir jusqu'au toit.

— C'est là que j'irai après tout ça ?

Ses taches de rousseur s'assombrirent.

— J'aimerais bien, mais je comprendrais que ce soit trop pour toi. Ta nouvelle maison est aussi prête.

Le souvenir du sang et de l'urine me donnait l'impression que les murs de ma chambre d'hôpital se refermaient sur moi.

— C'était Justin. Il l'a avoué. Il a sûrement été aidé, par contre.

August baissa la tête.

— Ne t'inquiète pas. Je m'en suis déjà occupé.

Il parlait de ma maison ou du reste des responsables ? Je ne posai pas la question.

— Et Alex ? Que lui est-il arrivé ?

— Il n'est plus là non plus.

— Plus là ?

— Il est mort. Lucas s'en est occupé.

— Et Lori ? Frank l'a tuée en arrivant chez lui ?

— Non. Elle est en captivité au Q.G. Liam voulait la questionner. Il essaye de découvrir qui sont les plus grands sympathisants de Morgan.

Un bâillement s'échappa de ma bouche. Le regard d'August s'adoucit.

— Tu dois te reposer.

— J'ai dormi pendant une semaine.

— Tu t'es *régénérée* pendant une semaine. Tu avais trois côtes cassées et plusieurs autres… *blessures.*

J'inhalai profondément. Je n'eus pas mal, ce qui voulait dire que les côtes étaient déjà guéries.

— Rien ne me semble cassé, là.

À part mon visage.

— Je suis content d'entendre ça.

— Est-ce que Liam… (Je plissai le nez) Est-ce qu'il a *mangé* le cœur de Morgan ?

— Oui.

— Comment ? Est-ce que ton sang a aussi…

— Tu te rappelles que papa était avec les Torrent ? L'après-midi du duel, Greg était inquiet du peu de Sillin qu'il nous restait, alors j'ai dit à papa d'en acheter un peu aux Torrent. Finalement, ils nous l'ont donné gratuitement.

— Oh. C'est… *gentil* de leur part.

Rien n'était jamais gratuit dans ce monde et je me doutais que cela avait été donné dans l'espoir de quelque chose en retour. Était-ce August qu'ils voulaient ?

— Ils sont arrivés juste après…

Il frémit.

— Juste après quoi ?

— Juste après que tu nous es revenue. Mais papa a entendu toute l'histoire, ce qui lui a donné beaucoup de cheveux blancs en plus.

— Il doit me haïr de t'avoir mis en danger.

August se raidit légèrement.

— *Te haïr* ? D'abord, Jolies-fossettes, mon père t'adore. Mes deux parents, d'ailleurs. Ensuite, tu ne m'as pas mis en danger, alors ne t'avise pas de me ressortir ça. Tu n'as même pas le droit d'y penser, d'accord ?

— D'accord, mentis-je.

Je savais bien que j'y repenserais toujours. Comment le contraire serait-il possible ? August se pencha pour éteindre la lumière au-dessus de mon lit, mais je l'arrêtai :

— Tu peux la laisser allumée ?

— Bien sûr.

Il joua avec mes cheveux et ce geste doux me berça.

— Je ne les ai pas vus, murmurai-je.

— Tu n'as pas vu qui, mon cœur ?

— Maman et papa.

Ma gorge se serra.

— Quand je suis morte, je ne les ai pas vus.

Un moment passa et je repris :

— Tu crois que je ne suis pas morte assez longtemps, ou tu crois que rien ne nous attend *après* la mort ?

Même si son torse se soulevait et s'abaissait régulièrement, son pouls accéléra.

— Je ne sais pas.

J'appréciai son honnêteté, même si je sentis ma gorge se serrer encore plus.

— Merci.

— De quoi ?

— De m'avoir ramenée ?

Au moins, des gens m'attendaient de ce côté-ci.

Il lâcha mes cheveux, m'attira plus près, et déposa un baiser sur ma tempe, que je sentis malgré le bandage.

— Je te ramènerai toujours.

Et je savais qu'il disait vrai. Chaque fois que je m'étais perdue, il avait été celui qui m'avait toujours ramenée.

CHAPITRE 60

À mon réveil, la lumière était si vive que je refermai aussitôt mes paupières – enfin, ma paupière. L'autre était toujours momifiée de bandes. Le mur fauve fut la première chose que je vis. Je n'avais jamais été particulièrement fan de cette couleur, mais en y regardant de plus près, je la trouvais merveilleuse.

Le brouhaha de voix devant ma chambre d'hôpital me fit me tourner de l'autre côté. Les pieds d'une chaise crissèrent et un « *Querida* » hésitant s'échappa de la bouche d'Evelyn.

De ses mains tremblantes, elle empoigna mes joues, faisant attention à ne pas exercer trop de pression sur celle qui était bandée. Elle posa ses lèvres inhabituellement pâles sur mon front, puis sur mon nez, et de nouveau sur mon front.

— Je ne ferai pas de vieux os si tu continues à me faire des coups pareils.

— Je suis désolée, Evelyn.

Des larmes collèrent ses cils noirs.

— Oh, *querida*. S'il te plaît, plus de danger. S'il te plaît.

— Je te promets que j'en ai fini avec les duels et les compétitions d'alpha pour le restant de ma vie.

— *Bueno*. Maintenant dis-moi, comment te sens-tu ? Frank dit que tu guéris vite, mais je m'inquiète.

Quand est-ce qu'elle ne s'inquiétait pas ?

— Je me sens bien.

Ses yeux noirs inspectèrent mon visage bandé et je me demandai si le bandage n'était pas imbibé de sang. Je levai mes doigts pour le sentir, mais un coup à la porte m'arrêta.

— On peut entrer ?

Evelyn regarda derrière elle avant de m'observer de nouveau.

— C'est qui, nous ? demandai-je doucement.

— Les hommes que tu appelles les anciens.

— Les cinq ?

Elle hocha la tête. Je me hissai en position assise et peignai mes cheveux avec mes doigts. Même s'ils n'auraient pas remarqué mon tas de nœuds avec la moitié de mon visage enveloppée.

— En... entrez !

La porte s'ouvrit et ils entrèrent les uns après les autres, August fermant la marche.

La veille, je n'avais pas remarqué les ombres violettes sous ses yeux, ni son teint grisâtre. Je voulais lui dire de rentrer et de se reposer, mais Eric se plaça devant lui et commença à me parler, s'enorgueillissant de l'incroyable combat que Liam et moi avions mené. Derek affirma que j'entrerais au panthéon des loups de Boulder. Je me demandai si ma meute avait vraiment un panthéon. Enfin, Frank posa sa main sur l'épaule d'Evelyn et déclara que mon courage avait changé le cours de l'histoire de notre meute.

Même si les larmes n'étaient sûrement pas adaptées à la guerrière qu'ils peignaient, l'émotion monta en moi et déborda.

Evelyn noua ses doigts chauds aux miens, qui étaient froids.

— Nous sommes tellement fiers de toi, ajouta Frank. Nous te serons toujours reconnaissants.

Je passais ma paume sur ma joue mouillée quand un autre coup résonna. La personne ne demanda pas la permission d'entrer.

Il se contenta de débarquer.

Cela ressemblait tellement à Liam que j'en souris. Il marcha jusqu'à mon lit, traversant la clôture d'anciens. Pendant un moment, il ne dit rien, ni à voix haute ni dans mon esprit.

Pouvait-il toujours parler dans mon esprit, ou ce lien aussi était-il brisé ?

Il se racla la gorge.

— Vous pourriez me laisser un moment avec celle qui m'a sauvé la vie ?

Celle qui lui a sauvé la vie...

— Je ne t'ai pas sauvé la vie, Liam.

Il ne répondit pas, mais serra la mâchoire.

Les anciens me touchèrent le bras avant de partir. Frank embrassa ma joue, puis tira Evelyn par la main.

— Je reviendrai cet après-midi. Ou plus tôt, si tu as besoin de moi.

Après son départ, Liam lança :

— Toi aussi, Watt.

August se raidit. Même si plus aucun lien ne nous reliait, je pouvais sentir sa réticence à me laisser seule dans une pièce avec mon ex.

— J'irai nous chercher du café, finit-il par céder.

Je hochai la tête.

— Ça me plairait bien.

Droit comme un I, il avança jusqu'à la porte. Quand celle-ci se referma, Liam s'exclama :

— Je n'arrive pas à croire que tu l'as mordue !

Je grimaçai à cause de sa voix stridente, mais redressai les épaules.

— Ça t'a donné ce que tu voulais.

— Tu es morte, Ness ! Tu es. Morte !

— Je sais. J'étais là, rappelai-je, pince-sans-rire.

Il secoua la tête ; mon humour morbide ne lui plaisait pas. Ses épaules semblaient plus larges, ses bras plus ciselés. Même sa taille semblait avoir changé. Même si son visage était indemne, je ne pouvais m'empêcher de me demander à quoi ressemblait son ventre. Avait-il guéri ou était-il décoré de cicatrices ?

Après un soupir, il se laissa tomber au pied de mon lit et passa ses mains dans ses cheveux. Une mèche tomba devant ses yeux ambre. Il la repoussa, mais elle reprit aussitôt sa place.

— Comment tu vas ? demandai-je.

Il grogna.

— Comment tu crois que je vais ? Tu es morte, répéta-t-il.

Le soleil matinal perçait à travers les stores et faisait briller ses yeux, comme s'il s'apprêtait à pleurer.

Je m'emparai de sa main, avec laquelle il serrait les draps, et souris.

— Tu ne croyais quand même pas que j'allais te laisser devenir la seule légende vivante ? C'est bien plus cool qu'une légende morte.

Il grogna, mais desserra les doigts. Mon sourire s'agrandit, tout comme la douleur à mon visage.

— Apparemment, on va me faire entrer au panthéon des Boulder.

— Je ne savais pas qu'on avait ça…

— Et tu te dis alpha ?

Je levai les yeux au ciel – enfin, mon œil. J'espérais que Greg ne tarderait plus…

— Les alphas ne sont pas censés tout savoir ?

Quelque chose dans mes mots détruisit la fragile tranquillité de son visage.

— À ce propos, commença-t-il.

Je fronçai les sourcils.

— J'ai mangé le cœur de Morgan.

Je plissai le nez.

— On m'a dit. Ça avait un goût amer et noir ?

— Je préfère ne pas me rappeler le goût. Enfin bref, si je ne l'avais pas mangé juste après le duel, je n'aurais pas pu lier nos deux meutes.

— D'accord…

— Mais ce n'était pas à moi de le prendre.

Je haussai mon sourcil non bandé.

— Ness, c'est *toi* qui as vaincu Morgan. Ce cœur t'appartient à toi. Notre meute… elle est *tienne*.

— Quoi ? De quoi tu parles ?

— Tu mérites d'être alpha et je suis là pour que ça se produise.

Je lâchai sa main, comme si le simple contact de ses doigts pouvait transférer ce pouvoir de lui à moi.

— Hum. Non. Je ne veux pas être alpha.

Je posai fermement mes doigts sur mon genou.

— Pourquoi pas ?

— Parce que ça n'a jamais été mon ambition. J'ai signé pour être ton second, pour t'aider. Maintenant que c'est fait, je veux aller à la fac et… (Je haussai les épaules) *vivre*. Vraiment vivre. Sans comploter et courir des semi-marathons, ni regarder constamment par-dessus mon épaule.

Il m'étudia à travers ses longs cils.

— Tu en es sûre ?

— Je n'ai jamais été aussi sûre de ma vie.

— Je te dois beaucoup. Tellement. Je te dois *tout*.

— Tu ne me dois rien, Liam.

— Si. De l'argent, pour commencer.

— Je n'ai pas besoin d'argent.

Il haussa un sourcil, perplexe.

— Du moins, pas tout de suite.

Peut-être après avoir parlé à Isobel et Nelson pour rendre ce que leur fils complètement fou m'avait donné.

— Dis-moi dès que ça change, d'accord ?

— Ça marche.

— Et si tu as besoin d'autre chose – *n'importe quoi* – viens me voir, je veillerai à ce que cela arrive.

Je hochai la tête.

— Je suis sérieux, Ness.

— Je sais bien.

Un silence complice s'ensuivit.

— Ça fait bizarre, finis-je par dire.

— Quoi ?

— Que ce soit fini.

— Fini ? Ce n'est que le début. La meute est si grosse, maintenant. D'ailleurs, je vais avoir besoin de bêtas. Ça te dirait d'être l'un d'entre eux ?

Ses yeux luisaient presque.

— Moi ? m'écriai-je. Pourquoi ? Lucas t'a dit non ?

Un sourire apparut sur son visage, lentement mais sûrement.

— Je ne lui ai pas encore demandé.

— Eh bien, tu devrais.

— Je vais en avoir besoin au moins de deux ou trois.

— Je ne suis pas politicienne, Liam, mais tu ne devrais peut-être pas désigner uniquement d'anciens Boulder pour ça.

— Je pensais aussi choisir Sarah.

Je souris.

— Elle fera un très bon bêta. Et Lucas aussi. Maintenant, il te faut juste un Rivière, et tu auras une sainte trinité parfaite.

Son visage s'adoucit.

— Tu as raison. Quelle sagesse, mademoiselle Clark.

— Merci bien, monsieur Kolane.

Nous nous sourîmes un moment, puis son regard tomba sur mon ventre. De peur qu'il ne mentionne le lien, je repris :

— Morgan a dit qu'ils étaient six. Enfin, cinq, parce qu'Aidan ne vivait pas dans la meute à cette époque.

Il releva les yeux vers moi.

— Hein ?

— Des loups qui sont des Rivière de naissance.

Il fronça les sourcils et j'ajoutai :

— Les autres aussi avaient du sang contaminé ou elle était la seule ?

— Oh. C'est marrant que tu me demandes ça. Je viens d'avoir une longue discussion avec Lori à ce sujet.

— Tu lui fais confiance ?

Il frotta ses paumes sur ses cuisses.

— Je fais confiance au fait qu'elle veuille vivre. L'un des cinq derniers était le père de Cassandra – celui supposément tué par Julian. L'autre était sa grand-mère, elle est morte de vieillesse il y a deux ans. Puis, il y avait Lori et Alex, mais ils n'ont jamais été exposés à la toxine, puisqu'ils sont nés des années plus tard. En revanche, ils ont été exposés à autre chose.

Il posa ses mains sur le lit. Je fronçai les sourcils.

— L'importante dose de Sillin que Cassandra a ingéré après le poison leur a été transmise pendant la grossesse, les rendant très tolérants à l'argent.

Comme c'est intéressant...

— Comme une nouvelle race de métamorphe améliorée.

— Exactement.

— Alors Lori est la seule Rivière de naissance restante ?

— Oui.

— Et tu es sûre qu'elle n'a pas d'argent dans son sang ?

— J'ai demandé à Greg de lui passer des tests. Il n'a pas trouvé de traces d'argent. Et puis, Lucas a tué Alex et son sang ne l'a pas empoisonné, alors je pense qu'on peut supposer que Lori n'a pas d'argent en elle.

Je mordillai ma lèvre inférieure.

— Comment Cassandra a survécu alors que le reste de sa meute est mort ?

— Parce qu'elle était la nièce de l'alpha. Il a réservé les plus grosses doses de Sillin à sa famille. Lui et sa mère ne se sont plus jamais transformés, mais Cassandra a pu continuer à puiser dans sa magie de loup-garou. Il lui a fallu des années, d'après les dires de Lori.

— Alors c'est bien possible de se transformer avec du Sillin dans le sang ?

— Lori pense que c'était la combinaison d'argent et de Sillin. Cassandra ne s'en est jamais débarrassée non plus.

— C'est resté dans son organisme ? Elle ne continuait pas à prendre de l'argent ?

— Non.

— Alors pourquoi ont-ils volé notre Sillin ?

— Parce qu'ils ne voulaient pas que nous, on l'ait.

Je fronçai les sourcils.

— Tant qu'on l'avait, on pouvait se guérir après avoir été exposé à du sang empoisonné à l'argent.

Je haussai les sourcils si vite que cela tira sur ma joue gauche.

— Le plan de Cassandra était de nous annexer parce que nous représentions un bon pied à terre pour entrer dans la région. C'est pour ça qu'elle avait demandé à Everest de voler notre stock.

— Alors elle ne venait pas pour la paix ?

— Non.

Je fixai Liam une longue minute, essayant de digérer toute cette information dans mon cerveau fatigué. Je ne savais pas si c'étaient les médicaments qu'on m'avait donnés ou mon coma long d'une semaine, mais ma tête semblait remplie de coton.

— Pourquoi se sont-ils attaqués au nôtre et pas à celui des Pin ?

— Apparemment, celui des Pin était le prochain sur la liste. Lori dit que sa mère voulait commencer par le nôtre parce que nous étions plus dissipés et donc plus faciles à voler.

Je passai le doigt sur un pli de mon drap, essayant désespérément de le lisser. Et dire que j'avais voulu rencontrer cette femme. Que j'avais un jour été impressionnée par elle. Je planterais mes crocs dans son cou encore et encore s'il le fallait.

Liam se pencha et prit ma main dans la sienne.

— Je ne peux pas le faire sans toi, Ness.

— Faire *quoi* ?

— Réorganiser trois meutes pour n'en faire plus qu'une.

— Bien sûr que tu peux.

— Je ne veux pas le faire sans toi.

— Je ne vais nulle part, promis-je.

Je retirai mes doigts de sa main. Il serra le poing, ses phalanges devinrent plus pâles que rouges. Il se raidit et desserra les doigts.

— J'ai entendu dire que le lien d'accouplement avait disparu.

Mon cœur s'arrêta un moment.

— Cela ne change pas mes sentiments pour August, annonçai-je après un moment.

Il ferma les yeux.

— Peut-être qu'avec le temps, ça changera.

— Liam, murmurai-je. Tu as une meute à t'occuper, un fils qui va naître, une femme qui t'adore, des amis qui feraient n'importe quoi pour toi. Tu n'as pas besoin de moi.

Il ouvrit d'un coup ses yeux ambre qui brillaient.

— Tu as tort !

Je laissai la force de ses émotions s'affaiblir avant d'ajouter :

— La culpabilité et la gratitude modifient ce que tu penses de moi.

— La culpabilité et la gratitude ? railla Liam.

— Oui. La culpabilité parce que tu as l'impression d'avoir pris un titre qui me revenait. Et la gratitude parce que je t'ai sauvé la peau. C'est un peu ce que j'ai fait, non ?

J'esquissai un demi-sourire qui tira encore sur ma joue blessée.

— Tu pourrais appeler Greg ? J'aimerais vraiment qu'on me retire ce bandage.

Sa pomme d'Adam fit un bon, mais Liam se leva pour sortir son téléphone de la poche de son jean. Pendant qu'il appelait le médecin, la porte de ma chambre s'ouvrit à la volée.

CHAPITRE 61

— N ess !
Sarah se précipita vers moi. Elle enroula ses bras autour de mes épaules et me serra très, *très* fort contre elle. Après de longues secondes, elle s'écarta.

— Je te ferai savoir que je suis vraiment en colère contre toi ! Ne me refais plus jamais le coup de jouer aux héros et de mourir devant moi comme ça.

— Dit celle qui est sortie avec Alex Morgan pour réunir des informations.

J'inspectai ce que je voyais de son corps.

— Il t'a fait mal ? Tu vas bien ?

— Je vais bien, ma chérie.

Elle frémit en le disant et je me redressai.

— Que s'est-il passé ?

— Je te dirai tout une autre fois. Je crois que tu as assez de problèmes pour l'instant.

— Je n'ai pas d'autres problèmes à l'heure actuelle que ce bandage.

— Greg arrive, m'informa Liam.

— Merci Liam, répondis-je avant de m'adresser de nouveau à Sarah. J'espère qu'il va l'enlever. Et me laisser partir.

Sarah et Liam échangèrent un regard et je sentis mon ventre se comprimer. Avaient-ils vu ce qu'il y avait sous le bandage ?

— J'ai perdu mon œil ou un truc dans le genre ?

Je croyais sentir sa présence, mais c'était peut-être un effet de membre fantôme.

— Tu as toujours ton œil, me rassura Liam.

— Alors pourquoi tout le monde blêmit quand j'en parle ?

— Si je t'ai envoyé ce message dans tes chaussures, c'est parce que j'avais entendu Alex et Justin dire qu'ils avaient trouvé la localisation de votre stock de Sillin. J'étais vraiment sûre qu'ils savaient où c'était. Je ne pensais pas qu'ils m'utilisaient pour le trouver.

Même si j'étais contente d'avoir une explication, je sentais bien que Sarah essayait de me détourner de mon visage blessé.

Je lançai un regard à Liam.

— Je suis très tentée de te dire « Je te l'avais bien dit ».

Il m'adressa un sourire peiné.

— Allez, vas-y. Dis-le.

Lucas entra alors, les cheveux ébouriffés et les yeux brillants.

— Déjà de retour d'entre les morts, Clark ?

Je secouai la tête, amusée.

— Tu aurais préféré que je revienne te botter le cul en fantôme, Lucas ?

— Tu viens de…. tu viens de… (Il plaqua une paume sur son torse) *jurer ?*

Sarah leva les yeux au ciel et je ricanai.

— Ravie de te voir aussi.

— Tu nous as fait bien peur la semaine dernière.

Un sourire sincère éclairait maintenant le visage de Lucas.

— Ce n'était pas volontaire.

— Tu peux dire à Matt que si ? Parce que j'ai plus ou moins parié avec lui que tu avais tout planifié pour attirer l'attention sur toi.

Je le fixai bêtement.

— Je plaisante.

— Bon, je t'ai ramené quelque chose, intervint Sarah en fouillant dans son énorme sac à la Mary Poppins. Je nous ai acheté un truc.

Elle sortit un bomber en soie rouge.

— Wow, c'est vraiment… *rouge.*

— Attends un peu.

Elle retourna la veste. À l'arrière était brodé dans une police florale *Boulder Babe*.

— J'en ai un identique pour moi. Évidemment.

Mes yeux – mon œil – s'humidifièrent.

— J'ai proposé *chienne de Boulder*, ce qui aurait été biologiquement plutôt correct, mais elle – il désigna Sarah du menton – a posé son veto.

Sarah le fusilla du regard et j'éclatai de rire. Je ne pensais pas que je rirais un jour à une plaisanterie contenant le mot chienne, mais hé, je n'aurais jamais pensé non plus mourir et revenir pour en parler.

— Tu l'adores ? demanda mon amie.

Ses boucles sauvages brillaient à la lumière.

— J'adore.

— Bien.

Quelqu'un frappa et nous nous tournâmes tous vers la porte ouverte.

Pourquoi Ingrid Burley se tenait-elle sur le palier de ma chambre d'hôpital ? Quand August entra derrière elle, je compris qu'ils avaient dû tomber l'un sur l'autre à la cafétéria, car ils tenaient tous les deux des cafés à emporter.

— Salut, lança-t-elle en le regardant m'apporter un café. Désolée d'entrer à l'improviste, mais on m'a dit que tu étais enfin réveillée.

J'enroulai mes doigts autour de la tasse chaude, sans même savoir pourquoi elle était à Boulder.

— C'est grâce à Ingrid que j'ai réussi à unir les meutes, expliqua Liam, comme s'il lisait dans mes pensées. Elle nous a apporté le Sillin.

Ingrid haussa les épaules.

— Les alliés sont là pour ça. Je suis juste contente qu'on soit arrivés à temps.

Elle passa ses doigts dans ses longues mèches brillantes, démêlant un nœud.

J'aurais peut-être dû être reconnaissante que les Torrent nous aient aidés, mais elle me donnait l'impression d'avoir utilisé cette excuse pour rentrer avec Nelson. Plus important encore, pourquoi était-elle toujours à Boulder une semaine après le duel ? Espérait-elle qu'August change d'avis ?

— Félicitations, ajouta-t-elle.

— Merci.

— Tu retournes au Tennessee aujourd'hui, Ingrid ? demanda Sarah.

— Je ne sais pas encore. Je resterai peut-être quelques jours de plus.

Elle but une gorgée de café, en regardant Liam par-dessus le rebord. Je fermai les yeux pour m'empêcher de lui demander pourquoi.

— Liam, on peut se parler une seconde, toi et moi ? reprit-elle.

Liam acquiesça, posa la main sur ma nuque, et posa sa joue contre mon front.

J'aurais aimé être celui qui te mérite.

Je tressaillis en entendant sa voix dans ma tête. Contrairement à mon lien avec August, celui me reliant à Liam ne s'était pas brisé.

Je baissai la tête sous la sienne.

— Je t'ai entendu, murmurai-je.

J'avais déjà prononcé ces mêmes mots à son encontre, avec le même émerveillement.

Il fronça les sourcils.

— Pourquoi tu ne m'aurais pas entendu ? Tu es mon loup.

— Je pensais juste…

Je jetai un coup d'œil à August qui était si tendu et immobile qu'il aurait pu être gravé dans le bois.

— Je pensais que ce lien aurait pu être détruit aussi.

Il n'y a rien de plus puissant qu'un lien avec un alpha.

Je me tordis le cou pour regarder Liam.

Rien, répéta-t-il les yeux posés sur August.

Je me sentais comme une mouche prise dans une toile d'araignée appartenant à deux grosses araignées possessives. Mais je ne craignais pas pour ma vie ou mon cœur, seulement pour les leurs. Je ne pouvais me diviser en deux, et même si je les aimais tous les deux, je les aimais différemment.

Il sortit, Ingrid à sa suite, mais je l'arrêtai :

— Au cas où on ne se revoit pas, Ingrid, rentre bien et passe le bonjour à ta famille de ma part.

Elle me regarda moi, puis August, et enfin nos mains.

— Je le ferai, dit-elle en souriant faiblement.

Une fois la porte close, Sarah souffla.

— Eh bien, c'était un peu gênant.

— Voilà pourquoi je préconise la polygamie, commenta Lucas joyeusement. Et les orgies. Tout le monde a ce qu'il veut, ou plutôt *qui* il veut.

Sarah lui frappa la cuisse.

— *Aïe.* C'était pour quoi, ça ? J'ai le droit d'avoir une opinion. C'est un droit constitutionnel.

— Quand tu t'apprêtes à dire un truc bête, dis-le dans ta tête.

— *Un truc bête ?* En quoi c'était bête ?

— C'était une remarque qui n'aidait en rien, expliqua-t-elle en nous regardant tour à tour, August et moi.

À ce moment-là, Greg entra dans la pièce.

— Je suis venu aussi vite que possible.

Je n'avais jamais été aussi heureuse de voir le médecin de la meute. De un, parce que j'avais hâte de retirer mon bandage, et de deux, parce que je ne voulais plus parler de problèmes amoureux. Je sentais que Lucas essayait de détendre l'atmosphère, mais son intervention avait eu l'effet inverse. La poigne d'August devenait douloureuse, comme si mon ancien partenaire avait peur que, s'il lâche prise, je m'aventure loin de lui.

Je l'avais déplacé, le soir du duel. Peut-être que, si le lien nous reliait encore, August ne se serait pas senti aussi menacé. Mais, maintenant qu'il n'était plus...

— Content de te voir réveillée, ma petite.

Greg glissa du gel hydroalcoolique sur ses paumes et les frotta l'une contre l'autre en s'approchant de mon lit. J'essayai de sourire mais la nervosité m'assaillit.

— Bon, je vais regarder sous le bandage.

Regarder en dessous ?

— Il y a une chance qu'il ne s'en aille pas ?

Il posa les doigts sur la bande et sembla alors se rendre compte que nous n'étions pas seuls.

— Ça vous dérange de nous laisser seuls, Ness et moi ?

— Bien sûr que non, répondit Lucas.

Sarah se leva du lit à contrecœur.

— J'attendrai dehors.

— Tu veux qu'August reste, Ness ?

Mon cœur se mit à battre deux fois plus vite.

— Je... je...

Le corps immobile d'August reprit enfin vie.

— J'aimerais rester. (Il baissa la tête pour m'étudier.) Si ça te va ?

Greg attendit que j'acquiesce avant de commencer à retirer le bandage. Les couches s'amincirent et l'air froid entra en contact avec ma peau nouvellement exposée. Je frémis.

August lâcha ma main et posa sa paume sur mon dos, réchauffant ma peau gelée.

Greg récupéra le bandage tombé et le jeta à la poubelle. Il leva ses doigts vers mon visage, sûrement pour retirer le reste des bandages, mais il se contenta d'appuyer légèrement sur ma joue.

— Tu ne vas pas tout retirer ?

Il baissa lentement la main.

— J'ai tout enlevé, Ness.

Il devait mentir, car quelque chose obstruait toujours ma vue. Je levai la main pour le faire moi-même. Quand mes doigts touchèrent mes cils et la surface grasse de mon œil, je me figeai.

CHAPITRE 62

S ous le poids de la surprise, je laissai mes doigts engourdis glisser le long d'une arrête dure menant à une peau douce.

Greg me disait quelque chose, mais ses mots résonnaient dans mes oreilles sans pénétrer ma conscience. Je tirai d'un coup les draps et sortis du lit. Quand la plante de mes pieds toucha le lino froid, ma tête me tourna. Deux mains attrapèrent mes bras pour me soutenir – ceux de Greg et d'August.

Les murs brun clair devinrent flous, puis nets. D'un coup d'épaule, je retirai leurs mains, puis avançai jusqu'à la salle de bains dans ma robe d'hôpital. L'air frais se glissait sous le tissu en papier, touchant ma peau nue, ce qui me donnait encore plus la chair de poule.

J'allumai, du moins je crus le faire, mais mes doigts loupèrent l'inter-rupteur. Ma seconde tentative fut la bonne.

La lumière éclaira l'espace carrelé qui avait été nettoyé avec tellement de savon antibactérien que mon nez me piquait. Je me plaçai devant le miroir et frottai mon œil droit pour y voir clair. Ma vision se précisa sur mon reflet, et un souffle s'échappa de mes lèvres entrouvertes.

Je portai les doigts à mon visage et suivis les deux cicatrices violettes qui partaient de ma tempe gauche pour s'étendre à ma paupière et à ma joue, comme deux mille-pattes, avant de revenir vers mon oreille. Mais les cicatrices n'étaient pas le plus inquiétant sur mon visage. Non, ce qui m'ébranlait le plus était la pâleur de mon iris bleue et de ma pupille noire.

Je ravalai le nœud qui se formait dans ma gorge. Pleurer à cause de mon apparence et de la perte de ma vision semblait si bête, comparé à tout le reste. Je repérai du mouvement et me retournai. August était appuyé contre la porte. De ma paume de main, je cachai le côté gauche de mon visage pour qu'il ne me voie pas défigurée.

— Jolies-fossettes…

À entendre la pitié dans sa voix, je me hérissai aussitôt.

Je passai à côté de lui et revins vers Greg.

— Ma vue reviendra ? demandai-je d'une voix étonnamment ferme.

Les yeux emplis de chagrin, il secoua la tête.

— Avec le temps, tes cicatrices s'atténueront. Celles de Liam se sont déjà améliorées, mais il est alpha, alors on ne peut pas vraiment comparer vos capacités de guérison. Mais ton œil ne guérira pas. L'abrasion de la cornée était trop profonde et des gouttes du sang de Morgan sont entrées en contact avec ton humeur aqueuse.

Humeur… Quel étrange terme pour quelque chose d'aussi définitif et sérieux.

— Tu vois quelque chose ?

— Non.

Il hocha la tête.

De la chaleur embrasa mon dos glacé. Au lieu de m'appuyer contre August, j'avançai d'un pas et mes tibias heurtèrent l'armature grise de mon lit d'hôpital.

Greg tendit une main pour m'aider.

— Cela influencera ta perception de la profondeur. Tu vas devoir réapprendre à déplacer ton corps dans l'espace. Il te faudra sûrement du temps, et en attendant, tu ne dois pas conduire et rester vigilante dans les escaliers.

Mon sang sembla coaguler dans mes veines.

— Combien de temps ?

— Des semaines. Des mois.

Je soufflai de l'air par le nez en pensant à ma nouvelle voiture. La main recouvrant toujours la moitié de mon visage, je m'assis sur le matelas ferme.

— Je peux toujours me transformer ?

— Je t'ai injecté beaucoup de Sillin, alors tu ne pourras pas le faire pendant un moment. Ça ne devrait pas être trop long, August peut déjà se transformer.

— Complètement ? demandai-je en regardant les genoux d'August.

— Oui.

La voix d'August était aussi tendue que les jointures de ses doigts.

— Je peux rentrer ?

Greg se leva du lit.

— Oui. Je vais aller remplir la paperasse.

Il posa la main sur mon épaule, qu'il serra doucement.

— Si tu as la moindre question, tu connais mon numéro.

Le regard baissé sur le lino brillant, j'acquiesçai.

Une fois Greg parti, August s'accroupit devant moi pour obtenir l'attention que je lui refusais. Ses mains se posèrent sur mes genoux serrés l'un contre l'autre. Je n'avais pas vu le reste de mon corps, mais les deux rotules ressortaient et je sentais que j'avais perdu trop de poids.

— Jolies-fossettes…

— Jeb est de retour ?

August soupira ; il ne voulait probablement pas parler de mon oncle tout de suite.

— Il est à l'auberge avec Lucy, à tout remettre en ordre. Liam leur a rendu leur propriété.

August essaya de repousser ma main de mon visage, mais je résistai.

— Tu n'as pas à te cacher de moi.

Je ne dis rien… je ne pouvais pas. Le nœud dans ma gorge avait trop grossi pour cela.

— Ness…

Je tournai la tête et fixai les branches du chêne qui dansaient à la fenêtre, essayant de tirer au clair mes pensées en effervescence.

Le genou d'August craqua quand il se leva. Pendant un long moment, aucun de nous deux ne dit mot.

— Tu peux demander à Sarah de revenir ? finis-je par demander. Juste Sarah. Personne d'autre.

Un instant après, je l'entendis sortir. J'attendis Sarah, me demandant si elle avait déjà vu mon visage sans le bandage.

Quand son parfum de lavande et de soie remplaça la lourde odeur enivrante d'August, je me tournai. M'assurant que personne n'était dans la pièce et que la porte était fermée, je baissai la main et révélai mon visage meurtri.

Son regard ne s'écarquilla pas de surprise, ne trembla pas d'horreur. Il resta fermement posé sur moi. J'imagine qu'elle savait à quoi s'attendre.

— Tu sais ce qui est fou ? dit-elle en soufflant. Ce qui est fou, c'est combien tu es encore ridiculement belle malgré tes cicatrices de bataille. Moi qui pensais que j'aurais enfin une chance de t'éclipser.

Des larmes coulèrent sur mes joues – les deux. Mon œil gauche était incapable de capturer des images, mais il pouvait produire des larmes.

— Oh, mon cœur.

Sarah se laissa choir sur le matelas, ce qui me fit rebondir légèrement, puis enroula ses bras autour de mon cou et me serra fort contre elle.

— Je sais que c'est stupide d'être en colère pour ça, vu que j'aurais pu être morte, mais ça craint, murmurai-je.

Sarah s'écarta.

— Ce n'est pas stupide. Tu as le droit d'être en colère. Je ne pense pas que cela serait sain que tu ne le sois pas.

Elle repoussa une mèche de cheveux derrière mon oreille, révélant un peu plus l'horreur.

— Tout le monde va me fixer.

— C'était déjà le cas.

— Pas pour les mêmes raisons.

— Tu as raison. La plupart des gens se demanderont comment tu as eu ces cicatrices. Mieux vaut trouver une histoire qui n'implique pas un duel avec un immense loup. Tu ne voudrais quand même pas effrayer les habitants de la ville.

Elle sourit, mais ce sourire n'atteignit pas ses yeux. Ses yeux parfaits et sa peau lisse.

— Je peux pas conduire. Pas avant un moment. À cause de ma perception de la profondeur, ajoutai-je laconiquement.

— Heureusement, je suis une incroyable chauffeuse et on va à la même fac.

— Sarah…

Je pressai l'une contre l'autre mes lèvres tremblantes. Les larmes les contournaient et tombaient de mon menton, s'écrasant sur ma robe d'hôpital.

— Quoi ?

— Tu ne vas pas passer tes journées à me conduire partout.

— Pourquoi pas ? J'adore conduire, et étonnamment, j'adore passer du temps avec toi. J'ai tout à y gagner.

Quelqu'un frappa à la porte. J'essuyai rapidement les larmes avec ma manche et coiffai mes cheveux des doigts, de sorte à camoufler la moitié de mon visage.

— Ness ?

Jeb…

— Tu veux que je le laisse entrer ? demanda doucement Sarah.

— Oui, mais juste lui.

Je ne voulais pas voir Lucy. Si elle était venue. Sarah me serra dans ses bras avant de se lever et d'ouvrir à Jeb.

— Tu veux que je reste, Ness ?

— Non. Je t'appellerai quand je serai rentrée.

— Je voulais dire dans la pièce. Je serai dans le couloir. Ça devient une vraie fête, là-bas.

Je grimaçai.

— Tu peux demander à tout le monde de partir ? Je ne…

— N'en dis pas plus. Tes mots sont des ordres. À plus, Boulder Babe.

— Tu vas l'utiliser tout le temps, maintenant ?

— Bien entendu.

Elle m'adressa un clin d'œil avant d'ouvrir la porte. Je jetai un coup d'œil à la veste rouge. Si je n'avais pas été défigurée, j'aurais sûrement été amusée de la porter, mais maintenant… maintenant je me disais que les gens allaient rire.

— Ness !

Mon oncle dépassa Sarah et atteignit mon lit avant même qu'elle n'ait fermé la porte. Il me serra si fort que je soufflai sous le choc.

— Je crois que j'ai pris dix ans cette dernière semaine, entre toi et Lucy.

Il n'évoqua pas Everest, mais je sentais que mon cousin ne quittait jamais l'esprit de Jeb.

— J'ai entendu dire que tu avais récupéré l'auberge.

— Grâce à toi.

Il me lâcha, mais sa main se posa sur mes cheveux filiformes. Je le laissai les repousser derrière mon oreille et inspecter la mutilation. Il pinça les lèvres si fort qu'elles disparurent presque dans son épaisse barbe.

— Si Liam n'avait pas brûlé son corps, j'aurais… j'aurais…

— Il a brûlé son corps ?

— Oui. Pour qu'elle pourrisse en enfer aux côtés d'Aidan.

Était-ce son raisonnement ou avait-il eu peur que l'argent dans son sang contamine le sol ? Peu importe la raison, j'étais contente qu'elle soit bel et bien partie.

— J'ai vu Greg signer les papiers pour que tu puisses sortir. Prête à rentrer ?

J'acquiesçai.

— Mais où ?

Il sourit gentiment et posa sa paume sur le côté de mon visage qui n'était pas blessé.

— Qu'est-ce que tu préfères ? Tu as beaucoup d'endroits où rentrer, maintenant. J'ai gardé l'appartement. August a réuni une équipe pour nettoyer et repeindre ta maison, alors elle est prête. Et il y a toujours une chambre à ton nom à l'auberge. À toi de choisir, ma chérie.

— Où est-ce que tu vas, toi ?

— Où tu seras.

Je lui souris.

— Tu n'as plus à t'occuper de moi, Jeb.

— Et qui s'occupera de moi, alors ?

— Je suis à moitié aveugle.

Ma voix n'était qu'un murmure rauque.

— Il te reste un œil.

Il glissa une nouvelle mèche derrière mon oreille.

— Et le meilleur moyen de s'occuper de quelqu'un est de passer du temps avec la personne et de l'aimer. Tu es très forte pour ça.

— Tu as Lucy, maintenant.

— Et alors ? Je ne peux pas avoir deux femmes dans ma vie ?

— Je sais qu'elle s'est excusée, mais je ne suis pas prête à vivre avec elle.

— Alors ne le fais pas. Elle dormira à l'auberge. Et j'irai où tu voudras vivre.

Il se leva et me proposa sa main, attendant que je la prenne. C'est ce que je fis et il demanda :

— Alors, on va où ?

— À l'appartement, répondis-je sans hésitation.

Contrairement à l'auberge ou la maison de mon père, l'appartement avait été un havre de paix.

— J'aurais bien besoin de vêtements, par contre…

Je baissai la tête vers mes jambes nues sous ma robe d'hôpital.

— Bien sûr. Laisse-moi rentrer t'en chercher. Donne-moi une demi-heure.

Après le départ de Jeb, August entra de nouveau. Je drapai de cheveux la blessure laide et m'enfonçai sur le lit, glissant mes mains sous mes genoux.

— Tout le monde est parti, annonça-t-il en s'asseyant à côté de moi.

— Tout le monde sauf toi.

Je le sentis se raidir.

— Tu voulais que je parte ?

— Tu n'as pas à rester.

Il glissa un doigt sous mon menton et releva mon visage. J'écartai mon menton et le baissai de nouveau.

— Pourquoi tu ne me regardes pas ?

— Ce n'est pas que je ne veux pas te regarder, murmurai-je. Je ne veux pas que toi, tu me regardes.

Il lâcha un profond soupir qui adoucit sa crispation, puis posa un bras sous mes genoux, et l'autre sous mes aisselles. Il me porta en l'air et me déposa avec le maximum de délicatesse sur ses genoux.

— Je ne veux pas que tu restes avec moi par pitié, August.

Je nichai ma tête dans le creux de son cou. Il grommela et passa sa main dans ma robe d'hôpital pour caresser doucement mon dos. Je sentis quelque chose de dur se presser contre ma cuisse.

— Voilà pourquoi je reste avec toi.

— Comment peux-tu encore me désirer ? Mon visage est… il est…

Les larmes roulèrent sur mes cicatrices et s'amassèrent au coin de ma bouche.

— C'est le visage à côté duquel je veux me réveiller chaque matin et me coucher chaque nuit.

Il laissa sa main sur le creux de mes reins.

— Et puis, je te signale que j'ai des cicatrices, aussi.

— Pas sur ton visage.

— Non, pas sur mon visage.

Il m'attira un peu plus, les mains ancrées sur mes côtes secouées de sanglots.

— Tes cicatrices font partie de toi, maintenant, et j'aime chaque partie de toi, Ness Clark.

Un sanglot bruyant remonta dans ma gorge tandis que je me blottissais un peu plus contre l'homme qui avait toujours essayé de me garder en sécurité et qui, quand il avait échoué parce que je l'avais repoussé, avait risqué sa vie pour me retrouver.

— Tu es l'amour de ma vie, August Watt, murmurai-je contre son cou, qui sentait le bois et l'épice… qui sentait mon havre de paix.

ÉPILOGUE

Le soleil se coucha derrière les aiguilles de pin, éclairant la forêt d'une lueur rouge qui donnait aux troncs rugueux une couleur fauve. J'étais toujours dans le Colorado, mais à des kilomètres de Boulder.

Sarah m'avait surprise à pleurer dans mon oreiller après mon échec à me préparer une tasse de café pour la quatrième matinée d'affilée – j'avais versé le liquide chaud sur le comptoir et sur mes jambes au lieu de dans la tasse. Mon amie m'avait alors tirée du lit et emmenée dans un road trip jusqu'à un chalet qui appartenait à son père, mais qu'il utilisait rarement.

Nous n'avions averti presque personne de notre départ – juste Liam, Jeb et Evelyn. Evelyn parce que son cœur aurait lâché si elle avait pensé que j'avais fui, Jeb pour qu'il sache que j'allais bien, et Liam parce qu'il pouvait nous traquer et que je ne voulais pas qu'il révèle notre localisation à August.

Sarah pensait que j'avais accepté le voyage pour remettre un pied dans ce nouveau monde, mais ce n'était pas la raison pour laquelle j'étais partie.

J'étais partie parce que j'avais honte.

Le matin où je m'étais renversé du café dessus, August avait nettoyé mon bazar. Il l'avait fait la plupart du temps depuis que j'étais rentrée. Et même s'il ne s'était jamais plaint, ce n'était pas juste pour lui. Ce qui était la deuxième raison qui m'expulsait loin de Boulder… et de sa vie.

Tout allait bien pour lui. Il n'avait pas besoin de se coltiner une fille incapable de se remplir un verre, qui se cognait dans les meubles, trébuchait parce qu'elle calculait mal la distance entre son pied et le palier surélevé. Peut-être qu'un jour, mon cerveau s'adapterait à ma vision en deux dimensions, mais jusque-là, je ne voulais pas être un boulet pour quelqu'un.

Je faisais tourner une marguerite entre mes doigts et m'émerveillais de la teinte lilas de ses pétales, tout en me berçant dans le hamac accroché à deux épicéas. Je l'avais installé avec Sarah avant qu'elle aille en ville acheter à manger.

Même si je ne pourrai jamais te haïr, si tu me brises encore le cœur...

Quand je te brise le cœur, je brise le mien.

Cela faisait trois jours que nous étions parties, et j'avais passé tout ce temps à penser à August, à revivre les moments tendres partagés, puis j'avais fermé les yeux et chassé ces souvenirs, car la douleur d'être sans lui rendait mon cœur brisé plus douloureux que mon visage.

Le moteur d'une voiture vrombit sur la longue allée poussiéreuse. Je supposai que Sarah était de retour. Je descendis du hamac pour l'aider avec les courses, mais me figeai en voyant que ce n'était pas une Mini rouge mais un pick-up bleu brillant.

Son père ?

Le conducteur sortit et claqua la portière. La marguerite tomba de mes mains.

Malgré le coucher de soleil éclatant derrière l'homme, assombrissant sa silhouette, il n'y avait aucun doute sur son identité. J'imaginais que j'aurais reconnu August même dans une nuit noire. Sa silhouette m'était aussi familière que la mienne.

Il m'étudia un long moment avant d'ouvrir la portière arrière de sa nouvelle voiture pour en sortir un sac.

— Tu peux fuir, mais tu ne peux pas te cacher, Ness Clark. Pas de moi, me dit-il dos à moi.

Les mots étaient bloqués dans ma gorge. Il se retourna. Je voulais lui demander comment il m'avait trouvée, mais était-ce important ? Je baissai les yeux sur le sac dans ses mains, puis sur la route, me demandant si la voiture de mon amie apparaîtrait.

— Sarah rentrera dans la matinée, m'annonça-t-il comme s'il lisait dans mes pensées. À moins que tu regardes la route pour savoir à quelle vitesse tu pouvais t'échapper.

Je reportai mon attention sur lui.

— Il faut qu'on parle, alors ne fuis pas. Je te courrais après, mais je préfère ne pas avoir à le faire après les trois jours que je viens de passer.

Il ouvrit la porte et je recouvrai enfin la voix :

— Tu as dit que si je te brisais encore le cœur, tu resterais loin de moi.

Il s'arrêta sur le palier.

— Visiblement, je n'y arrive pas.

Je grimaçai quand la porte claqua derrière lui.

⁂

Je n'entrai pas de suite.

Je le laissai s'installer.

Je lassai sa colère diminuer.

Même si rien ne me liait à lui, je sentais son irritabilité s'écouler des planches grises du chalet.

J'abaissai les manches de ma veste en soie rouge et attendis que le soleil se couche complètement, que les bois plongent dans les ténèbres, avant d'entrer. L'air s'était rafraîchi et j'avais la chair de poule, vu que je ne portais qu'un bikini sous ma veste. J'avais passé la plupart de mon après-midi à flotter sur une part de pizza gonflable dans la piscine, à essayer de trouver un sens à ma vie, cherchant ce que je voulais faire maintenant que j'avais retrouvé la vie.

Une seule ampoule était allumée dans la pièce de vie – le luminaire en cuir au-dessus de la table à manger en granit. August était penché devant la cheminée, à allumer un feu. Il ne réagit pas quand j'entrai. Ne regarda pas derrière lui quand je m'assis sur le canapé. Il donna un coup à une bûche noircie.

— Quand tu as disparu avec Sarah, je me suis dit que tu étais partie parce que je n'arrivais pas à te donner ce que tu voulais. Mais puisque *personne* ne voulait me dire où tu étais, j'ai compris que tu étais partie pour me fuir.

Il se redressa enfin et se retourna.

— Qu'est-ce que j'ai fait pour que tu t'enfuies ?

— Tu n'as rien fait.

Je glissai mes mains entre mes genoux, baissai la tête, espérant que mes cheveux formeraient un barrage devant mon visage.

— Je suis partie pour que tu puisses retrouver ta vie.

— Retrouver ma vie ?

Sa voix était si stridente que je levai la tête.

— Tu n'as pas besoin de t'occuper de moi, d'accord ? Plus rien ne nous lie.

Ses yeux verts s'illuminèrent.

— Ingrid…, commençai-je.

— Ce n'est pas Ingrid que je veux, Ness !

J'eus un geste de recul sous la dureté de sa voix.

— Pardon, reprit-il doucement.

Mes paupières me brûlèrent, floutant le feu qui craquait devant moi. Il s'approcha et s'arrêta juste devant moi.

— Merci de me laisser le choix. Je n'avais pas compris que c'était ton intention.

Je déglutis.

Il s'accroupit pour que son visage soit face au mien et s'empara de mes mains moites entre mes genoux, les glissant dans ses mains chaudes.

— Mais, Jolies-fossettes, je ne veux personne d'autre. Je te veux toi. Juste *toi*.

Des sanglots secouèrent ma poitrine.

— C'est ce que tu dis maintenant, mais dans quelques années…

Ma voix se brisa.

— Quand je n'arriverai toujours pas à remplir une tasse ou conduire…

— Je le dirai toujours.

Je mordis ma lèvre tremblante.

— Et puis, je ne doute pas que tu retrouveras le volant d'une voiture très vite.

— Tu n'en sais rien.

— Si, je le sais.

Il chercha mon visage de ses yeux émeraude.

— Tu es trop obstinée pour perdre espoir ou ton indépendance, d'ailleurs.

Il leva une main pour repousser mes mèches blondes. Je le laissai regarder. Peut-être que s'il voyait mon visage assez longtemps, il comprendrait qu'il ne voudrait pas se réveiller à mes côtés.

Il se pencha et embrassa ma joue meurtrie. Je fermai les yeux, les cils humides. Une part de moi ne comprenait toujours pas comment il pouvait supporter le contact de mes cicatrices, et encore moins leur vue.

— Je ne sais pas ce que je dois faire pour te convaincre que je ne peux pas vivre sans toi, Ness. Pour la plupart des filles, les ramener d'entre les morts aurait suffi.

Mes lèvres tremblèrent. J'ouvris les yeux et découvris ses yeux à lui, terriblement doux, posés sur moi.

— C'est parce que je ne pourrai pas te donner de filles ? C'est pour ça que tu me repousses ?

Un rire s'échappa de mes lèvres tremblantes.

— J'aime les garçons aussi, tu sais.

Il sourit, mais il était tellement sérieux que mon rire mourut. Il déplia son long corps, me relevant dans le même temps.

— Tu rentreras avec moi ? Pas ce soir. Mais demain ? Ou le jour d'après ?

Je pressai mes lèvres l'une contre l'autre pour arrêter leur tremblement et hochai la tête.

— Bien. Parce que tu sais, il y a cette parcelle de terre, qui est à moi.

— Près du lac ?

— Celle-là même. Et la seule chose qui se trouve dessus en ce moment même, c'est un palmier.

Je tressaillis.

— Tu as planté un palmier ?

— Il fallait bien qu'on construise notre maison autour de quelque chose.

Notre maison ? Avait-il un jour imaginé sa vie sans moi ?

— Je vais commencer à avoir beaucoup de maisons, murmurai-je d'une voix rauque.

— Tant qu'il n'y en a qu'une dans laquelle tu vis.

Une vague d'émotions humidifia mes yeux.

— Oh, August, croassai-je en jetant mes bras à son cou.

Ses mains calleuses glissèrent sous le tissu en soie de ma veste et m'attirèrent à lui. Il pressa mon corps contre le sien, scella ma peau à la sienne, effaçant la distance que j'avais mise entre nous. Un moment passa, ainsi collés, dans le silence.

Les bûches craquaient dans la cheminée ; j'inhalai l'odeur familière et savourai le battement de son cœur à mes oreilles. Je ne comprenais pas comment j'avais pu croire que je pouvais abandonner cet homme.

À son cou, ses tendons se raidirent sous mes doigts. Je levai la tête et tordis le cou tandis que sa bouche descendait vers la mienne. Il m'embrassa longuement et langoureusement.

Ses baisers descendirent ensuite dans le cou et je proposai :

— Tu veux aller nager ?

Entre ce qu'il me faisait et le feu, j'étais proche de la surchauffe. Je sentis ses lèvres esquisser un sourire contre ma peau.

— Je n'ai pas pris de maillot de bain. J'espère que ça ne sera pas un problème.

Je dus me racler la gorge pour lui répondre.

— Je n'y vois aucun problème.

Les yeux plongés dans les miens, il déboutonna sa chemise en flanelle et la lança sur le canapé, révélant un torse couleur miel d'une telle perfection que mes mains tremblèrent en retirant ma veste pour la poser sur l'accoudoir du canapé. Il baissa la braguette de son jean. Je me dirigeai vers les portes vitrées et les ouvris avant de traverser la terrasse en pierre pour entrer dans la piscine sombre et rafraîchissante.

Après avoir percé la surface, je repoussai mes cheveux de mon visage et fixai la pleine lune brillante, illuminant le monde nocturne autour de nous. Un instant plus tard, des bras se refermèrent sur mon ventre et m'attirèrent contre un torse dur comme la pierre.

Contre un corps *entièrement* dur.

— Tu manques la course de la meute.

— Je suis avec toi. C'est mieux que n'importe quelle course de meute.

Il posa son menton dans le creux de mon cou et respira mon odeur.

— Mon Dieu, tu m'as tellement manquée.

— Je le vois. Ton truc va finir par me donner un bleu.

— Mon truc ? grogna-t-il.

Je me retournai pour lui faire une pichenette. Il sourit malicieusement devant mes doigts avant de me plaquer contre le mur et de me soulever.

— Comme ça, tu n'auras pas de bleus.

Il n'était plus mon partenaire, pourtant, je le désirais autant qu'avant. Les yeux plongés dans les siens, j'ondulai contre lui lentement. Il agrippa mes cuisses pour me stabiliser.

— Attention, mon cœur.

Je penchai la tête pour étudier son expression.

— Pourquoi ? On est plus partenaires…

La douleur assombrit ses taches de rousseur.

— Tu es ma partenaire de toutes les façons qui comptent, Ness Clark.

— Je ne voulais pas…

Je m'accrochai à ses épaules, mes doigts pâles appuyant sur sa peau brune.

— Je me suis mal exprimée. Je t'aime. N'en doute jamais.

Je glissai mes bras autour de son cou. Il leva une main pour repousser une mèche humide derrière mon oreille, gardant son autre main sous moi.

— Je n'en doutais pas avant que tu partes.

Des gouttes de pluie commencèrent à tomber des nuages noirs camouflant désormais la pleine lune. Les gouttes brillaient en s'écrasant sur la surface lumineuse de la piscine.

— Je suis tellement désolée.

Il prit ma mâchoire dans ses mains et m'embrassa. Pendant un long, *long* moment, c'est tout ce qu'il fit. C'était parfait et beau, mais j'en voulais plus. Je mourais d'envie de plus. Alors je bougeai contre lui de nouveau. Il arracha sa bouche de la mienne. Avant qu'il ne puisse protester, je lui appris :

— Je ne suis pas en chaleur.

Sarah m'avait appris à utiliser mon odorat pour déterminer où j'en étais dans mon cycle, puisque les contraceptifs oraux ne marchaient pas très bien sur les loups-garous.

Dans le cou d'August, une veine commença à palpiter plus vite. Je haussai les épaules.

— Au cas où tu voudrais… tu sais…

— Au cas où je voudrais te faire l'amour dans cette piscine.

La chaleur remonta mon cou.

— Oui.

Super idée, d'utiliser la piscine pour se rafraîchir…

Il modifia sa prise sur mon corps jusqu'à ce qu'on soit alignés, puis baissa mon bas de bikini du pouce avant de s'installer contre ma chair qui vibrait de désir. Il attendit mon prochain mouvement tout en passant son doigt sur moi.

Lentement, centimètre après centimètre, je le glissai en moi. La chaleur m'écrasait, comme ma louve quand elle sentait sa proie. Son pouce s'arrêta sur ma peau ; il frissonna et ferma les yeux. Quand il les rouvrit, ses iris brillaient aussi sauvagement que les étoiles dans le ciel tempétueux.

— J'ai bougé ton corps, rappelai-je soudain. Nous n'en avons jamais parlé, mais j'ai bougé ton corps.

— Je sais, mon cœur. Ça a failli me tuer.

Il sortit de moi, puis replongea à l'intérieur. Je lui lançai un sourire carnassier.

— On dirait que je te fais frôler la mort souvent. Tu es sûr que tu n'es pas mieux sans moi ? Tu vivrais sûrement plus longtemps.

Le visage d'August s'emplit de tant de colère et de douleur que je caressai son menton.

— Je ne voulais pas te mettre en colère.

— Il n'y a *pas* de moi sans toi, d'accord ?

— D'accord.

— C'est toi et moi, Jolies-fossettes. Ça a toujours été comme ça et ça le sera toujours.

Entre la sensation de sa chair épaisse et douce, l'odeur d'épice, les gouttes qui rebondissaient sur son corps et le timbre de sa voix, mon cœur s'emballait dans ma poitrine. Il écarta mon corps avant de pénétrer en moi de nouveau d'un coup. Des palpitations naquirent plus bas également. La pluie s'intensifia, créant une cacophonie qui noyait tout, excepté le bruit de nos cœurs.

Ses lèvres s'emparèrent des miennes avec une telle violence que nos dents s'entrechoquèrent. Je serrai les jambes autour de lui tandis que l'excitation grandissait en moi. Un grognement s'échappa de ma bouche pour aller dans la sienne. La sensation envahissait tout mon corps. August intensifia le rythme et je griffai son dos. L'orgasme déferla en moi, frappant mes veines et mes muscles, mes tendons et mes os, écorchant ma peau.

August approfondit le baiser et attrapa ma lèvre inférieure avec ses dents. Un goût chaud et cuivré parcourut mon palais et une nouvelle vague de plaisir me heurta, traversa mes membres. Haletante, je soufflai son nom.

Le rythme s'accéléra, devint plus exigeant. Des grognements rauques échappaient à August et le papillonnement à mon nombril se transforma en véritable tambourinement.

— Mon cœur, murmura-t-il une seconde avant que mon corps ne cause sa perte.

L'eau autour de nous ondula, puis commença à briller comme s'il pleuvait des étoiles et non de l'eau. C'était si beau. Ce moment entier était si beau. Je voulais l'immortaliser dans ma tête, pour toutes les années à venir.

Surfant toujours sur la vague d'orgasmes, je caressai la nuque d'August, observant ses traits se contracter et s'apaiser pendant qu'il éjaculait en moi.

Notre première fois avait été spéciale, mais cette fois-ci… cette fois-ci était spectaculaire. J'espérais que cela avait aussi été bien pour August. Peut-être qu'il avait connu mieux. Je grimaçai à cette pensée.

— Je n'ai jamais connu mieux, chuchota-t-il. *Jamais.*

Mon visage perdit toute couleur. J'avais parlé à voix haute ?

August cligna des yeux. Et c'est son visage qui perdit toute couleur pendant qu'il regardait l'eau qui brillait toujours autour de nous.

Oh… merde.

Je clignai des yeux à mon tour, car ses lèvres n'avaient pas bougé, et pourtant je l'avais entendu.

— J'ai… tu as…

Mon nombril battait plus vite encore que mon clitoris et mon cœur réunis.

Le lien était de retour ?

Je crois… Je crois…

C'était sa voix, dans ma tête.

— Je peux t'entendre. Pourquoi je t'entends ? demandai-je à peine plus fort que les gouttes de pluie s'écrasant dans l'eau. Est-ce qu'on vient de… est-ce qu'on a *consolidé* le lien ?

La tristesse se lisait sur son visage.

— Je crois… Mon Dieu, je suis désolé. Je sais que tu ne voulais pas de ça. Je suis vraiment désolé.

Il posa son front contre le mien, les doigts enfoncés dans mes cuisses.

Pendant un moment, je restai parfaitement immobile, digérant le sens de ce qui venait de se passer. Puis, sans utiliser de son ou de souffle, j'affirmai :

Pas moi.

Il leva le visage vers moi.

— Tu es vraiment désolé, August ?

Son front redevint lisse.

— Non. Mais c'était ce que je voulais… Enfin, je le voulais depuis l'instant où le lien s'est créé.

Il me lança un sourire carnassier qui lui donnait l'air d'un petit garçon plus que d'un homme, puis il bougea un peu et je le sentis se durcir en moi encore, me rappelant qu'il était bien un homme.

Mon homme.

Son sourire se fit mauvais quand il tira sur le lien, rapprochant mon corps jusqu'à ce qu'il soit entièrement fourré à l'intérieur.

C'est ça, mon cœur. **Ton** *homme.*

Je ris.

— Je n'arrive pas à savoir si j'aime cette nouvelle capacité ou si je la crains.

— Pourquoi tu voudrais la craindre ?

— Parce que je n'aurai plus de secrets.

— Tu comptes me cacher des choses, alors ?

Il grogna, et je lui envoyai une pichenette, ce qui agrandit son amusement.

— Comment je suis censée te surprendre si tu lis dans mes pensées ?

Je ferai semblant d'être surpris.

Je levai les yeux au ciel, mais souris.

Pendant un instant, aucun de nous deux ne parla, ni à voix haute, ni via cette nouvelle connexion qui s'était ouverte entre nos esprits. Nous nous contentâmes de nous regarder.

— Tu as l'air heureuse, ce soir, Jolies-fossettes, finit-il par constater. Tu l'es vraiment ?

Je pris son menton dans mes mains, rugueux à cause de la barbe et des années, et même si je n'avais pas besoin de le dire à voix haute, je le fis quand même, pour que la terre baignée par la lumière de la lune l'entende aussi :

— Terriblement heureuse.

PRÊT POUR UNE NOUVELLE AVENTURE?

Découvrez ma saga angélique ultra-romantique aujourd'hui :

REMERCIEMENTS

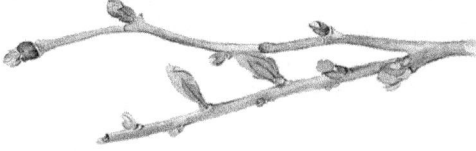

Ce livre a été l'un des plus durs à écrire de ma carrière.

La première raison, c'est qu'il s'agit du dernier chapitre de ma trilogie, ce qui signifie que je dis adieu à mes personnages. (Il y aura peut-être un spin-off à un moment, mais je ne promets rien avant d'être sûre.)

La seconde raison, c'est le triangle amoureux, qui rend l'écriture douce et amère. Vous ne le croirez peut-être pas, mais je n'avais pas prévu d'en écrire un. À l'origine, *Les loups de Boulder* devait être une duologie (Haha ! Comme si je pouvais faire rentrer tous mes retournements de situation et révélations en deux livres…) et Liam était censé mourir au début du deuxième tome.

Eh bien, je l'aimais trop pour le tuer, alors j'ai adapté mon histoire pour qu'elle puisse l'intégrer.

Et voilà comment j'ai fini avec un triangle amoureux.

Bref, tout ça pour dire que je ne voulais pas faire ça à Ness, ni à vous.

J'espère que vous avez aimé cette série. Merci d'avoir couru avec mes loups, merci pour vos messages pleins d'amour et vos gentils avis. J'espère que vous me rejoindrez lors de mes prochaines aventures.

La prochaine fois, ça sera des anges : *PLUME* !

Merci à mon véritable et unique amour de m'avoir encouragée. D'avoir rendu ma vie douce et belle, tous les jours. De m'entraîner dans des aventures, même quand je veux rester à la maison avec mon ordinateur.

Merci à mes enfants de m'inspirer et de remplir ma vie de vos voix stridentes et de vos rires contagieux.

Merci à ma famille d'acheter mes livres. Même si vous n'allez jamais jusqu'à les lire, j'apprécie votre soutien.

Merci à mes supers bêta lecteurs – Katie, Astrid et Theresa. Je vous aime tellement, les filles.

Merci à ma fabuleuse correctrice, Krystal, qui ne manque jamais de me challenger, merci à ma correctrice à l'œil aiguisé, Janelle (il y a eu *beaucoup* de couacs…), et à Emily pour la couverture sublime.

Mais surtout, merci à *vous*.

N'oubliez pas de visiter le site http://oliviawildenstein.com et de vous inscrire à ma newsletter pour ne rien rater de mes actualités.

DU MÊME AUTEURE

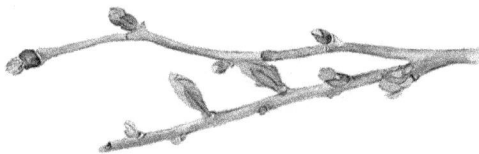

LES ANGES D'ELYSIUM

#1 Plume

#2 Celeste

#3 Étincelle

LES LOUPS DE BOULDER

#1 Une Meute de Sang et de Mensonges

#2 Une Meute de Promesses et de Larmes

#3 Une Meute d'Amour et de Haine

#4 Une Meute d'Orages et d'Étoiles

À PROPOS DE L'AUTEURE

Olivia Wildenstein a grandi à New York, fille d'un père français au sens de l'humour exceptionnel et d'une mère suédoise avec laquelle elle discute au moins trois fois par jour.

Elle a choisi de faire ses études à l'université Brown, où elle a décroché une licence en littérature comparée. Après avoir été joaillière pendant plusieurs années, Wildenstein a troqué ses outils contre un ordinateur portable et un fauteuil très confortable, pour un métier plus cohérent avec son sujet d'étude.

Pour en savoir plus sur Olivia Wildenstein :
Facebook / Olivia's Darling Readers
Instagram / @Olives21
TikTok / @owildwrites
Twitter / @OWildWrites
Site web / http://oliviawildenstein.com

Notes

CHAPITRE 35

1. Bâtiment au sein de l'enceinte du campus de l'université de Boulder, qui propose des laboratoires et du matériel technique pour la recherche.

Lightning Source UK Ltd.
Milton Keynes UK
UKHW020732110522
402816UK00010B/1029